JAPANISCHE BIBLIOTHEK

Maruya Saiichi

Die Journalistin

Roman

Aus dem Japanischen übertragen
von Sabine Mangold und Hayasaki Yukari
Mit einem Nachwort
von Irmela Hijiya-Kirschnereit

Insel Verlag

Originaltitel: *Onna zakari*

Die japanische Erstausgabe erschien 1993
bei Bungei Shunju Sha, Tōkyō.

In der *Japanischen Bibliothek* werden alle Namen in ihrer ursprünglichen japanischen Gestalt belassen. Hierbei steht in der Regel der Familienname voran, gefolgt von dem persönlichen Namen oder einem Schriftstellernamen.

Die *Japanische Bibliothek im Insel Verlag* wird herausgegeben von
Irmela Hijiya-Kirschnereit.

Erste Auflage 1997

Satz und Druck: Wagner GmbH, Nördlingen
Printed in Germany

Die Journalistin

1. Kapitel

Gegründet wurden die ›Neuen Nachrichten‹ ein Jahr nach Ende des Russisch-Japanischen Krieges, genauer gesagt am 12. November 1906. Tags zuvor hatte eine Geisha ihren Liebhaber umgebracht, so daß die erste Ausgabe gleich mit einem sensationellen Aufmacher erscheinen konnte. *Gesamte Belegschaft im Freudentaumel, der Himmel war uns gnädig,* liest man in der Firmenchronik, was offenbar heißen sollte, daß der Mordfall eigens von den höheren Mächten arrangiert worden war, um das Unternehmen gebührend einzuweihen. An das arme Opfer dachte dabei niemand mehr, aber was soll's, daran hat sich bis heute ja wohl kaum etwas geändert, denn so ist sie nun einmal, unsere Journaille ...

Der Verlag hat seitdem eine sehr wechselhafte Geschichte hinter sich: Es gab Zeiten, wo man im Namen der Demokratie gegen die Regierung opponierte; ein anderes Mal wurde die Militärclique hofiert, indem man mit Hetzkampagnen den Einmarsch in andere Staaten befürwortete; oder man machte Furore mit der spektakulären Enthüllung eines politischen Abkommens, um sich dann wieder zu blamieren, wenn sich eine heiße Meldung als Ente herausstellte. Trotz dieser Turbulenzen hat sich die Zeitung bisher immer über Wasser halten können, mußte weder den Betrieb einstellen noch eine Fusion eingehen, und das wohlgemerkt in dieser knallharten Branche! Heute darf sie sich zu den sechs führenden Tageszeitungen zählen, ohne jedoch wie die Konkurrenz auf tönernen Füßen zu stehen – alle Achtung also vor diesem Unternehmen, das in Kürze sein neunzigjähriges Bestehen feiern wird.

Es gibt natürlich auch mißgünstige Stimmen, die meinen, die ›Neuen Nachrichten‹ würden ihren recht beachtlichen Erfolg nur dem Umstand verdanken, nicht nach dem Strickmuster anderer Verlage zu funktionieren. Die drei Gründerfamilien pflegen nämlich zuweilen das Zwei-gegen-Einen-Spielchen zu treiben, und zwar in ständig wechselnden Konstellationen, was mitunter auch innerhalb der Belegschaft rivalisierende Cliquen zur Folge hat. Und dadurch kommt es nie zu der sonst so verhängnisvollen Situation, daß Arbeitgeber und Arbeitnehmer im Clinch liegen. In Wirklichkeit laufen die internen Querelen selbstverständlich weitaus komplizierter ab, doch auf diese Weise hält sich der Betrieb erst recht in Schwung und Saure-Gurken-Zeiten werden verhindert – behaupten die Kritiker, und womöglich haben sie sogar recht ...

Als außerordentlich wirksam erweisen sich auch die grotesken Überbietungsversuche der drei Gründerfamilien, wenn es darum geht, um die Gunst der Zeitungshändler zu buhlen. Sei es, daß man ihnen je nach Anlaß Beileidsbekundungen oder Gratulationen mit Geldeinlage zusteckt, oder sie zur privaten Blütenschau ins traute Heim einlädt. Mitunter werden für sie sogar eigens Golfturniere veranstaltet, denn nichts ist für einen Zeitungsbetrieb so entscheidend, wie die Herzen der Händler zu gewinnen. Sind ihnen erst einmal die Fesseln freundschaftlicher Verpflichtung angelegt, dann hat die Konkurrenz das Nachsehen.

Entscheidend ist jedoch, daß der Verlag den Verkauf auf das Einzugsgebiet Tōkyō sowie die drei Kansai-Metropolen Ōsaka-Kyōto-Kobe beschränkt. Durch den Verzicht auf eine landesweite Verbreitung erspart man sich nämlich nicht nur den Konkurrenzkampf mit lokalen Blättern, sondern auch Absatzschwierigkeiten in unrentablen Regionen. Auf diese Weise läßt sich zwar keine Riesenauflage erzielen, und das Anzeigengeschäft läuft auch entsprechend flau, aber alles in allem ist der Verlag offensichtlich gut situiert. Man braucht keine weiteren Korrespondentenbüros einzurichten, die Abonnementspreise lassen sich niedrig halten, und der redaktionelle Kurs kann sich voll und ganz auf eine kosmopolitische Leserschaft einstellen. Der bescheidene Erfolg der ›Neuen Nachrichten‹ beruht sozusagen auf einer ebenso bescheidenen Devise: Besser den Spatz in der Hand als die Taube auf dem Dach.

Der Entschluß, nicht über die besagten Regionen hinaus zu expandieren, stammt aus der Gründungszeit, und obwohl man inzwischen durch die Erweiterung auf die gesamte Kantō- und Kansai-Region diesem ehernen Prinzip eher untreu geworden ist, macht sich das für hundert Jahre entworfene Konzept aus der Taishō-Epoche immer noch bezahlt. Dieselbe Weitsicht veranlaßte die Geschäftsleitung wohl auch unmittelbar nach dem Pazifikkrieg, sich gegen die Aufstellung einer Profi-Baseball-Liga zu entscheiden, weil man dadurch angeblich leicht in Skandale verwickelt werden konnte. Nun, was die Tragweite beider Entscheidungen anbelangt, so ist da natürlich ein gewisser Niveauunterschied nicht zu leugnen ...

Natürlich war nicht immer alles eitel Sonnenschein in der Geschichte der ›Neuen Nachrichten‹. Es wäre allerdings ermüdend, auf all die kleinen Malheurs wie wirtschaftliche Flauten oder redaktionelle Stümpereien einzugehen. Besser die Sache abkürzen und gleich auf das Problem zu sprechen kommen, das dem Verlag derzeit den meisten Kummer bereitet: die klaustrophobische Enge, die im ganzen Haus herrscht.

Das heutige Gebäude ist bereits ein halbes Jahrhundert alt. Irgendwann wurden die Räumlichkeiten so knapp, daß selbst der Zukauf des Nachbarblocks keine Abhilfe hätte schaffen können, besonders als jede Abteilung noch mit Faxgeräten, Kopiermaschinen und Laptops ausstaffiert wurde. Und daß sich Desktop-Publishing platzsparend auswirken würde, erwies sich leider als Irrglaube, statt dessen wurde es zunehmend beklemmender. Hinzu kommen andere Widrigkeiten – etwa die altersschwache Klimaanlage oder die Verkehrsstaus im Hof, wo sich zeitungsbeladene Laster bei der Ein- und Ausfahrt ständig behindern. Es liegt also auf der Hand, sich nach einem Grundstück umzusehen, um ein neues Gebäude zu errichten.

Allerdings bewegen sich die Bodenpreise in Tōkyō in solch astronomischen Höhen, daß der Bau eines neuen Hauses den finanziellen Spielraum der Zeitung übersteigen würde. Obwohl sich alle darüber einig sind, daß es eigentlich Aufgabe der Chefetage sei, das Problem zu lösen, zerbricht sich jeder hier den Kopf, wie solch ein Umzug bewerkstelligt werden könnte. Am stärksten legen sich die Kolumnisten ins Zeug, die eigentlich am wenigsten in der Sache zu melden haben. Ausschlaggebend für ihr Engagement sind dieses Mal nicht Themen wie die nationale Bodenpolitik, Fragen des Regierungsumzugs oder der Grundstückssteuern, sondern einzig die Tatsache, daß ihr

Büro in der fünften Etage liegt, wo man am ärgsten unter der maroden Klimaanlage zu leiden hat. Die ventilierte Luft – egal ob warm oder kalt – wird dort nicht gleichmäßig verteilt, so daß es an einigen Stellen fürchterlich zieht, während an anderen kein Lüftchen weht. Am Platz des Vorgesetzten herrscht im Sommer eine solch grausige Kälte, daß er es nicht ohne dicke Wolljacke und Handschuhe aushalten kann. Zur Winterzeit hingegen trifft es den Verfasser der ›Randnotiz‹, die unten auf der Titelseite der Abendausgabe erscheint. Während er über seinem Text brütet, brummt neben ihm ein Miniventilator auf Hochtouren. In zweiwöchigem Turnus trifft man sich am Samstag zu einem gemeinsamen Umtrunk im Büro auf der fünften Etage, und einer der abgedroschensten Sprüche bei diesem Stammtisch lautet, daß sich durch eine gut funktionierende Belüftung die Qualität der Leitartikel erheblich bessern würde. In eben diesem Raum beginnt die nun folgende Geschichte, und zwar zu einer Jahreszeit, in der die Klimaanlage das Leben der Mitarbeiter weniger stark beherrscht.

Mit dem jährlichen Personalwechsel zum ersten April bekam das Kolumnisten-Team zwei neue Kollegen – erstaunlich wenig im Vergleich zu den Jahren davor. Noch mehr verwunderte die Auswahl der Kandidaten für diese Neubesetzung, deren Namen sich wie ein Lauffeuer inner- und außerhalb des Betriebs ausbreiteten. Nachrichten bewegen sich nämlich mit einer Geschwindigkeit, die proportional zum Überraschungsgrad wächst, und hier handelte es sich um einen regelrechten ›Schokker‹, als man erfuhr, daß Urano Jūzō für diesen Posten vorgesehen war. Einige verzogen schmerzlich das Gesicht und prophezeiten das Ende der ›Neuen Nachrichten‹, wenn der Verlag, der immerhin mit den fünf großen Konkurrenzblättern Schritt zu halten vermochte, derart wahnwitzige Personalentscheidungen traf. Die meisten allerdings – bis hinunter zum Empfangspersonal und den Telefonistinnen – guckten einfach bloß fassungslos, daß gerade dieser Mann mit solch einer Aufgabe betraut werden sollte. Journalisten anderer Zeitungen reagierten ähnlich. Es hatte sich nämlich längst herumgesprochen, daß es bei Urano mit dem Schreiben haperte.

Nicht, daß er ein stümpernder Neuling wäre – ganz im Gegenteil: Uranos Kompetenz, die ihm nicht nur den Preis des Präsidenten und Auszeichnungen des redaktionellen Geschäftsführers eingebracht, sondern ihn auch zum Spitzen-Kriminalreporter hochkatapultiert hatte, war weithin geschätzt. Trotz seiner exzellenten Spürnase stellte er sich jedoch beim Formulieren an wie der erste Mensch. Notizbücher mit Informationen vollkritzeln war nicht sein Problem, aber wenn es darum ging, drei druckreife Zeilen aufs Papier zu bringen, saß er sofort auf dem Trocknen. An eine Serie mit etwa zweihundert Schriftzeichen pro Folge war überhaupt nicht zu denken. Bisher hatte er seine Artikel stets nur mit Hilfe irgendwelcher Kollegen zustande gebracht, indem er sie mündlich über den Sachverhalt informierte, während sie das Formulieren übernahmen.

Urano selbst schob seine Unfähigkeit auf seine Arbeitsmethode und versuchte sich damit herauszureden. Seine Ermittlungsstrategie unterschied sich nämlich gewaltig von dem eines Nullachtfünfzehn-Reporters, wenn es galt, Exklusivmeldungen an Land zu ziehen.

Urano stammte aus der Kantō-Region und hatte in Tōkyō studiert. Kurz nach seinem Eintritt in den Verlag wurde er zunächst in eine Niederlassung nahe Ōsaka versetzt. Sein enger Kontakt zur dortigen Kripo brachte ihn eines Tages auf die gloriose Idee, deren Verhörmethoden zu übernehmen, die nach dem Schema ›Gemeiner Fiesling-Gutmütiger Trottel‹, also Zuckerbrot und Peitsche, abliefen. Zur praktischen Ausführung kam es jedoch erst einige Jahre später, als er bereits wieder in der Kantō-Region arbeitete, und zwar im Zusammenhang mit einem Bestechungsskandal, der sich in einem gewissen Rathaus in der Präfektur Saitama zugetragen hatte. Er richtete es damals so ein, daß er den in Verdacht geratenen Bürgermeister stets in Begleitung eines Kollegen aufsuchte. Zunächst ließ Urano selbst einen Schwall Fragen auf ihn los. Der Bürgermeister versuchte sich herauszureden und stritt alles ab, verfing sich jedoch zunehmend in Ungereimtheiten. Und wenn Urano weiterbohrte, wurde der Beschuldigte bockig. In diesem Augenblick pflegte sich dann sein Begleiter einzuschalten, der bis dahin unauffällig mit Notizen beschäftigt gewesen war: In gemütlichem Tonfall und extra breitem Dialekt spielte er den Provinzler, rügte Urano für sein grobes Benehmen und nahm den Bürgermeister in Schutz. Dadurch kam das Interview, das sonst abrupt abgebrochen worden wäre, wieder in Gang. Während sein Kollege mit seinem Palaver Zeit schindete, konnte Urano schon die nächste Attacke vorbereiten, was den Bürgermeister dann immer ärger in die Bredouille brachte. Das war die Taktik. Und sie erwies sich als überaus erfolgreich, denn nach zwei weiteren Gesprächen war Urano vollends im Bilde, so daß er bereits einen Tag vor der Verhaftung mit einer sensationellen Reportage für Schlagzeilen sorgte. Es war sein erster Coup, und seitdem feilte er emsig an dem Zwei-Mann-Trick herum. Allerdings, so behauptete er, sei es bei dieser komplizierten Gesprächsführung für die beteiligten Reporter fast unmöglich, den ganzen Ablauf zu protokollieren, geschweige denn eine druckreife Version abzuliefern. Da Urano jedoch dieselbe Ausrede benutzte, wenn er im Alleingang recherchierte, nahm ihm das natürlich keiner ab.

Dennoch wurde es dem Star-Reporter Urano nie als wirkliches Manko angekreidet, daß er keine Artikel schreiben konnte. Kein Wunder, denn die ›Neuen Nachrichten‹ konnten dank seiner Gewieftheit der Konkurrenz immer wieder ein Schnippchen schlagen – man denke nur an den Frauenmord in Chiba, das mysteriöse Verschwinden eines alten Ehepaares in Kawasaki oder die mehrfache Vergewaltigung einer Frau in Seijō. Nicht zu vergessen die Aufdeckung eines Bankenskandals wegen unlauterer Kredite (mit der beinahe ein Kabinettsturz geglückt wäre, hätte man nicht schleunigst alles vertuscht). Offensichtlich reagierte die Verlagsleitung auf die Tatsache, daß einer ihrer Journalisten keine vernünftige Zeile zu Papier brachte, genauso unbekümmert wie auf die unerklärliche Wandlung in dem Serienroman eines Meisterschriftstellers, dessen Held sein fiktives Dasein als Abstinenzler beginnt und sich plötzlich als randalierender Alkoholiker entpuppt.

Eigentlich war die innerbetriebliche Cliquenwirtschaft daran schuld, daß Urano zu den Leitartiklern versetzt wurde. Die beiden Vizechefs seiner Redaktion gehörten zwar unterschiedlichen Klüngeln an, gingen jedoch gerne zusammen einen trinken, favorisierten dieselbe Baseballmannschaft, aber zum Glück unterschiedliche Frauen, so daß ihre gemeinsamen Barbesuche ohne häßliche Szenen abliefen. Für die zwei vakanten Stellen bei den Kolumnisten schlugen sie ihrem unmittelbaren Vorgesetzten dementsprechend je einen Kandidaten aus ihrer eigenen Splittergruppe vor, also aus der Präsidenten- und aus der Vizepräsidentenclique. Das war Anfang Februar. Da ihr Chef selbst zur Präsidentenclique gehörte, willigte er sofort ein und setzte den Chefredakteur davon in Kenntnis, der sich als Angehöriger der Vorstandsclique natürlich quer stellte. Damit nahm das ganze Dilemma seinen Anfang: Ein Kandidat nach dem anderen wurde von der jeweiligen Gegenpartei abgeschmettert, und die Infragekommenden wurden zunehmend jünger, bis es schließlich peinlich zu werden drohte. Außerdem war bereits der zehnte März, ein Aufschub also ausgeschlossen. So kam es, daß man sich zunächst auf Frau Minami Yumiko aus der Vorstandsclique, aber gleichermaßen beliebt beim Präsidenten, einigte. Die weitere Wahl fiel auf Urano Jūzō aus der Präsidentenclique, der jedoch auch bei den entscheidenden Personen aus dem Kreis des Vizepräsidenten einen Stein im Brett hatte. Die Frau war fünfundvierzig, der Mann ein Jahr älter. Der Clique des Vizepräsidenten wurde versichert, daß bei der nächsten Gelegenheit jemand aus ihrem Kreis zum Zuge kommen würde, schließlich mußte man sich noch um weitere Personaländerungen kümmern, und nicht zu vergessen: die tägliche Routine. Alle drei Parteien waren restlos genervt. Und bei all dem Trubel war ihnen wohl deshalb auch ein grober Fehler unterlaufen. Es gab nämlich das ungeschriebene Gesetz, daß lediglich *eine* Frau im Kolumnisten-Team vertreten sein sollte. Dummerweise hatte man sich nun aber für Minami Yukiko, die bislang das Ressort Heim & Familie leitete, entschieden, obwohl bereits eine Wirtschaftsjournalistin als Kolumnistin tätig war. Kein Wunder also, daß sich im Fall des Top-Kriminalreporters Urano keiner mehr darauf besann, daß der im Formulieren eine Niete war.

Die Versetzung kam einer Beförderung gleich, und dementsprechend wurden die Neulinge mit Glückwünschen überhäuft. Urano zeigte sich jedoch nicht sehr begeistert, und wenn er allein war, zog er nicht selten eine Flappe. Der Grund dafür war weniger die unangenehme Vorstellung, demnächst eigenständige Artikel abliefern zu müssen, oder die trübe Aussicht, daß ein Naturbursche wie er nun einen öden Schreibtischjob verrichten sollte. Nun ja, ein bißchen hing es schon damit zusammen, aber hauptsächlich rührte seine finstere Stimmung daher, daß ihm nun das Tor zum Ressortleiter für immer verschlossen blieb. Er hatte nämlich darauf spekuliert, irgendwann einmal diese Position zu übernehmen, um dann Chefredakteur zu werden, und mit etwas Glück vielleicht sogar später im Vorstand zu sitzen. Als Kolumnist hingegen mußte man hier in diesem Verlag eher damit rechnen, auf seinem Posten klebenzubleiben. Und bisher ließ sich auch kein einziges Gegenbeispiel anführen, daß es einer von denen zum Ressortleiter gebracht hätte. Wie tief mußte seine Enttäuschung sein, daß ihm gar nicht auffiel, wie sinnlos seine Befürchtungen waren angesichts einer so absurden Personalentscheidung, bei der ein schreibunfähiger Reporter zum Leitartikler befördert wurde.

Am ersten April kurz vor zwölf betrat Urano das Kolumnistenbüro und setzte sich an seinen neuen Arbeitsplatz. Aufgrund der herrschenden Raumnot war es ihm zum ersten Mal in seiner gesamten Laufbahn vergönnt, eine ganze Arbeitsfläche für sich allein zu beanspruchen. Wenigstens etwas Erfreuliches. Seitdem seine Versetzung feststand, war er zwar schon des öfteren hier aufgekreuzt, um sich dem Ressortleiter und seinem Team vorzustellen, seine Bücher und Schreibutensilien einzuräumen oder einen kleinen Kalender an seinem Regal anzupinnen. Heute allerdings war es ein völlig anderes Gefühl. Sein Tisch stand an zweiter Position zum Fenster. Es war ein sonniger Tag und die Sicht so klar, daß er sich einbildete, den vielbesungenen ›Sumida-Fluß in milder Frühlingsluft‹ zu erblicken, was natürlich von hier aus gar nicht möglich war. Zu seiner rechten, direkt am Fenster, befand sich der Platz seiner neuen Kollegin Minami Yumiko, die bisher aber noch nicht aufgetaucht war. Urano kannte sie zwar vom Sehen, aber seit Bekanntgabe ihrer Versetzung waren sie sich nicht mehr begegnet, so daß er keine Gelegenheit hatte, sich mit ihr auszutauschen. Ihr Arbeitsplatz, auf dem ein Laptop stand, bot einen anderen Anblick als seiner: Die Schreibsachen und anderen Utensilien waren fein säuberlich sortiert, und auf ihrem Bücherbord standen rund ein Dutzend Nachschlagewerke, die alle viel abgegriffener wirkten als die seinen. Einige Buchrücken waren sogar mit Klebeband zusammengehalten. Obwohl er diesen Kontrast durchaus bemerkte, fiel ihm erstaunlicherweise nicht auf, daß seine Wörterbücher sämtlich noch in Schubern steckten.

Ganz oben auf ihrem Regal fläzte sich ein großer Plüschhund, der gestern garantiert noch nicht dagelegen hatte. Er hatte ein kurzes, weißes Fell und Schlappohren. Vermutlich ein Mischling, seine Rasse war jedenfalls schwer auszumachen. Urano reckte sich, gab der schwarzen Plastikschnauze (die sich natürlich nicht feucht anfühlte) mit seinem rechten Zeigefinger einen Stubs und brummte ein freundschaftliches »Na du« zur Begrüßung.

»Sein Name ist Shirobē«, ertönte eine Stimme. Als er sich umdrehte, stand Minami Yumiko vor ihm. Sie trug ein elegantes Nadelstreifenkostüm mit einer roséfarbenen Bluse und wirkte dadurch irgendwie aufgedonnerter als sonst, vielleicht weil es der erste Tag ihres neuen Jobs war. Urano erhob sich, damit sie einander richtig begrüßen konnten.

Nachdem beide Platz genommen hatten, kam das Gespräch zurück auf den Hund:

»Ist wohl ein Mischling, was?«

»Hm, sieht ganz so aus ...«

»Sicher ein Rüde ...«

»Dem Namen nach zu urteilen schon ...«

Urano reckte sich, zog das Plüschtier herunter und drehte es auf den Rücken, um seine Lendengegend zu inspizieren.

»In der Tat, nur dem Namen nach ...«

»Ach, herrje«, sagte sie spitz und runzelte die Stirn, was ihn nicht weiter irritierte, denn eigentlich wirkte sie nicht pikiert.

»Von meiner Tochter, zur Feier des Tages ...«

»Sie Glückliche! Ich habe von meinen Söhnen überhaupt nichts gekriegt. Ihre Tochter mag wohl Hunde?«

»O ja, und wie! Noch närrischer als ich. Als unser Hund starb, führte sie ein entsetzliches Theater auf.«

»Wie lange ist das her?«

»Hhhm ... etwa ein Jahr.«

»Und einen neuen Hund haben Sie sich noch nicht zugelegt?«

»Nein, dem alten zuliebe, und dann geht es auch nicht wegen der Mietbestimmungen.«

»Ja, ja, die machen immer Scherereien.«

Die frühe Abendausgabe wurde gebracht. In diesem Augenblick trippelte hastig ein Mann herbei, der offenbar nicht abwarten konnte, bis die Zeitungen auf den Tischen verteilt waren. Es war der Verfasser der ›Randnotiz‹ unten auf der Titelseite: ein Fünfzigjähriger mit Backenbart und Strickjacke. Er blieb noch an der Tür stehen und ging, ohne die anderen Artikel eines Blickes zu würdigen, angestrengt die Zeilen seiner winzigen Kolumne durch, obwohl er das etliche Male vorher getan haben dürfte. Als unsere beiden Neulinge ihr Exemplar erhalten hatten, überflogen sie kurz die Titelseite mit den Top-News und im Anschluß besagte ›Randnotiz‹ und wandten sich an den Autor derselben:

»So was ist mir auch noch nicht zu Ohren gekommen, daß das neue Jahr mit dem ersten April beginnt. Höchst interessant!«

»Starkes Stück, Ihre Behauptung, es gebe Branchen, in denen jeder Tag erster April ist. Du meine Güte! Sie meinen doch wohl nicht etwa uns Journalisten damit?«

Statt einer Antwort gluckste der Backenbärtige zufrieden vor sich hin. Inzwischen trudelten auch die anderen Kolumnisten mit ihren Aktentaschen ein. Wie Urano erschienen die meisten in formeller Kleidung, also Anzug und Krawatte. Plötzlich steuerte ein Glatzkopf ohne Schlips, die Abendzeitung salopp in die Seitentasche seiner Sportjacke gestopft, auf den Ausgang zu und begrüßte alle, die ihm entgegenkamen. Sein Aufzug sollte wohl unterstreichen, daß er gegen den Strom schwamm. Er war für die Kolumne ›Planetenbericht‹ zuständig und pflegte um diese Zeit in seinem Stammcafé ganz in der Nähe zwei Tassen Kaffee zu trinken. Wie der Verfasser der ›Randnotiz‹ war auch er nicht verpflichtet, am Plenum teilzunehmen, obwohl beide zum Kolumnistenteam gehörten. Bevor er den Raum verließ, zitierte ein Kollege seine Aprilscherz-Haikuparodie aus der Morgenkolumne, worauf der Sportsmann in bester Laune etwas entgegnete.

Gegen halb eins erhob sich dann allmählich einer nach dem anderen von seinem Arbeitsplatz und begab sich zu dem großen Tisch in der Ecke, wo sich alle versammelten. Manche schleppten stapelweise Notizhefte an, andere hatten die Abendzeitung dabei oder auch gar nichts, einige qualmten, andere hielten die Arme verschränkt oder den Kopf aufgestützt, einer hatte etwas abseits auf dem Sofa Platz genommen, den aufgeschlagenen Notizblock auf den Knien.

Minami Yumiko saß in der rund zwanzigköpfigen Runde neben ihrer einzigen Kollegin, direkt gegenüber dem Vorgesetzten, während Urano Jūzō von den beiden dienstälteren Kommentatoren aus der Inlandsredaktion flankiert wurde, nicht unweit der Damen.

Der Chef unterbrach sein angeregtes Gespräch mit dem Mann zwei Stühle weiter, dem er gerade wärmstens ein deutsches Medikament gegen Schulterverspannungen empfohlen hatte. Er räusperte sich und stellte ganz formell die beiden Neuzugänge vor. Nach einer Verbeugung ihrerseits fuhr er fort:

»Pardon, wenn ich sofort zur Sache komme, aber dürfte ich Sie als unsere neuen Mitarbeiter um die Leitartikel für morgen bitten? Den ersten könnten Sie übernehmen, Herr Urano, und Frau Minami dann den anderen.«

Urano war perplex.

»Um Gottes willen, so plötzlich, gleich am ersten Tag! Ich fühle mich völlig überfordert, wirklich!« protestierte er, doch die anderen lachten ihn aus und wollten nichts davon hören, worauf er sich an Minami Yumiko wandte: »Das ist doch unfair, finden Sie nicht auch?« Aber sogar sie ließ ihn kichernd auflaufen.

»So mir nichts, dir nichts, damit habe ich nicht gerechnet!« sträubte sich Urano hartnäckig, doch der Chef und seine beiden Stellvertreter schienen das schon eingeplant zu haben:

»Wie wär's denn mit dem Thema Wahldelikte?«

»In diesem Monat finden doch zahlreiche Kommunalwahlen statt . . .«

»Ich nehme an, daß unser Top-Kriminalreporter über reichlich interessantes Material verfügt, oder?«

»Wir werden Ihnen schon unter die Arme greifen.«

Und damit war die Angelegenheit beschlossen. Die Hilfestellung bestand darin, daß man gut eine Stunde herumpalaverte, um das Thema auszuschlachten. Die Kolumnisten-Runde ergötzte sich an Anekdoten aus Korrespondentenzeiten, gespickt mit aufgeschnappten Zitaten, wie etwa die politischen Reflexionen von Uniprofessor XY oder geistreiche Bonmots irgendwelcher Kritiker. Auch Zukunftsszenarien zur politischen Lage fehlten nicht bei diesem wilden Potpourri persönlicher Ansichten, und Urano saß mittendrin und machte sich eifrig Notizen, bis er etwa zehn Seiten voll hatte. Schließlich wandte sich sein Vorgesetzter, nachdem er sich über irgendeinen Witz vor Lachen ausgeschüttet hatte, erneut an ihn:

»Tja, nun führen Sie sich das mal alles schön zu Gemüte, Herr Urano. Das ganze dann ein bißchen in Form bringen, Ihre subjektive Einschätzung sehr wohl durchblicken lassen, und schon ist der Fall ausgestanden.«

Damit war die Sache erledigt, und als nächstes meldete sich Minami Yumiko zu Wort:

»Ich werde über die Beschäftigungslage der Frauen schreiben«, sagte sie und lieferte eine dreiminütige Darstellung ihres Vorhabens. Abgesehen von ihrer Kollegin, die ihre Herangehensweise lobenswert fand, machte keiner den Mund auf, bis der dienstältere Vizechef das peinliche Schweigen brach und das soeben geäußerte Lob mit anderen Worten wiederholte. Zum Schluß wurde noch ausgehandelt, wer die Kolumne ›Nullsender‹ auf der zweiten Seite der Abendausgabe übernehmen sollte, und damit war die Sitzung gegen zwei Uhr beendet.

Dann strömten alle hinaus zu einem verspäteten Lunch in der Kantine oder in einem Soba-Imbiß; einige hatten auch auswärts zu tun oder gingen einfach ins Kino – ausgenommen natürlich diejenigen, die mit Artikeln dran waren. Minami Yumiko hatte eigentlich ihrer Familie versprochen, heute abend zu kochen, da sie nicht damit gerechnet hatte, gleich am ersten Arbeitstag damit behelligt zu werden. Also rief sie ihre Mutter an, um Bescheid zu sagen, daß etwas dazwischengekommen sei, aber man solle mit dem Essen ruhig auf sie warten, da sie bis halb acht ganz bestimmt zurück wäre. Als sie gegen halb vier fertig war, zeigte sie den Artikel zuerst ihrer Kollegin und daraufhin einem der stellvertretenden Ressortleiter. Da es keine Beanstandungen gab, gönnte sie sich erst einmal einen kleinen Imbiß und recherchierte anschließend noch etwas im Archiv. Gegen fünf kehrte sie zu ihrem Arbeitsplatz zurück, gerade als die *Monitor*-Kopien (so wurde die in den Computer gespeiste Version des Manuskripts genannt) eintrafen, die ihr Vorgesetzter überflog und für o. k. befand. Yumiko setzte sich auf den freien Stuhl neben ihn und las sich aufmerksam den etwa zehnseitigen Ausdruck durch. Es gab nichts zu verbessern. Der Vizechef hob den Kopf und teilte ihr mit, der Boß habe sich den Artikel bereits angeschaut und halte ihn für gelungen. Yumiko reagierte mit einem Lächeln.

Als sie dann an ihrem Schreibtisch auf die Korrekturfahnen wartete, hörte sie links neben sich ein gequältes Seufzen. Uranos sonst so unbekümmerte Miene war wie weggeblasen. Auf seinem Schreibtisch und zu seinen Füßen lag haufenweise zerknülltes Papier. Es sah nach einer ziemlich schwierigen Geburt aus.

»Auweia«, entfuhr es ihr.

»Ach ja . . .«, seufzte er matt und blickte zu ihr hinüber. Hinter seinem verlegenem Getue verbarg sich die schiere Verzweiflung.

»Was ist denn passiert?« Ihre Stimme klang mitfühlend.

»Es klappt einfach nicht. Irgendwie kapiere ich gar nichts mehr. Erst tut er ganz besorgt, und dann macht er ein Gesicht, als käme ihm alles spanisch vor. Faselt bloß rum, aber gibt mir nicht den leisesten Tip.« (Offenbar meinte er seinen unmittelbaren Vorgesetzten, den Vizechef). Urano regte sich weiter auf: »So'n Mist! Na ja, eine kleine Galgenfrist habe ich ja noch, oder?«

»Das will ich meinen.«

»O je, wenn mir bloß der Kopf nicht so brummen würde!«

»Ach so!«

»Was denn?«

»Sie haben doch sicher noch nichts gegessen?«

»Stimmt, habe ich gar nicht gemerkt.«

»Na, dann kein Wunder. Warten Sie, ich bin gleich zurück.«

Auf dem Hin- und Rückweg zu dem Laden nebenan frohlockte sie innerlich. Der für seine Schreibunfähigkeit berüchtigte Spitzenkriminalreporter aus der Inlandsredaktion hatte doch tatsächlich keine Zeile zustandegebracht, während sie schon ewig fertig war und ihm vorzugaukeln versuchte, daß sein Versagen seinem leeren Magen zuzuschreiben sei (obwohl sie das auch nicht ausschloß). Und obendrein rannte sie los und besorgte ihm etwas. Welche Genugtuung! Besonders als sie bemerkte, mit welch kindlicher Dankbarkeit er ihre Mitbringsel – Reisbällchen, Milch und Oolong-Tee – entgegennahm und sich ohne große Einwände spendieren ließ. Es gab aber noch einen anderen, tieferen Grund für diesen Glücksschauer, der sie jetzt durchlief, als sie wieder vor ihrem Laptop saß, nämlich die Tatsache, daß sie die Nacht zuvor mit einem Mann zusammen war – ein Detail, das sie kurzzeitig aus ihrem Bewußtsein verdrängt hatte.

Urano hatte inzwischen seine Bällchen verspeist und die Milchtüte mit einem Strohhalm leergeschlürft.

»Schreiben ist mir ein absolutes Greuel, das war schon in der Grundschule so. Genauso wie Musik, da war ich auch eine Niete. Ich frage mich, ob ich überhaupt zu irgend etwas zu gebrauchen war. Hier, lesen Sie sich das mal kurz durch, wenn es Ihnen nichts ausmacht!«

Er reichte ihr sein Manuskript, als wäre es die selbstverständlichste Sache der Welt. War es ja eigentlich auch. Normalerweise gaben sich die Journalisten untereinander ihre fertigen Texte zu lesen. Vermutlich waren die Kollegen aus der Inlandsredaktion, die er sicher lieber um diesen Gefallen gebeten hätte, bereits alle weg. In diesem Glauben nahm Yumiko also hilfsbereit sein Manuskript entgegen, in dem es von Streichungen und Einschüben nur so wimmelte – ganz im Gegensatz zu der verblüffend schönen Handschrift. Natürlich war sie auch neugierig, was ein als schreibuntauglich geltender Journalist da fabriziert hatte.

In diesem April finden landesweit Regionalwahlen statt. Von den Gouverneuren bis hin zu Gemeinderäten, überall werden neue Leute das Ruder übernehmen – eine frische Brise also während der Feiertage, die uns die ›Goldene Woche‹ beschert. Doch ebenso bekannt sein dürfte wohl auch die Tatsache, daß mancherorts die politische Neuordnung ausbleibt.

An dieser Stelle kommt einem automatisch das Stichwort ›Wahlmanipulation‹ in den Sinn. Darunter fallen sowohl Schmiergelder als auch freie Bewirtung. Hier soll nur die erstere ins Visier genommen werden. Obwohl es sich um ein recht altes Problem handelt, läßt sich das Übel bedauerlicherweise immer noch nicht an der Wurzel packen. Aber weshalb kümmert uns das überhaupt?

Die Demokratie versteht sich immerhin als ein System, in dem Personen zu Volksvertretern gewählt und mit entsprechenden Aufgaben betraut werden, die zum einen der Gesinnung ihrer Wähler nahestehen und sich zum anderen durch ein hohes Maß an Integrität auszeichnen. Genau das läßt sich nun aber von solchen Kandidaten, die ihre Wähler schmieren oder dergleichen, nicht gerade behaupten. Ihre Wahl sollte deshalb mit allen Mitteln verhindert werden!

Allerdings dürfte diese Forderung lediglich ein frommer Wunsch bleiben, denn die Tücke des Problems liegt eben darin, daß Korruption gang und gäbe ist. Würde man nämlich sämtliche Abgeordnete, die mit Schmiergeldern operieren, aus dem Verkehr ziehen, wäre angeblich das Unterhaus halb leer. Und das ist durchaus keine Schwarzmalerei!

Ein weiterer Faktor sind die Wähler selbst, denn Bestechungsangebote lassen sich nur schwer ausschlagen. Das ist keineswegs mit purer Geldgier zu erklären. Pekuniäre Interessen sind zwar immer irgendwie im Spiel, aber hier herrschen doch eher besondere Umstände vor, wie folgendes Beispiel belegen soll:

Während seiner auswärtigen Korrespondentenzeit passierte es einem meiner Kollegen, daß er von einer hochgestellten Persönlichkeit aus dieser Gegend, mit der er irgendwann einmal einen gemeinsamen Angelausflug unternommen hatte, um seine Wählerstimme gebeten wurde, worauf der Herr ihm einen hellbraunen Umschlag in die Hand drückte. Der Journalist konnte sich natürlich aus der Affäre ziehen, indem er unter zigfachen Verbeugungen und Entschuldigungen das Angebot mit der Begründung zurückwies, daß es sich für einen aus-

wärtigen Reporter nicht schicken würde. Für einen Einheimischen hingegen sähe der Fall schwieriger aus. Bei einer Ablehnung würde der sicher nicht ungeschoren davonkommen. – Und wieso bitte?, könnte man sich da fragen. Eben weil es sich um eine Freundschaftsbekundung handelt, die durch das Schmiergeld besiegelt wird. Eine Weigerung käme also einem Affront gegen die Mitmenschlichkeit gleich, und die bisherige Beziehung zwischen den Betroffenen würde zwangsläufig ›in den Dutt‹ gehen. Obendrein wäre es für den edlen Spender ein Gesichtsverlust, wenn er alle anderen beschenkt hat und dieser eine nun leer ausgehen soll. Solche Regeln herrschen eben innerhalb einer derartigen Vetternwirtschaft.

Und der Mensch ist leider Gottes so gestrickt, daß er sich für sein frisch aufgefülltes Geldsäckl erkenntlich zeigt, will sagen: Er kann dem Spender seine Wählerstimme nicht vorenthalten! Alles eine Frage des Anstandes.

Voriges Jahr hatte der katholische Erzbischof auf den Philippinen anläßlich der Präsidentschaftswahl im Rundfunk dazu aufgerufen, getrost Gelder anzunehmen, sein Kreuzchen jedoch nach Belieben zu machen. Schön und gut, aber leider nur graue Theorie. Letztendlich schien dann doch die Mehrheit für Marcos gestimmt zu haben.

Wie hoch der Schmiergeldbetrag auf den Philippinen ist, kann ich nicht sagen, aber hierzulande – so munkelt man – sollen sich die Zahlungen angeblich zwischen fünf- und zehntausend Yen bewegen. Billigstenfalls steckt also ein 5000-Yen-Schein in dem hellbraunen Umschlag. Allerdings keine 1000er-Noten. Ob nun mit dieser Summe lediglich die Stimme des Familienoberhauptes eingeheimst wird oder gleich die ganze Familie, läßt sich schwer feststellen. Bestechung ist schließlich eine Unsitte seit Menschengedenken, und deshalb kriegt man anscheinend die komplette Sippschaft für 5000 Yen. Der Betrag muß also nicht individuell gesplittet werden, was als Erklärung dafür gelten mag, daß keine 1000-Yen-Noten in Gebrauch sind.

In Anbetracht dieser Sachlage ist nun zu erwarten, daß derzeit landesweit eine enorme Menge an 5000-Yen-Scheinen zu diesem Zweck eingesetzt wird. Und tatsächlich hört man die Geldinstitute über einen Mangel an diesen Banknoten klagen. Man kann also davon ausgehen, daß, sobald die Wahlen näherrücken, die Zentralnotenbank einen ›Mega-Neudruck‹ von 5000-Yen-Noten vornehmen wird. Dies nachzuweisen ist bislang leider noch nicht gelungen.

Darüber hinaus könnte man ja auch die hellbraunen Umschläge als Indiz für Wahlbetrug ins Feld führen, die mit Beginn der Wahlkampagnen wahrscheinlich in rauhen Mengen verkauft werden. Die besonders Ausgebufften besorgen sie sich natürlich vorzeitig und möglichst außerhalb des eigenen Wahldistrikts. Aber wozu diese Umstände? Weshalb überreicht man nicht gleich den blanken Geldschein? Nun, das wäre doch ein bißchen krude. Glückwunschkuverts sind wiederum zu kostspielig, während normale weiße zu sehr ins Auge springen. Bleiben also nur die hellbraunen, die sind am billigsten und dezentesten.

Nichtsdestotrotz bleiben Schmiergeldaktionen das, was sie sind: ein Delikt, das die Demokratie unterwandert und das Gesetz bricht. Da beißt die Maus keinen Faden ab. Geschmierte Wählerstimmen und eine parlamentarische Regierung sind ein Paradoxon. Angenommen, einem von uns wird solch ein hellbrauner Umschlag überreicht, dann sind wir dazu verpflichtet, ihn zurückzugeben. Behutsam, still und leise, versteht sich.

Yumiko las den Text zweimal. Anfangs fand sie das alles nur drollig und konnte sich das Lachen kaum verkneifen, aber als sie dann zu Ende gelesen hatte, war sie sich ihrer Beurteilung nicht mehr so sicher und ging den Artikel noch einmal aufmerksam durch. Diesmal fühlte sie sich eher etwas betroffen, was wohl zum Teil von ihrem schlechten Gewissen herrührte. Denn sie mußte sich eingestehen, daß im Vergleich zu diesem Text hier ihr eigener Artikel, den ihre beiden Vorgesetzten soeben noch guthießen, ziemlich blaß aussah, im Grunde nur eine geschickte Aneinanderreihung von Trivialitäten war. Natürlich war Uranos Artikel rein stilistisch gesehen eine Katastrophe: plumper Satzbau, während nichtssagende Passagen unnötig aufgebläht waren, und dann dieser Slang, regelrechtes Rotwelsch an manchen Stellen. Der Text strotzte nur so voller Macken. Auch die Argumentation stand auf ziemlich tönernen Füßen. Wieso, zum Beispiel, sollte man auf einen Bestechungsversuch nicht eingehen dürfen? Zumindest fehlte da die logische Begründung. So ungefähr nach dem Motto ›Was schlecht ist, ist eben schlecht‹. Und nachdem er sich erst einmal lang und breit über 5000-Yen-Noten und Kuverts ausgelassen hatte, dann dieser abrupte Schwenk: Plötzlich geht es um Umgangsformen, etwa, daß man sein Gegenüber nicht brüskieren sollte. Irgendwie fehlte hier die klare Linie.

Aber trotz der vielen Macken hatte Uranos Artikel etwas Faszinierendes. Er besaß Schlagkraft. Vor allem unterschied er sich völlig von den üblichen Leitartikeln. Normalerweise wurde doch nur abgedroschenes Zeug wiedergekäut. Urano hingegen hatte etwas Originelles gebracht: Wahldelikte haben nichts mit Geldgier zu tun, sondern sind vielmehr eine mißratene Form gesellschaftlichen Umgangs. Eine allgemein bekannte, geradezu lächerliche Tatsache, die aber totgeschwiegen wird, während er sie ungeniert ans Licht zerrte.

Aufgekommen war die Geschichte mit dem Kuvert übrigens auf der heutigen Sitzung, als ein Kollege, der früher für das Feuilleton arbeitete und jetzt kurz vor der Pensionierung stand, die Anekdote eines Freundes wiedergab, der eben solch einen peinlichen Umschlag erhalten hatte. Allerdings war es eher als Witz gemeint, und seine Zuhörer hatten es auch so aufgefaßt. Nicht anders verhielt es sich mit der Rundfunkrede des philippinischen Erzbischofs, die ein anderer Kollege aus der Auslandsredaktion zur allgemeinen Belustigung erzählt hatte. Es hatte sich wohl keiner träumen lassen, daß all dieser Unfug druckreif werden könnte. Es mußte Urano doch klar gewesen sein, daß er sich aufs Glatteis begab, wenn er die frisch aufgeschnappten Informationen in einem Leitartikel publizierte. Und dennoch schienen ihn allerhand Beweggründe zu diesem waghalsigen Unternehmen veranlaßt zu haben:

1. Es gab kein anderes geeignetes Material.
2. Günstige Gelegenheit, eigene Recherchen unterzubringen, wie z. B. die 5000-Yen-Noten oder die Praktiken beim Kauf der Umschläge.
3. Das Ansehen seiner Kollegen sollte gewahrt bleiben.
4. Debüt eines schreibunfähigen Kolumnisten. In Panik geraten. Keine Bedenkzeit.
5. Er war sich bis zu einem gewissen Grad, aber eben nicht ausreichend, bewußt, daß solche Episoden eigentlich nicht in einen Leitartikel gehörten.

Abgesehen von all dem war jedoch das Entscheidende, daß

6. seine Ansichten über Wahldelikte persönlichen Erfahrungen entsprangen. Anstatt Lehrbuch-Phrasen, die auf westlichen Theorien basierten, nachzuplappern, hatte er auf eigene Beobachtungen zurückgegriffen.

Nach diesen Überlegungen regte sich in Yumiko ein Gefühl unverhohlener Bewunderung für diesen bäurisch-plumpen Menschen, der ganz entgegen seiner ungehobelten Erscheinung wohl doch einen messerscharfen Verstand besaß. Vermutlich hing seine ruhmreiche Journalistenlaufbahn bei der Inlandsredaktion damit zusammen, daß er sich mit dem wirklichen Japan als einem Land Asiens auseinandersetzte und nicht irgendeinem Trend oder einer Idealvorstellung folgte.

(Die unter Punkt 1-6 aufgeführten Argumente steckten gewissermaßen den Hintergrund ab. Yumiko besaß nämlich die Angewohnheit, ihre Gedankengänge stets säuberlich zu gliedern.)

Als sie inmitten ihrer Überlegungen zum Nachbarplatz hinüberblickte, bot sich ihr ein schockierendes Bild: Dieses männliche Wesen, das sein Licht unter den Scheffel stellte und dessen Scharfblick sie soeben bewundert hatte, schaute flehend zu ihr auf und rang dabei die Hände. Mit seinem verbohrten Gesichtsausdruck wirkte er alles andere als geistreich. Er sah reichlich belemmert aus.

»Du meine Güte, was ist denn los?« erkundigte sie sich fassungslos.

»Schreiben Sie das um, ich bitte Sie!« bettelte er inständig.

»Das hier umschreiben?«

»Ja doch, wir dürfen keine Zeit verlieren!«

»Aber hören Sie mal, das ist doch exzellent. Ich finde das alles hochinteressant! Einfach umwerfend, wirklich! Ich hätte so etwas nie zustande gebracht.«

Urano strahlte über beide Ohren.

»Bloß keine Komplimente«, winkte er lässig ab, setzte aber sogleich wieder seine Leidensmiene auf: »Und wenn schon, ›interessant‹ ist ja schön und gut, aber so was kann man unmöglich in die Zeitung bringen, verstehen Sie?«

»Na ja, ein paar Stellen könnten vielleicht anecken in der Redaktion, aber ...«

»Von wegen ein paar Stellen. Das Ganze muß völlig umgeschrieben werden. Aber wie bloß? Ich weiß nicht, wo ich anfangen soll. Sie müssen mir dabei helfen! Schreiben Sie, was Sie wollen, ich halt mich völlig raus«, wimmerte er händeringend.

»Ach du liebe Güte!«

»Ich flehe Sie an!«

Er war offensichtlich von allen guten Geistern verlassen. Wenn sie ihn jetzt noch weiter schmoren ließ, würde er sich vermutlich völlig entblößen. Ihre Intuition war richtig, denn im selben Moment dachte Urano fieberhaft: Ich mache mich doch lächerlich, wenn ich mich ihr jetzt hier vor die Füße werfe. Das würde sicher nach hinten losgehen. Also kein Theater. Ich muß sie anders dazu bringen. Bisher hatte er stets unter seinen gleichaltrigen oder jüngeren Kollegen einen Ghostwriter für seine Artikel finden können – damals im Korrespondentenbüro genauso wie später im Presseclub und im Verlag. Natürlich hatte er sich jedesmal mächtig ins Zeug legen müssen, um die Sache einzufädeln, aber auf dem Boden war er nie gekrochen. In diesem Fall war es allerdings das erste Mal, daß er eine Frau darum bat. Er hatte nicht den leisesten Schimmer, welche Taktik am klügsten sei, und war in panischer Angst, sich eine Abfuhr einzuhandeln.

»Das Problem ist«, wandte Yumiko ein, »daß ich meiner Tochter versprochen habe, mit ihr gemeinsam zu Abend zu essen.« Dabei griff sie rein mechanisch nach dem Manuskript, das vor ihr lag, und diese mehr oder weniger unbewußte Geste brachte ihr gespaltenes Gefühl zum Ausdruck. Einerseits war ihr das ganze irgendwie lästig, andererseits reizte es sie, aus dem vom Ansatz her brillanten Artikel das Beste herauszuholen. Urano klammerte sich an den vagen Hoffnungsschimmer, den ihre arglose Geste vermittelte, und jaulte freudig auf:

»Dem Himmel sei Dank! Ich bin gerettet!«

»Meine Güte, ich hab doch gar nichts gesagt«, protestierte sie, allerdings ohne den nötigen Nachdruck. Damit stand fest, daß sie sich der Sache annehmen würde. Yumiko rief nochmals daheim an, um sich für ihre weitere Verspätung zu entschuldigen. Mutter und Tochter versprachen ihr, auf sie zu warten und inzwischen den ersten Hunger mit Plätzchen zu stillen.

Als Yumiko sich das Resultat ihrer fast einstündigen Arbeit nochmals durchlas, mußte sie feststellen, daß der Text nun zwar makellos war, dafür aber todlangweilig, ohne jeden Pep. Mit diesem Gefühl überreichte sie Urano das ausgedruckte Manuskript und stahl sich, während er las, auf leisen Sohlen fort. Er bemerkte es und sprang auf, um sich bei ihr zu bedanken. Ganz tief verneigte er sich hinter ihrer entschwindenden Gestalt und wandte sich dann wieder der Lektüre zu:

In ganz Japan finden in diesem Monat zahlreiche Wahlen statt, und wenn die politische Neuordnung – von den Gouverneuren bis hin zu den Gemeinderäten – weitgehend feststeht, wird der gesamte Archipel den Urlaubstagen der ›Goldenen Woche‹ entgegensehen.

Apropos, vielen von uns wird beim Stichwort ›Wahlen‹ unweigerlich die negative Begleiterscheinung Wahlmanipulation in den Sinn kommen, insbesondere das Thema Bestechung. Eine durchaus gängige Praktik, die unglaubliche Auswüchse angenommen hat. Will man sich ehrlich mit den politischen Verhältnissen hierzulande auseinandersetzen, darf man davor keinesfalls die Augen verschließen. Das wäre Schönfärberei. Äußerst bedauernswert, daß diese Unsitte, die in den westlichen Industrieländern längst ausgerottet ist, hier bei uns grassiert.

Eine demokratische Gesellschaft basiert auf Wahlen. Es handelt sich um ein Procedere, bei dem Regierungschefs und Abgeordnete ernannt und mit politischen Aufgaben betraut werden. Ein solches System funktioniert aber dann nicht mehr richtig, wenn man den Personen seine Stimme vorenthält, die der eigenen politischen Ansicht verhältnismäßig nahestehen und Integrität verbürgen.

Angenommen, Bestechung wäre legitim, dann spielten diese beiden Aspekte, nämlich verwandter politischer Standpunkt und vertrauenswürdige Persönlichkeit, gegenüber der finanziellen Macht nur eine untergeordnete Rolle. So etwas verbietet sich von selbst. Eine mit Stimmenkauf manipulierte Abstimmung wäre der Untergang der Demokratie.

Soweit, so gut. Aber leider ist dies nur Theorie. Nicht etwa, daß diese Ansicht falsch wäre, aber man muß doch zugeben, daß die Praxis anders verläuft. Wie soll man sich also verhalten, wenn man von einem Bekannten einen hellbraunen Umschlag mit der Bitte um seine Wählerstimme zugesteckt bekommt?

Dazu läßt sich folgende aufschlußreiche Episode anführen, die einem meiner Kollegen widerfuhr, als er in einer Außenstelle in der Provinz tätig war. Eines Tages wurde ihm von einer dort ansässigen, einflußreichen Persönlichkeit, mit der er einen gemeinsamen Angelausflug unternommen hatte, besagtes Kuvert mit der entsprechenden Aufforderung überreicht. Zweifellos eine Zwickmühle, aber unter endlosen Entschuldigungen gelang es meinem Kollegen, das Angebot abzulehnen, wofür sein Gegenüber sogar Verständnis zeigte. Denn mit seiner Position als Zeitungsreporter aus Tōkyō konnte er sich herausreden. Für einen Einheimischen hingegen wäre es mit ziemlicher Sicherheit problematischer gewesen. Dessen soziales Leben wäre von da an nicht mehr reibungslos verlaufen.

Man kann sich nun fragen, warum? Weil die andere Person, als sie das Angebot machte, von der Annahme ausging, man gehöre zu derselben sozialen Gruppe. Eine Ablehnung wäre demnach taktlos, man würde den Spender brüskieren. Die bisherige Beziehung wäre dadurch annulliert, während die künftige sich nur noch als reine Farce gestalten würde. Oder was noch schlimmer wäre: Man müßte sogar befürchten, daß sie in Feindseligkeit umschlägt.

Um noch einmal auf den hellbraunen Umschlag zurückzukommen, so darf man wohl annehmen, daß es sich um übliches Utensil bei Wahlmanipulationen handelt. Angeblich gelten solche Umschläge schon als Indizien für Bestechung, wenn man sie während der Wahlkampagne in einem lokalen Schreibwarenladen erwirbt. Die Verwendung dieser Umschläge bescheinigt jedoch ein gewisses Feingefühl: Die blanke Banknote wird als rüde empfunden, ein Schmuckkuvert als protzig. Deshalb hat man sich offenbar für diese Ausführung entschieden: eine schlichte Verpackung, aber formell mit dem Charakter eines Geschenks. Die Verpackung lenkt also von der Absicht des Wählerstimmenkaufs ab, wirkt eher wie eine kleine Aufmerksamkeit. Um so peinlicher natürlich für den Empfänger, wenn er sich dafür nicht erkenntlich zeigt. Sich für etwas revanchieren zu wollen, ist ein menschlicher Instinkt. Und da der edle Spender gerade für ein Amt kandidiert, erscheint es naheliegend, ihm als Gegenleistung die Stimme zu geben.

Bei den Präsidentschaftswahlen auf den Philippinen vor einigen Jahren hatte der katholische Bischof im Rundfunk dazu aufgerufen, Geldgeschenke ohne Gewissensbisse anzunehmen, das Kreuz auf dem

Stimmzettel hingegen unabhängig davon zu machen. Eine schlaue Empfehlung, möchte man meinen, aber die Praxis sah doch anders aus. Zwar wurden die Wahlen für unrechtmäßig erklärt und der Diktator letztlich gestürzt, doch die Tatsache, daß er dennoch so viele Stimmen auf sich vereinigen konnte, sagt vieles aus über die Mentalität des Volkes.

Bei näherer Betrachtung zeigt sich, daß wir nach zweierlei Prinzipien leben. Auf der einen Seite gelten die Gesetze der Dorfgemeinschaft, in der das friedliche Miteinander durch den Austausch von Geschenken gewährleistet wird. Auf der anderen Seite gibt es das moderne, urbane Prinzip des Parlamentarismus. Im Alltag lassen sich beide Prinzipien vereinbaren, während der Wahlen aber geraten sie in Konflikt. Deshalb sei all denen, die mit einem hellbraunen Umschlag behelligt werden, geraten, das Geschenk dezent zurückzugeben, ohne ihr Gegenüber zu verstimmen. Und das Wahlkreuzchen sollte man unabhängig davon machen.

Urano geriet mit fortschreitender Lektüre zusehends in Verzükkung. Am Schluß angelangt, war er ganz aus dem Häuschen. Seine freudige Erregung ließ sich – unter Verwendung von Minami Yumikos analytischer Methode – in drei Komponenten zerlegen:

1. Erleichterung, daß zu guter Letzt ein Leitartikel zustande gekommen war;

2. Befriedigung, daß seine eigenen Ideen, nun in eine lesbare Form gebracht, tatsächlich brillant waren;

3. die Hoffnung, daß seine Kollegin auch zukünftig seine Artikel schreiben würde.

Diese drei Regungen strudelten wild durcheinander und erfüllten ihn mit tiefer Zufriedenheit. Sein Hochgefühl wurde auch nicht geschmälert, als er beim Lesen des Monitortextes und später der Druckfahnen entdeckte, daß der Vizechef in Yumikos Version ziemlich herumgewütet hatte. Einige Formulierungen wirkten nun schleppender, andere Stellen verwässerter, um nicht zu sagen: Er hatte es verhunzt. Aber Uranos Euphorie hielt unvermindert an, erst recht, als er am nächsten Morgen seinen Leitartikel gedruckt las (die Frühausgabe wurde nämlich ins Haus geliefert). Auf echtem Zeitungspapier wirkte das eigene Werk viel imposanter als in den Druckfahnen. Außerdem hatte er den Text nicht mehr en detail im Kopf, so daß er nun aufs neue tief davon beeindruckt war, wie gut seine persönliche Meinung hier zur Geltung kam. Nicht zu vergleichen mit seinen damaligen Exklusivmeldungen, die von jüngeren Kollegen verfaßt worden waren. Das hier war echte Produktivität, Lust am kreativen Schreiben. Urano wiegte sich mehr und mehr in dem Gefühl, hier ganz allein die Feder geführt zu haben.

Heutzutage wurden Kommentare kaum zur Kenntnis genommen, und angeblich war ihre Leserschaft nicht größer als die Zahl der Leitartikler in ganz Japan. Aber Uranos Erstlingswerk erregte Aufsehen. Am Nachmittag seines Erscheinens saß der Verlagspräsident bei einem Friseur auf der Ginza zufällig neben einem Faktionsführer aus der Regierungspartei. Und dieser gewisse Herr gab ihm zu verstehen, daß er jenen Leitartikel unmöglich fände. Alle hätten sich über diese maßlose Übertreibung furchtbar aufgeregt. Die Neuigkeit wurde natürlich sofort dem Chef der Kolumnisten übermittelt, der mit einem höhnischen Lächeln bemerkte, daß es sich demnach wohl um einen Volltreffer handle. Mit besonderer Freude registrierte er, daß »*alle* sich aufgeregt hätten«, und fing an, mit seinen Stellvertretern darüber zu spekulieren, ob nun weniger als fünf oder mehr als zehn Abgeordnete gemeint waren.

Auf Minami Yumikos Leitartikel hatte sich kein einziger Leser gemeldet. Ihre Reaktion darauf war komplex, ließ sich jedoch in drei Komponenten zerlegen:

1. Ihre Meinung über Uranos Leitartikel hatte sich bestätigt.

2. Der von ihr korrigierte Artikel wäre ohne das Hineinpfuschen des Stellvertreters noch besser herausgekommen.

3. So oder so, sie war jetzt die Gelackmeierte.

Zwei Tage nach der zufälligen Begegnung des Verlagspräsidenten mit dem Faktionsführer wurde Urano auf der Redaktionssitzung aufgefordert, einen Beitrag für den allabendlich erscheinenden ›Nullsender‹ – eine Rubrik für Vermischtes, die von den Leitartiklern betreut wurde – zu schreiben. Da eine Reihe von Kollegen wegen Krankheit oder Dienstreisen fehlte, mußte Urano einspringen, obwohl er noch gar nicht an der

Reihe war. Ein weiterer Grund war natürlich, daß sein erster Beitrag gewissermaßen wie eine Bombe eingeschlagen hatte. Und man war neugierig, ob es ihm abermals gelingen würde, Minami Yumiko zum Schreiben zu bewegen. Denn schließlich waren in diesem Team von Klatschexperten alle darüber im Bilde, auf welchem Wege Uranos Artikel in eine druckreife Version verwandelt worden war.

»Was denn, schon wieder?« protestierte Urano, doch nach kurzem Gequengel lenkte er ein: »Na schön, ich hätte was zum Thema Ordensverleihung, was sich da so hinter den Kulissen abspielt.«

Alle johlten, sein Vorgesetzter vorneweg: Das klinge ja überaus interessant, ein hochaktuelles Thema, zumal Ende des Monats die Empfänger bekanntgegeben würden. Und damit wurde die Sitzung rasch für beendet erklärt.

Nachdem Urano herumtelefoniert und sich weitere Informationen beschafft hatte, ging er erst einmal – durch die kürzliche Erfahrung inzwischen eines Besseren belehrt – zum nahe gelegenen Soba-Imbiß, um sich ein wenig zu stärken. Gewappnet mit einem Notvorrat aus Sandwiches, Milch und Oolong-Tee kehrte er zurück. Da der Text für den ›Nullsender‹ nicht länger als 850 Zeichen sein sollte und eher essayistisch, glaubte er, daß ihm das Schreiben nun leichter fallen würde, zumal er ein persönliches Interesse an dem Stoff hatte. An Elan sollte es ihm diesmal also nicht mangeln.

In seiner Verwandtschaft gab es einen alten Herrn, der aufgrund seiner langjährigen Dienstzeit als Gemeindevorsteher im stillen immer mit einer Auszeichnung gerechnet hatte. Doch niemand rührte sich, nicht einmal, als er fünfundsiebzig wurde. Inzwischen war er gestorben. Urano plante mit seinem Artikel eine Art Hommage für jenen Mann und all die unzähligen Pechvögel, die dieses Schicksal teilten. Und bei der Gelegenheit könnte er auch die Anekdote einfließen lassen, die er von einem aufstrebenden Beamten gehört hatte, der früher im Büro des Premierministers tätig gewesen war und der ihn nicht ausdrücklich darauf hingewiesen hatte, daß die Geschichte streng vertraulich zu behandeln sei.

Als er ernsthaft ans Werk gehen wollte, merkte er, daß die

Fülle des Materials den gesetzten Rahmen sprengen würde. Zuerst wollte er das Programm der Frühjahrs-Ordensverleihung vorstellen, die am 29. April mit der Bekanntgabe der Namen eröffnet wurde, während dann in der ersten Maiwoche die Zeremonien stattfanden: Die ranghöchsten Verdienstorden wurden vom Tennō persönlich verliehen, die Orden zweiten Ranges vom Premierminister und die rangniedrigeren von den jeweiligen Ministern; am selben Nachmittag folgte dann noch eine Audienz im Kaiserpalast. Bei diesem Durcheinander könnte der Leser dummerweise auf die Idee kommen, die Preisträger der zweiten Kategorie würden dem Tennō nicht vorgestellt werden. Also war ein Zusatz erforderlich. – *Es versteht sich von selbst, daß auch die Ordensempfänger zweiten Ranges eine Audienz erhalten.* Nach weiteren Einschüben hier und da seufzte er erleichtert auf, stellte dann aber mit Schrecken fest, daß er die Hälfte der zugeteilten Textmenge damit vergeudet hatte. Einiges mußte also wieder gestrichen werden, aber das konnte warten.

Erst im reifen Alter von siebzig Jahren hat man Anspruch auf einen Orden. Es dürfte demnach eine Menge Siebzigjähriger geben, die damit rechnen. Doch infolge der ansteigenden Lebenserwartung nehmen die Anwärter inzwischen überhand. Von einer weitblickenden Warte aus gesehen, bringt das allgemeine Streben nach Langlebigkeit nicht nur Vorteile, sondern auch Nachteile mit sich.

O Gott, wie fies das klang, in diesem Zusammenhang von *Vorteilen* und *Nachteilen* zu sprechen, und der Ausdruck *weitblikkende Warte* war auch nicht gerade elegant. Aber macht nichts, korrigieren konnte er später, erst einmal drauflos!

Die inoffizielle Bekanntgabe erfolgt Anfang April. Wenn das Telefon also bis spätestens Fünfzehnten nicht geklingelt hat, kann man die Hoffnung wohl in den Wind schreiben – zumindest für dieses Jahr. Bei der ansteigenden Lebenserwartung gibt es mit Sicherheit ein ziemliches Gerangel – Mist, das stand ja schon weiter oben! –, *so daß man mit vier bis fünf Jahren Wartezeit zu rechnen hat. Das wiederum erhöht die Chance, daß so mancher Kandidat unterdessen stirbt. Man kann sich vorstellen, wie tief gekränkt sich diese Leute fühlen müssen. Ich erinnere mich ganz deutlich, als wäre es gestern gewesen, wie ich von einem Verwandten, der früher als Gemeindevorsteher tätig war, einen antiquierten Rollbrief bekam, und wie einige Tage später sein Sohn, der sein Amt übernommen hatte, mit zwei Flaschen Sake aufkreuzte und mich bat, etwas zu unternehmen.* – Halt, das brauchte man nicht zu erwähnen. Eigentlich war die ganze Passage überflüssig. Als er das zuletzt Geschriebene energisch durchstrich, dachte er schon wieder an das Sandwich im Regal. Eine ganze Weile schon kreisten seine Gedanken darum, obwohl er eigentlich gar keinen Hunger hatte, nicht einmal Appetit, da er sich vorhin im Nudelimbiß satt gegessen hatte. Es war Wißbegierde, wie es schmecken würde – na ja, auch nicht ganz passend, der Ausdruck! Aber nun spukte es eben in seinem Kopf herum, also besser, er kostete davon, um dann ungestört weiterarbeiten zu können. Entschlossen biß er in das Schinkenbrot, und weil ihm das Zeug im Hals klebenblieb, spülte er gleich die Milch hinterher. Nachdem er sich dann auch noch über die belegten Brote mit Ei und Gemüse hergemacht hatte, fühlte er sich pappsatt. Zur schnelleren Verdauung joggte er drei Runden durchs Verlagsgebäude und kam völlig durchgeschwitzt zurück. Eigentlich hätte er im Kellergeschoß eine Dusche nehmen wollen, aber jede Minute war kostbar. Also begab er sich wieder an seinen Platz, um weiterzutüfteln. Jetzt galt es, das Procedere der Ordensverleihung zu erläutern. Dazu brauchte er seine Notizen einfach nur abzuschreiben. Keinesfalls außer acht gelassen werden durfte die wichtige Information, welches öffentliche Amt der jeweilige Anwärter über welchen Zeitraum innegehabt hatte (eigentlich spielten noch andere Faktoren eine Rolle, aber er wollte es dabei bewenden lassen). Das ließ sich mit Beispielen ganz rasch abhandeln:

Ein ehemaliger Minister zum Beispiel galt als Anwärter für das ›Große Ordensband der aufgehenden Sonne‹ – die höchste Auszeichnung, die ein normal Sterblicher erhalten konnte –, während die ›Ferner liefen‹ . . . (dieser Ausdruck mußte später geändert werden, da man sich bestimmt daran stoßen würde) . . . *Jedenfalls war die vierte Ordenskategorie Leuten wie Schuldirektoren, Finanzamtsvorstehern oder Stadträten vorbehalten, und darunter rangierten dann Polizeiräte, Gemeindevorsteher, Schiffskapitäne, Zahnärzte, Vorsteher von Entbindungsstationen usw. In der sechsten Gruppe befanden sich u. a. Statistiker im öffentlichen Dienst, Postdirektoren,*

Oberaufsichtsbeamte in Jugendhaftanstalten und in der siebten schließlich stellvertretende Brandmeister bei der Feuerwehr, Polizeiwachtmeister, Obergerichtsdiener, Vorstände von Organisationen zum Schutz von Provinzkulturschätzen usw. . . .

Urano hielt inne und schnalzte besorgt vor sich hin: Verdammt viel geworden! Er überlegte fieberhaft, was er tun konnte. Der Text hatte bereits den doppelten Umfang, und er hatte nicht die leiseste Ahnung, wo er kürzen sollte. Daran waren allein die Sandwiches schuld. Obendrein hatte er auch noch eine ganze Tüte Milch intus. Übermannt von einer ungeheuren Trägheit machte er sich auf dem Sofa lang und döste ein. Er träumte, er sei wieder Kind. Er befand sich im Haus seines seligen Onkels, der ihm gerade einen Kronkorken an die Brust heftete. Er protestierte heftig, man solle ihn nicht wie ein Kind behandeln. In diesem Augenblick erwachte er. Benommen blieb er liegen, bis die Traumbilder sich allmählich auflösten – von Technicolor in Schwarz-Weiß, von Schwarz-Weiß in Sepia und von Sepia in totales Weiß. Er gab sich einen Ruck – das konnte er sich schließlich nicht erlauben – und stand auf. Nachdem er sich kaltes Wasser ins Gesicht geschüttet hatte, widmete er sich erneut dem Manuskript.

Er las das bisher Geschriebene durch und empfand es als ziemliches Kuddelmuddel. Wahrlich keine Glanzleistung! Aber jetzt mußte es so stehenbleiben. Dann fügte er den tröstenden Satz hinzu, daß es bei der Anwärterschaft nicht darauf ankomme, ob jemand nun ein mustergültiger Gemeindevorsteher oder scharfsichtiger Kommissar sei, sondern daß lediglich das öffentliche Amt oder dergleichen zähle. Und nun hatte er endlich auch den Punkt erreicht, wo er seine Pointe anbringen konnte:

Honda Sōichirō, der bekannte Wirtschaftsmagnat, war Vize-Vorstand des Automobilindustrie-Verbands und Vize-Vorsitzender der Industrie- und Handelskammer Tōkyō, aber weil er eben nur Vize-Titel besaß, hätte ihm vorschriftsgemäß nur ein Orden zweiten Ranges verliehen werden können, was der Ordenskanzlei natürlich höchst peinlich gewesen wäre. Nach langem Hin und Her hatte man schließlich herausgefunden, daß der Ehrenmann auch Vorsitzender eines Komitees gegen Prostitution war, und dieser Titel erwies sich dann als würdig für eine Auszeichnung ersten Ranges. Ein schlechter Scherz, möchte man meinen. Aber in dieser kleinen Episode spiegelt sich das ganze Tamtam um die Ordensverleihung wider. Kein Grund also, sich zu grämen, wenn der Orden ausbleiben sollte . . . Ende.

Als Urano sich das Ganze nochmals durchlas, mußte er leider feststellen, daß seine aufgesparte Pointe gar nicht mehr den gewünschten Knalleffekt besaß und außerdem völlig unmotiviert daherkam. So ungefähr nach dem Motto: Dicht daneben ist auch vorbei. Aber daran war leider nichts zu ändern. Ebensowenig ließ sich die Passage davor wegstreichen, um die erforderliche Textmenge einzuhalten, geschweige denn . . . Verflixt und zugenäht, es war zum Mäuse melken! Völlig ausgelaugt und genervt verfluchte er seinen Vorgesetzten und bereute zutiefst, daß er vorhin so leichtfertig eingewilligt hatte. Um ehrlich zu sein, regte er sich auch über seine Kollegin Minami Yumiko auf, die sich nach der Mittagspause nicht mehr hatte blicken lassen. Sie war wohl schon nach Hause gegangen. Was zum Teufel bildete diese Frau sich eigentlich ein? Und der Vize hatte ihn heute auch keines Blickes gewürdigt! Alle ließen ihn im Stich. Bis acht konnte er das Ganze noch hinausschieben, aber wenn das so weiterging wie bisher . . . Er spielte mit dem Gedanken, einen anderen Kollegen zu bitten, den Artikel zu überarbeiten.

Abermals las er das Geschriebene durch und starrte gedankenverloren auf den Text, als er plötzlich neben sich ein Kichern hörte. Er schaute hoch und sah Minami Yumiko vor sich.

Unmittelbar nach der Sitzung hatte sie das Gebäude verlassen, um eine afrikanische Abgeordnete zu interviewen und anschließend ein paar Besorgungen im Kaufhaus zu machen, wo sie Vorhänge, einen Flurläufer für den Eingang, drei Suppenschalen sowie ein Paar Schuhe erstanden hatte. Anschließend hatte sie sich mit einer Bekannten aus dem Arbeitsministerium zu einem leichten Abendessen getroffen und jetzt noch einen Abstecher in den Verlag gemacht. An Urano hatte sie gar nicht mehr gedacht. Aber als sie ihn genauso antraf wie einige Tage zuvor – völlig zerknirscht vor sich hin brütend –, konnte sie sich das Lachen nicht verkneifen.

»He, seien Sie nicht so schadenfroh, ich bin völlig am Ende.«

»Tut mir leid, aber es ist nun mal haargenau die gleiche Szene . . .«

»Haha, zum Schießen, was? Ist das aber komisch! Wie ungezogen von Ihnen, sich über mich lustig zu machen. Als Wiedergutmachung können Sie das hier gleich mal korrigieren.«

Und schwupp! hielt Urano ihr abermals sein Manuskript entgegen. Echt gutes Timing, dachte er im stillen und war schier überwältigt von sich. Und wieder hatte Yumiko ganz mechanisch zugegriffen. Im Grunde war sie auch diesmal neugierig, was er fabriziert hatte. Beim Lesen mußte sie kichern. Sie war zwar nicht so hingerissen wie von dem Leitartikel neulich, aber trotzdem gab es auch hier brillante Stellen, und diese Mixtur aus höllisch gutem Gespür und Anti-Establishment-Attitüde war einfach umwerfend – wie es sich für einen Journalisten eben gehörte. Welch rührende Geste, nicht etwa die Preisträger zu beweihräuchern, sondern denjenigen Trost zu spenden, die leer ausgegangen waren. Doch bei allem Respekt, der Stil ließ wieder einmal zu wünschen übrig.

»Total witzig, diese Story über Honda Sōichirō. Ein richtiger Gag! Stimmt das wirklich?«

»Aber sicher doch!«

»Sieh mal einer an, damit befassen sich also unsere Bürokraten. Nun . . .«

Urano unterbrach sie:

»Jaja, aber so kann ich das unmöglich abliefern. Vor allem die Länge. Ich krieg das einfach nicht gekürzt und kann unmöglich noch mal von vorn anfangen. Knifflige Sache, so ein Text. Schon in der Grundschule war mir das ein Kreuz. Ach, das hatte ich ja bereits erwähnt. Sie lassen mich doch nicht hängen?« Er bemühte zusätzlich seine flehenden Hände.

»Meinetwegen können Sie alles neu schreiben. Nur bitte . . .«

»Schon gut, ich tu's ja, aber hören Sie endlich mit diesem Gebettel auf.«

Nachdem sie das Manuskript an sich genommen und ihn beschwichtigt hatte, erkundigte sie sich eingehend nach allem, was mit der Ordensverleihung im Zusammenhang stand, und schickte Urano in die Sportredaktion und ins Archiv, um weitere Informationen zu beschaffen. Als Ex-Spitzenkriminalreporter war er von schneller Auffassungsgabe und recherchierte ohne weitere Rückfragen alles, um was sie ihn gebeten hatte. Es ging ganz rasch. Er hatte gute Arbeit geleistet. Nachdem sämtliche Vorarbeiten getroffen waren, fing Yumiko an zu schreiben.

Die alljährlich im Frühjahr stattfindende Ordensverleihung steht ins Haus – an sich ein bedeutendes Ereignis, wären da nicht diese dubiosen Auswahlkriterien . . .

Nach der Einleitung bemängelte sie, daß die Kriterien weder die Persönlichkeit noch die Verdienste eines Menschen berücksichtigen würden, sondern nur den erworbenen Rang und wie lange man das Amt innehatte. Anschließend führte sie Ordensanwärter der unteren Kategorien auf, übersprang den ganzen Mittelteil, um dann sofort zu den ersten Rängen zu kommen: Sie nannte einen einmalig amtierenden Minister, dem das ›Große Ordensband der aufgehenden Sonne‹ verliehen worden war, sowie zwei Ex-Premierminister, die die höchste kaiserliche Auszeichnung, den ›Chrysanthemen-Orden‹, erhalten hatten.

Doch auch in ihrem Fall haben nicht die Verdienste gezählt, sondern satzungsgetreu allein der Umstand, daß Yoshida Shigeru fünfmal in sieben Jahren und Satō Eisaku dreimal in knapp acht Jahren das Amt des Regierungschefs bekleidete.

Ein derart rigides System bringt natürlich auch Kuriositäten mit sich, wie der Fall des Großindustriellen Honda Sōichirō zeigt. Die Jury hatte sich förmlich ein Bein ausgerissen, um ihm den nötigen Rang zu verschaffen. Letztlich konnte ihm nur deshalb eine Auszeichnung ersten Ranges verliehen werden, weil er früher einmal Vorsitzender eines Komitees gegen Prostitution gewesen war.

Und jetzt kam Yumikos Pointe:

Man stelle sich zum Vergleich einmal vor, Nagashima Shigeos Präsidentschaft beim Senioren-Krocket-Verein, die er nach seinem Abschied vom Baseball innehatte, würde höher bewertet werden als seine Glanzzeit bei der ›Giants‹-Mannschaft, der er mit zahllosen Treffern und einer brillanten Abwehrtechnik unzählige Male zum Sieg verholfen hatte. Es wäre also wirklich an der Zeit, dieses lächerliche und absurde System zu ändern.

Sie hatte damit all jenen Siebzigjährigen, die umsonst auf eine Medaille warteten, zwar keinen ausdrücklichen Trost ausgesprochen, doch man konnte es zwischen den Zeilen lesen. Die Arbeit war getan!

Urano las den Text mehrmals aufmerksam durch.

»Aha, dafür mußte Nagashima also herhalten. Ich hatte mich schon gewundert, weshalb ich über einen Baseballstar recherchieren sollte. Gut, echt gut!« lobte er überschwenglich. Yumiko triumphierte innerlich, gab sich jedoch bescheiden und sagte lächelnd:

»Sie wissen doch, nur die Monroe und Nagashima darf man ungestraft in den Himmel heben.«

»Aber einer intelligenten Frau wie Ihnen darf man doch wohl ein Kompliment machen. Oh, Pardon, was rede ich denn, einer so schönen und noch dazu intelligenten Frau. Im Ernst, es ist fabelhaft.«

»Sie verschwenden Ihr Talent in diesem Laden. In der Werbeabteilung wären Sie besser aufgehoben.«

Ihre Augen blitzten immer noch leicht vor Erregung, daß sie einen Text vollendet hatte, auch wenn es lediglich eine Nachbesserung von Uranos kurzem Artikel war. Trotz ihres spöttischen Untertons wirkte sie entspannt und machte keine Anstalten, sofort aufzuspringen. Urano freute sich wie ein Schuljunge, der von seiner Lehrerin den korrigierten Aufsatz zurückbekommt. Ein wohliger Schauer durchlief ihn, der ihn auf einen ziemlich verwegenen Gedanken brachte. Weshalb verhielt sie sich eigentlich so zuvorkommend? Irgendwie paradox, wo er doch derjenige war, der sie inständig um den Gefallen gebeten hatte. Die Frage ließ ihn nicht mehr los. Ihre übermäßige Freundlichkeit war weder einfach damit zu erklären, daß sie beide neu im Team waren und ihre Tische nebeneinander standen, noch damit, daß ein erfolgreicher Journalist wie er solche Torturen durchmachen mußte, oder daß seine Beiträge sie faszinierten (vorausgesetzt, ihr Kompliment war nicht bloß Süßholzgeraspel). Sonst hatte er meistens Untergebene für sich schreiben lassen, aber diesmal lag der Fall anders. Und intim waren sie schließlich auch noch nicht miteinander gewesen.

Während er sich also darüber wunderte, schoß ihm ein noch phantastischerer Gedanke durch den Kopf: Womöglich hatte sich diese Frau in ihn verliebt... Er war selbst ganz erschüttert über diesen Einfall, aber so abwegig war das gar nicht, wenn man bedachte, daß sie ihn nun bereits zum zweiten Mal verhätschelt hatte. Der blitzartig aufgetauchte Gedanke ließ sich nicht mehr abschütteln. Das erklärte natürlich auch, weshalb sie so selig lächelnd vor ihm saß und sich offenbar nicht losreißen konnte. Sie hatte dem Mann, den sie liebte, soeben aus der Patsche geholfen.

Es war allgemein bekannt, daß Minami Yumiko mit Anfang Zwanzig geheiratet hatte, sich aber ziemlich bald wieder scheiden ließ. Seitdem war sie Single. Trotz oder wegen ihrer zahlreichen Männerbekanntschaften (übrigens alles Externe) wußte niemand, wer ihr derzeitiger Liebhaber war. Als Urano sich das ins Gedächtnis rief, dachte er im stillen: Aha, demnach bin ich also unmittelbar nach der Trennung von dem großen Unbekannten auf der Bildfläche erschienen – was für ein Wink des Schicksals! Er war ganz ergriffen von dieser Vision. Urano besaß einen Hang zum Fatalismus. Jedesmal, wenn er einen großen Fisch an der Angel hatte – sei es nun ein Mordfall oder ein Bestechungsskandal –, verfiel er auf die fixe Idee, in seinem früheren Leben bereits eine karmische Beziehung zu dem Verdächtigten gehabt zu haben. In diesem Moment ließ Minami Yumiko ein leises Gähnen verlauten, was Urano allerdings mißdeutete: Sieh an, ganz schön fix, die Dame, aber offenbar will sie mir ein Zeichen geben, daß wir uns irgendwo zu einem Schäferstündchen niederlassen sollten. Da wäre es doch unverzeihlich, wenn ich nicht sofort pariere... – so jedenfalls schätzte er die Lage ein und schritt zur Tat:

»Na, wie wär's? Wo Sie mir nun schon zweimal hilfreich zur Seite gestanden haben, möchte ich Sie gern zum Essen einladen. Haben Sie Zeit?«

Sie blieb jedoch völlig ungerührt.

»Ach was, nur keine Umstände! Im übrigen habe ich heute schon zu Abend gegessen. Ein anderes Mal vielleicht...«, sagte sie und schenkte ihm ein Lächeln. Ganz schön lasziv, dachte er und fühlte sich dadurch etwas versöhnt nach dem

Dämpfer, den sie ihm mit ihrer Absage erteilt hatte. Das Gähnen hatte er wohl mißverstanden, aber ihrem Lächeln nach zu urteilen, schien die Sache nur aufgeschoben. Demnach würde sie ihm auch weiterhin für seine Artikel zur Verfügung stehen. Kein Wunder, so verknallt wie sie in mich ist!

»Na, dann ein anderes Mal«, flötete er galant. In diesem Augenblick kam der Vizechef angerannt.

»Es ist fertig! Ich hole es sofort«, rief ihm Urano entgegen. Nachdem er hastig sein Kürzel ›Ura‹ darunter gesetzt hatte, überreichte er seinem Vorgesetzten das Manuskript. Der Vize grinste beim Lesen.

»Gar nicht übel«, befand er.

»Es ist noch etwas aufgemöbelt worden«, gab Urano zu, worauf der Vize bloß nickte.

Bevor sein ›Nullsender‹-Beitrag die restlichen Schaltstellen passieren konnte, wurden noch drei Ausdrücke entschärft, so daß der Text nur an diesen Stellen etwas schlapp wirkte. Die Überschrift, die der Vize in zwei Zigarettenlängen ausgebrütet hatte, lautete ganz lapidar: *Die Orden*.

Als Urano zu seinem Platz zurückkehrte, war Minami Yumiko schon weg, was er wiederum als feinsinniges Benehmen auslegte. Schließlich mußte sie ihre leidenschaftlichen Gefühle für ihn verbergen. Wenn er diese Logik weiterverfolgte, so lag der Fall ganz klar: Hier appellierte ein holdes Wesen in ganz jungmädchenhafter Manier an sein Männerherz – eine Frau in den Vierzigern, deren Gesicht und Figur zwar kaum mehr zarte Züge aufzuweisen hatte, aber dafür eine physische Reife, die sich männlicher Obhut verdankte. Urano schwelgte in lyrischen Betrachtungen – nur, daß deren Trivialität sogar die Schlagzeilen vom Chef der Layout-Abteilung in den Schatten stellte, die der immer ausgerechnet dann auszuhecken pflegte, wenn gerade Not am Mann war. Als Urano sich zum Aufbruch bereit machte, fiel sein Blick unwillkürlich auf den Plüschhund Shirobē, und ihm wurde schlagartig bewußt, daß er zum ersten Mal mit einer Hochschulabsolventin ins Bett gehen würde.

Urano legte Wert darauf zu wissen, was für einen Bildungsgrad jemand hatte, egal, ob derjenige zur Firma gehörte oder nicht. Über seine Kollegen war er natürlich bestens informiert: wer an welcher Uni studiert oder wer das Studium geschmissen hatte; in einigen Fällen kannte er sogar das Gymnasium. Er glich darin einem Baseballreporter, der aus dem Effeff sagen konnte, welcher Profispieler früher in welcher Highschool-Mannschaft mitgewirkt hatte, ob der Betreffende im berühmten Kōshien-Stadion gespielt hatte, von welchen Vereinen er eingekauft worden war und so weiter. Es war allerdings das erste Mal, daß Urano eine Frau nach ihrer Bildung beurteilte. Aber um ehrlich zu sein, hatte es ihn insgeheim immer gewurmt, daß alle seine Verflossenen bloß Oberschulabschluß besaßen – bis auf zwei Ausnahmen, die es aber auch nur bis zum Juniorcollege gebracht hatten. Wahrscheinlich hatte sich ihm die Frage nach Minami Yumikos Bildungsgrad wegen dieser tiefsitzenden Frustration aufgedrängt. Eine der beiden Ausnahmen war übrigens seine Ehefrau, die andere die Gattin eines Polizeiinspektors aus Ōsaka. Urano war seinerzeit dort nicht mehr als Kriminalreporter tätig, kannte aber den Inspektor sehr wohl vom Sehen. Noch jetzt hatte er die Szene ganz deutlich vor Augen: Es war an einem Nachmittag im Hochsommer, er verließ mit ihr gerade das Stundenhotel, als er plötzlich auf der anderen Straßenseite den Ehemann erblickte, der an einem Telegrafenmast lehnte. Um ihn herum lauter glitzerndes Zeug verstreut. Jetzt hat mein letztes Stündlein geschlagen, dachte er damals, doch dann riß er sich zusammen und setzte alles auf eine Karte, indem er auf Schmiergeldzahlungen aus der Unterwelt anspielte (ein Verdacht, den er schon lange hegte, dafür jedoch keine Beweise hatte). Der andere wurde kreidebleich, schnappte wortlos seine Frau und führte sie regelrecht ab. Hinterher bemerkte Urano, daß das Glitzerzeug Stanniolpapier von Konfekt war. Aha, eine Naschkatze! Etwa zehn Jahre war das jetzt her . . .

Urano fuhr mit dem Lift hinunter und verließ das Verlagsgebäude. In der Dämmerung, unterwegs zu seinem Sushi-Stammrestaurant, dachte er an Minami Yumiko. Mal abgesehen von den zärtlichen Regungen war da der gewisse Unterschied zwischen einem Juniorcollege und einer echten Universität, was ihre Attraktivität noch steigerte: Plötzlich lifteten sich ihre Augenpartien, die Haut gewann ihre jugendliche Elastizität zurück, und das Gesicht wurde um einiges schmaler, während ihr andererseits die erotische, würdevolle Ausstrahlung einer reifen Frau Mitte Vierzig erhalten blieb. In seiner Phantasie erstand ein Traumweib, das seine Männlichkeit zur Raserei brachte.

2. Kapitel

Zu dritt schlenderten sie in der sternenklaren Mainacht die kurze Strecke von der Konzerthalle zum vietnamesischen Restaurant zurück und schwärmten von der osteuropäischen Sopranistin, die sie gerade gehört hatten. Besonders die Operettenarien hatten es ihnen angetan.

»Eine Stimme, als hätte man eine neue Vogelart entdeckt«, fand Minami Chie, Magisterstudentin für englische Literatur an einer Frauenhochschule.

»Viel mehr Verve als auf ihren frühen CDs«, schwelgte ihr Begleiter Shibukawa Takeo, Assistenzprofessor für japanische Geschichte, und Miyake Masaya, Beamter im Finanzministerium, pflichtete ihnen bei:

»Ich bin ganz eurer Meinung.«

Und so drehte sich das Gespräch im Restaurant zunächst um das Thema Stimme. Sie saßen an einem Tisch an der Wand. Die junge Frau in dem hortensienfarbenen Kleid hatte hinten Platz genommen, die beiden Herren im Anzug setzten sich ihr gegenüber. Shibukawa legte gleich los:

»Neulich war ich ganz verdutzt, als ich bei euch anrief. Die Stimme deiner Mutter klingt genau wie deine, aber haargenau.«

Er meinte ihre Mutter Minami Yumiko, die Kolumnistin bei den ›Neuen Nachrichten‹. Chie nickte.

»Am Telefon schon. Aber sonst haben wir keine Ähnlichkeit!«

»Aha!«

»Sie hat ein ziemlich eigenwilliges Gesicht, eher wie ihre Tante, also meine Großtante. Die war nämlich Filmschauspielerin.«

»Ach wirklich? Wie heißt sie denn?«

»Yanagi Aeka.«

»Kenne ich nicht.«

Miyake, der sich in die Speisekarte vertieft hatte, sagte ohne aufzuschauen:

»Yanagi Aeka? Den Namen habe ich schon mal gehört.«

»Siehst du! Sie war ja auch eine ziemliche Berühmtheit. Zumindest in dem Jahrzehnt nach dem Krieg.«

»Da bin ich ja gerade erst zur Welt gekommen.«

»Dafür ist dein Gedächtnis aber erstaunlich gut.«

Während Miyake mit dem Kellner verhandelte, sagte Shibukawa:

»Ist doch interessant, anders auszusehen und trotzdem die gleiche Stimme zu haben.«

»Ich komme eher nach meiner Großmutter.«

»Aha, demnach auch eine Schönheit, die alte Dame.«

»Hör auf zu spinnen!«

»Meine Güte, Shibukawa, ich habe auch schon bessere Komplimente gehört«, stichelte Miyake und blickte diesmal auf. Alle drei brachen in schallendes Gelächter aus.

Ihre Ausgelassenheit mochte etwas übertrieben wirken, was jedoch auf die besonderen Umstände zurückzuführen war: Die jungen Männer waren seit der Oberschulzeit eng miteinander befreundet, und beide hatten Minami Chie fast gleichzeitig kennengelernt. Sie fühlten sich hingezogen zu dem Mädchen mit dem leicht melancholischen Ausdruck, der sich ganz plötzlich in ein lebhaftes Mienenspiel verwandeln konnte. Chie zog keinen der beiden vor. Sie hatte zwar beide liebgewonnen, sich aber in keinen verliebt. Trotz der prekären Situation war die Freundschaft zwischen den Männern keineswegs gefährdet, worauf sie auch großen Wert legten. Bei der fairen Behandlung hatten sie ohnehin keinen Grund zur Eifersucht. Im Gegenteil, manchmal verständigten sie sich sogar über Chies Verhalten und beratschlagten, wie man darauf reagieren sollte. Auch heute abend ging die Einladung von beiden aus: ein Trostpflaster für Chie, die gerade durch die Aufnahmeprüfung für den Magisterkurs an einer staatlichen Universität gefallen war, was bedeutete, daß sie an der Frauenhochschule weiterstudieren würde. Bei den Männern also war es Liebesleid und bei ihr Enttäuschung wegen der verpatzten Prüfung – willkommene Vorwände zum Feiern. Jeder von ihnen glaubte, für eine möglichst unbeschwerte Stimmung sorgen zu müssen.

Als die Rübenröllchen mit geräuchertem Lachs serviert wurden, die so gar nicht nach einem vietnamesischen Gericht aussahen, prosteten sie sich mit chinesischem Reiswein zu und kehrten dann zum Thema Stimme zurück.

»Bei den Freunden meiner Mutter ist das genauso«, sagte Chie, worauf ihre Begleiter gleichzeitig nickten, da sie annahmen, daß von den männlichen Bekanntschaften der Mutter die Rede war. Beide waren ungefähr über die Situation in Chies Zuhause im Bilde. Chie selbst hatte vor längerer Zeit einiges ausgeplaudert: daß ihre Mutter mit einem Bankangestellten verheiratet gewesen war, von dem sie sich aber nach der Geburt der Tochter hatte scheiden lassen. Ihr wurde damals das Sorgerecht übertragen, und seitdem führte sie ein Single-Dasein. Der Vater war inzwischen zum Direktor irgendeiner Bank in Hokkaidō aufgestiegen.

Das Mädchen mochte sich gedacht haben, daß ihnen vielleicht die Lust am Heiraten vergehen würde, wenn sie erfuhren, daß sie eine Scheidungswaise war. Aber das störte die beiden Männer natürlich nicht im geringsten. Im Besitz dieser Informationen – Miyake war zu dem Zeitpunkt noch Chef eines Finanzamtes in der Provinz und Shibukawa Dozent – wurde in Chies Abwesenheit eifrigst über die Mutter spekuliert. Alleinstehend und dazu noch attraktiv – zumindest von dem Zeitschriftenfoto her zu schließen, von dem Miyake eine Kopie an Shibukawa geschickt hatte –, gab es garantiert einen Liebhaber. Und da sie für Durchschnittstypen sicher nichts übrig hatte, mußte es ein Mann von Format sein, der ganz bestimmt verheiratet war.

Das Geheimnis, wer denn nun der Glückliche war, blieb natürlich offen. Weder lieferte die Tochter ihnen weitere Anhaltspunkte, noch kannten sie jemanden aus dem Zeitungsmilieu, der ihnen Hinweise hätte geben können. Auch andere Quellen gaben diesbezüglich nichts her. Das Rätselraten um den Freund der Mutter trat für den Finanzbeamten und den Japanhistoriker allmählich in den Hintergrund, doch von Zeit zu Zeit besannen sie sich wieder auf dieses spannende Thema. Was allerdings die Tochter hier gerade von sich gab, versprach neue Erkenntnisse.

»Bei Musikern ist das übrigens ganz anders«, leitete Chie die nächste Episode ein, die sich auf einen Dirigenten bezog, der sich vorwiegend im Ausland aufhielt und kürzlich bei ihnen angerufen hatte. Nach einem knappen Wortwechsel mit Chie habe er gleich die Mutter verlangt.

»Tja, solche Leute können sogar bei einer CD raushören, auf welchem Orchesterplatz eine Violine falsch spielt«, pflichtete Miyake ihr bei, während er blitzschnell kombinierte: *Na bitte, dieser Dirigent wäre doch ein geeigneter Kandidat, aber sie muß sich ziemlich einsam fühlen, wenn er immer auf Achse ist.*

»Erstaunliches Gehör«, murmelte Shibukawa und überlegte sich ebenfalls, ob der Dirigent vielleicht in Frage kam. Aber da Chie ihn nur so nebenbei erwähnte, lief da offenbar nicht viel zwischen den beiden.

Alle drei fanden den chinesischen Reiswein ausgezeichnet. Die Männer becherten ordentlich, während Chie nur ein wenig nippte. Zum Dank für den heutigen Abend fühlte sie sich verpflichtet, besonders unterhaltsam zu sein, aber es wollte ihr einfach nichts Gescheites einfallen. Also ließ sie sich weiter über die Männerbekanntschaften ihrer Mutter aus, von denen sie einige sogar namentlich erwähnte: einen Maler, dessen Werke in letzter Zeit hoch gehandelt wurden; einen MITI-Beamten, der für das Amt eines Staatssekretärs vorgesehen war, sowie einen Chemiker, der als Nobelpreis-Anwärter galt.

»Und wenn meine Mutter dann ans Telefon kommt, fragen alle immer ganz irritiert: ›War das nicht eben deine Stimme?‹«

»Alle Achtung, das ist ja eine imposante Riege.«

»Und die rufen alle bei euch an ...«

»Tja, Mutter scheint ziemlich beliebt zu sein. Aber das ist noch längst nicht alles ...«, kicherte Chie und setzte die Aufzählung fort: eine Koryphäe auf dem Gebiet der Krebsforschung; ein Abgeordneter der Regierungspartei, der als kommender Fraktionsführer im Gespräch war; ein Bestseller-Autor von historischen Romanen, die in verschiedenen Kulturen spielten; ein weiterer Politiker (diesmal von der Opposition); ein Architekt und schließlich der Chef eines Konzerns, der sich mit High-Tech-Erfindungen einen Namen gemacht hatte.

»Und die gehören alle zu Mamis Leibgarde?«

»Ja, ihre Groupies sozusagen.«

»Donnerwetter«, staunte Miyake und stellte sich vor, wie stolz er sein würde, eine Schwiegermutter mit einem solch illustren Bekanntenkreis zu bekommen. Doch wer nun der Liebhaber war, das war nicht herauszukriegen.

Shibukawa wunderte sich indessen, warum Chie, die sich sonst nie so affig benahm, heute abend derart spießiges Zeug redete. Als er aber ihr verschmitztes Lächeln bemerkte, nahm er an, daß sie gleich zur Pointe kommen würde, und wartete ab.

»Findet ihr das nicht auch komisch? Fast alle im gleichen Alter, aber jeder aus einer völlig anderen Sphäre, na ja, bis auf die beiden Politiker.«

»Immerhin aus gegnerischen Parteien«, warf der Finanzbeamte ein.

»Das kommt übrigens nicht von ungefähr, daß sie all diese Leute kennt«, fügte Chie hinzu und erklärte die Zusammenhänge: Als Yumiko in ihren späten Zwanzigern noch für das Ressort Heim & Familie tätig war, hatte der neue Redaktionsleiter eines Tages scherzhaft bemerkt, daß die Frauenseite komischerweise das liebste Objekt der Leserinnen, sprich: den Mann, völlig ignorierte. Und dies brachte ihn auf die Idee, eine Serie über Männer vor der Lebensmitte zu starten. Sie bestand aus Interviews mit Aufsteigertypen in den Dreißigern aus den unterschiedlichsten Bereichen, und zur allgemeinen Überraschung wurde Yumiko mit dieser Aufgabe betraut. Die Serie fand ein großes Echo, auch zur Freude ihrer Gesprächspartner. Auf diese Weise habe ihre Mutter also eine Menge interessanter Männer kennengelernt, und bis auf einen Kabuki-Frauendarsteller von legendärer Schönheit, der ganz plötzlich starb, seien heute nach zwanzig Jahren alle wohlauf und in Führungspositionen. Das bestätige doch, zitierte Chie lächelnd ihre Mutter, was für einen guten Riecher der damalige Redaktionsleiter mit seiner Auswahl gehabt haben mußte, und welch tolle Vorarbeit ihre Kollegen aus den einzelnen Ressorts geleistet hatten.

»Meine Güte, ganz schön bescheiden, die Frau. Solche Leute reißen sich doch förmlich um die Bekanntschaft einer talentierten Journalistin, noch dazu, wenn sie attraktiv ist. Obendrein scheint deine Mutter ja auch recht clever zu sein ...«

Miyake stoppte mitten im Satz, der sinngemäß so weitergegangen wäre, daß Männer gegenüber anziehenden Frauen normalerweise mehr als nur Freundschaft empfinden und eher einen Rückzieher machen, wenn die Sache aussichtsslos erscheint. Die Frau müsse demnach ganz schön raffiniert sein, wenn sie die Typen derart lange bei der Stange hält. Es sei denn, Männer dieser Altersgruppe wären einfach stoischer und hätten einen langen Atem. Miyake besann sich jedoch eines Besseren und hielt inne, da sonst vielleicht der Eindruck entstanden wäre, er spiele auf Yumikos Promiskuität an. Glücklicherweise war niemandem aufgefallen, daß er ins Stocken geraten war.

»Wartet mal!« rief Shibukawa und rekapitulierte mit Chies Hilfe sämtliche Interviewpartner, die er an den Fingern abzählte. »Im ganzen elf, also eine ungerade Zahl. Sonst nimmt man doch immer zehn oder zwölf.«

»Stimmt, hast du vielleicht jemanden ausgelassen?«

»Kann schon sein«, sagte Chie leicht gelangweilt. Verglichen mit dem Problem des lyrischen Formenunterschieds zwischen italienischen Sonetten und denen Shakespeares oder der Frage, wie viele Romane Jane Austen geschrieben hatte, erschienen ihr die Männerbekanntschaften ihrer Mutter eher unwesentlich.

Inzwischen wurden Frühlingsrollen à la Vietnam serviert.

»Dazu paßt aber nun wirklich kein Reiswein«, protestierte Miyake und bestellte Bier. Die goldgelb frittierten Rollen waren in Perilla und Salat gewickelt und wurden in eine Sauce getunkt, die derart scharf war, daß sie literweise hätten trinken können. Sie ersannen immer neue Lobeshymnen auf das Mahl, bis Miyake das spannende Thema wieder aufgriff:

»Wie aufregend, von derart bedeutenden Männern umlagert zu sein. Dann kriegt deine Mutter Informationen ja praktisch aus erster Hand. Es könnte doch aber auch passieren, daß man sie als Informantin einsetzt.«

»Hm, glaubst du?«

»Könnte ich mir vorstellen.«

»Na ja, kann sein.«

»Dann scheint sie ja mächtig eingespannt zu sein, selbst wenn sie sich mit jedem nur einmal pro Jahr verabreden würde«, überlegte Shibukawa. Chie nickte.

»Einladungen zu Partys, in die Oper oder ins Kabuki – so in der Art«, fügte sie hinzu. Nachdem Miyake seine letzte Frühlingsrolle mit einem großen Schluck Bier heruntergespült hatte, hakte er nach:

»Aber unter den Groupies gibt es doch Favoriten, oder?«

»Du meinst intime Beziehungen?«

»Ja, mit wem ist sie denn am engsten befreundet?«

Miyake fand, daß eine alleinstehende Frau besser ihre Liaison zugeben sollte, um sich nicht dem Verdacht der Promiskuität auszusetzen. Aber wie sollte er das den anderen erklären, besonders der Tochter.

»Meine Güte, wie soll ich das wissen?« entgegnete Chie etwas schnippisch, worauf Shibukawa seinen Freund hastig zu bremsen versuchte:

»Mensch, Miyake, jetzt bist du aber zu weit gegangen.«

Doch der Finanzbeamte ließ sich nicht beirren:

»Das mußt du doch daran merken, wie sie von ihnen spricht?«

»Überhaupt nicht!«

»Tja, dann ist es wohl jemand ganz anderes«, sagte Miyake lauernd.

»Wenn ich das wüßte ...«

Chie stellte sich absichtlich dumm. Natürlich ahnte sie, wer der Geliebte ihrer Mutter war, aber sie dachte nicht im Traum daran, es zu verraten. Miyake ließ nicht locker:

»Hört man es denn nicht, wenn sie miteinander telefonieren?«

»Keine Ahnung. Und außerdem geben sich solche Leute doch keine Blöße am Telefon«, entgegnete Chie. Miyake bohrte weiter:

»Sieh an! Dann melden sich also noch andere Männer, die komisches Zeug faseln, ja?« reagierte er blitzschnell, als sei er soeben einer Steuerhinterziehung auf die Schliche gekommen.

Chie war sprachlos und wurde rot, worauf Miyake zuschnappte:

»Wer? ... Wer war es? Hat er sich bei dir verquatscht?«

Shibukawa, der sich die ganze Zeit zurückgehalten hatte, reckte nun neugierig den Kopf. Chie setzte wieder ihr undurchsichtiges Lächeln auf, rückte dann aber doch mit der Sprache heraus: Neulich, als sie selber den Hörer abgenommen hatte, meldete sich eine rauhe, ziemlich dreist klingende Männerstimme, die ihr unbekannt war. Als sie dann auf sein ›Hallo, na‹ mit ›Ja?‹ antwortete, brach es aus ihm heraus: ›Ich weiß gar nicht, wie ich dir danken soll. Ich liebe dich so, glaube mir, ich liebe dich wahnsinnig . . .‹ Es klang wie ein Wahlkampf-Stakkato aus einem Lautsprecher. Auf ihr ›Moment, ich verbinde‹ folgte ein völlig entsetztes ›Was?!‹. Ihre Mutter übernahm das Gespräch, aber was dann weiter geschah, sei ihr leider entgangen, da gerade die Wäsche geliefert wurde. Anschließend wurde sie mit einem Handwedeln verscheucht, und sie verzog sich in ihr Zimmer. Hinterher erfuhr sie von ihrer Mutter, daß es ein Kollege gewesen war, der mit ihr zusammen im April bei den Kolumnisten begonnen hatte; früher sei er Kriminalreporter gewesen – ein Crack mit zahlreichen Auszeichnungen, nur mit dem Schreiben habe er Probleme, deshalb spannte er immer andere für sich ein. In seiner neuen Stellung sei er ganz schön aufgeschmissen. Ihre Mutter habe ihm wiederholt auf seine Bitte hin geholfen, und nun bildete er sich ein, sie hätte ihm damit einen Liebesdienst erweisen wollen. In diese fixe Idee habe er sich offenbar immer mehr hineingesteigert.

»Mutter hat ihn natürlich ordentlich zusammengestaucht, so daß er ganz kleinlaut wurde. Für sie ist er selbstverständlich nur ein Kollege. Und dann besaß er noch die Frechheit, mich grüßen zu lassen: ›Empfehlen Sie mich bitte Ihrem Fräulein Tochter.‹ Völlig übergeschnappt, der Typ!«

Die beiden Männer lachten sich kaputt.

»Wahrscheinlich ein *blackout.*«

»So ein hohler Spruch ›Empfehlen Sie mich . . .‹.«

»Ein Journalist, der nicht schreiben kann, sagst du?«

»Ja, ja, sowas gibt's. Selbst bei Professoren . . .«

Sie amüsierten sich köstlich.

»Und dann habe ich das hier bekommen.«

Die junge Frau zeigte ihnen eine elegante Handtasche französischer Marke aus dunkelgrünem Leder, die gut zu ihrem pastellblauen Kleid paßte. »Wurde über den Kaufhausversand geschickt.«

»Aha, das schlechte Gewissen«, sagte Miyake.

»Kleine Aufmerksamkeit für Mutter. Zurückschicken wäre unhöflich gewesen, aber damit rumlaufen wollte sie auch nicht. Also habe ich durch Mutter ...«

» ... profitiert.«

»Genau.«

»Diese sogenannte Aufmerksamkeit war doch in Wirklichkeit ...« Miyake stockte. ›Ein Liebesgruß‹ lag ihm auf der Zunge, doch er verkniff sich die vorlaute Bemerkung.

»Stimmt«, gab Chie ganz freimütig zu und holte einen zierlichen Fächer aus der Tasche, mit dem sie sich Luft zuwedelte. Ihr Gesicht glühte, was nicht allein am Schwips lag; sie schämte sich ihrer Geschwätzigkeit.

In dem Augenblick wurde das fleischgefüllte Tōfu-Gericht serviert. Das Gehackte in der frittierten Hülle schmeckte einfach umwerfend.

»Die sind aber auch köstlich!«

»Sollte Bestandteil der japanischen Küche werden. Allerbeste Zutaten. Erinnert mich an Mabō-Tōfu.«

»Das wird aber auch schon der Höhepunkt gewesen sein«, dämpfte Miyake die Schwelgereien der beiden.

»Zeig mal!« sagte Shibukawa nach einer Weile und ließ sich von Chie den Fächer reichen. Auf dem weißen Papier stand in blasser Pinselschrift:

Eine kühle Brise streift die schönen Brauen.

»Passender Spruch für einen Damenfächer!«

»Der Großvater einer Freundin, ein Kalligraph, hat das für mich geschrieben.«

»Kennst du ihn persönlich?«

»Nein, aber er hat mich angeblich auf einem Foto gesehen und daraufhin gemeint, der Fächer sei für die junge Dame. Merkwürdig, nicht?«

»Ihr seid ja wohl beide außerordentlich beliebt, deine Mutter und du«, neckte Miyake sie, während Shibukawa den Namenszug auf dem Siegel zu entziffern versuchte:

»Könnte *Banzan* heißen?«

»Was? Banzan?« rief Miyake verwundert und riß ihm den

Fächer aus der Hand, um ihn selbst unter die Lupe zu nehmen. Von diesem Menschen war nämlich im Kreis der Staatsbeamten in letzter Zeit häufiger die Rede gewesen.

Ōnuma Banzan, der seine Laufbahn an einer provinziellen Mittelschule als Lehrmeister für japanische und chinesische Kalligraphie begonnen hatte, gelangte erst nach dem Krieg in die Metropole Tōkyō, wo er eine Kalligraphieschule eröffnete und außerdem Vorlesungen an einer Universität hielt. Später wurde einer seiner ehemaligen Schüler Kabinettsminister und bat ihn gelegentlich, etwas für ihn zu schreiben, was dazu führte, daß er von Banzan Privatstunden in chinesischer Poesie, Gestaltung und Pinselführung erhielt. Im Zuge seines weiteren Aufstiegs vom Fraktionsführer zum Premierminister fand sich der Kalligraph bald von Politikern umlagert. Seine Unterweisungen in der Schriftkunst sahen im Grunde so aus, daß er neben dem Schüler hockte und ihn über den grünen Klee lobte, was seine Wirkung allerdings nicht verfehlte und ihm zu weiterer Popularität verhalf. Zudem waren seine Lyrikinterpretationen leicht verständlich und schlagkräftig, daß sie sich hervorragend für politische Reden eigneten. Als der Regierungschef zurücktreten mußte und Banzan nach der Kabinettsneubildung nun auch noch dessen Nachfolger zu betreuen hatte, stieg ihm der Ruhm offenbar zu Kopf, und er erklärte sich zu einem zweiten Yasuoka, wozu natürlich seine Anhänger einiges beitrugen. (Yasuoka Masaatsu war Sinologe und – angefangen bei Yoshida Shigeru – Mentor einer ganzen Reihe von Premierministern, ein Mann von glänzendem Ruf, dessen Vorlesungen sowohl in der Politszene als auch in der Finanzwelt und in Beamtenkreisen überaus populär waren. Bei Banzan hingegen deutete nichts auf ein derartiges Format hin.) Als Miyake mit seinen Ausführungen fertig war, brummte Shibukawa:

»Nie von ihm gehört. Und das soll toll sein? Na ja, sieht jedenfalls besser aus als das sonstige Gekrakel, das keiner lesen kann.«

»Bei einem persönlichen Besuch würde er mir sogar eine großformatige Kalligraphie anfertigen. Aber was soll ich damit ...«, überlegte Chie, doch dann besann sie sich auf den materiellen Nutzen: »Die kosten doch sicher einiges, oder?«

»Mag schon sein«, entgegnete Miyake, und während er seinen Kopf wiegte, wurde ein weiterer Gang serviert: gedämpfte Meerbrasse mit einer originellen Gewürznote – alles in allem recht schmackhaft. Miyake, der für die Menüzusammenstellung verantwortlich war, hielt sich dezent zurück, während die beiden anderen das Gericht lobten.

Dann wechselte Chie das Thema und warf die Frage auf, weshalb japanische Politiker sich überhaupt mit Kalligraphie befaßten. Sie hatte keinen besonders angesprochen. Shibukawa schaute kurz zu Miyake, doch der winkte ab und ließ ihm den Vortritt.

»Gute Frage, Chie. Aber vielmehr sollte man sich wundern, *weshalb* die Leute überhaupt so wild darauf sind, Handschriften zu besitzen? Wir beide mögen das ja als Quatsch empfinden, aber . . .«

»Ich übrigens auch«, rief Miyake keck dazwischen, worauf Shibukawa sich mit einem saloppen ›Pardon‹ entschuldigte und seine Überlegungen fortsetzte:

In Kulturen mit chinesischer Schrift sei es ein weit verbreiteter Brauch, handgeschriebene Widmungen von Politikern zu sammeln, was zweifelsohne seine Wurzeln in China hat, wo sich die einstigen Würdenträger einer Mandarinprüfung unterzogen. Schreiben galt zwar nicht als eigenständiges Prüfungsfach, aber die Texte mußten in tadelloser Handschrift vorgelegt werden, andernfalls hinterließ man einen schlechten Eindruck oder fiel sogar durch. Demnach zeichneten sich alle, die nach bestandenem Examen ein Staatsamt bekleideten, abgesehen von ihrer sonstigen Bildung, durch eine schöne Handschrift aus. Das führte schließlich dazu, daß man sich gern von Beamten etwas schreiben ließ – eine Sitte, die bald auf die Nachbarländer übergriff. Im Zuge dieser Ausbreitung wurden später auch ungebildete, schriftunkundige Krieger mit dieser Aufgabe betraut, wie zum Beispiel der Feldherr Zhang Zuo Lin, der durch eine List des japanischen Heeres ermordet wurde. Ursprünglich Analphabet, hatte er nach der Besetzung der Mandschurei Schreiben gelernt und sich dann als Kalligraph hervorgetan.

Die Tatsache, daß sogar Militärs um Widmungen gebeten

wurden, bewies doch, daß sie offenbar keinen künstlerischen Wert besaßen. Daß sie trotzdem gerahmt oder als Rollbilder aufgehängt wurden, hatte vielmehr mit ihrer Talisman-Funktion zu tun, worüber sich die Urheber natürlich im klaren waren.

Doch hinter dieser vordergründig ›politischen‹ Funktion verbarg sich noch eine tiefere Bedeutung: Das politische Denken Chinas war nämlich von der Vorstellung geprägt, daß ein Staatsmann kraft seiner Tugend regiert, womit seine jeweils aktuelle spirituelle Kraft gemeint war. Man glaubte, daß auch dem geschriebenen Wort solch eine Energie innewohne. So besagt zum Beispiel eine alte Legende, daß, wenn ein reißender Strom trotz kostbarer Opfergaben nicht passierbar ist, man einen Fächer mit einer erlesenen Handschrift hineinwerfen solle, um die Fluten zu besänftigen. Man ging also davon aus, daß die von mächtigen Herrschern oder Würdenträgern geschriebenen Zeichen magische Kraft besaßen, mit deren Hilfe sich Glück anziehen und Unheil abwehren lasse. Zumindest unbewußt existierte eine solche Vorstellung.

Diese Denkweise hielt schließlich auch in Japan Einzug, wo besonders in der Meiji-Zeit Widmungen verdienstvoller Staatsmänner äußerst gefragt waren, die als Söhne rangniederer Samurai-Familien in der Provinz die Gunst der Stunde zu nutzen verstanden und von der Reformbewegung profitiert hatten, durch die sie schlagartig an die Macht gelangt waren. Wegen ihres ungemein hohen Ansehens versprach man sich von dem Besitz ihrer Handschriften eine große Wirkung. Diese Tradition habe sich offenbar bis heute gehalten, da die Nachfrage nach Widmungen von Politikern in Ministerrängen ungebrochen sei. Als Shibukawa seinen Vortrag beendete, rief Miyake:

»Ach so, na dann! Ich habe mich schon gewundert, wie du ein derart komplexes Thema einfach so aus dem Ärmel schüttelst. Aber diese Meiji-Handschriften kennst du wahrscheinlich wie deine Westentasche. Ist ja schließlich dein Spezialgebiet, die zweite Hälfte des 19. Jahrhunderts.«

»Sagt mal, wieviel muß man wohl hinblättern für eine Kalligraphie vom Premierminister?« fragte Chie dazwischen.

Die beiden waren für einen Moment ganz verdutzt und brachen dann in schallendes Gelächter aus.

»Offiziell natürlich gar nichts, aber nachträglich wird man sich schon zu revanchieren wissen. Jemand, bei dem nichts zu holen ist, geht natürlich leer aus«, lautete die Antwort des Finanzbeamten, und der Historiker pflichtete ihm bei:

»Keine Ahnung, was so ein ehemaliger Premierminister Itō Hirobumi oder Inukai Tsuyoshi aus der Meiji-Epoche kostet, aber das gibt's bestimmt nicht umsonst.«

»Ein idealer Gegenstand für Bestechungen, was?« spekulierte Chie.

»Tja, könnte man so sehen.«

»Gute Idee!«

Die beiden Männer amüsierten sich aufs neue. Auf die Frage von Miyake, ob denn die Kalligraphien der einstigen Reformer etwas taugten, erklärte Shibukawa:

»Überhaupt kein Vergleich mit dem heutigen Mist. Die damals waren durchweg brillant, aber Soejima Taneomi war einfach herausragend. Bei Saigō Takamori hingegen, einer ziemlich mysteriösen Erscheinung, dürften gerade seine handschriftlichen Zeugnisse am meisten Aufschluß über seine Persönlichkeit geben. Als Material für die biographische Forschung, versteht sich.« Und er fügte hinzu, daß Saigōs Schrift gekonnt, aber sehr bizarr wirke. »Fast gespenstisch.«

Der Meiji-Experte schnitt eine Grimasse und nahm einen Schluck chinesischen Reiswein.

»Wieso gespenstisch? Das klingt ja spannend.«

Miyake war neugierig geworden, doch nun wurde das gegrillte Lamm serviert, und die ganze Aufmerksamkeit galt vorläufig der kulinarischen Beurteilung. Über das Thema Importfleisch landete man jedoch wieder bei der Politik. Man fragte sich, weshalb ein so fähiger Meiji-Staatsmann wie Ōkubo keine Popularität erlangt hatte, während man sich für einen Dilettanten wie Saigō begeisterte. Völlig rätselhaft, besonders da beide ein vorzeitiges Ende gefunden hatten.

»Bei uns im Finanzministerium herrscht da ziemlich geteilte Meinung«, sagte Miyake. »Ich würde mir natürlich eine stärkere Ōkubo-Lobby wünschen, aber die meisten beziehen ihr

Halbwissen allenfalls aus Romanen, mich eingeschlossen. Wie denkst du darüber, Chie?«

Er war sich offenbar sicher, daß Shibukawa mit Ōkubo sympathisierte. Die Magisterstudentin zögerte einen Moment und sagte dann belustigt:

»Ich bin für Saigō. Er hat wenigstens einen Hund an seiner Seite.«

Ihre Bemerkung löste Gelächter aus, woraus sich eine amüsante Diskussion um die Frage entspann, ob es sich bei dem Hund in der Bronzeskulptur des Meiji-Politikers im Ueno-Park um ein Männchen oder Weibchen handelte. Das wiederum brachte Chie auf ihren früheren Hund, über den sie ein paar drollige Geschichten zum besten gab. Die Stimmung wurde immer alberner, bis Shibukawa aus heiterem Himmel sagte:

»Aber am sympathischsten von allen finde ich den Taishō-Kaiser!«

Das war eine sehr eigenwillige Art, das Thema zu wechseln. Schließlich konnten die beiden anderen nicht ahnen, daß seine Bemerkung sich auf das Thema Kalligraphie bezog. Aber auch dann hätten sie wohl nicht minder verdutzt geguckt.

»Äh?«

»Meinst du den vor Kaiser Hirohito?«

»Genau den. Er konnte wundervoll schreiben. Trotz seiner geistigen Verwirrung.«

»Wie, er war geistesgestört?« fragte Chie.

Als Shibukawa nach einer passenden Erklärung suchte, sprang Miyake ein:

»Man erzählt sich die Anekdote, daß er bei der Eröffnungszeremonie des Parlaments aufs Podium gestiegen sei und anstatt den Kaiserlichen Erlaß zu verlesen, die Schriftrolle als Fernrohr benutzt habe, um die Anwesenden zu begaffen.«

Mitten im Satz hatte Miyake seine Hände zu einem Teleskop geformt, mit dem er Chie anpeilte. Im Visier dieses dunklen, fleischigen, leicht vereierten Rohrs befand sich das fein geschnittene Antlitz der jungen Frau in dem hortensienfarbenen Kleid.

»Mann, das habe ich ja gar nicht gewußt«, rief sie ganz erstaunt.

Für einen Moment bekam der Finanzbeamte das Gefühl, als würde er mit seinem Teleskop den kompletten Frauenhaushalt – also Tochter, Mutter, Oma und nicht zu vergessen die im selben Block wohnende Großtante – unter die Lupe nehmen, wobei er sich fragte, über was sich das Quartett wohl daheim unterhielt. Nachdem er die Hände wieder auf den Tisch gelegt hatte, sagte er:

»Ist mir völlig neu, daß er ein Schriftkünstler gewesen sein soll.«

»Doch, das war er! Ein unschuldiges Gemüt, still und dennoch voller Feinsinnigkeit. Man möchte fast meinen, daß es dieser Epoche deshalb so gut ging, weil ihr Tennō ein so großartiger Kalligraph war.«

Miyake und Chie konnten ihm nicht mehr folgen.

»Was soll denn das bedeuten?«

»Ich kapiere auch nichts mehr.«

»Na ja, da muß ich wohl etwas ausholen«, entschuldigte sich Shibukawa mit verlegenem Hüsteln und fuhr fort.

Punkt eins: Während der Taishō-Ära habe sich eine japanspezifische Variante des Kapitalismus entfaltet, die zu einem enormen Wirtschaftsaufschwung geführt hatte. Bereits wenige Jahrzehnte später erreichte das Bruttosozialprodukt den Stand von Österreich und Italien, obwohl die Entwicklung erst Mitte des vorigen Jahrhunderts eingesetzt hatte – ein wahrhaft kometenhafter Aufstieg. Das Parteiensystem wurde eingeführt, auf dem die sogenannte ›Taishō-Demokratie‹ basierte, während sich sowohl in der Bildenden und Darstellenden Kunst als auch in der Literatur der europäische Einfluß geltend machte und originelle Werke entstanden. Eine hervorragende Leistung für eine solch vergleichsweise kurze Epoche von fünfzehn Jahren. Natürlich bleibt immer etwas zu wünschen übrig, aber alles in allem sei es eine großartige Zeit gewesen.

»Hierin liegt übrigens auch der Knackpunkt für die Forschung über die jüngste japanische Geschichte. Eigentlich ist das Anwachsen nationaler Macht in der Nachkriegszeit nur eine aufgeblähte Version der fünfzehnjährigen Taishō-Epoche. Man kommt natürlich zu einer anderen Auffassung, wenn man – wie die amerikanischen Wissenschaftler – bis in die Edo-Zeit zurückgeht und in jener glanzvollen Periode den Ursprung des Erfolgs ausmacht. Aber die Frage, weshalb gerade die Taishō-Ära eine Zeit des rasanten Aufschwungs war, bleibt ungelöst. Dies einfach mit dem weltweiten Kapitalismus-Boom zu erklären, halte ich für ökonomischen Determinismus, womit sich die Marxisten begnügen mögen.«

Der Finanzbeamte stimmte den Ausführungen des gleichaltrigen Historikers mit heftigem Nicken zu: »Genau! Genau!«, während Chie sich Luft zufächelte und schweigend lauschte.

»Aber was nun Punkt zwei anbelangt ...«, wollte Shibukawa weiterdozieren, als Miyake ihm hastig ins Wort fiel:

»Ich weiß! Die Ursachen für den Erfolg der Taishō-Ära liegen im dunkeln, aber wir wissen, daß der damalige Tennō ein herausragender Kalligraph war. Zeichen besitzen Zauberkräfte, was für die Handschrift des Herrschers natürlich erst recht galt, zumal die geistige Umnachtung Seine Majestät, den Himmelssohn, noch mehr verklärte. Die magischen Kräfte wuchsen also in seinem Fall ins Ungeheuerliche. Unsere Vorfahren mochten vielleicht alles darauf zurückgeführt haben, aber für einen modernen Historiker ist das Humbug. Habe ich nicht recht?«

»Du nimmst mir das Wort aus dem Mund!«

Die beiden Männer lachten so ausgelassen, daß auch Chie schmunzeln mußte. Shibukawa bereitete es einen Mordsspaß, seinen Freund so streitlustig wie in Studentenzeiten zu erleben, denn er fand es zunehmend bedauerlich, daß Miyakes Diskussionsbereitschaft im Laufe seiner Karriere immer mehr auf der Strecke geblieben war. Plötzlich war es wie in alten Zeiten, doch da kam der nächste Gang: ein Glasnudel-Salat namens ›Frühlingsregen‹ und dazu Krabbenklößchen. Auf dem Tisch gab es kein freies Fleckchen mehr.

»Jetzt wird's mir langsam zuviel«, nuschelte Miyake, es klang jedoch kein bißchen gereizt.

»Aber es war doch sicher problematisch mit so einem debilen Kaiser, oder?« erkundigte sich Chie, während sie geschickt ein Krabbenklößchen mit Salat und Gurkenstreifen in Reispapier wickelte.

»Kann man wohl sagen! Das war gewiß eine Tortur«, stimmte Shibukawa ihr zu, während Miyake sich eine Portion

›Frühlingsregen‹ auftat. Er schien eine Weile nachzudenken und sagte dann im Brustton der Überzeugung:

»Meines Erachtens war Kaiser Hirohito aber äußerst clever.«

Shibukawa, der gerade sein Schnapsglas erhoben hatte, gab zuerst ein entgeistertes »Äh?« von sich, doch einen Moment später schaltete er:

»Jetzt kapiere ich! Du meinst die erbliche Belastung. Stimmt, bei ihm gab es nicht die geringste Spur. Völlig gesund, der Shōwa-Kaiser.«

Ein harmloseres Thema, vielleicht die südostasiatische Küche oder ihre eigenen Lieblingssalate, wäre für einen harmonischen Ausklang des Abends wahrscheinlich günstiger gewesen. Doch dummerweise ließ Miyake nicht locker:

»Ich halte ihn für einen bedeutenden Mann. Daß Japan sich nach dem Krieg so hochgerappelt hat, haben wir doch größtenteils ihm zu verdanken.«

Shibukawa fühlte sich hin- und hergerissen zwischen Höflichkeit, seinem Ethos als Wissenschaftler und sicherlich auch seiner politischen Überzeugung.

»Tja, ich weiß nicht so recht. Ich will ihm seine Verdienste ja nicht absprechen, aber es war doch schließlich die Tatkraft des ganzen Volkes, meinst du nicht?« widersprach er zaghaft. Er wollte wegen des Kaisers keinen Streit mit seinem Freund und ›Nebenbuhler‹. Auch Miyake war durchaus versöhnlich gestimmt, aber klein beigeben wollte er auch nicht:

»Okay, okay, du hast ja recht. Trotzdem finde ich, daß Hirohito der Nation den Weg gewiesen hat.«

»Na ja, mag schon sein. Von der Seite kann man es natürlich auch betrachten«, log Shibukawa. Um des lieben Friedens willen wollte er sich auf Allgemeinplätze beschränken.

»Ziemlich heikles Thema, die Tennō-Diskussion. Es stellt sich die Frage, weshalb sich so ein antiquiertes Gefühl wie die Kaiserverehrung bis heute gehalten hat? Ich meine, der Tennō ist eine besonders geeignete Identifikationsfigur für die Masse und wird deshalb so glorifiziert. Im Grunde genommen ist seine Verehrung also eine Form von Selbstverherrlichung. Im Vergleich zu anderen Monarchen ist das Bild vom Tennō konturlos, äußerst vage, was eben diese extreme Idealisierung gestattet. Im Gegensatz zu seiner nebulösen Rolle gibt es allerdings reale Ereignisse, auf die er wirklich Einfluß nehmen kann ...« Shibukawa ließ die Fortsetzung in undeutlichem Gemurmel untergehen, da ihm peinlich bewußt wurde, daß er Miyake damit auf die Palme bringen würde. Er hatte sich nicht geirrt, denn sein Freund ärgerte sich in der Tat über die Äußerung, die Tennō-Verehrung sei lediglich die Projektion eines nationalen Selbstwertgefühls. Schließlich war seine Sympathiebekundung für den Shōwa-Kaiser rein intellektueller Natur, und er wollte seine objektive Urteilskraft natürlich nicht mit einer Massenreaktion verwechselt wissen. Er folgte doch keinem Herdeninstinkt! Der Finanzbeamte war ernstlich darum bemüht, sich seine Gereiztheit nicht anmerken zu lassen:

»Na ja, aber trotzdem, nimm nur mal das Kriegsende in jenem August. Niemand außer ihm hätte es so perfekt gemeistert.«

Als Shibukawa ihm nicht sogleich beipflichtete, sondern schwieg, ließ er sich weiter darüber aus: Es sei doch witzlos, die reale Person an einem idealisierten Herrscherbild zu messen. Statt dessen wäre ein Vergleich zwischen den letzten vier Regenten – Kōmei, Meiji, Taishō und Shōwa – angebracht. Den Tennō davor, den er nicht einmal dem Namen nach kannte, hatte er einfach weggelassen (was er mit einem Lächeln zu überspielen suchte, das Shibukawa anstandshalber erwiderte). Kōmeis Xenophobie, die übrigens für die Japaner in jener Epoche nichts Besonderes war, soll derart extreme Formen angenommen haben, daß er allen Ernstes glaubte, allen Ausländern würden Hörner aus dem Kopf wachsen, ganz so wie bei Rindviechern. Er hätte den Amerikanern unerbittlichen Widerstand geleistet – mit katastrophalen Folgen, versteht sich. Und Kaiser Meiji, ein kriegslüsterner Draufgänger und obendrein starrköpfig bis zum Geht-nicht-mehr, hätte bis auf den letzten Mann gekämpft und damit die Nation ins Verderben gestürzt. Taishō wiederum stünde ohnehin nicht zur Debatte, da er ja, wie gesagt, nicht im Vollbesitz seiner geistigen Kräfte gewesen war.

»Demnach war also Kaiser Hirohito der gescheiteste von allen. Ein wahrer Glücksfall, wenn ihr mich fragt, daß an diesem kritischen Punkt der Geschichte Japans ein solcher Mann unser Land regierte.«

»Zugegeben, in deinem Vergleich schneidet er ganz gut ab«, nickte Shibukawa, was nicht unbedingt heißen sollte, daß er kompromißbereit war. »Allerdings wären wir besser weggekommen, wenn er seine Klugheit etwas eher unter Beweis gestellt hätte, findest du nicht?«

»Du meinst vor der Atombombe?«

»Das sowieso. Ich meine eigentlich vor Ausbruch des Krieges.«

»Ja, aber der Kaiser war nun einmal per Verfassung daran gebunden, dem Kabinett die Entscheidungen zu überlassen. Nach der Verfassungsauslegung von Saionji, die sich der Tennō zu eigen machte, hatte er das Prinzip zu wahren, daß das Kabinett die politische Verantwortung trägt.«

»Aber man kann doch nicht einfach behaupten, daß er keine andere Wahl hatte, als so zu handeln. Das Militär hielt sich ohnehin nicht an die Verfassung, folglich war es doch reichlich realitätsfremd von ihm, sich am englischen Modell zu orientieren. Typische Attitüde des modernen japanischen Intellektuellen, immer schön buchstabengetreu. Hirohito war darin vermutlich ein Musterknabe. Ihm das zum Vorwurf zu machen, ist vielleicht unfair, aber genauso unsinnig ist es, ihn in den Himmel zu heben.«

Die Stimmung gefror. Miyake starrte auf seine Glasnudeln und hob nach einer Weile den Kopf, um seine Entgegnung vorzubringen:

»Also hör mal ...« Doch plötzlich hielt er inne und wandte sich zerknirscht an Chie: »Tut mir wirklich leid, daß es soweit gekommen ist. Eigentlich wollten wir dir zu Ehren feiern, und nun haben wir uns in diese dumme Diskussion verrannt.«

»Stimmt, tut mir auch leid«, stimmte Shibukawa ein.

»Ach, laßt doch, stört mich überhaupt nicht.«

Chie versuchte zu lächeln, was ihr allerdings nicht so recht gelang. An sich fand sie das alles hochspannend und war ganz erregt. Ihr Interesse war übrigens rein intellektueller Natur und bedeutete nicht etwa, daß sie einen der beiden Männer favorisierte. Nie zuvor hatte sie erlebt, wie zwei gebildete Männer eine ernsthafte Meinungsverschiedenheit austrugen, und wahrscheinlich würde sie auch in Zukunft nicht allzu oft Gelegenheit dazu haben. Deshalb schätzte sie sich außerordentlich glücklich, nun einer solchen Szene beizuwohnen. Gemäß der japanischen Gesprächskultur, die sich im allgemeinen auf konfliktfreie, belanglose Themen beschränkte, ging es in einer reinen Frauenuni natürlich noch harmloser zu. Und sollte wider Erwarten doch einmal eine Kontroverse auftreten, dann drehte es sich meistens um etwas Triviales. Dieses dämliche Geschwätz hing ihr wirklich zum Hals raus, sie hungerte geradezu nach niveauvollen Wortgefechten. Mit etwas mehr Scharfblick wäre sie vielleicht darauf gekommen, daß ihre rein kameradschaftliche Beziehung zu den beiden nur aus diesem Interesse so lange Bestand hatte.

Miyake, dem Chies Neugier durchaus bewußt war, sagte:

»Es ging mir ja gar nicht darum, ihn als Genie hinzustellen. Ich habe mich wohl etwas ungeschickt ausgedrückt.«

»Ja, ja, ist mir schon klar«, sagte Shibukawa, worauf Miyake fortfuhr:

»Aber trotzdem sehe ich nicht ein, warum man der Tennō-Verehrung Eigenliebe unterstellen muß.«

»Ach, das habe ich doch auf das Volk bezogen und nicht auf dich persönlich.«

»Na gut, nehmen wir an, Hirohito hätte sich vom angelsächsischen Modell – Herrschaft ohne Regierungsgewalt –, wie es von Saionji propagiert wurde, losgesagt, um sich als Autokrat mit dem Militär anzulegen. Das wäre doch völlig hirnverbrannt gewesen. Dazu hätte er schon ein Genie sein müssen. Nur der geringste Fauxpas, und sie hätten ihn ausgeschaltet.«

»Schon möglich.«

»Unter diesen Umständen war doch sein Nachgeben die beste Taktik, und zwar sowohl vor Ausbruch des Krieges als auch mittendrin. Ein geschickter Schachzug, das muß man ihm lassen.«

»Geschickt, sagst du? Also ich weiß nicht ...«, äußerte Shibukawa skeptisch, doch dann riß ihm die Geduld – es war einfach nicht zum Aushalten. »Hör mal, das war doch nun wirklich ein verdammt idiotischer Krieg! Überhaupt nicht zu rechtfertigen, und nicht die leiseste Aussicht auf einen Sieg. Na schön, einmal angezettelt, war das Geschehen nicht mehr aufzuhalten, aber spätestens vor dem Abwurf der Atombomben hätte man kapitulieren sollen. Statt dessen fand der Krieg erst ein Ende, als es dem Tennō beliebte, ihn für beendet zu erklären. Zumindest erscheint es so im nachhinein. Wieso hat er die Güte nicht etwas eher besessen? Da kann man sich doch nur an den Kopf fassen.«

»Aber ich habe dir doch bereits erklärt, daß das unmöglich war.«

»Ja, ja, ich weiß«, entgegnete Shibukawa. »Die eigene Zeitgeschichte kann einen schon auf die Palme bringen. Aber wenn er wirklich dieser Friedensapostel war, für den er sich hinterher ausgab, dann frage ich mich, warum er nicht ein bißchen früher auf die Idee gekommen ist. Die koreanischen und taiwanesischen Soldaten haben wirklich die Hölle durchgemacht, und nicht zu vergessen die Opfer der Atombombenabwürfe.«

»Die haben allein die Amis zu verantworten«, fiel ihm Miyake ins Wort.

»Zweifellos. Aber weißt du, ein Onkel von mir, nur ein wenig älter als mein Vater, war zu der Zeit in Hiroshima stationiert und kam dort ums Leben. Ein Jahr nach dem Tod meines Vaters eröffnete mir meine werte Mutter, daß sie ihren Schwager viel lieber gemocht hatte. Ihn hätte sie eigentlich heiraten wollen. Angeblich war er eine weitaus interessantere Person als mein Vater. Ein schwerer Brocken für mich, das kann ich euch sagen, ich war ganz schön geschockt damals. Ich meine, wenn sie tatsächlich den Onkel geheiratet hätte, wäre ich gar nicht auf der Welt.«

Die Grabesmiene, mit der er diese Geschichte erzählte, löste bei Chie einen Lachkrampf aus. Mühsam um Fassung ringend klammerte sie sich an die Tischkante, bis Gläser und Teller zu klirren begannen. Schließlich platzte sie erneut los. Sie entschuldigte sich, mußte aber gleich wieder losprusten. Ihr Gesicht war ein wildes Grimassenspiel. Auch Miyake konnte nun nicht mehr an sich halten, bis Shibukawa endlich kapierte, daß er der Grund ihres Heiterkeitsausbruches war.

»Aha!« brummte er, sozusagen als Bestätigung, daß die Situation wirklich komisch war. Sein trockenes Lachen wirkte ansteckend, und sie kicherten erneut los.

Dann ließen sie sich darüber aus, wie mystisch es doch sei, sich seiner Existenz im Hier und Jetzt bewußt zu werden. Doch leider fielen ihnen nur abgedroschene Phrasen ein wie ›völlig unbegreiflich‹ ... ›echt seltsam‹ ... ›normalerweise denkt man sich gar nichts dabei‹.

»Das Leben ist wie ein Überraschungspaket – du weißt nicht, was drin ist«, sagte Shibukawa, und Chie ergänzte seine Metapher:

»Ja, wie ein Versandpaket, die kommen meistens ohne Begleitschreiben.«

Obwohl sie acht Jahre jünger war als ihre beiden Freunde, fühlte sie sich ihnen im Gespräch ebenbürtig. Überhaupt hatte sich der Altersunterschied im Laufe ihrer zweijährigen Bekanntschaft allmählich verwischt. Möglicherweise hatte sie das von ihrer Mutter übernommen, deren Bekanntenkreis ebenfalls aus Männern bestand, die älter waren als sie selbst.

»So was kann zu einer richtigen Plage werden. Ende letzten Jahres lieferte man mir fünf ganze gepökelte Lachse, und ich wußte nichts damit anzufangen«, erzählte der Finanzbeamte. Daraus entspannen sich weitere Betrachtungen über das Leben als Versandpaket ohne Absender.

Die Stimmung hatte sich etwas gelöst, und sie beratschlagten gemeinsam, wann man sich wieder zu einem gemischten Doppel treffen könnte (Chie hatte nämlich über ihren Uni-Tennisclub einen Studenten von einer staatlichen Hochschule kennengelernt, und der wiederum war es, der sie mit Miyake und Shibukawa – zwei alte Hasen aus seinem Tennisverein – bekannt gemacht hatte). Abgesehen von der Schwierigkeit, einen für alle günstigen Termin zu finden, bestanden beide Männer darauf – natürlich mehr aus Spaß –, Chies Doppelpartner zu sein. Es wäre sicher besser gewesen, den Abend in dieser versöhnten Stimmung ausklingen zu lassen, aber Miyake gab keine Ruhe und kam nach einem weiteren Schluck chinesischem Reiswein noch einmal auf das leidige Thema zurück:

»Trotzdem, ich würde nicht sagen, daß der Krieg völlig sinnlos war.«

Shibukawa tat so, als hätte er es nicht gehört, und Miyake redete weiter:

»Wenigstens haben sich dadurch die Engländer aus Indien, die Franzosen aus Vietnam und die Holländer aus ihren ostindischen Kolonien verzogen, was unseren Wohlstand nach dem Krieg erheblich beförderte.«

Shibukawa fühlte sich unbehaglich. Er murmelte bloß:

»Hm, es gibt wohl einige, die dieser Ansicht sind. Aber ich bin da skeptisch. Nur weil der Chilipfeffer durch Hideyoshis Eroberungszug vor 400 Jahren nach Korea kam, heißt das noch lange nicht, daß die Koreaner für die Invasion dankbar sein sollten.«

»Wie, davor gab es dort keinen Pfeffer?« rief Chie erstaunt.

»Nein.«

»Gelungenes Argument, alle Achtung!« gab Miyake unumwunden zu. »Der Experte hat eben immer etwas Originelles auf Lager. Trotzdem ...«

»Nein, warte mal! Verstehst du, die japanische Großoffensive hatte doch wohl zum Ziel, den gesamten Pazifikraum zu erobern. Zu behaupten, es ginge um die Befreiung Asiens, ist doch kompletter Unsinn. Und was den Aufschwung in der Nachkriegszeit betrifft, so wäre der vielleicht auch ohne Krieg zustande gekommen. Man hätte einfach nur mehr in die Industrie und Erziehung investieren müssen, anstatt so viele Menschenleben zu opfern.«

Shibukawa rechnete jetzt eigentlich mit Miyakes Einwand, Japan hätte sich nach dem Krieg wegen der technischen Unterstützung der Amerikaner so gemausert, gewissermaßen als Gönnerpose gegenüber dem Kriegsverlierer. Statt dessen überrumpelte er ihn mit einer Frage:

»Nun, soll das etwa heißen, daß alle Kriegsgefallenen sinnlos umkamen, verreckt sind wie Hunde?«

»Häh?« Shibukawa war wie vor den Kopf geschlagen. »Sinnlos verreckt wie Hunde ... na ja, kraß ausgedrückt, war es wohl so.«

»Aber diese Vorstellung wäre einfach zu grausam.«

Miyakes Tonfall war pathetisch, doch Shibukawa ließ sich dadurch nicht aufhalten. Jetzt war es sowieso zu spät, also konnte er vorbehaltlos seine Meinung sagen. Seine Stimme klang gepreßt:

»Vor lauter Rührseligkeit verdrehst du hier die historischen Tatsachen und versuchst dir einzureden, der Krieg habe einen Sinn gehabt. Typisch für dich, diese Gefühlsduselei. Die reinste Totenmesse. Geschichtsverständnis als Requiem. Das ist Religionsausübung, aber historische Urteile lauten in der Regel anders, ›verstehst du?«

»Sie sind also verreckt wie Hunde, ja?«

»Genau.«

»Wenn es soweit geht, die Opfer als verreckte Hunde zu bezeichnen, dann ist das eine sehr grausame Geschichtsauffassung vom menschlichen Leben.«

»Also hör mal, Miyake«, wollte Shibukawa gerade widersprechen, als Chie ihn unterbrach:

»Wieso benutzt ihr eigentlich dauernd diesen Ausdruck ›sinnlos verreckt wie Hunde‹? Das ist ja nicht zum Aushalten.«

Die beiden Männer, die sich während ihres Streitgesprächs einander zugewandt hatten, drehten sich abrupt zu dem Mädchen um, das mit todtrauriger Miene dahockte. Ihre Augen standen voller Tränen, und die ersten kullerten ihr bereits über die Wangen. Die beiden wußten sofort, was los war. Ihre Intuition sagte ihnen, daß diese Tränen nicht den Kriegsgefallenen galten, sondern dem schmerzlichen Verlust ihres Hundes. Sie hatten richtig getippt, denn schließlich mußten sie schon etliche Szenen dieser Art durchstehen.

»Es war so schrecklich«, schluchzte Chie, »wie Mariko sich am Schluß noch quälen mußte. Dieses Keuchen. Ihre Brust bäumte sich jedesmal wild auf. Ich sehe sie immer noch vor mir. Wie kann man nur so was sagen, ›verreckt wie ein Hund‹. Es war das allererste Mal, daß ich sie in mein Bett ließ. Sonst habe ich sie immer weggescheucht, wie sehr sie auch bettelte. ›Raus!‹ habe ich geschimpft, ich wünschte, ich hätte es nicht getan. Ich hatte für Mariko ein Kissen in die Zimmerecke gelegt, mit einem ausrangierten Badetuch, in das sie sich immer hineinkuschelte. Es war alles meine Schuld. ›Mariko, du stinkst ja bestialisch‹, habe ich gerufen und sie trotz des miesen Wetters in die Badewanne gesteckt. Mit Haut und Haaren hat sie sich gesträubt und versucht auszureißen, aber am Ende habe ich sie zu packen gekriegt. Am nächsten Tag regnete es in Strömen, und sie bibberte vor Kälte und hat sich dabei was weggeholt. Zweimal bin ich mit ihr zum Doktor, aber es war zwecklos. Sie war doch erst zwölf, hätte also noch ein paar Jahre leben können. Wirklich ein Jammer! Und was noch viel schlimmer war, am zweiten Tag ihrer Erkältung habe ich beim Durchblättern einer Zeitschrift – ich glaube, es war die Serie ›Hunde aus aller Welt‹ – ein Foto von einem Schnauzer gesehen. ›Ach, wie goldig! Der wär doch was‹, habe ich gerufen, worauf Mutter meinte: ›Wie kannst du nur! Schau, was Mariko jetzt für ein Gesicht macht!‹ ›Du spinnst, das kriegt sie doch nicht mit‹ – und dabei habe ich noch gelacht. Und dann vom nächsten Tag an rührte sie keinen Bissen mehr an und wurde zunehmend schwächer, bis sie schließlich nicht einmal mehr alleine Wasser trinken konnte. Sie litt so fürchterlich und japste nach Luft, als würde es ihr jedesmal die Brust zerreißen. Ich werde genauso enden, da bin ich mir sicher. Und ihr redet einfach so daher, ›verrecken wie ein Hund‹ . . .«

Die beiden Freunde schwiegen betreten. Und dann kam der letzte Gang: Reisbrühe mit Zwiebelringen und Dörrfleisch und dazu Kokosnuß-Eiskrem.

3. Kapitel

Minami Yumikos Liebhaber stammte nicht aus ihrer ›Vorvierziger-Elf‹. Er hieß Toyosaki Yōkichi, war fünfundfünfzig und lehrte Philosophie an der Sendai-Universität. Ihr Verhältnis mit dem verheirateten Geisteswissenschaftler bestand seit zehn Jahren.

Seine Lehrveranstaltungen beanspruchten ihn den ganzen Montag sowie Mittwoch vormittags, während er Mittwoch nachmittags Fakultätssitzung hatte. Donnerstags früh nahm er den Super-Expreß nach Tōkyō, um dort am Nachmittag eine Vorlesung an der Uni zu halten. Abends traf er sich dann mit Minami Yumiko in einem Hotelzimmer, das von der Universität bezahlt wurde. Yumiko pflegte spät in der Nacht nach Hause zurückzukehren. Am nächsten Morgen hatte er wieder Lehrveranstaltungen und nachmittags Redaktionssitzung. Er war nebenbei Berater einer schöngeistigen Zeitschrift. Anschließend suchte er sich einen Imbiß in der Nähe, wo er Reis mit Tempura oder ein Gericht mit Huhn und Ei zu sich nahm, und ging dann zum Ueno-Bahnhof. So in etwa gestaltete sich das Wochenprogramm von Professor Toyosaki.

Daß ihre Affäre bis jetzt nicht publik geworden war, verdankten sie ihrer Vorsicht und Diskretion, aber mehr noch dem Vorurteil der Presse gegenüber den Philosophen. Zwischen dem Journalismus und den abstrakten Gedankengebäuden der Philosophie lagen Welten. In ihrer Borniertheit kamen Yumikos Kollegen gar nicht erst auf die Idee, daß eine von ihnen sich mit einem Schöngeist abgeben könnte. Damit befand sich der Professor im toten Winkel der Gerüchteküche, wo er ein Nischendasein führte.

Yumiko hatte sich zwölf Monate nach Chies Geburt scheiden lassen und zwei Jahre später dann ihre ruhmreiche ›Vorvierziger‹-Mannschaft kennengelernt. Ein paar von ihnen hatten Annäherungsversuche unternommen, die mitunter zu prekären Situationen führten, aber passiert war dann letztendlich doch nichts. Genausowenig wie mit ihren Arbeitskollegen. Nicht,

daß sie prüde gewesen wäre, aber es besaß eben keiner das gewisse Etwas. Mit über dreißig ließ sie sich auf ein Verhältnis mit einem Schauspieler aus der modernen Theaterszene ein, das fast zwei Jahre dauerte. Er nervte sie furchtbar damit, daß er ihr andauernd Karten andrehen wollte, und als er dann auch noch prahlte, eine andere Frau würde sie mit Kußhand nehmen, wurde es ihr zu bunt, und sie gab ihm den Laufpaß. Ein Weilchen später begegnete sie Toyosaki und war hingerissen von seinen geistvollen Bonmots, denn sie selbst hatte nie zuvor ein philosophisches Werk gelesen. Und ehe sie sich's versah, steckte sie mitten in einer Liebesaffäre. Allerdings muß man dazu sagen, daß er ihr auch von Anfang an gefallen hatte ...

Begegnet waren sie sich zum ersten Mal auf dem Presseempfang einer Ausstellung, die von den ›Neuen Nachrichten‹ gesponsert wurde. Ein Kollege vom Feuilleton hatte sie miteinander bekannt gemacht. Anschließend saß man noch zusammen in einem Café. Am Nachmittag des folgenden Tages traf sie ihn dann zufällig wieder: auf einer Fußgängerbrücke in der Nähe seiner Uni, wo sie ein Weilchen plauderten. Als dann jeder seiner Wege ging, drehte sie sich auf der Treppe noch mal um. Er tat dasselbe und winkte ihr zu. Tags darauf begegneten sie sich erneut, diesmal im Nō-Theater. Sie saßen zufällig nebeneinander (wie sich herausstellte, hatten sie ganz unabhängig voneinander die Karten von Freunden geschenkt bekommen). Danach gingen sie essen, und nach ein paar Drinks landete man schließlich in seinem Hotelzimmer. Beim sogenannten Bettgeflüster kam Yumiko auf den bemerkenswerten Zufall zu sprechen, daß man sich in einer so riesigen Stadt wie Tōkyō an drei aufeinanderfolgenden Tagen getroffen hatte, und das letzte Mal sogar auf benachbarten Plätzen.

»Das fand ich auch ganz wunderbar«, erwiderte er und fügte hinzu: »Seit dem Tag, an dem Gott starb, oder besser gesagt, seitdem die Religion ihre Macht eingebüßt hat – was inzwischen auch für Japan gilt –, ist man dazu übergegangen, an die romantische Liebe zu glauben, gewissermaßen als Ersatz für den verlorenen Gott oder meinetwegen auch Buddha. Und was könnte diese romantische Liebe besser symbolisieren als der Zufall. Zumindest scheint es so.«

Yumiko verblüffte es, daß jemand bei solch einer Gelegenheit derart theoretisch werden konnte.

Oder zum Beispiel neulich, als sie ihre zehnjährige Liaison in einem italienischen Restaurant feierten. Getreu seiner philosophischen Manier erklärte er, daß ihre Beziehung nur deshalb von Dauer wäre, weil sie die freie Liebe praktizierten, die im fundamentalen Gegensatz zum sozialen Charakter der Ehe stünde. Einfacher ausgedrückt, meinte er wohl, sie wären so lange zusammen, weil sie ihre Affäre streng geheim hielten. Im Grunde genommen konnten sie bei nur einem Rendezvous pro Woche einander auch gar nicht überdrüssig werden – und diese seltenen Treffen beklagte Yumiko erst in letzter Zeit.

Eines Mittwochabends Mitte Juni, ›als Yumiko zu Hause einige Vorarbeiten erledigte und schon dem kommenden Tag entgegenfieberte, kam ein Anruf aus Sendai: Es sei etwas Unerwartetes dazwischengekommen.

»Fällt die Vorlesung aus?«

»Nein, morgen nicht, aber übermorgen.«

»Dann kommst du ja nach Tōkyō ...«

»Ja, aber zu zweit.«

»Ah, mit deiner Frau, ja?«

»Hm, wir haben was zu erledigen.«

»Was denn?«

»Ach, nichts Besonderes.«

An der Stelle hätte Toyosaki besser darüber sprechen sollen, daß er seine Frau, die seit zwei Jahren infolge ihres Klimakteriums unter neurotischen Anwandlungen litt, am Freitag in eine Klinik bringen wollte, da sich ihr Zustand zusehends verschlechtert hatte. Aber er verschwieg es. Teils aus Rücksicht auf seine Frau, teils weil er seine Geliebte nicht unnötig aufregen wollte, verschonte er sie mit dieser häßlichen Realität. Sicherlich spielte dabei auch männliche Eitelkeit und noch einiges andere eine Rolle – kurz: Es war eine vertrackte Situation.

Seit vorletztem Herbst neigte seine Frau zu diesen Depressionen, während derer sie sich meistens in ihr Zimmer verkroch. Das Haus verließ sie nur noch, um zum nahe gelegenen Supermarkt zu gehen. Ende letzten Jahres hatte er sie ins Einkaufsviertel mitgenommen, damit sie für ihn Krawatten und Hemden aussuchte. Doch sie, die früher ein sonniges, aufgeschlossenes Gemüt hatte und immer für einen Stadtbummel zu haben war, versteckte sich in panischer Angst vor dem Verkaufspersonal hinter seinem Rücken. Da sie sich auch gegen den geplanten Restaurantbesuch sträubte, mußte das französische Essen unter den extra reservierten Tisch fallen. Man fuhr nach Hause und wärmte statt dessen die Reste vom Ragout auf. Eines Abends Anfang Juni kam sie völlig niedergeschlagen in sein Arbeitszimmer und überreichte ihm ihre Sparbücher.

»Hier, du kannst sie haben!«

Er war sprachlos. Nicht nur, weil das so plötzlich kam, sondern auch, weil es sich um fast zehn Millionen Yen handelte.

»Ich gebe sie dir, weil ich fühle, daß ich nicht mehr lange leben werde. Es sind meine heimlichen Notgroschen. Wenn ich sterbe, brauchst du das Geld, um alles zu regeln. Also nimm es!«

Da sie nicht davon abzubringen war, einigte man sich schließlich darauf, daß er die Sparbücher vorläufig in Verwahrung nahm. Er ließ sich dann unverzüglich die Adresse eines Facharztes in Tōkyō geben, bei dem sie am Freitag einen Termin hatten.

»Können wir uns denn nicht woanders treffen?« erkundigte sich Yumiko zaghaft.

»Ein bißchen schwierig, denke ich.«

»Du hast recht, ist wirklich nicht sehr passend.«

»Hm.«

»Na dann, verschieben wir es eben auf nächste Woche.«

Beide bemühten sich nun angestrengt um einen ungezwungenen Plauderton. Yumiko erzählte ihm, wie sehr ihre Tochter sich über den Ausdruck ›verrecken wie ein Hund‹ aufgeregt hatte. Sie und ihre Mutter seien entsetzt gewesen, als sie beim Abendessen erfuhren, daß Chie darüber in Tränen ausgebrochen war. Toyosaki versprach, nächste Woche Naschereien aus Sendai mitzubringen.

»Wenn's geht, ruf mich doch morgen noch mal an«, bat sie ihn zum Schluß.

»Ich will's versuchen«, aber sie wußte schon, was das zu bedeuten hatte. Und wie erwartet, meldete er sich nicht. Gegen

Abend wurde ihr zunehmend klarer, daß ihr Geliebter jetzt irgendwo hier in Tōkyō mit seiner Frau in einem Hotel übernachtete. Diese Vorstellung schmerzte sie mehr, als wenn die beiden sich in einer anderen Stadt aufgehalten hätten.

Am Freitag nach dem Frühstück – Chie war bereits zur Uni unterwegs – saß Yumiko mit ihrer Mutter noch bei einer Tasse Tee.

»Ich würde gern einen Hund anschaffen. Was meinst du? Andere Mieter halten sich doch einen«, meinte Etsuko, doch sie bekam die übliche Abfuhr.

Sie hatte das Thema schon des öfteren anzuschneiden versucht, war damit jedoch immer auf Granit gestoßen. So sehr sie sich auch für den Wunsch ihrer Enkelin einsetzen mochte, es ging jedesmal schief. Der Grund für Yumikos Nein waren natürlich die Mietvorschriften, denn als Kolumnistin einer Tageszeitung wollte sie nicht gegen allgemeine Regeln verstoßen – ein Verhalten, das ihre siebzigjährige Mutter ziemlich scheinheilig fand. Hier spielte sie sich als Korrektheitsapostel auf, während sie bei ihren Männergeschichten keine moralischen Bedenken hatte. Vorsichtshalber hielt sie jedoch den Mund. Natürlich war ihr die Liaison ihrer Tochter mit dem verheirateten Universitätsprofessor nicht entgangen, was bei einem Zeitraum von zehn Jahren schließlich kein Wunder war ...

An diesem Morgen war Yumiko mit dem Küchendienst an der Reihe, so daß Etsuko gemütlich beim Tee sitzen bleiben konnte. Die Unterhaltung wurde jedoch zwischen Eßzimmer und Küche fortgesetzt. Sie kamen nochmals auf das gestrige ›verrecken wie ein Hund‹ zu sprechen und mußten erneut darüber lachen, obwohl die Großmutter insgeheim befürchtete, daß den beiden Herren langsam die Lust auf eine Heirat mit ihrer Enkeltochter vergehen könnte, wenn sie sich weiterhin so exaltiert aufführte. Etsuko war nämlich mächtig stolz darauf, daß diese beiden Herren – der eine ein aufstrebender Beamter im Finanzministerium, der andere Uni-Assistenzprofessor – der Kleinen den Hof machten, fürchtete nun aber, daß sie wegen Chies unschlüssigem Verhalten abspringen würden. Und sie hielt es auch für keine gute Idee, daß ihre Enkelin den Magisterabschluß machen wollte.

»Wir müssen uns damit abfinden«, entgegnete Yumiko bei einem Schluck Tee, »wenn sie nun mal nicht will.«

»Sieht ganz so aus«, nickte Etsuko und hielt einen langatmigen Monolog über die Ehe.

»Eine arrangierte Heirat wäre doch eventuell eine Möglichkeit . . .!«

Das war ihr so herausgerutscht, denn eigentlich war dieses Thema tabu zwischen Mutter und Tochter. Yumikos gescheiterte Ehe war nämlich damals auf Drängen der Eltern zustande gekommen . . .

Als junges Mädchen hatte Yumiko solche Arrangements als etwas ganz Normales empfunden. Eine Verwandte von ihr, die mit dem Direktor einer großen Klinik verheiratet war, betrieb es als regelrechten Sport, solche Ehen anzubahnen. Heirat aus Liebe gab es nur in Romanen oder Filmen. Selbst ihr drei Jahre jüngerer Bruder, der in einer Handelsfirma arbeitete, war eine solche Ehe eingegangen, ebenso wie ihre Eltern, in deren Generation es ohnehin gang und gäbe war. Die einzige Ausnahme innerhalb der Sippschaft war ihre Tante Yanagi Masako, die sich den Künstlernamen Aeka zugelegt hatte. Aber eigentlich zählte sie nicht richtig, da sie niemals verheiratet war. Mit diesen Traditionen groß geworden, ließ Yumiko sich dann, kurz nachdem sie beim Zeitungsverlag begonnen hatte, zu einem *miai*-Rendezvous breitschlagen. Der Auserwählte, Nakahara Ken'ichi, war zwölf Jahre älter als sie und Angestellter bei der Bank of Japan. Ein gestandener Mann mit soviel Lebenserfahrung – es war einfach überwältigend, ein Gefühl, das sie allerdings mit Respekt für ihn verwechselte. Und so hatte sie eingewilligt.

Wenn sie heute auf ihre Ehe – von der Verlobung bis hin zur Scheidung – zurückblickte, kam ihr stets der Pazifikkrieg in den Sinn, der auf ähnliche Weise begonnen und geendet haben mußte (gleiches galt wahrscheinlich auch für die Peloponnesische Schlacht oder den Opiumkrieg). Anfängliche Lappalien mündeten schließlich in eine ausgewachsene Katastrophe. In der ersten Zeit hielt Yumiko es ohne weiteres für machbar, Beruf und Familie unter einen Hut zu bringen. Mann und Schwiegermutter, so glaubte sie, würden das nötige Verständnis für ihre Arbeit aufbringen. Notfalls mußte man sich eben eine

Haushaltshilfe leisten. Das war dann auch der Fall: Zwei Monate vor ihrer Entbindung kam zweimal wöchentlich eine Frau mittleren Alters, die an den drei anderen Werktagen bei ihren Eltern den Haushalt machte. Es lief alles wunderbar, und nach der Entbindung verzichtete ihre Mutter ganz auf die Hilfe der Zugehfrau, die dann täglich außer sonntags zu Yumiko kommen konnte.

Doch drei Monate später verkündete die Werteste plötzlich, sie würden nach Hokkaidō ziehen. Ihr Mann, Verwaltungsangestellter in einer Paukschule, war nach Sapporo versetzt worden, um dort eine Niederlassung miteinzurichten. Die Eröffnung war für das übernächste Frühjahr geplant. Sie suchten eine Nachfolgerin für die Putzfrau – ohne Erfolg. Es folgte eine Zeit pausenloser Sucherei, endloser Debatten mit ihrem Mann, Einmischungen seitens ihrer Schwiegermutter und Ratschläge ihrer Mutter. Weitere Ausführungen kann man sich ersparen. Schließlich wünschte ihr Gemahl, daß sie sich ausschließlich um Haushalt und Kinder kümmern solle, während sie selbst darauf bestand, Beruf und Ehe weiter parallel laufen zu lassen. Unterdessen rückte der Umzug ihrer Zugehfrau immer näher. Yumiko kehrte mit dem Baby in ihr Elternhaus zurück und überließ das Kind unter der Woche der Obhut ihrer Mutter. Einige Monate später war Yumiko geschieden. Chie erhielt ein Jahr später den Mädchennamen ihrer Mutter.

»Eine arrangierte Heirat?«

Yumiko machte aus ihrer Aversion kein Hehl, doch Etsuko war an diesem Morgen etwas begriffsstutzig:

»Daran ist doch nichts auszusetzen. In unserer Kultur ist das üblich.«

»Du meinst wohl dich und Vater«, witzelte Yumiko, doch ihre Mutter blieb ernst:

»Na ja, bei dir ist es eben schiefgelaufen, aber vergiß nicht, du warst selber damit einverstanden.«

Yumiko fragte sich, ob es angesichts ihrer damaligen Unerfahrenheit nicht besser gewesen wäre, ihre Eltern hätten ihr mit ein paar Ratschlägen zur Seite gestanden. Warum hatten sie zum Beispiel nicht einfach gesagt: ›Wenn du dir nicht völlig sicher bist, brauchst du nicht einzuwilligen‹; oder: ›Es ist nicht so leicht, Ehe und Beruf unter einen Hut zu bringen‹; oder wenigstens: ›Vernünftigerweise solltest du fürs erste auf ein Kind verzichten.‹ Allerdings war sie sich auch bewußt, daß man solche Verhätschelungen nicht erwarten durfte.

»Ich war wohl auch etwas gedankenlos«, murmelte sie, und Etsuko hakte sofort nach:

»Was heißt hier ›auch‹!? Ich fühle mich ja jetzt noch schuldig, und gerade deshalb liegt mir das Wohl meiner Enkeltochter so am Herzen. Verstehst du?«

»Tut mir leid.«

»Du kannst doch von Glück sagen, daß du Chie hast, oder? Besser als ganz allein ...«

»Sicher doch.«

»Na, dann ist ja gut«, nickte Etsuko, fiel jedoch gleich wieder in einen gereizten Tonfall zurück: »Für mich war es nicht sehr spaßig, immer nur mein Enkelkind zu hüten.«

Eingeschnappt rauschte Yumiko in ihr Zimmer. Als sie nach einer Weile wieder herauskam, trug sie eine weiße Bluse mit Blümchenmuster, dazu einen bauschigen, dunkelblauen Rock und ein schlichtes Goldarmband.

»Heute bin ich mit Schreiben dran, es wird also spät!« verabschiedete sie sich in patzigem Ton und verließ das Haus.

Das war keineswegs gelogen. Sie mußte demnächst sowieso für die ›Nullsender‹-Kolumne schreiben. Und da sie bereits geeignetes Material hatte, wollte sie sich heute freiwillig melden.

Kürzlich war ihre Mutter zu einer Hochzeitsfeier eingeladen. Die Enkelin einer Freundin hatte geheiratet. Einer ihrer Tischnachbarn erwähnte irgendwann Wohnkomplexe für Geschäftsleute, die aus beruflichen Gründen fern von ihren Familien lebten. Er selbst war Direktor einer Konzern-Niederlassung in Takamatsu, während Frau und Kinder in Tōkyō zurückgeblieben waren. Er hatte das Glück, ein solches Strohwitwer-Appartement von seinem Vorgänger übernehmen zu können. Mit nur einem Zimmer war es zwar etwas eng, aber im Erdgeschoß gab es eine Kantine mit Frühstück und Abendessen, so daß er sich nicht nur von Fast food zu ernähren brauchte. Morgens konnte er sich dort mit Gemüse vollstopfen, und nach der

Arbeit hatte er ohnehin Geschäftsessen in Restaurants. Immer nur auswärts zu essen oder die ewige Junggesellenküche wäre ihm auf Dauer lästig gewesen, insofern also eine günstige Lösung. Beim Einzug mußte er allerdings eine Erklärung unterzeichnen, außer seinen Angehörigen niemanden in die Wohnung zu lassen. Bei jedem Besucher war er verpflichtet, auf einem Formular Name, Anschrift, Geschlecht sowie das Verhältnis zum Mieter anzugeben. Man durfte sich also nicht erwischen lassen, sonst blühte einem eine Räumungsklage.

»Kürzlich ist mein Nachbar aufgeflogen«, hörte Yumikos Mutter ihn sagen. »Unten im Hausflur hing ein Anschlag, daß ein gewisser Herr X – sein Name wurde nicht genannt – in der III. Etage wegen Mißachtung der Hausregeln aufgefordert sei, die Wohnung unverzüglich zu räumen. Das war sehr peinlich, kann ich Ihnen sagen. Ich wohne nämlich in der besagten Etage, und in einer Kleinstadt wie dieser mit nur 300 000 Einwohnern verkehrt unsereins doch mehr oder weniger in denselben Lokalen. Irgend jemand fängt dann immer an, blöde Witze zu machen: ›Na, Herr Filialdirektor, doch nicht etwa Sie?‹ Ziemlich unangenehm, sich jedesmal rechtfertigen zu müssen.«

Yumiko fand die Geschichte höchst amüsant. Solche Strohwitwer-Domizile mußte es doch überall geben, zumindest in den großen Städten. Eine Recherche, die auch das Speisenangebot der jeweiligen Kantine mit einschloß, würde sicher einen hübschen Artikel mit der Überschrift *Das Frühstück eines Filialdirektors* ergeben. Auch die Pointe hatte sie bereits parat: *Gedünsteter Spinat oder Zweiter Frühling? Eine Denksport-Aufgabe für den Herrn Filialdirektor* ...

Wahrscheinlich war das etwas zu vorwitzig, zumal der stellvertretende Chef, der heute Dienst hatte, überhaupt keinen Sinn für Humor besaß und den Artikel dementsprechend zensieren würde. Seit gestern abend tüftelte sie deshalb an einem harmloseren Schlußsatz herum. Ohne Erfolg.

Während der U-Bahn-Fahrt ließ sie sich den Text nochmals durch den Kopf gehen. Sie dachte daran, ihre Mutter in eine Sushi-Bar einzuladen, schließlich hatte sie ihr die Idee für den Artikel zu verdanken. Vielleicht sollte sie auch ihre Tochter mitnehmen. Aber dann durfte sie um Gottes willen die Tante nicht vergessen, sonst wäre die wieder beleidigt. Gedankenverloren lächelte sie vor sich hin. Tante Masako hatte früher immer Yumikos jüngeren Bruder bevorzugt und sie sehr kühl behandelt, doch seit ihrer Scheidung verhielt sie sich extrem liebenswürdig. Offenbar rechnete sie es Yumiko hoch an, daß sie ihren Beruf so ernst nahm, oder sah in ihr eine gestrauchelte Komplizin. Ihr freundlicher Sinneswandel hatte wohl auch dazu geführt, daß sie nun im selben Haus wohnten, wenngleich in unterschiedlichen Etagen. Yumiko ihrerseits schätzte die Tante nicht minder. Eine Schauspielerin und eine Journalistin dürften in so mancher Hinsicht die gleiche Wellenlänge haben.

Sie ging ins Büro und las gerade die Frühausgabe der Abendzeitung, als ihre Kollegin Konaka Nobuko mit einem weiteren Exemplar unterm Arm auf sie zusteuerte.

»Hier, haben Sie das schon gelesen?« fragte sie und tippte auf zwei rot umkringelte Artikel. »Was für eine schicke Bluse! ... Ich darf doch, oder?«

Nobuko setzte sich auf Uranos Stuhl. Sie trug einen karierten Rock mit einer hellblauen Bluse und darüber ein kragenloses weißes Jackett. Die zierlichen Goldohrringe paßten gut zu den goldenen Mondsicheln an den Bügeln ihres blauen Brillengestells. Yumiko lobte ihren Chic und überflog die beiden Artikel.

Der erste war eine Kurzmeldung auf der Innenpolitik-Seite:

*Der frühere Premierminister Yamamura, der zur Einweihung eines Denkmals für abgetriebene Babys am 14. die Stadt *** in der Präfektur Kagoshima besuchte, betonte in seiner Ansprache: »Allein die Tatsache, daß so viele Trauerzeremonien für Ungeborene abgehalten werden, ist doch ein deutliches Zeichen dafür, daß Schwangerschaftsabbrüche gar nicht gewünscht sind. Früher waren Frauen regelrecht vernarrt in Kinder. Es ist einfach unglaublich, daß zu Praktiken wie Empfängnisverhütung oder Abtreibung gegriffen wird, um Nachwuchs zu verhindern. Denken wir nur einmal an unseren berühmten Admiral Tōgō: Sein Vorname Heihachirō besagt schließlich, daß er der achte Sohn war. Hätten seine Eltern ihn abgetrieben, wäre die Schlacht* *gegen die Russen auf dem Japanischen Meer wohl nicht so siegreich verlaufen.*

Die andere, ebenfalls kurze Meldung stand auf der Gesellschaftsseite:

*Der 53jährige Arbeitslose Hase Takeyoshi, wohnhaft in *** im Bezirk Nerima, wurde am Abend des 14. im Polizeipräsidium Itabashi verhaftet. Er steht unter dem Verdacht, seinen früheren Arbeitgeber, Herrn Kawasaki (45), Geschäftsführer des Steinmetzbetriebes ›Tōkyō Memorial Art‹, wegen angeblicher Steuerhinterziehung beim Verkauf von Schutzgottheiten für Ungeborene erpreßt zu haben.*

Als Yumiko wieder aufschaute, meinte Konaka Nobuko:

»Ziemlicher Unsinn, den der Alte da von sich gegeben hat.«

»Aber wirklich! Und dann noch die Anspielung auf Tōgō!«

»Ein Tribut an Kagoshima, das war schließlich die Heimatstadt des Admirals.«

»Ja, und seine Generation hat nun mal ein Faible für den Russisch-Japanischen Krieg.«

»Das erinnert mich an diesen amerikanischen Kritiker ... oder war es ein Brite? Egal. Jedenfalls hat der doch glatt behauptet, wenn man all die im Elend geborenen Kinder abgetrieben hätte, wäre auch Jesus nicht geboren worden, und damit gäbe es weder das Christentum noch die christliche Zeitrechnung und ebensowenig das Weihnachtsfest. Eine Riesenkatastrophe für die Menschheit.«

»Das klingt aber eher wie ein Witz.«

»Ach, die nehmen sich alle nichts«, seufzte Konaka Nobuko. »Was soll man von diesen Politheinis schon erwarten? Die machen ja nicht mal einen Unterschied zwischen Schwangerschaftsabbruch und Geburtenkontrolle.«

»Aber diese Art der Berichterstattung ist doch irgendwie schräg ...«

»Wo denken Sie hin. Das typische Politikergeschwätz.«

»Mag sein«, nickte Yumiko. »Trotzdem klingt es ironisch. Und in derselben Abendausgabe dann eine Meldung über

Steuerhinterziehung im Zusammenhang mit Schutzgottheiten für Ungeborene.«

»Ist das nicht geschmacklos? Erst die Leute einschüchtern mit dem Fluch der Abgetriebenen, und dann auch noch Profit aus der Sache schlagen!«

»Haben Sie vor, darüber zu schreiben?« erkundigte sich Yumiko.

Konaka Nobuko engagierte sich schon seit langem für dieses Thema. Als die Fristenkürzung bei Abtreibungen zur Diskussion stand, hatte sie einen Artikel unter ihrem Namen veröffentlicht und außerdem dafür gesorgt, daß das Protestschreiben einer Ärztin einen besonderen Platz in der Rubrik Leserbriefe erhielt. Daher nahm Yumiko an, daß sie den aktuellen Leitartikel dafür nutzen wollte, was sich jedoch als Trugschluß erwies.

»Geht leider nicht. Ich führe doch heute den Vorsitz bei dem Symposium über die wirtschaftliche Stellung Japans in Asien, das unser Verlag sponsert.«

»Ach, stimmt ja.«

»Aber wie wär's denn mit Ihnen?«

»Hm, ich denke, daß ich heute mit dem ›Nullsender‹ dran sein werde. Ich habe mich schon darauf vorbereitet. Es geht um diese Appartements für Strohwitwer, ganz witzige Story.«

Sie wollte etwas ausführlicher darauf eingehen, aber Nobukos lustloses ›Hm ... hm‹ deutete nicht gerade auf sonderliches Interesse. Komisch, dachte Yumiko, ob das etwa mit ihrem Privatleben zusammenhängt? Was war doch gleich ihr Mann von Beruf? Doch sie konnte sich nicht mehr auf Einzelheiten besinnen. In dem Augenblick kreuzte Urano auf, was Nobuko zum Anlaß nahm, sich zu verabschieden:

»Tja, dann ist der Alte ja noch mal verschont geblieben.«

»Ein Jammer«, lachte Yumiko zurück.

Die Sitzung begann. Noch bevor Yumiko Platz genommen hatte, spürte sie, daß etwas nicht stimmte. Auffallend viele waren nicht da. Sonst erschienen mindestens zwanzig, heute fehlte fast die Hälfte. Der Chef selbst befand sich auf Europareise (auf dem Programm standen Rußland, Deutschland, Frankreich, England und Italien – momentan hielt er sich vermutlich gerade in Berlin auf). Und ausgerechnet heute mußte auch einer seiner Stellvertreter nach Kyōto, um der Trauerfeier für seinen verehrten Lehrer beizuwohnen. Aus dem Ressort Politik fehlten Pat & Patterchon: Der Lange war gestern ins Krankenhaus eingeliefert worden, weil er die Treppe einer Bar hinuntergestürzt war; der Kleine litt an Gicht. Auch von den Wirtschaftlern fehlten zwei: Der eine war in Shikoku zur Hochzeit seiner Tochter; der andere weilte auf Einladung der südkoreanischen Regierung in Seoul. Der Besserwisser vom Feuilleton war ebenfalls auf Reisen, um im Auftrag einer obskuren Zeitschrift irgendwelche alten Kulturen am Japanischen Meer zu erforschen, und der Alte aus der Sportredaktion war von einem prominenten Ex-Baseballspieler nach Sydney zum Golfspielen eingeladen worden. Die Abwesenheit all jener konnte man durchaus verschmerzen. Problematisch wurde es allerdings dadurch, daß nicht nur der Journalist, der für den aktuellen Leitartikel zum Thema ›Verbilligung der Flugtarife‹ vorgesehen war, mit Grippe und 40 Grad Fieber im Bett lag, sondern auch der andere Kollege, der über den rapiden Anstieg der Jugendkriminalität schreiben sollte, gleich wegen eines doppelten Zipperleins – Kater und Hexenschuß – daheim geblieben war.

Der stellvertretende Chef, der jetzt die Sitzung leitete, berichtete zunächst von einem nächtlichen Telefonat mit dem Boß, der zur Zeit noch in Moskau weilte: Schwarzer Kaviar würde am vorzüglichsten in Riesenlöffel-Portionen munden. Doch dann wurde er plötzlich ungehalten.

»Was sollen wir jetzt nur machen? Ist denn nicht irgend jemand hier in der Runde bereit einzuspringen?«

Ganz offensichtlich hatte er momentan kein Interesse daran, sich mit den Ereignissen in Japan und dem Rest der Welt auseinanderzusetzen, sondern wollte das Problem einfach nur schleunigst vom Tisch schaffen. Zu allem Unglück drohte es, ein global friedlicher Tag zu werden: Kein bedeutendes amerikanisches Regierungsmitglied attackierte die japanische Wirtschaft; die hiesigen Parlamentarier hatten zwei Mannschaften (Ost und West) gebildet, um ein Baseball-Freundschaftsspiel im Tōkyō-Dome auszutragen (beim Eröffnungswurf landete der Premierminister einen Treffer); weder im Nahen noch im Fernen Osten gab es irgendwelche bemerkenswerten Zwischenfälle; die russischen Parteibonzen überschütteten sich mit Lobeshymnen, während in China ausnahmsweise einmal kein Literat Parteischelte erhielt. Beste Voraussetzungen also für einen Leitartikel über verbilligte Flugtarife oder Jugendkriminalität, ärgerte sich der Vize.

»Also, was nun?« fragte er in die Runde, worauf alle betreten unter sich starrten. Als niemand reagierte, pickte er sich den Ex-Reporter Seiner Kaiserlichen Majestät heraus, der sich mit Beiträgen in letzter Zeit rar gemacht hatte.

»Keine besonderen Vorkommnisse«, entschuldigte sich jener salbungsvoll, was wohl heißen sollte, daß es abgesehen von der üppigen Pracht des imperialen Bambusgartens nichts Wesentliches zu vermelden gab. Als der Stellvertreter sich daraufhin an einen alten Hasen aus der Wirtschaft wandte, mußte er eine weitschweifige, druckreife Lektion über die derzeitige Zinssituation über sich ergehen lassen: wie die Bank of Japan sich dazu verhielt, was daraufhin das Finanzministerium meinte, während die Vereinigten Staaten soundso ... kurzum, man müsse erst einmal die Entwicklung abwarten.

Bei den restlichen Anwesenden hatte er genausowenig Erfolg – auch Urano hatte inzwischen gelernt, wie man seinen Kopf geschickt aus der Schlinge ziehen konnte. Nach Konaka Nobuko, die sich mit der Leitung des heutigen Symposiums herausreden konnte, kam die Reihe an Minami Yumiko.

»Eigentlich habe ich mich auf den ›Nullsender‹ eingestellt ...«

In groben Zügen erläuterte sie ihr Vorhaben. Als sie zu dem Punkt mit der Räumungsklage bei unsittlichem Lebenswandel gelangte, brach ein allgemeines Gekicher aus, das aber schnell wieder verebbte. Vermutlich aus männlicher Solidarität, sie könnten ja selbst in eine solche Lage geraten. Jedenfalls ermunterte sie niemand, darüber zu schreiben. Während dieses peinlichen Schweigens fiel Yumiko plötzlich ein, daß Konaka Nobukos Mann Universitätsprofessor war und sich derzeit in den Vereinigten Staaten aufhielt. Also auch einer von diesen berufsbedingten Strohwitwern. Kein Wunder, daß sie sich für ihr Thema nicht begeisterte.

In dem Augenblick meldete sich der Ex-Journalist für MITI-Angelegenheiten, der vorhin noch energisch abgewunken hatte. Er wüßte etwas Interessantes für den ›Nullsender‹: das Problem mit den Preisen beim Pachinko-Glücksspiel. Fast gleichzeitig wandte sich Nobuko in vernehmbarem Flüsterton an Yumiko:

»He, was ist mit der anderen Sache für den Leitartikel?«

»Ach, Sie meinen Admiral Tōgō?«

Yumikos Bemerkung löste ein Raunen aus. Beides – Pachinko als auch der Kriegsgeneral – waren Themen, die japanische Männerherzen höher schlagen ließen. Und darüber hinaus zeigte sich ein Silberstreifen am Horizont: Die Sitzung würde zu einem Ende kommen, wenn der MITI-Experte den ›Nullsender‹ übernähme und der Leitartikel mit Admiral Tōgō abgedeckt wäre (allerdings ohne daß jemand die geringste Ahnung hatte, in welchem Kontext). Übrig blieb schließlich nur noch der zweite Leitartikel.

Als der Vize sich bei den beiden Damen nach weiteren Einzelheiten erkundigte, las Yumiko, die sich mittlerweile als zuständig betrachtete, die betreffenden zwei Artikel vor – begleitet von einem trockenen Rascheln durch mehrfaches Umblättern der Abendzeitung. Gleich im Anschluß kritisierte sie die Stellungnahme des Ex-Premiers, wobei ihr Nobuko natürlich vollsten Beistand leistete.

Der anwesende Verfassungsexperte gab allerdings zu bedenken, daß ein Angriff auf Seelenmessen für Ungeborene mit der im Grundgesetz verankerten Glaubensfreiheit nicht vereinbar sei. Ein Leitartikel sei schließlich das Aushängeschild der Zeitung, und es wäre zu riskant, wenn der Inhalt als verfassungswidrig ausgelegt werden könnte. Daraufhin schaltete sich der Kollege für Glaubensfragen ein und trug mit leiernder Stimme sein Statement vor: Er halte es für durchaus korrekt, solche Seelenmessen dem Geisterkult zuzurechnen, und als eine Form der Volksreligion hätten Praktiken dieser Art durchaus ihre Berechtigung. Bei der Frage allerdings, ob ein Embryo überhaupt eine Seele besitze, würden sich die Geister scheiden. Darüber hinaus könne man in diesem Ritual auch einen Auswuchs der Ahnenverehrung sehen, sozusagen als Ersatz für die traditio-

nelle Variante, die mit dem Zusammenbruch des Familiensystems ihre Funktion eingebüßt habe. Zwar war nicht ganz klar, worauf sein Geleier eigentlich hinauslief, aber irgendwie wollte er wohl damit sagen, daß man besser die Finger von diesem heißen Eisen lassen sollte.

Die beiden Einwände schienen allerdings wenig Anklang zu finden. Die Runde hüllte sich in eisiges Schweigen und bekundete weder Interesse an dem bewußten Verfassungsartikel noch an Volksreligionen. Die feindselige Reaktion hing in erster Linie mit der Befürchtung zusammen, daß wenn man die Angelegenheit jetzt doch nicht auf Minami Yumiko abwälzen konnte, jemand anderes gefunden werden mußte. Es sei denn, einer der beiden Herren Experten würde sich bereit erklären. Aber soviel Pflichtbewußtsein traute denen niemand zu. Hinzu kam, daß fast alle der männlichen Anwesenden selbst irgendwann einmal eine Frau (entweder die eigene oder eine andere) geschwängert und zum Abbruch getrieben hatten. Und falls jemand von dieser Erfahrung verschont geblieben war, dann war es reine Glückssache. Im übrigen wußten alle, daß der Verfassungsspezialist wegen seiner Unfruchtbarkeit mit chinesischen Kräuterwässerchen herumexperimentierte, während der Mann für Glaubensfragen schwul war. Die beiden hatten also gut reden. Nichts als Phrasendrescherei – genauso wie das päpstliche Veto gegen Geburtenkontrolle. Und überhaupt – darin waren sich der Vize (Bilanz: drei Abtreibungen – eine seine Frau, zwei seine Geliebte) und fast alle Männer hier einig – wieso mußte dieser Trottel von Ex-Premier schlafende Hunde wecken? Hatte der etwa alle seine Damen entbinden lassen? Man mußte die beiden Kolleginnen nach ihrem Gutdünken also wohl oder übel schreiben lassen, nur so war man selbst aus dem Schneider.

Kurz nachdem der Religionsexperte seinen Einwand vorgebracht hatte, schaltete sich der Stellvertreter ein, wobei er Nobukos rechte Hand, die sich gerade zu einer Wortmeldung anschickte, sachte wegschob:

»Nun, dann hätten wir's ja, oder? Das Thema ist brisant genug, um an prominenter Stelle zu erscheinen, wobei allerdings die Kritikpunkte der beiden Herren ausreichend berücksichtigt werden sollten. Die Sache mit der Seelenmesse möglichst ganz dezent anschneiden. Ansonsten sehe ich keine Probleme. Frau Konaka, da Sie doch heute diese Veranstaltung ... äh ... worum ging es doch gleich? ... ah ja, Wirtschaft in Asien ... zu betreuen haben, würde ich dann Sie, Frau Minami, darum bitten ... Übrigens eine witzige Story, diese Strohwitwer-Behausungen mit gedämpftem Spinat und gekochtem Seetang. (An der Stelle lächelte er.) Im Kühlschrank aufbewahrt, dürfte sie sich doch ein Weilchen halten.«

Alle lachten pflichtbewußt, auch Yumiko, was auf ihr Einverständnis schließen ließ.

Der Vize fragte nun die restlichen Journalisten, die er noch nicht ins Gebet genommen hatte, ob sie von sich aus über etwas schreiben wollten. Als sich jedoch keiner dazu bereit erklärte, übernahm er selbst den zweiten Leitartikel. Die beiden Vizechefs mußten nämlich im Notfall einspringen und deshalb ihre Beiträge so wählen, daß sie gleichsam aktuell und zeitlos waren. Zum Beispiel handelten sie davon, daß das Wohnungsproblem in Japan seinen kritischen Punkt längst erreicht hat, oder daß unsereins zwar bereitwillig Steuern zahlt, aber keine Ungerechtigkeiten duldet.

Und was den ›Nullsender‹ betraf, entschied man sich natürlich für die Pachinko-Story.

Kurz nachdem die Sitzung aufgelöst worden war, schleppte Nobuko allerlei Material für Yumikos Leitartikel an. Vier Alben mit Zeitungsausschnitten, sieben Bücher und eine Zeitschriften-Sonderausgabe. Da Urano sich sofort nach der Sitzung verdrückt hatte, war sein Stuhl frei, aber diesmal machte Nobuko keine Anstalten sich hinzusetzen, sondern wünschte nur ›Viel Erfolg!‹ und verschwand.

Yumiko telefonierte als erstes mit dem Korrespondenten in Kagoshima, um sich den Inhalt der Meldung bestätigen zu lassen. Der Ex-Premier sei trotz der frühen Tageszeit ganz fit gewesen und habe ohne Spickzettel gesprochen. Nicht erwähnt worden sei jedoch, daß er sich besorgt gezeigt hätte über den drohenden Geburten- und damit Bevölkerungsrückgang. Was würde es nützen, weiterhin fleißig Autos und Elektrogeräte zu produzieren, wenn auf einmal die Käufer ausblieben. Der Kollege am anderen Ende wechselte plötzlich das Thema.

»Bei euch ist das schönste Wetter, was? Wir hocken hier mitten in der Regenzeit«, sagte er mißmutig.

»Heute ja, aber für morgen haben sie auch Regen angesagt«, tröstete ihn die Journalistin in Tōkyō.

Dann forstete Yumiko das gesamte Material durch. Das meiste überflog sie nur, aber die wichtigen Passagen las sie sorgfältig und machte sich Notizen. Abtreibung war ein äußerst heikles Thema, und auch im Ausland verliefen die Diskussionen sehr polemisch. Egal, ob es sich um Gegner oder Fürsprecher handelte. (Die Debatten in Europa und Amerika wirkten zwar nicht so emotionsgeladen, aber bei aller Besonnenheit in der Argumentation war man hinsichtlich der Ausdrucksweise ganz und gar nicht zimperlich). Eine Warnung für Yumiko. Auf keinen Fall durfte sie sich beim Schreiben im Ton vergreifen, besonders nach dieser häßlichen Szene mit ihrer Mutter heute morgen.

Sie selbst hatte niemals abgetrieben. Als sie gleich nach der Hochzeit schwanger wurde, trug sie ihr Kind aus. Eigentlich hatte sie die erste Zeit verhüten wollen, aber dann war es doch passiert. Sie fand sich mit der Tatsache ab und hielt es sogar für besser, früher als geplant ein Kind zu haben, zumal ihr Mann auch nicht mehr der Jüngste war. Nach ihrer Scheidung, in den Beziehungen mit dem Schauspieler und dem Philosophen, war ihr dieses Malheur nicht mehr passiert. Sie benutzte Verhütungsmittel, hielt deren Wirksamkeit jedoch für reine Glückssache. Im Falle einer Schwangerschaft hätte sie höchstwahrscheinlich abgetrieben. Alles andere wäre eine Katstrophe geworden, nicht nur für sie selbst, sondern auch für das Kind und ihren Partner. Wenn sie sich das vor Augen führte, empfand sie überhaupt kein schlechtes Gewissen. Ebensowenig hätte sie eine Seelenmesse für das verlorene Kind arrangiert, oder sich von Stimmen einschüchtern lassen, die behaupteten, daß der Fluch des Ungeborenen in Form von Unglück oder Krankheit über sie käme. Das war genauso ein Hokuspokus wie die Verknüpfung des Schicksals mit der Ausrichtung des Hauses oder mit dem Namen. Ihre Einstellung hatte nichts damit zu tun, daß sie alleinstehend war. Selbst in ihrer Ehe hätte sie bei der soundsovielten Schwangerschaft einen Abbruch vornehmen lassen. Sie konnte Chie nur deshalb eine anständige Erziehung ermöglichen, weil sie verantwortungsbewußt auf weitere Kinder verzichtet hatte. Selbst mit der größtmöglichen Unterstützung ihrer Mutter wäre es in ihrer Situation unvernünftig gewesen, noch ein Kind zu bekommen.

Yumiko war der Ansicht, daß – solange nicht Geburtenkontrolle schlechthin verworfen wurde – bei Versagen von Verhütungsmitteln, die ja keine totale Sicherheit garantierten, ein Eingriff toleriert werden muß. Auf der einen Seite Freizügigkeit walten zu lassen, während man sich auf der anderen rigide verhielt, war einfach schizophren. In diesem Sinne würde sie Abtreibung auch nicht mit Mord gleichsetzen. Streng genommen handelte es sich ja lediglich um die nachträgliche Korrektur einer fehlgeschlagenen Empfängnisverhütung. Ob man nun ein Verfechter oder ein halbherziger Mitläufer war, Abtreibung sollte in jedem Fall befürwortet werden.

Völlig falsch fand sie es, das Problem auf die Frage zu reduzieren, ob Sexualität nun der Lust oder der Fortpflanzung diene, und hier eine Entscheidung treffen zu wollen. Es waren immer beide Funktionen im Spiel, nur traten sie eben manchmal vereint und manchmal isoliert auf. Seitdem die Evolution den Menschen dahin geführt hat, sich ganzjährig zu paaren, ist auch das Thema Sexualität immer komplexer geworden. Und ebendiese Komplexität im Zusammenspiel mit anderen Lebensbedingungen machte schließlich Maßnahmen zur Geburtenkontrolle erforderlich. Wenn man das akzeptierte, dann sollte man gefälligst auch den Schwangerschaftsabbruch befürworten, der konsequenterweise eine Form der Geburtenkontrolle darstellte. Für Yumiko war deshalb auch das verbreitete Argument, daß im Augenblick der Befruchtung beseeltes Leben entstünde und Abtreibung demnach Mord sei, reine Haarspalterei.

Aber so konnte sie nicht vorgehen. Während ihrer über zwanzigjährigen Jornalistenlaufbahn hatte sie ein Gespür dafür entwickelt, wann die Zeitung gezwungen war, sich zurückzuhalten. Und ihre reiche Erfahrung sagte ihr, daß sie auch in diesem Fall würde vorsichtig sein müssen. Mit äußerster Sorg-

falt und harmlosen Formulierungen wollte sie den Gegnern den Wind aus den Segeln nehmen, die Neutralen überzeugen und die Zustimmung oder besser noch den Applaus der Sympathisanten gewinnen. Nach einem verspäteten Lunch würde sie die Sache noch mal gründlich durchdenken.

Leider wollte das aber nicht so recht klappen. Nach dem Essen wurde sie von zwei alten Klassenkameradinnen belagert, die sich allen Ernstes bei ihr erkundigten, ob sie nicht einen Raum für eine gemeinsame Karaoke-Party organisieren könne. Als sie die beiden nach langem Hin und Her endlich abgewimmelt hatte und gerade einen Stoßseufzer von sich gab, rief eine Bekannte aus dem Amt für Wirtschaftsplanung an, um ihr mitzuteilen, daß ihr ehemaliger Professor sich im Alter von fünfundsiebzig Jahren demnächst wiederverheiraten würde – mit einer achtundfünfzigjährigen Keramikerin. Dies war nur das Vorspiel für ein weiteres halbes Dutzend Tratschgeschichten. Gleich danach erschien ein Mann aus Hokkaidō mit einem Empfehlungsschreiben ihres geschiedenen Mannes, in dem er sie bat, sich mit einem Leitartikel für die Erschließung von Golfplätzen einzusetzen. Was zum Teufel bildete er sich eigentlich ein? – Zwischen den beigefügten Unterlagen steckte ein weißer Umschlag, den sie natürlich zurückgehen ließ. Yumiko wunderte sich, mit was für Leuten ihr Ex-Mann sich jetzt abgab. Vermutlich war er dem Herrn etwas schuldig (na schön), aber wieso war er nicht wenigstens so rücksichtsvoll, ihr den Besucher anzukündigen? War er inzwischen völlig übergeschnappt oder einfach nur verkalkt? Meine Güte, er war doch noch nicht einmal sechzig. Yumiko erinnerte sich wehmütig an vergangene Tage, woran sich Grübeleien über die Zukunft anschlossen, und verplemperte auf diese Weise kostbare Zeit.

Später ging sie die restlichen Unterlagen durch, und als sie sich endlich an ihren Laptop setzte, war es bereits vier Uhr. Noch beunruhigender war jedoch, daß sie nicht die leiseste Idee hatte, was sie schreiben sollte. Gewiß, sie vertrat ihre eigene Meinung, über den Inhalt war sie sich ebenfalls im klaren, und auch das Formulieren dürfte keine Schwierigkeiten bereiten. Aber wie sollte sie diesen Stoff in die Form eines Leitartikels bringen?

Nach etlichem Kopfzerbrechen gab sie sich endlich einen Ruck und begann mit einer völlig platten Einleitung, die sie selbst zum Gähnen langweilig fand. Ihr fiel einfach nichts Gescheiteres ein.

Auf einer Veranstaltung am 14. in Kagoshima äußerte sich der frühere Premierminister Yamamura zu Empfängnisverhütung und Schwangerschaftsabbruch: »Früher bekamen die Frauen gerne Kinder. Denken wir nur einmal an Admiral Tōgō: Sein Name Heihachirō bezeichnet ihn als achten Sohn, und trotz der reichen Nachkommenschaft wurde er nicht abgetrieben. Diesem Umstand haben wir es zu verdanken, daß die Schlacht auf dem Japanischen Meer gegen die Russen für uns so siegreich verlief.«

Seiner Besorgnis über das Problem des Geburtenrückgangs und der Entvölkerung gab er mit folgenden Worten Ausdruck: »Wenn es so weitergeht, dann produzieren wir zwar Unmengen von Autos und Elektrogeräten, aber es wird keine Abnehmer mehr geben.«

Was für ein Schwachsinn! Das läßt sich auch nicht damit entschuldigen, daß seine Lobeshymne auf den Admiral eigentlich Kagoshima gelten sollte, der Heimatstadt Tōgōs.

Historische Spekulationen in Form von ›Was wäre, wenn ...‹-Sätzen lassen sich endlos weiterspinnen (um bei dem Beispiel zu bleiben: Was, wenn General Tōgō kurz vor der Schlacht im Japanischen Meer wahnsinnig geworden wäre?). In einer seriösen Geschichtsdiskussion haben solche müßigen Gedankenspiele nichts zu suchen. Sie tragen einfach nichts zur Sache bei. Und Yamamuras ökonomischem Einwand kann man nur entgegnen: Der Mensch lebt nicht allein für Autos und Elektrogüter.

Nicht so einfach übergehen läßt sich allerdings die männlich-chauvinistische Geisteshaltung des Herrn Ex-Premierministers, die seine gesamte Rede durchzog. Er geht davon aus, daß Frauen aus Kinderfeindlichkeit weniger Babys bekämen. Da irrt er sich gewaltig. Vielmehr geht es den Frauen heutzutage darum, den richtigen Zeitpunkt für die Geburt eines Kindes zu bestimmen, um eine vernünftige Erziehung gewährleisten zu können. Deshalb sollte man die Entscheidung für oder gegen ein Kind den unmittelbar Betroffenen überlassen.

Schließlich sind es doch die Frauen, die schwanger werden, die unter Übelkeitsanfällen leiden, die gebären. Mag sein, daß die Zahl der

Ehemänner, die im Haushalt und bei der Kindererziehung mitwirken, allmählich steigt, aber noch ist sie peinlich gering. Also sollten die Frauen eigenmächtige Entscheidungen treffen, denn bei ihnen allein liegt die Verantwortung.

Es ging nur schleppend voran, so oft, wie sie unter Seufzern und nervösem Wangenklopfen durchstreichen und verbessern mußte. Wie war sie nur in diesen Schlamassel geraten und konnte sich ein solch blödes Thema aufhalsen lassen! Sie verfluchte Konaka Nobuko, den Vize und die beiden Kollegen, die eigentlich heute mit dem Leitartikel an der Reihe waren. Auch die restliche Mannschaft blieb nicht verschont. Ganz zu schweigen vom Ex-Premier Yamamura. Sie haßte diesen Kerl.

Sie wußte genau, daß sie erst die Hälfte des erforderlichen Textumfangs erreicht hatte, nahm dies aber beim erneuten Durchzählen der Zeichen nur widerwillig zur Kenntnis. Wie sollte sie den Rest bewältigen? Das Thema war bereits erschöpfend behandelt. Verdammt, dabei konnte sie es natürlich nicht belassen. Andererseits durfte sie nicht noch mehr über die Stränge schlagen. Sie hätte reichlich viel zu sagen, wenn es ihr ureigener Text gewesen wäre, aber für einen Leitartikel war das alles nicht brauchbar. Nein, auf keinen Fall konnte sie hier ihren Ansichten freien Lauf lassen. Man mußte das Ganze irgendwie aufblähen, aber ihr fiel nichts Entsprechendes ein. Ihr Kopf war genauso leer wie diese protzigen Firmenanzeigen, in denen ein manierierter Grafiker fast die ganze Seite freigelassen hat. Diese läppischen siebenhundert Zeichen, die sie sonst immer mit einem Schwung erledigte, wuchsen ihr diesmal über den Kopf.

Die Zeit verstrich. Es mußte ernsthaft etwas passieren, doch ihr kam einfach nichts Gescheites in den Sinn. War das etwa das Urano-Syndrom? Bei dieser selbstkritischen Beobachtung fiel ihr ein, daß sie Toyosaki eigentlich von dieser skandalösen Zeile in Uranos Brief erzählen wollte, was sie neulich am Telefon vor lauter Enttäuschung jedoch völlig vergessen hatte. Außerdem war das ein viel zu aufregender Gesprächsstoff, um gleich verpulvert zu werden. Die beste Gelegenheit dafür bot sich beim nächtlichen Bettgeflüster. Der besagte Brief mit seiner gestochen schönen Schrift wimmelte nur so von Liebesschwüren. Das Schreiben endete mit der förmlichen Bitte, *auch künftig freundliche Ratschläge erteilt zu bekommen*, gefolgt von einem Postskriptum, das jedoch mit sorgfältigen Füllerstrichen unkenntlich gemacht worden war. Als Yumiko den Brief gegen das Licht hielt, ließ sich die ursprüngliche Zeile entziffern. *Ich will dich vögeln*, stand dort.

Was für ein schamloses Miststück! Schickt den Brief seelenruhig ab, obwohl er sich doch ausrechnen konnte, daß sie es entdecken würde. Ihr fiel ein, und sie mußte dabei lachen, wie er ihr neulich im Lift unter vier Augen beteuerte: ›Ach, woher denn! Ich gebe mich doch auch mit einem Bruder-Schwester-Verhältnis zufrieden.‹ Sie überlegte sich, wie Toyosaki wohl auf diese Geschichte reagieren würde, und dabei wurde ihr schlagartig bewußt, daß sie völlig zu Unrecht auf Konaka Nobuko, den Vize und die beiden fehlenden Kollegen sauer war. Ihnen konnte man nichts vorwerfen, allenfalls noch dem Ex-Premier, aber bei dem war sowieso Hopfen und Malz verloren. Schuld allein war Toyosaki! Hätte er nicht ihr Rendezvous platzen lassen, wäre es auch nicht zum Streit mit ihrer Mutter gekommen, sie hätte keine miese Laune gehabt und diesen lächerlichen Leitartikel mit links runtergeschmiert. Yumiko vertraute ihrer eigenen Fähigkeit so sehr, daß sie eher andere verantwortlich machte, wenn etwas schiefging.

In dem Moment fiel es ihr wie Schuppen von den Augen, daß es nicht nur ihr so erging, sondern sie ihr Schicksal mit unzähligen anderen Frauen, deren Ehemänner aus beruflichen Gründen eine Strohwitwer-Existenz führten, teilte. Diese Vorstellung tröstete sie ein wenig, und sie empfand Mitgefühl für ihre Leidensgenossinnen. Wie hart mußte es erst für die Frauen sein, die höchstens einmal im Monat, mitunter sogar nur alle zwei Monate ihren Gatten zu Gesicht bekamen. Oder noch schlimmer, wenn es den Mann nach Übersee verschlagen hatte, dann sahen sie sich vielleicht noch seltener, so wie die beiden Liebenden in den Sternbildern Adler und Leier, die durch die Milchstraße getrennt nur einmal im Jahr im Sommerdreieck zusammenkommen. Ihr Sympathiegefühl wurde jedoch mehr und mehr von dem Unbehagen überschattet, daß sie in ihrem Entwurf für den ›Nullsender‹ über die Liebschaften eines Filialdirektors nur die männliche Perspektive darstellte, die der Frauen hingegen völlig außer acht gelassen hatte. Und so etwas muß mir passieren, dachte sie zerknirscht, wo ich doch im Gegensatz zu Mutter immer auf einem weiblichen Standpunkt beharre. Wie gedankenlos von mir, diese zurückgelassenen Ehefrauen völlig zu vergessen. Ihr fielen dazu die Frauen der Samurais in der Tokugawa-Zeit ein, die ein ganzes Jahr lang einsame Nächte verbrachten, wenn ihre Gatten sich am Hofe des Shōguns in Edo aufhalten mußten. Und bei den heutigen Strohwitwern wiederholt sich dieser Unterdrückungsmechanismus einer von Männern dominierten Gesellschaft, in der die Frauen die Leidtragenden sind. Immer das gleiche Lied, obwohl auch nicht wenige Männer Opfer des Systems sind, aber das kümmerte Yumiko im Moment herzlich wenig. Sie erinnerte sich noch an ein Stück – es war wohl ein traditionelles Puppenspiel gewesen –, in dem die Frau in Abwesenheit ihres Gemahls eine so schreckliche Einsamkeit verspürte, daß sie sich durch den betörenden Klang einer Shamisen-Melodie zu einem Seitensprung hinreißen ließ. Zu damaliger Zeit mußte sie dafür mit dem Leben bezahlen, was inzwischen natürlich nicht mehr der Fall ist. Heutzutage rennt kein Ehemann mehr mit dem Schwert durch die Gegend wie einst die Samurais. Aber wehe, die Frau wird schwanger! Dann droht eine mittlere Katastrophe.

An dem Punkt wurde Yumiko plötzlich bewußt, daß sich der nötige Stoff für die restlichen Manuskriptseiten in ihrem Kopf zusammengebraut hatte. Sie bemühte sich, ihre Aufregung zu dämpfen, und rief eine literaturbewanderte Feuilletonistin an, um einige Dinge nachzuprüfen. Dann setzte sie sich wieder an ihren Laptop:

Wie männerorientiert unsere Gesellschaft ist, läßt sich an den berufsbedingten Strohwitwer-Haushalten aufzeigen, wo Männer fernab ihrer Familie ein Singledasein führen. Seine historische Entsprechung findet dieses System übrigens in den Pflichtaufenthalten bei Hofe in der Tokugawa-Zeit. Es ist gewissermaßen Tradition bei uns, überhaupt keinen Gedanken daran zu verschwenden, wie einsam sich die zurückgelassenen Ehefrauen fühlen müssen. Und weder der verlorene Krieg noch das große Wirtschaftswunder haben daran etwas ändern können. Als Unterdrückte haben Frauen immer den kürzeren gezogen, früher durch die Macht des Clans, heute durch die der Firmen.

Die Tragödie der einsamen Frau, die in der Edo-Dichtung sogar ein eigenständiges Genre bildete, taucht in der zeitgenössichen Literatur überhaupt nicht mehr auf, obwohl es noch unzählige solcher Schicksale gibt. Die Stärke unserer Nation beruht also letztlich auf der Opferbereitschaft all der Frauen, die sich mit dem Strohwitwerdasein ihrer Gatten, sei es innerhalb Japans oder im Ausland, arrangieren.

Für die betroffenen Ehegatten hingegen gibt es ein geeignetes Mittel, das ihnen über die Runden hilft. Wahrscheinlich ermuntert die Gesellschaft sie sogar, während sie sich Frauen gegenüber nicht annähernd so großzügig verhält, sondern im Gegenteil höchst rigide.

Angesichts dessen kann man sich leicht ausmalen, was geschähe, würden Empfängnisverhütung und Schwangerschaftsabbruch verboten. Der Zusammenbruch der Familie als Keimzelle der Gesellschaft und Lebensgrundlage des Individuums wäre damit vorprogrammiert. Und da die Bedeutung der Familie im Bewußtsein der Japaner tief verankert sein dürfte, würde die Enthüllung dieses menschlichen Skandals, den das Strohwitwer-System mit sich bringt, die Firmen in ihrer Personalpolitik erheblich behindern.

Nicht zuletzt hängt auch die Zukunft des Staates davon ab. Man sollte das Problem also keinesfalls auf die leichte Schulter nehmen, sonst hätte man vielleicht später lange mit den Folgen zu kämpfen. Wenn uns also auch weiterhin der wirtschaftliche Erfolg unserer Nation am Herzen liegt, sollten wir uns ernsthaft damit auseinandersetzen.

Yumiko las sich das soeben Geschriebene nochmals durch, zuerst auf dem Bildschirm und dann auf dem Ausdruck. Sie war mit dem Resultat mehr als zufrieden, und zwar aus folgenden Gründen:

1. Sie hatte sich kritisch zu dem Geschwafel des ehemaligen Premierministers geäußert, während sie Empfängnisverhütung und Schwangerschaftsabbruch verteidigte.

2. Das Thema Seelenmesse für Ungeborene wurde nicht be-

rührt und damit auch nicht das Problem der freien Religionsausübung.

3. Durch die Analogisierung der Edo-Periode mit der modernen Zeit wurde die Geschichte der Frau angesprochen.

Sie durfte sich also auf die Schulter klopfen, denn noch dazu würde sie

4. mit ihrem Beitrag all jenen Frauen zu Hilfe kommen, die durch eine Zufallsbekanntschaft schwanger werden.

Sie selbst war ja trotz Universitätsabschluß und ausreichendem Verstand von ihren Eltern in diese Ehe hineinmanövriert worden, die schließlich, nachdem sie ebenso unbedacht ein Kind in die Welt gesetzt hatte, mit einer Scheidung endete. Sie wußte also aus eigener Erfahrung, wie leicht man als Frau in eine derart verzweifelte Situation hineinschlittern konnte. Gefährdet waren vor allem aber auch die Teenager, besonders wenn sie sich dabei noch verliebten.

Ganz objektiv gesehen, durfte sie zu Recht stolz darauf sein, daß sie

5. mit ihrer subtilen Vorgehensweise einen flüchtigen Leser gar nicht merken ließ, daß sie es nur fair fand, wenn die zurückgelassenen Ehefrauen fremdgingen.

Hätte sie in dem Moment jedoch jemand anderer dafür gelobt, würde sie ihn wohl ziemlich verdutzt anschauen. Zumindest, was den zweiten Teil betraf, den sie wohl mehr schlafwandlerisch zustande gebracht hatte. Sie war einfach nur besessen gewesen von dem Gedanken,

1. dem gestellten Thema gerecht zu werden;

2. einen weiblich-orientierten Standpunkt zu vertreten;

3. den vorgeschriebenen Textumfang zu erreichen.

Dabei hatte sie auch weitgehend das Prinzip befolgt,

4. unverblümte Äußerungen zu vermeiden, da die Öffentlichkeit von der Presse ein gewisses Maß an Heuchelei regelrecht erwartete.

Entgangen war ihr jedoch, daß die ganze Problematik im zweiten Teil

5. ihre persönliche Enttäuschung, den Herzensmann nicht sehen zu können, zum Ausdruck brachte, die sie einfach auf andere Frauen projiziert hatte.

Eine Folge ihrer Verdrängung waren übrigens auch ihre zweideutigen Formulierungen im letzten Abschnitt, die ihr natürlich ebensowenig bewußt waren. Und gerade dadurch konnte ihr Leitartikel dann leichter alle Zensurschranken im Verlag passieren.

»Geschafft!« murmelte sie, und ein Lächeln glitt über ihr Gesicht. Sie war eben doch talentiert, ganz im Gegensatz zu ihrem Kollegen, diesem preisgekrönten Ex-Kriminalreporter.

Doch in diesem Augenblick merkte sie, daß etwas nicht stimmte. Es war erst halb sechs, aber das Büro wirkte wie ausgestorben. Normalerweise waren um diese Zeit fast alle noch da, aber jetzt befanden sich außer ihr nur noch der stellvertretende Chef und die beiden Sekretärinnen in dem großen Raum, was bedeutete, daß niemand einen Blick auf ihren Leitartikel werfen konnte. Komisch, dachte sie, schenkte dem dann aber keine weitere Beachtung – etwa so, wie wenn man in einem Zeitungsartikel einen bekannten Namen falsch geschrieben liest. Sie speiste ihren Artikel in den Zentralcomputer ein und informierte dann den stellvertretenden Chef.

»Ah, fertig, ja? Gut, gut«, nickte der Vize und las den Text parallel auf dem Monitor und auf dem Ausdruck. Das vorherrschende Gefühl bei ihm in diesem Augenblick war Neid, und zwar auf alle männlichen Kollegen, die vorzeitig die Flucht ergriffen hatten. Er wußte nur zu gut, weshalb: Keiner wollte sich der peinlichen Situation aussetzen, Yumikos Artikel lesen zu müssen, gewissermaßen stellvertretend für die männliche Bevölkerung Japans und womöglich der ganzen Welt. Instinktiv nahm er hastig einige Änderungen an seinem eigenen Leitartikel vor, der schon seit ewigen Zeiten genau für diesen Fall in der Schublade schmorte. (Er vertrat darin die Ansicht, daß man Seniorenaktivitäten subventionieren sollte, da es doch sinnvoll sei, älteren Menschen noch etwas beizubringen wie etwa Gedichte schreiben, Fremdsprachen, Karaoke, Nō-Gesang, Krokket oder Golf). Der Vize erwischte gerade noch einen ehemaligen Wirtschaftsjournalisten, der soeben im Aufbruch begriffen war, um ihm seinen Text zu lesen zu geben. Nachdem dieser dann ebenfalls verschwunden war, blieb neben den bereits erwähnten Personen nur noch der glatzköpfige Verfasser des allmorgendlich erscheinenden ›Planetenberichts‹ übrig. Und als auch jener endlich den Ernst der Lage begriffen hatte, machte er sich – ganz gegen seine Gewohnheit – schleunigst aus dem Staub. Sonst schrieb er freitags nämlich immer schon die Entwürfe für die beiden nächsten Tage, während er samstags den Beitrag für die Montagsausgabe vorbereitete. Doch diesen Luxus konnte er sich diesmal nicht leisten.

Bevor der Vize Yumikos Leitartikel überflog, ahnte er schon, daß ganz bestimmt widerliches Zeug drinstehen würde. Und wie befürchtet, da war sie schon, die diskriminierende Formulierung: *Wie männerorientiert unsere Gesellschaft ist ...!* Als er die Stelle erspähte, spürte er, wie die Welt sich plötzlich verdüsterte. Drei Dinge gab es, die er abgrundtief verabscheute: Kürbisse, Erdbeben und hysterische Weiber – vor allem solche, die sich notorisch über das männliche Geschlecht mokierten. Immer wenn er auf Phrasen stieß wie ›Tyrannei des Mannes‹ oder ›feudalistische Betrachtung der Frau‹, empörte er sich über eine derart engstirnige Sichtweise. Auf dem ganzen Erdball gab es doch – wenn auch zugegebenermaßen in der Minderheit – männliche Exemplare wie ihn, die Frauen respektvoll behandelten. Doch gleich darauf meldete sich sein schlechtes Gewissen: Eigentlich war es doch ganz schön niederträchtig, sich auf Kosten anderer Geschlechtsgenossen selber Pluspunkte zu erteilen. Das verdroß ihn noch mehr.

Als sein Blick dann auf die Zeilen ... *die Zahl der Ehemänner, die im Haushalt und bei der Kindererziehung mitwirken, ... peinlich gering* ... fiel, begann sein Gesicht zu zucken. Er hatte das Gefühl, daß hier rücksichtslos, ja regelrecht bösartig sein Privatleben attackiert wurde. Es war exakt dasselbe Genörgel, mit dem seine Frau ihm seit einem Vierteljahrhundert in den Ohren lag. Diesem Schock war es wohl zuzuschreiben, daß er nicht imstande war, seine ungeteilte Aufmerksamkeit auf die Kritik am Strohwitwer-System zu lenken. Geistesabwesend glitt sein Blick über die Zeilen, was im allgemeinen als Querlesen bezeichnet wurde. Auch der Umstand, daß er mit einem Auge den Bildschirmtext, mit dem anderen den Ausdruck überflog, wirkte sich zweifellos auf die Lektüre aus.

In seiner Flüchtigkeit bekam er natürlich nicht allzuviel mit.

Sie war so ziemlich das genaue Gegenteil zur Pedanterie, mit der ein Fraktionschef der Konservativen die Äußerungen eines anderen Fraktionschefs zerpflückte, die er entweder der Presse entnommen oder durch einen vorzeitigen Anruf des verantwortlichen Journalisten übermittelt bekommen hatte. Folglich kapierte er natürlich auch nicht das geringste von Yumikos Argumentation, daß Männer sich seit jeher – egal ob nun damals beim Pflichtaufenthalt am Hofe des Shōguns oder heute als berufsbedingte Strohwitwer – mit Seitensprüngen oder Bordellbesuchen trösteten, während Frauen bei einer Affäre das Risiko einer Schwangerschaft in Kauf nehmen mußten. Die Stelle, wo vom Zusammenbruch der Familie die Rede war, entlockte ihm ein beipflichtendes Nicken, wobei er natürlich nicht den eigentlichen Sinn ihrer Worte erfaßte, die sich darauf bezogen, daß eine alleingelassene Frau infolge eines bloßen Techtelmechtels in die Notlage geraten konnte, ein Kind zur Welt bringen zu müssen. Na schön, dachte der Vize bei sich, das konnte man schon durchgehen lassen, auch wenn es da ein paar Ungereimtheiten gab. Aber die waren sozusagen unvermeidlich, denn schließlich hatten sie beide völlig unterschiedliche Standpunkte. Naturgemäß! Als Yumiko – immer noch leicht erregt wegen ihres gelungenen Werks – auf ihn zusteuerte und sich auf den freien Platz neben ihn setzte, sagte er ganz vergnügt:

»Gebongt, meine Gute! ... Nicht übel, nicht übel. Ein bißchen forsch ... hahahaha. Aber na ja, auch der Fasan würde nicht erschossen werden, wenn er seinen Schnabel hielte. Diese Verbannung von Familienvätern ist wirklich Unfug. Ich war dem gegenüber auch immer sehr kritisch eingestellt. Aber es gibt dennoch gewisse Gründe, die dafür sprechen, wenn man nur einmal an die Erziehung der Kinder denkt. In sozialistischen Ländern werden sogar Diplomaten ohne Familie entsandt, um Kosten einzusparen. Das ist wahrhaftig unmenschlich, finden Sie nicht auch? Jedenfalls bin ich ganz Ihrer Ansicht: *Damit sollten wir uns ernsthaft auseinandersetzen*. Eine Devise, die ich schon seit Jahren vertrete.«

Es war immer das gleiche Spiel, man fühlte sich rundum erleichtert, wenn der Artikel durchkam. Erst recht beim Vize, und so fragte Yumiko ganz milde:

»Ist irgend etwas zu ändern?«

»Tjaah . . .«

Ihr Vorgesetzter warf erneut einen flüchtigen Blick auf den Text.

»Äh . . . nun ja . . . hm . . . soweit eigentlich o. k. . . . aber hier, diese Stelle vielleicht: *Es ist gewissermaßen Tradition bei uns, überhaupt keinen Gedanken daran zu verschwenden, wie einsam sich dabei die zurückgelassenen Ehefrauen fühlen müssen.* . . . Sollte man da nicht besser schreiben: *Allgemeinhin verschwendet man keinen Gedanken* . . .«

»Ah ja, ich verstehe, was Sie meinen. Wird geändert«, willigte Yumiko ein.

Nachdem der Vize eine Weile mit geschlossenen Lidern meditiert hatte, sagte er:

»Was halten Sie von der Überschrift: *Gebären – eine Frauensache?*«

»Prima. Finde ich gut.« Insgeheim dachte sie natürlich, ob es nicht noch etwas Besseres gab, aber sie konnte sich damit abfinden. Der Vize setzte sich nun an den Laptop und gab die Überschrift sowie die kleine Korrektur ein. Zum Abschluß drückte er die entscheidende Befehlstaste, die den Text als offizielles Manuskript weiterschickte.

In der fünften Etage überprüfte eine dreißigjährige Mitarbeiterin die Schreibweise von *Tōgō Heihachirō (1847–1934)* in einem Namenslexikon. Obwohl da nichts von einem achten Sohn vermerkt war, beschloß sie, die Sache auf sich beruhen zu lassen. Die Zeitung war schließlich nicht dafür haftbar, ob ein Politiker die Wahrheit sprach. Meine Güte, allein schon acht Söhne, dachte die Korrektorin, als sie den Monitortext nach Fehlern absuchte. Die waren ja flott zugange gewesen. Es mußte doch auch Mädchen gegeben haben. Sie hätte zu gern gewußt, wieviel Kinder insgesamt gezeugt worden waren, aber ihre biographische Neugier trieb sie natürlich nicht eigens in die Bibliothek. Sie selbst war bereits drei Jahre verheiratet, aber bisher leider ohne Folgen. Angesichts der Gebärfreudigkeit in der Tōgō-Familie überlegte sie wieder einmal, ob sie nicht einen Arzt aufsuchen sollte, um feststellen zu lassen, ob es nun an ihr oder an ihrem Mann lag. Aber wie üblich verwarf sie den Gedanken und beschloß abzuwarten, wie die Dinge sich weiterentwickelten.

Auf derselben Etage, in der Layout-Abteilung, las der Zuständige für die zweite Seite der Morgenausgabe ebenfalls den Leitartikel auf seinem Bildschirm. Er schnalzte mit der Zunge: Mann, schon wieder so eine feministische Ausgeburt! Seine Mutter war eine fanatische Frauenrechtlerin, und da sie seine Ehefrau ausgesucht hatte, lagen beide natürlich auf einer Wellenlänge. Er hatte die Nase restlos voll von ihren dogmatischen Parolen. Dieser Leitartikel hier stammte mit Sicherheit von einer Frau, dachte er verdrossen. Trotzdem versuchte er ihn mit der gleichen stoischen Haltung zur Kenntnis zu nehmen, mit der er das feministische Gezeter bei sich zu Hause ertrug. Abgesehen davon war ihm der ehemalige Premierminister schon immer ein Dorn im Auge gewesen, nicht etwa aus politischen Gründen, sondern weil er nach nichts aussah und Dialekt sprach. Endlich kriegte der mal eins auf den Deckel, feixte er, doch seine Schadenfreude wurde leider von seiner Feminismus-Phobie eingedämmt. Seine Frau war überdies eine Kindernärrin, sie hatten insgesamt fünf, Mädchen und Jungen – eine Tatsache, die er mitunter zutiefst bedauerte, die ihn aber genauso oft glücklich stimmte. Alles in allem lebte er in einem Wechselbad der Gefühle. Mit süßsaurer Miene las er den Text zu Ende und überlegte sich dann wie üblich eine Überschrift nach seinem Geschmack. *Das Kreuz mit den Chauvinisten,* das wäre ein passender Titel, der wahrscheinlich die meisten Männer vom Lesen abschrecken würde. So bräuchten sie ihre kostbare Zeit nicht mit diesem Quatsch zu verplempern. Aber wozu sich aufregen, Leitartikel werden ohnehin so gut wie nie gelesen.

Sein Kollege auf dem Nachbarplatz – ein schon vorzeitig ergrauter Mann in den Vierzigern –, der ebenfalls *Gebären – eine Frauensache?* auf dem Bildschirm las, hielt bei dem Satz *die männlich chauvinistische Geisteshaltung . . ., die seine ganze Rede durchzog* inne und dachte an Golon. Ihm war plötzlich eingefallen, daß er ja auch ein Männchen und vermutlich deshalb ausgerissen war. Golon war der Name seines Katers. Eigentlich gehörte er seinen Eltern, die gleich nebenan wohnten. Aber seit er und seine Frau ihm statt des üblichen Dosenfutters feine Trockensardinen zu fressen gaben, hatte Golon seine Bleibe gewechselt. Sie vermißten ihn nun schon seit einer Woche. Seinen Eltern war das ziemlich egal, und auch er, seine Frau und seine Tochter führten sein Verschwinden lediglich auf ein außer-saisonales Katzentechtelmechtel zurück und kümmerten sich nicht weiter darum. Aber heute in den frühen Morgenstunden war ihm Golon mit einem laut klagenden ›Miiiaaauuu‹ im Traum erschienen, und seitdem machte er sich große Sorgen. Beim Frühstück hatte er seiner Familie vorgeschlagen, eine Suchaktion zu starten und Zettel mit einem Foto an den Telegrafenmasten in der Umgebung anzubringen. Seine Frau und seine Tochter lachten ihn aus, während ihm das erbärmliche Miauen aus dem Traum noch in den Ohren klang. Womöglich lag der Ärmste irgendwo hilflos im Straßengraben, vielleicht sogar verwundet nach einem verlorenen Kampf mit einem Nebenbuhler? Oder eine andere Familie kümmerte sich jetzt um ihn? Für einen Suchbrief würde ein Foto unentbehrlich sein, und er versuchte sich zu besinnen, ob er überhaupt eine vernünftige Aufnahme besaß.

Etwa sechs Meter weiter starrte ein junger Mann Ende Zwanzig auf den großen Monitor, auf dem die zweite Seite der Morgenausgabe flimmerte. Die beiden Leitartikel in der rechten Spalte waren eingerahmt. Obwohl ihm die versetzte Anordnung der zwei Überschriften gefiel, fand er die letztere von der Proportion her zu kurz. Wenn man drei Wörter hinzufügen und daraus *Es sind Frauen, die Kinder gebären* machen würde, gäbe es nicht diese klaffende Lücke oben und unten. Bedauerlicherweise hatte er jedoch keinen Einfluß darauf. Leitartikel waren nämlich heiliges Terrain, unantastbar. Er schnalzte also bloß mit der Zunge und wandte sich dann anderen Gedanken zu. Er mußte morgen mittag um eins die Maschine von Narita nach Hongkong kriegen, also sollte er heute nacht um zwei nach Dienstschluß wohl besser nicht auf einen Drink in die Kantine gehen, sondern schnurstracks den Heimweg antreten. Jedesmal, wenn seine Kollegen ihn in den achten Stock des Nachbargebäudes lotsten, zog sich die Sauferei bis in die frühen Morgenstunden hin. Heute mußte er konsequent bleiben.

Er ließ seinen Blick ein zweites Mal über die beiden Leitartikel gleiten und neigte sich etwas nach links, da ihm ein Pfeiler die Sicht auf einen anderen etwa sechs Meter entfernt sitzenden Kollegen versperrte.

»Yama-san, ich gebe jetzt die beiden Evangelien durch, o. k.?«

Yama machte Anstalten, sich zu erheben. »Moment noch«, rief er zurück und wollte seinem Nachbarn Bescheid sagen, der jedoch just in diesem Moment einen Anruf erhielt. Die Miene des ergrauten Vierzigjährigen hellte sich plötzlich auf:

»Er ist also nicht abgemagert? ... Wie, ganz verdreckt? ... Kann ich mir denken! ... Hm ... hm ... Die ganzen Trockensardinen aufgefuttert? ... Und Milch? ... Na, dann scheint ja alles in Ordnung zu sein ... Aber daß er erst mal bei uns vorbeischaut ... ist schon ein komisches Kerlchen ... Macht doch nichts! In dem Fall spielt es doch nun wirklich keine Rolle, daß du vergessen hast, ihm die Pfoten abzuwischen.«

Er bemerkte den fragenden Blick seines Kollegen und gab ihm ein OK-Zeichen. Damit war das Erscheinen von Minami Yumikos riskantem Leitartikel in den ›Neuen Nachrichten‹ besiegelt.

4. Kapitel

Am zweiten und vierten Samstag jeden Monats gegen sechs Uhr abends stellte man fürs erste zwei Flaschen Whisky auf den Konferenztisch im Kolumnistenzimmer. Hinzu kamen Mineralwasser, ein Kübel mit Eiswürfeln und Gläser, mitunter auch Bier, Sake, Shōchū und andere Getränke. Als Snacks gab es wie immer Käse, Schinken, Fischpastete und Sandwiches. Wenn alles soweit hergerichtet war, fand sich das Kollegenteam ein, um das vierzehntäglich stattfindende Ritual – allgemeinhin als ›Saufgelage‹ bezeichnet – abzuhalten. Jemand hatte einmal vorgeschlagen, der Veranstaltung einen würdigeren Namen zu geben, worauf ein anderer jedoch nur spöttisch entgegnete: »Tja, dann sollten wir vielleicht Yasuoka Masa'atsu einschalten« und damit großes Gelächter erntete – also blieb alles beim alten. (Der kleine Scherz bezog sich auf die Sitte unter Politikern, eine neu gebildete Splittergruppe von ihrem Mentor titulieren zu lassen. Aktueller wäre der gleiche Witz mit Ōnuma Banzan gewesen, aber der Gute war noch nicht so einflußreich, um politische Cliquen zu taufen.)

Im Unterschied zu Konaka Nobuko, die keinen Alkohol vertrug und sich deshalb äußerst selten bei diesen – ihrer Meinung nach unsinnigen – Treffen blicken ließ, pflegte Minami Yumiko trotz ihres bescheidenen Alkoholkonsums regelmäßig zu erscheinen, auch wenn sie höchstens nur eine halbe Stunde blieb. Die Männer hingegen waren mindestens zwei Stunden zugange, und einige von ihnen setzten das Gelage anschließend noch woanders fort.

An diesem Abend war auch Anzei Ichirō – ein Wirtschaftsexperte, der seit letztem April als Berater zu ihrem Team gehörte – mit von der Partie und geriet zwangsläufig in den Mittelpunkt. Er war eloquent, charmant und bei allen beliebt, so daß sich diesmal auch die Sekretärinnen entgegen ihrer sonstigen Gewohnheit der Sauferei anschlossen, nur um ihn zu erleben. Seine Spezialität waren Anekdoten, bei denen keiner genau sagen konnte, ob sie wahr oder erfunden waren. Und prompt, als er gefragt wurde, weshalb er eigentlich damals nach seiner Emeritierung von der staatlichen Universität nicht zu einer privaten Hochschule gewechselt habe, reagierte er – das Whiskyglas in der Hand – in seiner jovialen Art:

»Wegen eines alten Ehrenwortes, das wir, meine beiden Freunde und ich, uns damals als Studenten gaben.«

Alle drei seien sie überzeugt gewesen, als Wirtschaftsprofessoren an einer staatlichen Hochschule Karriere machen zu können, und hätten sich deshalb geschworen, weder jemals einen Doktortitel anzustreben (solche Akademikerwürden waren nämlich ein Affront gegen die reine Wissenschaft) noch sich als Pensionäre an einer Privatuni zu verdingen (um dem Nachwuchs nicht im Wege zu stehen). Trotzdem war einer von ihnen dann zum Generaldirektor einer Bank aufgestiegen, was nicht weiter tragisch gewesen wäre, hätte er nicht auch noch in Wirtschaftswissenschaften promoviert. Das war schon ein starkes Stück. Aber der andere trieb es dann noch weiter: Er hatte nicht bloß seinen Doktor gemacht, sondern war noch dazu an einer privaten Hochschule gelandet, und das *vor* seiner Emeritierung (womit er sich übrigens rauszureden versuchte, da sich das Gelübde eigentlich auf den Ruhestand bezog).

»Das hat mich ganz schön gefuchst, und deshalb will ich jetzt erst recht konsequent bleiben, um es den beiden zu zeigen«, sagte er mit einem übermütigen Lachen. Tatsächlich war er jedoch so beschäftigt mit Vorträgen und journalistischer Tätigkeit, daß er ohnehin keine Zeit dafür gehabt hätte.

Im Anschluß daran erzählte ein Veteran aus der Inlandsredaktion eine etwas seltsame und deshalb nicht druckreife Story von den Gouverneurswahlen in Kyūshū, gefolgt von einem Wirtschaftskollegen, der sich über Marktanteile von Bierherstellern ausließ, bis plötzlich ein früherer Mitarbeiter der Auslandsredaktion darauf zu sprechen kam, daß es in Skandinavien Zeitungsverlage gebe, die von der Regierung subventioniert würden. Seine Bemerkung löste einen großen Tumult aus.

»Ist ja wie bei der Oper oder beim Ballett.«

»Oder wie beim Orchester.«

»In sozialistischen Ländern ist so was doch gang und gäbe.«

»In den Niederlanden übrigens auch, habe ich mal gehört.«

»Das zeigt also, daß Zeitungen ebenso schnell in rote Zahlen abrutschen können wie Orchester.«

»Bei Oper und Ballett hat die Subventionierung zum Glück keinen Einfluß auf Inszenierungen und ähnliches ...«

»Aber wie verhält es sich mit der Redefreiheit?«

»Sämtliche Universitäten pochen doch trotz staatlicher Unterstützung auf ihre akademische Unabhängigkeit.«

»Aber ich denke schon, daß man sich seinem Geldgeber gegenüber weniger kritisch verhält.«

»Es gibt da aber einen gewissen Unterschied zwischen Redefreiheit und Freiheit der Wissenschaft.«

»Was? Welchen denn?«

»Trotzdem, es dürfte in einem solchen Fall verdammt schwierig werden, die Regierung anzugreifen. Ist es ja so schon.«

»Na ja, das Zuckerbrot-und-Peitsche-Prinzip: Man labt sich an der Zuwendung und verteilt Hiebe an die Regierung.«

In dem Moment wandte sich einer der Vizechefs – den Mund voller Käse – an sein Gegenüber, Herrn Anzai, um dessen Meinung zu hören:

»Nun, was sagen Sie dazu?«

»Nun ja, jede Form von Zuwendung bringt doch *goshū,* also das Prinzip der Gegenleistung mit sich«, begann der Wirtschaftsexperte, worauf Urano ihn von weit hinten mit einem Zwischenruf unterbrach:

»Was, *goshūgi*? Sie meinen wirklich *Trinkgeld*?« (Auch Yumiko hatte es so verstanden und wunderte sich.)

»Ein nettes Wortspiel«, gluckste Anzai und erhob sich vom Sofa. Er bahnte sich einen Weg zwischen den Stühlen hindurch zu der Tafel gegenüber, griff sich ein Stück Kreide und erklärte, während er schrieb:

»*Goshū*: gegenseitig seinen Dank bezeugen. Auf englisch würde man sagen: *reciprocity*. Also ... gegenseitige Abhängigkeit oder vielleicht besser: Austausch ...«

»Ach du meine Güte!« Urano kratzte sich am Kopf, und alles lachte. Der Wirtschaftsexperte fuhr fort:

»Soziologen nennen es ›Tauschtheorie‹. Das heißt, wenn jemand beschenkt wird, erbringt er mit Sicherheit eine Gegenleistung, und von diesem Prinzip werden dann alle anderen Tauschformen abgeleitet. Natürlich kann man es so sehen, die alljährlichen Bescherungen im Juni und Dezember sind dafür treffende Beispiele. Es handelt sich hierbei um einen sehr alten gesellschaftlichen Brauch, der sich bis in die Moderne gehalten hat. Das gleiche gilt für Karten und Geschenke zur Weihnachtszeit. Und nicht zu vergessen: der Austausch von Visitenkarten, wenn Japaner sich das erste Mal begegnen.«

»Wie ist es denn mit Bestechungsgeldern, mit denen Politiker Wählerstimmen kaufen?« warf Urano ein.

»Ein klarer Fall von Reziprozität in Form von Geschenke-Austausch. Aber es existiert da noch eine andere, ziemlich drollige Theorie, die besagt, daß ein Abgeordneter als Gegenleistung für die erhaltenen Stimmen seinen Wählern etwas zugute kommen lassen will, was es durchaus geben mag, wenn man nur einmal an den Bau von Brücken oder Eisenbahnlinien denkt. Mit Sicherheit war das bei Tanaka Kakuei, dem Schatten-Shōgun der Fall. Aber das läßt sich nicht verallgemeinern, hier handelt es sich wirklich nur um Ausnahmefälle. Vorausgesetzt, dieser fromme Wunsch existiert überhaupt, wäre er für einen Durchschnittsabgeordneten sicher kaum realisierbar. Wenn man der Sache nachgehen würde, was die einzelnen Politiker tatsächlich leisten, wären die Resultate – ob nun zum Wohle der Allgemeinheit oder nicht – wohl reichlich mager. Wie auch immer, ich glaube sowieso, daß die Wähler von edleren Motiven geleitet sind, wem sie ihre Stimme geben. Oder etwa nicht? Na ja, vermutlich eher nicht ...«

Alle lachten.

»Und nicht zu vergessen, die Liebe ...«

An dieser Stelle fing Anzai einen Blick von Yumiko auf, die am anderen Ende des Tisches saß, und ein Lächeln huschte über sein Gesicht:

»Es gibt doch tatsächlich solche unsensiblen Gesellen, die dasselbe Prinzip für Liebesbeziehungen geltend machen möchten. Ein Mann verliebt sich in eine Frau, überreicht ihr Blumen oder Juwelen, und sie revanchiert sich, indem sie ihm ihr Herz schenkt – so jedenfalls sehen es einige Theoretiker. Ich für meinen Teil bin da eher ein Romantiker, solche Erklärungsmuster finde ich widerlich. Die sind einfach zu prosaisch! Das Wesentliche wird dabei völlig übersehen. Zumindest darf ich das aus eigener Erfahrung mal so behaupten.«

Die Männer lachten laut, wenngleich in verschiedenen Nuancen, und auch Yumiko nickte lächelnd, was Anzai mit Zufriedenheit bemerkte.

»Wie ich sehe, stimmen Sie mir zu. Solche Interpretationen sind einfach zu pauschal, denn in den sogenannten Tausch-Theorien werden die realen ökonomischen Beziehungen zu einfach dargestellt, was mir überhaupt nicht behagt. Zugegeben, die Schenkerei zweimal im Jahr ist ein wichtiger Faktor für unsere Wirtschaft, die dadurch tatsächlich angekurbelt wird, aber das entscheidende Element, nämlich die Produktivität, gerät dabei völlig in Vergessenheit. Die japanische Wirtschaft wird nicht allein durch einen Lieferservice namens ›Black Cat Yamato‹ in Schwung gehalten. Das zum einen. Und zum anderen ist Schenken ein gesellschaftlicher Brauch, der von Kultur zu Kultur sehr stark variiert. Somit kann er wohl kaum eine universelle Grundlage für ökonomische Theorien abgeben. Wer sich partout dem Tauschkonzept verschreibt, verliert mitunter einfach an intellektuellem Niveau. Das ist das Problem.«

»Ich verstehe Sie voll und ganz, aber wie liegt der Fall bei den Zeitungen?« warf Yumiko ein.

»Sie meinen, wenn eine Zeitung von der Regierung Zuwendungen erhält? Nun, höchstwahrscheinlich wird sie sich dafür revanchieren, das läßt sich nicht leugnen. Aber das muß ja nicht gleich in Süßholzraspeln und Arschkriecherei ausarten. Es gibt ja wohl noch andere Möglichkeiten, denke ich.«

»Und die wären?«

»Nun, rückhaltlos seine Meinung äußern, Anregungen, konstruktive Kritik, auf Unzulänglichkeiten in der Politik hinweisen und Verbesserungsvorschläge machen. Damit kann man sich auch erkenntlich zeigen.«

»Oh!«

»Zumindest aus meiner Sicht wäre das wünschenswert, aber vielleicht bin ich da auch zu optimistisch.«

Das allgemeine Gelächter zeigte, daß man seine Selbsteinschätzung wie immer für gut getroffen hielt.

»Aber, werter Kollege, liegt denn der Sinn eines Geschenkes oder Gegengeschenkes nicht darin, den Beschenkten damit zu erfreuen?« Dieser Einwand kam von einem Kolumnisten hinten in der Ecke, der als langjähriges Mitglied des Presseclubs im Verkehrsministerium den Ruf hatte (irrtümlicherweise, versteht sich!), über alle personellen Fragen dort zu bestimmen.

»Im Prinzip schon«, nickte der Angesprochene zustimmend. »Aber in Wirklichkeit geht es doch oft anders zu. Denken Sie nur an die beiden traditionellen Bescherungen. Ein Ehepaar, das eingelegte Zwiebeln verabscheut, bekommt solch ein Konservenglas, einem Abstinenzler wird Brandy ins Haus geschickt ...«

»So gesehen, stimmt es wohl.«

»Und in alten Zeiten pflegte ein treuer Diener seinem Herrn dadurch seine Loyalität zu zeigen, daß er ihm voller Ehrerbietung wohlmeinende Ratschläge erteilte: zum Beispiel nicht der Wollust zu verfallen oder sich Schmeichler vom Leib zu halten. Auch eine Form von Gegenleistung, und zwar für den empfangenen Sold. Es gibt eine Unmenge solcher Beispiele. Warum sollte sich also eine Zeitung nicht ebenso verhalten – man revanchiert sich, indem man ungeschminkt seine Meinung äußert. Aber das funktioniert wohl nicht. Die Regierung würde letztlich doch daran Anstoß nehmen und es als Beleidigung auffassen, nicht wahr?«

Womit er abermals für allgemeines Gelächter sorgte. Anzai nahm wieder Platz und schickte sich an, einen Whisky-Soda zu mischen.

»Ich mache das für Sie«, bot Yumiko sich an.

»Nein, nein, nur keine Umstände, das schaffe ich gerade noch alleine.«

Inzwischen wurde die Diskussion wieder lebhafter.

»Als erstes muß man der Regierungspartei einen Vortrag über die Tauschtheorie halten.«

»Dann streichen wir die Subventionen ein ...«

»Die offiziellen Neujahrs-Postkarten zum Beispiel haben doch zusätzlich eine Losnummer, also eine doppelte Gegenleistung.«

»Aber Herrn Anzais Auslegung halte ich für etwas überspannt.«

»Hört mal! Früher hieß es doch auch, den rituellen Freitod ›gewährt‹ bekommen ... also auch eine Art Geschenk.«

»Ja, es waren gerade die treuen Vasallen, die sich den Bauch aufschlitzen durften ...«

Zu all dem lächelte Anzai bloß, und als er wieder zu sprechen begann, tat er es nicht gerade betont leise, aber trotzdem waren seine Worte nicht für die Allgemeinheit bestimmt.

»Frau Minami, der Leitartikel heute morgen stammt doch von Ihnen, nicht wahr?«

»Richtig.«

»Ich fand ihn hochgradig spannend. Sie sind, glaube ich, die erste, die die japanische Wirtschaft nach den fetten Jahren mit Sex in Verbindung bringt. Wirklich, ein origineller Einfall.«

Yumiko strahlte über das ganze Gesicht:

»Oh, Sie haben ihn gelesen? Das ehrt mich aber.«

»Sie vertreten da allerdings eine ganz schön radikale Meinung.«

»Ach, finden Sie?«

Urano war inzwischen unbemerkt zu ihnen getreten, um sich sein Glas mit Eiswürfeln nachzufüllen, und mischte sich ein:

»Wenn man das liest, fragt man sich unwillkürlich, wie es denn mit dem Privatleben der Verfasserin steht.«

»Das ist sexuelle Belästigung«, konterte sie, worauf Urano beschämt den Kopf einzog. Anzai brach in schallendes Gelächter aus, was Yumiko als Gelegenheit nutzte, sich zu verabschieden. Heute abend gab es nämlich eine Vernissage in einer Galerie in Kyōbashi, wo Ogino Sakon, ein traditioneller Maler aus ihrer ›Vorvierziger-Elf‹, kleinere Arbeiten ausstellte.

Als sie sich jedoch vor dem Fahrstuhl umdrehte, bemerkte sie, daß Urano ihr folgte.

»He, warten Sie!« rief er und überreichte ihr eine Zeitung. »Halten Sie mich nicht für verrückt, aber ist das hier nicht Ihre Tochter?«

Seine Miene verhieß zwar keine schlechten Nachrichten, aber trotzdem nahm sie das Blatt etwas erschrocken entgegen. Es handelte sich um eine großformatige Anzeige, auf der sechs Mädchen die Vorzüge diverser Genußmittel wie Tee, Gebäck und Knabbereien anpriesen. Die Teewerbung zeigte die *Magi-*

sterstudentin Minami Chie mit einem Lächeln, wie man es von ihr nicht kannte.

»Sie ist es tatsächlich. Aber wie haben Sie das so schnell gemerkt?«

»Na, sie sieht Ihnen doch absolut ähnlich.«

»Finden Sie?«

»Ja. Gleich auf den ersten Blick. Und außerdem steht da ja, daß sie Magisterstudentin ist, also ...«

»Sie hatte mal erwähnt, daß ein Freund aus der Werbebranche ihr einen Auftrag vermittelt habe«, sagte Yumiko, und während sie die Abbildung in der Abendausgabe betrachtete, fand sie, daß ihre Tochter die hübscheste, zumindest aber zweithübscheste von allen sechs Modellen war.

»Behalten Sie es ruhig. Ich glaube nicht, daß man ihr schon ein Exemplar geschickt hat«, sagte Urano und entfernte sich wieder.

Im Fahrstuhl lächelte Yumiko vor sich hin und ähnelte in diesem Moment tatsächlich ein wenig ihrer Tochter. Sie freute sich über das Foto, fühlte sich aber auch geschmeichelt, daß es einen Mann gab, der bei dem geringsten Anlaß sofort an sie dachte. Vor allem aber waren es die Bemerkungen über ihren Leitartikel, die sie zufrieden stimmten, denn Anzai und Urano waren die ersten, die darauf reagiert hatten.

Kolumnen wie der ›Nullsender‹, die flott geschrieben und dementsprechend leicht verdaulich waren, stießen normalerweise auf ein mehr oder minder großes Echo bei der Leserschaft, sei es per Telefon oder als Zuschrift. Für die Leitartikel ließ sich das nicht behaupten, und falls doch, dann handelte es sich um eine große Ausnahme. Bei den Kollegen war es das gleiche: Man wandte sich mit einem kleinen Kommentar – ähnlich einer Begrüßung – an den jeweiligen Autor des ›Nullsenders‹, eben weil der Text mit einem Namenskürzel versehen war, während man bei den Leitartikeln die Anonymität zum Vorwand nahm, sie am besten gar nicht erst zu lesen. Die einzigen Mitarbeiter, die sie relativ regelmäßig lasen, waren die Verfasser der Kolumnen ›Planetenbericht‹ und ›Randnotiz‹, aber auch nur, weil sie verzweifelt Stoff suchten für ihre eigenen täglichen Beiträge. Anfangs hatte Yumiko sich an dieser mangelnden Lesebereitschaft gestört, sich aber doch nach und nach daran gewöhnt, und jetzt machte es ihr gar nichts mehr aus. Aber daß Konaka Nobuko, die ihr schließlich den Leitartikel aufgezwungen hatte und der sie heute schon zweimal begegnet war, noch keinen Mucks dazu gesagt hatte, empfand sie als ziemlich ungehörig. Yumiko dachte nicht im Traum daran, daß dieses Schweigen irgendeinen Grund haben könnte, etwa daß der Leitartikel mißlungen oder die Ansichten schockierend wären. Übrigens verhielten sich die beiden treuen Leser nicht anders; vermutlich waren sie so erstaunt, daß ihnen kein passendes Kompliment einfiel. Sogar Urano, der sonst immer zu Schmeicheleien aufgelegt war, wußte nicht, wie er darauf eingehen sollte. Erst als Anzai es kurz erwähnte, konnte er elegant (ähem!) einschwenken.

Yumiko war also in glänzender Stimmung, als sie die Galerie betrat. Die meisten Gäste waren schon weg bis auf einen vertrauten Kreis von Bekannten, die sich mit einem Glas in der Hand um den Künstler scharten, darunter auch dessen Tochter mit ihrem Mann, einem angehenden Maler. Der Kollege vom Feuilleton war ebenfalls mit von der Partie. Yumiko betrachtete aufmerksam die zehn kleineren Arbeiten, die bereits mit einem roten Punkt als ›verkauft‹ markiert waren, und wandte sich dann mit einer richtigen Begrüßung an das Künstlerpaar. Ogino trug einen Nadelstreifenanzug, darunter ein hellblauweiß gestreiftes Hemd mit Fliege im grün-roten Pasleymuster, seine Frau einen schlichten graugrünen Seidenkrepp-Kimono, der mit einem Obi aus hellem Brokat, den Clematisblüten zierten, zusammengehalten war. Mit ihrer dezenten Aufmachung wollten sie wohl die Bilder in den Vordergrund stellen.

Frau Ogino, die Yumiko früher für eine Geliebte ihres Mannes gehalten hatte, war ihr gegenüber immer sehr zugeknöpft gewesen, bis Yumiko vor ein paar Jahren – auch auf einer Vernissage – unbedachterweise ihre schon fast erwachsene Tochter erwähnte. Seitdem verhielt sich Frau Ogino nicht mehr so reserviert und erkundigte sich jedesmal eingehend nach Chie. So auch jetzt, während sie Yumiko einige Sushi-Häppchen auf einem kleinen Teller servierte:

»Mit dem Studium müßte sie doch fertig sein, oder?«

Nicht schon wieder, dachte Yumiko. Aber eigentlich war ihr die Frage gar nicht so unangenehm.

»Ja, aber sie will noch ihren Magister machen, in englischer Literatur.«

Nach weiterem Geplänkel zeigte ihr Yumiko das Werbefoto in der Abendausgabe. Frau Ogino fand es ganz reizend und reichte es an ihren Mann weiter, der es wortlos anstarrte, worauf das Bild weiter die Runde machte. Jeder verlor ein Kompliment darüber, bis es schließlich wieder in Yumikos Hände gelangte, nachdem Ogino nochmals einen ausführlichen Blick darauf geworfen hatte.

Als Yumiko jedoch nach Hause kam, äußerten sich sowohl die Abgebildete selbst als auch die Großmutter abfällig über das Foto. Als Chie erfuhr, daß ihre Mutter es auf der Ausstellung herumgezeigt hatte, runzelte sie die Stirn.

»Was soll das, Mama!«

Dann erschien ihre Tante Masako alias Yanagi Aeka, ein ehemaliger Filmstar, mit süßen Mitbringseln, um sich zum Tee einzuladen. Ihrer Meinung nach hätte man Chies Gesicht von einem günstigeren Winkel aus aufnehmen sollen, worauf sie sich in einer endlosen Aufzählung inkompetenter Kameramänner verlor, unter denen sie einst zu leiden hatte.

Am nächsten Morgen, es war Sonntag, blieben sie alle lange im Bett, und als sie beim Brunch saßen, rief Ogino an. Er bat Yumiko, gemeinsam mit Chie für ein Mutter-Tochter-Porträt Modell zu stehen. Es sei für die nächste Frühjahrs-Ausstellung geplant, und da bereits die Entwürfe für den Herbst vorlagen, er also in den nächsten Tagen mit den großen Skizzen anfangen würde, könnte er danach mit dem neuen Werk beginnen, was schätzungsweise Ende August der Fall sein sollte.

Yumiko lehnte sofort ab, bedankte sich aber höflich für das Angebot. Sie war einfach zu beschäftigt, und Chie ebenso, so daß es ihr unmöglich erschien, sich dafür eigens zum Atelier außerhalb der Stadt zu bemühen, und das über einen langen Zeitraum. Der Künstler hingegen erwiderte lachend, sie solle keine voreiligen Entscheidungen treffen, bevor sie nicht mit ihrer Tochter darüber gesprochen habe – als hätte er schon geahnt, was dabei herauskommen würde.

Und tatsächlich: Schließlich willigten sie ein. Etsuko meinte, eine solche Gelegenheit dürfte man keinesfalls verpassen, vielleicht würde das Bild ja berühmt und Chie eine Menge Heiratsanträge einbringen. Und Masako alias Aeka, die angeblich rein zufällig vorbeigekommen war, stachelte sie weiter auf: das gebe ein ungeheures Aufsehen – und außerdem dürfte ein beträchtliches Sümmchen dabei rausspringen. Mit dem Original könne man wohl kaum rechnen, aber höchstwahrscheinlich mit den Skizzen, die doch auch einen gewissen Wert besäßen. Chie, die sich anfangs betont desinteressiert gab, geriet allmählich ins Wanken, bis sie schließlich erklärte, daß es eine sehr wertvolle Erfahrung sein könnte, von einem so berühmten Künstler wie Onagi Saikon verewigt zu werden. Am späten Nachmittag rief Yumiko ihn dann an und erklärte, daß Mutter, Tante und Tochter sie überredet hätten und sie nun doch einverstanden sei. Man einigte sich auf Mitte September, um mit den Sitzungen im Atelier in Seijō zu beginnen. In den folgenden zwei Monaten bis dahin entspannen sich lebhafte Diskussionen unter den vier Frauen, in welchem Aufzug sie erscheinen sollten, welche Frisur passend sei und so weiter. Für Yumiko war es eine willkommene Abwechslung in ihrem Alltagstrott, zumal sie den ganzen Sommer über beruflich ziemlich angespannt war, übrigens die erste bittere Erfahrung in ihrer gesamten Laufbahn.

Der Montag verlief ohne Vorkommnisse. Als sie am Nachmittag zwecks Recherchen das Gebäude verließ, begegnete sie am Empfangstresen im Erdgeschoß dem Verlagspräsidenten. Während des kurzen Geplauders fiel ihr nichts Besonderes an seinem Verhalten auf. Mit rosigem Teint und bestgelaunt wie immer fragte er sie nach Trendwörtern junger Mädchen und bedankte sich anschließend für ihre Tips. Hinterher überlegte sie, daß er den bewußten Leitartikel zu dem Zeitpunkt wahrscheinlich noch gar nicht gelesen hatte und daß ein hohes Tier wie er normalerweise davon sowieso keine Notiz nahm.

Am Dienstag gab es auch nichts. Nach der Sitzung ging sie in die Buchhandlung, die sich im siebten Stock im Nachbargebäude befand, wo sie auf den Vizepräsidenten traf, der ganz versunken einen Band mit Tierfotos betrachtete. Als Yumiko ihn grüßte, sagte er kichernd, er habe kein Interesse mehr an

Aktfotos, worauf sie lachte. Auch er hatte offensichtlich den Artikel bis dato nicht gelesen. Als sie jedoch gegen Abend von ihrem Büro kommend aus dem Fahrstuhl trat, stand der ehemalige Verlagspräsident, der jetzt Vorsitzender einer Fernsehanstalt war, vor ihr und ließ den Lift weiterfahren, nur um ihr ein Kompliment zu machen. Sie wußte gar nichts so recht damit anzufangen und fand die Szene im nachhinein reichlich merkwürdig.

Am Mittwoch kam ihr Chef ins Büro. Er berichtete kurz, daß er auf seiner Geschäftsreise in einem Pariser 3-Sterne-Restaurant zufällig dem Historienromancier aus ihrer ›Vorvierziger‹-Garde begegnet sei, der sich auch gleich nach ihr erkundigt habe, woraus er schloß, wie begehrt sie doch sei. Da alle Leitartikel per Fax an seine Aufenthaltsorte gesendet wurden, konnte man nur annehmen, daß der Inhalt ihres Textes an ihm vorbeigerauscht war und er sich folglich auch keine weiteren Gedanken darum gemacht hatte.

Spät abends, als Yumiko allein vor dem Fernseher saß, rief sie ein Kollege aus der Wirtschaftsredaktion an und teilte ihr mit, daß der Leitartikel heute während einer gemeinsamen Konferenz dreier Wirtschaftsorganisationen diskutiert worden war. Ein Mitglied aus dem Aufsichtsrat habe geäußert, ihre Kritik an einem System, das berufsbedingte Strohwitwer hervorbringt, sei zwar zu billigen, aber daß sie die zurückgelassenen Frauen zu unmoralischem Verhalten aufwiegelte, sei geschäftsschädigend, da die betroffenen Ehemänner keine ruhige Minute mehr an ihrem Arbeitsort verbringen könnten. Die Konferenz habe dann beschlossen, die Sache auf sich beruhen zu lassen, um die Ehemänner nicht noch mehr zu beunruhigen (aber auch wegen der Befürchtung, die Frauen könnten auf die Barrikaden gehen, falls man Yumiko wegen ihres Artikels angriff). Er versicherte ihr, daß er sich weder in Form eines Artikels dazu äußern noch intern darüber etwas verlauten lassen werde, er wollte sie lediglich davon unterrichten. Er schuldete Yumiko nämlich noch einen Gefallen, weil sie ihn damals, als er nach seinen jornalistischen Anfängen in der Heim & Familie-Redaktion zur Wirtschaftsabteilung überwechselte, mit zwei bedeutenden Herren aus ihrer ›Vorvierziger-Elf‹ – einem smarten MITI-Beamten und einem namhaften Unternehmer und Hightech-Erfinder – bekannt gemacht hatte.

Unmittelbar nach dem Telefonat holte Yumiko ihren Sammelordner und las sich den Leitartikel nochmals durch. Obwohl es sich um ihren eigenen Text handelte, sah sie ihn jetzt in einem völlig neuen Licht, so als würde sie einen Geheimcode dechiffrieren. Sie hatte weibliche Untreue als Trumpfkarte ausgespielt, um die Notwendigkeit von Schwangerschaftsabbrüchen plausibel zu machen. Beeindruckend, mit welchem Scharfsinn jener Mann aus dem Aufsichtsrat ihre Aussage entlarvt hatte, aber vielleicht hatte er sich auch gerade nur zu Tode gelangweilt. Mit seiner Cleverness durchschaute er womöglich – und dieser Gedanke überlief sie siedend heiß – auch die Verfasserin, die sich frustriert nach ihrem Liebhaber verzehrte. Bestimmt hatten sich all die alten Knacker auf der Konferenz bei diesen Spekulationen in ihren fetten Sesseln halbtot gekichert – eine Vorstellung, die ihr vor zehn Jahren noch die Schamröte ins Gesicht getrieben hätte. Aber jetzt grübelte sie nicht weiter, denn sie wollte sich nicht unnötig verrückt machen. In ihrem berufsbedingten Optimismus, aber mehr noch wegen ihrer festen Überzeugung war sie der Ansicht, daß die gesamte Argumentation, für die sie sich nicht umsonst so das Hirn zermartert hatte, kaum anzufechten sei. Wenn schon die alten Füchse von den drei Wirtschaftsorganisationen ein Auge zudrückten, beruhigte sie ihr Gewissen, dann war da auch nichts zu befürchten.

Zwei Tage später dinierte sie mit Toyosaki in seinem Hotelzimmer. Als sie ihm vorwarf, wegen seiner Absage neulich einen Leitartikel verpfuscht zu haben, entschuldigte er sich, gab aber zu bedenken:

»Du argumentierst hier vom Resultat her. Genausogut hättest du all deine Konzentration sammeln und ein positives Ergebnis erzielen können.«

Als sie ihm von dem Wirtschaftswissenschaftler und seinen Ansichten über Geschenke erzählte, erwiderte er:

»Ach ja, Anzai hat immer etwas Originelles auf Lager. Er hat mich mal zum Abendessen eingeladen, in Kyōto. O Gott, dafür muß ich mich noch revanchieren. Jemandem wie ihm, der

Ökonomie lehrt, behagt die Tauschtheorie natürlich nicht besonders, weil er sonst den Boden unter den Füßen verlieren würde. Trotzdem, Geschenke sind nun einmal gegenseitige Sympathiebekundungen, auch in einer Liebesbeziehung. Es war übrigens ein französischer Anthropologe, Mauss, durch den die Tauschtheorie in Mode gekommen ist. Er hatte im südpazifischen Raum geforscht – oder war es in Afrika? Jedenfalls irgendwo da studierte er die Bräuche der Ureinwohner und fand heraus, daß in ihrer Vorstellung jeder Gabe die Seele des Schenkenden anhaftet. Man verschenkt zum Beispiel ein Muschelarmband, dem der Geist eines Lebenden innewohnt. Und das ist genau der Punkt. Wenn man nämlich den Aspekt der Seele hervorhebt, läßt sich die Liebe durchaus mit Geschenken vereinbaren.«

»Also nicht das Materielle zählt, sondern das Geistige.«

»Genau! Ich glaube, wenn wir ein Geschenk einpacken und mit einer Schleife versehen, dann wickeln wir auch unsere Seele mit hinein.«

»Meinst du?«

»Wäre doch plausibel, oder?«

Spät in der Nacht nahmen sie ihre Unterhaltung wieder auf, diesmal in sanftem Flüsterton, während sie von den Süßigkeiten aus Sendai naschten. Als sie erwähnte, daß sie mit ihrer Tochter für Ogino Sakons Beitrag zur Frühjahrsausstellung Modell stehen würde, versuchte er sich Chies Gesicht in Erinnerung zu rufen und fragte sich, wie wohl der Vater aussähe. Vor einigen Jahren war sie ihm einmal vorgestellt worden, als er die beiden zufällig auf der Ginza traf, und ein anderes Mal hatte er ein Foto von ihr gesehen. Da Yumiko jedoch darauf beharrte, daß Chie nicht nach dem Vater, sondern mehr nach der Großmutter kommen würde, war seine Anstrengung umsonst gewesen, sich die Gesichtszüge des Bankdirektors in Hokkaidō auszumalen. Er sprach dann über Hegels Phänomenologie, und sie gestand ihm lachend, daß sie zwar jedesmal bei seinen Vorträgen den Wunsch verspürte, darüber etwas nachzulesen, aber erfahrungsgemäß bereitete es ihr dann doch mehr Vergnügen, ihm einfach nur zuzuhören.

Sie erwähnte schließlich das durchgestrichene Postskriptum

in Uranos Brief, das sie im Gegenlicht entziffert hatte, worauf er – ganz entgegen seiner Art – in schallendes Gelächter ausbrach. Er begann, ihr die darin verborgenen Absichten darzulegen, wobei er sich ihrer geliebten Methode des Durchnumerierens bediente und drei wesentliche Punkte herausstellte:

1. Die Vermischung von Feinsinnigkeit mit Vulgärem.

2. Die Erzeugung einer Komplizenschaft, indem er sie zu einer unlauteren Tat verführt.

3. Die Erwartung, daß daraus Zuneigung erwachsen würde.

Spitz entgegnete sie, daß sie darauf bereits selbst gekommen sei, er es lediglich etwas gestochener formuliert hätte. Ihre Kritik überhörend fuhr er fort, daß der Kerl diesen Trick sicher jedesmal ausprobieren würde. Sie nickte bloß demonstrativ, und beide prusteten vor Lachen.

Mit keinem Wort erwähnte sie allerdings, daß ihr Leitartikel bei den drei Wirtschaftsorganisationen für Aufregung gesorgt hatte. Das hätte wie ein Vorwurf geklungen, und sie wollte ihm kein schlechtes Gewissen machen. Außerdem fand sie es inzwischen eher amüsant, daß ihre Argumentation und ihr Privatleben miteinander verknüpft waren. Ein Zusammenhang, den niemand durchschaute und der deshalb auch keinen Anstoß erregen konnte.

Eines Tages Anfang Juli, sie unterhielt sich gerade mit einem Besucher in der Cafeteria im Erdgeschoß, betrat der Vizepräsident in Begleitung eines etwa gleichaltrigen Ehepaars den Raum. Als sie sich im Sitzen leicht verbeugte, erwiderte er ihren Gruß mit zusammengekniffenen Augen, als würde ihn etwas blenden. Sie wunderte sich über diesen befremdenden Zug, aber als sie dann nach ihrem Gespräch das Café verließ, benahm er sich wie immer und winkte ihr zu. Dem Präsidenten war sie zwar in letzter Zeit nicht begegnet, aber ihr unmittelbarer Vorgesetzter benahm sich ihr gegenüber nicht anders als sonst.

Es wurde Mitte Juli. Yumiko und ihre Mutter bewunderten die blühenden Nachtkerzen im Nachbargarten. Einen Tag später handelten sowohl der ›Planetenbericht‹ in der Morgenausgabe als auch die ›Randnotiz‹ in der Abendausgabe von diesen Blumen. Und obendrein fand sich auf der dritten Seite der Morgenausgabe, und zwar in der Kurzgedicht-Kolumne (mit der man unverkennbar eine andere Zeitung kopierte), ebenfalls ein Vers über Nachtkerzen. Also gleich dreimal am selben Tag ... oder halt, da gab es sogar noch mehr ... jedenfalls ein bemerkenswerter Zufall, der auch auf der anschließenden Sitzung diskutiert wurde. Gegen Ende erhielt Yumiko einen Anruf vom Personaldirektor, Herrn Hasegawa, der unbedingt mit ihr sprechen wollte. Da sie am Nachmittag noch einen Interviewtermin hatte, versprach sie, gleich vorbeizukommen.

Hasegawa war ein hochgewachsener Mann mit fahlem Teint und schmalen Augen, die ihn immer schläfrig wirken ließen. Noch bevor seine Sekretärin ihm Bescheid gab, war er bereits zur Stelle und führte sie gut gelaunt nach nebenan ins geräumige Empfangszimmer. Da er sein Jackett mitgenommen hatte, nahm sie an, daß es länger dauern würde, die Klimaanlage hier arbeitete verglichen mit der Schwüle in seinem Büro auf Hochtouren.

Anders als es den Anschein hatte, war Hasegawa ein ganz spritziger Redner. Zuerst brachte er sie mit allerhand Klatschgeschichten über Inhaber und Geschäftsführer anderer Zeitungen zum Lachen, lobte anschließend die Projektabteilung von Verlag X und Verlag Y, woran sich ein Klagelied über die Unzulänglichkeiten in der hiesigen Abteilung anschloß. Sämtliche vom Verlag gesponserten Ausstellungen der letzten Jahre beispielsweise hätten negative Bilanzen aufgewiesen. Von Fall zu Fall, räumte er betrübt ein, wären die ›Neuen Nachrichten‹ durchaus bereit, Verluste hinzunehmen, aber gewiß nicht, wenn außer den Zahlen auch noch das kulturelle Niveau in den Keller sackte.

An dieser Stelle mußte er niesen. Er zog sein Jackett über und fragte Yumiko, ob auch sie friere; falls ja, könne er seine Sekretärin um eine Strickjacke für sie bitten. Yumiko versicherte ihm, daß sei nicht nötig, und dankte für seine Besorgnis, worauf er mit ernstem Nicken erklärte, wie überaus wichtig doch eine Projektabteilung für den Verlag sei. Gerade sie würde doch auf ganz konkrete Weise den kulturellen Anspruch einer Zeitung dem Massenpublikum – o Pardon – der Gesellschaft nahebringen. Und mit etwas Geschick könne diese Abteilung enorme oder – um es bescheidener auszudrücken – ganz anständige Gewinne erzielen und damit einen wertvollen Beitrag leisten für ein so herausragendes – na ja, man soll nicht übertreiben –, zumindest doch aber stattliches Unternehmen wie die Herausgabe einer Zeitung. Yumiko begann sich allmählich zu fragen, wozu er ihr all dieses Zeug erzählte.

Der Personaldirektor schwenkte über zu Yumikos früheren journalistischen Verdiensten und lobte sie über den grünen Klee. Er erwähnte ihre Serie über die ›Vorvierziger‹, dann eine Reportage über Autoindustriezentren in den USA, ihre Interviews mit Ehefrauen von Landeintreibern, einen Bericht über Lebensgewohnheiten und Ansichten von weiblichen Offizieren bei den Selbstverteidigungsstreitkräften sowie den Artikel ›Innovative Geschäftsfrauen in Tōkyō‹. All diese und noch weitere ihrer Beiträge, erklärte er mit feierlicher Miene, seien nicht nur eine Zierde für die ›Neuen Nachrichten‹, sondern für den japanischen Journalismus schlechthin.

»Ach, nicht doch ... nun übertreiben Sie aber, Herr Hasegawa«, wehrte sich Yumiko mit sehr gemischten Gefühlen: Sie war geschmeichelt, aber auch verwirrt, und hinzu kam leiser Argwohn. Doch ihr Gesprächspartner fuhr unbeirrt fort, zu ihrem Schreibtalent würden sich auch noch ein durchdringender Realitätssinn und gewitzter Pragmatismus gesellen, und das Unternehmen sähe es nur zu gern, wenn sie ihre Fähigkeiten auch in Zukunft zur Geltung brächte.

»Und nun will ich zur Sache kommen: Wir würden Sie gerne in der Projektabteilung haben, und zwar – ich betone – auf einem Posten, der einem Abteilungsleiter entspräche, eine führende Stelle also, verstehen Sie? Damit Sie da mal ein bißchen Schwung in den Laden bringen. Nun, was halten Sie davon?«

Yumiko war wie vor den Kopf geschlagen über diese unerwartete Wendung. Sie hatte sich über dieses merkwürdige Gespräch gewundert, war aber gelassen geblieben in der Erwartung, er würde sie auffordern, für irgendein Kulturereignis Publicity zu machen – etwa für eine Ausstellung mit Exponaten aus dem Britischen Museum oder Topkapı oder für Tennis-

oder Golfspielerinnen oder Marathonläuferinnen, vielleicht auch nur für eine Modenschau. Letzteres wäre ihr sogar willkommener gewesen, da sie vom Sport keine Ahnung hatte.

Die nächsten sechzig Minuten verbrachte Yumiko damit, in allen nur möglichen Tonlagen und aus den verschiedensten Blickwinkeln etwas über die Hintergründe dieses Angebots zu erfragen, wobei sie ihre ablehnende Haltung durchblicken ließ. Doch der Personaldirektor wich ihr ständig aus. Und selbst auf ihre etwas heftigeren Ausbrüche reagierte er völlig routiniert und speiste sie mit nichtssagenden Antworten ab, ohne eine Miene zu verziehen. Die Umstände blieben also weiterhin ein Rätsel für sie, und man einigte sich darauf, das Gespräch in einer Woche fortzusetzen.

Yumiko hatte das Angebot hauptsächlich deshalb auszuschlagen, weil sie ihrem Beruf als Journalistin treu bleiben wollte. Bereits als Kind war ihr die Vorstellung ein Graus, lebenslang an Heim und Familie gefesselt zu sein. Sie hatte sich schon immer stärker zum aktiven gesellschaftlichen Leben hingezogen gefühlt und sich deshalb auch für Soziologie als Studienfach entschieden, obwohl sie ihre Wahl bereits bei der ersten Vorlesung des Lehrstuhlinhabers bereute. Trotzdem hätte sie nie in einer Handelsfirma oder Behörde arbeiten wollen. Ihr Wunsch war es vielmehr, hinter den Kulissen des öffentlichen Lebens zu wirken, und der Journalistenberuf schien ihr wie auf den Leib geschrieben, zumal sie eine Gabe zum Schreiben besaß. Es war also nicht weiter verwunderlich, wenn sie von ihrem Standpunkt aus die Tätigkeit in einer Projektabteilung genausowenig attraktiv fand wie einen Job bei Behörden und Handelsfirmen. Wahrscheinlich müßte sie dort für eine Ausstellung von kostbaren Wandschirmen Leihgaben aus amerikanischen Museen organisieren oder aber einen Staffel-Megamarathon von Tōkyō nach Ōgaki in Anlehnung an Meister Bashōs ›Auf schmalen Pfaden nach Norden‹. Und bei den ›Neuen Nachrichten‹ (wie bei anderen Zeitungen sicherlich auch) dürfte es kaum jemanden gegeben haben, der nach seiner Versetzung in die Verlagsabteilung wieder in die Redaktion zurückgeholt worden wäre – ganz zu schweigen von einem Posten im Veranstaltungsressort, der als Endstation der Journalistenlaufbahn galt.

Und mal ganz abgesehen von ihren persönlichen Interessen, klang die Geschichte irgendwie faul. Es wirkte überstürzt, wenn man sie Mitte Juli aus der Redaktion verbannte, in der sie erst Anfang April begonnen hatte – eine völlig willkürliche Personalpolitik, bar jeder Logik. Besonders da die Kolumnisten angeblich eine gewisse Narrenfreiheit beim Schreiben hatten. Außerdem besagte ein ungeschriebenes Gesetz, daß man dort von Versetzungen verschont blieb und diese Tätigkeit bis zum Ruhestand ausüben konnte. Natürlich gab es hin und wieder Ausnahmen, aber ein dermaßen grober Verstoß wider die guten Sitten erklärte doch diese interne Regelung für null und nichtig. Noch dazu schimmerte in diesem Fall die Absicht durch, die Frauenquote bei den Leitartiklern zu beschränken. Schon allein deshalb, sagte sich Yumiko, durfte sie sich nicht darauf einlassen.

Und schließlich fand sie die Begründung für ihre Versetzung überhaupt nicht einleuchtend. Hasegawa hatte zwar die desolate Situation in der Projektabteilung betont, aber das war doch sicher bereits seit einigen Monaten bekannt. Dahinter mußte etwas anderes stecken, denn in der Regel wurden nur Querulanten in die Verwaltung abgeschoben. Die landeten dann entweder bei der Herausgabe der Unternehmenschronik und dergleichen oder eben in der Projektabteilung. Mit der Versetzung ging meistens eine graduelle Beförderung einher, wie in ihrem Fall das Angebot, zur Abteilungsleiterin aufzusteigen. Aber wieso ausgerechnet sie? Weder war sie mit ihrem Vorgesetzten noch mit dessen Stellvertretern jemals aneinandergeraten. Demnach hatten die ihre Finger wohl nicht im Spiel. Es wäre natürlich denkbar, daß sie sich, ohne es zu wissen, jemanden zum Feind gemacht hatte, was aber auch unwahrscheinlich war. Sicherlich kam der Druck von außen, und auf oberster Verwaltungsebene hatte man sich entsprechend gefügt. Ihr fielen die drei Wirtschaftsorganisationen ein. Weshalb aber sollten die die Sache wieder aufwärmen? Wenn die Personalentscheidungen bei den ›Neuen Nachrichten‹ tatsächlich von der Finanzwelt diktiert werden, überlegte Yumiko fieberhaft, bedeutete das eine gefährliche Krise für die Leitartikler. Es wäre nicht nur ein Angriff auf die Pressefreiheit, sondern, da es eine Journalistin betraf, zugleich ein diskriminierender Akt gegen Frauen.

Am nächsten Morgen berichtete sie ihrem Vorgesetzten davon, der völlig überrascht reagierte. Nicht etwa, daß er sich dumm stellte, er schien tatsächlich ahnungslos. Diese Personalentscheidung war ohne Absprache mit seiner Redaktion getroffen worden. In Anbetracht einer solchen Mißachtung seiner Person konnte man vermuten, daß blitzschnelles Handeln geboten war, was die ganze Sache noch rätselhafter erscheinen ließ. Er plusterte sich fürchterlich auf und versprach ihr lang und breit, Hasegawa unverzüglich zur Rede zu stellen. Aber am folgenden Tag wich er ihren Blicken aus. Anscheinend hatte man ihn zusammengestaucht.

Er war leider nicht der einzige. Als sie Konaka Nobuko aufsuchte – weniger um sich einen Rat zu holen, als vielmehr ihren Kummer von der Seele zu reden – reagierte ihre Kollegin zunächst ganz verständnisvoll und bestärkte sie darin, das Angebot strikt abzulehnen, sie solle dagegen protestieren und so fort. Aber dann, einige Tage später, schien sich auch bei ihr ein Sinneswandel vollzogen zu haben, denn sie war äußerst wortkarg. Ähnliches kannte Yumiko aus der Presse, wenn plötzlich die Kritik an einer finanzpolitischen Maßnahme verebbt und versöhnliche Töne gegenüber einem prominenten Politiker angeschlagen werden. Offensichtlich war etwas im Gange.

So wie die Dinge standen, konnte sie sich auf niemanden mehr verlassen. Ein Gespräch mit dem Aufsichtsratsvorsitzenden schien ihr aussichtslos. Die beiden anderen, die noch in Frage kamen – der ehemalige Chef der Inlandsredaktion, der jetzt im Vorstand saß und die Werbung betreute, sowie ihr früherer Chef in der Heim & Familie-Abteilung, derzeit Geschäftsführer einer Sportzeitung –, würde sie nur in Verlegenheit bringen. Sie ermahnte sich selber zur Zurückhaltung und fühlte sich einsam und verloren, wie die kleine Amorfigur, die auf der Politikseite inmitten einer Flut von Meldungen für die Mayonnaise der Firma Kewpie warb.

Trotz alledem hatte sie nicht die Absicht, sich herumkommandieren zu lassen. Wenn sie sich aber zur Wehr setzen wollte, benötigte sie nähere Informationen. Als erstes erkundigte sie sich bei dem Journalisten, der sie über die Reaktion der drei Wirtschaftsorganisationen unterrichtet hatte, ob es noch irgendein Nachspiel gegeben habe. Er versicherte ihr, das Thema sei überhaupt nicht mehr zur Sprache gekommen, zumal derjenige aus dem Vorstand, der die ganze Sache angezettelt hatte, seit einer Woche wegen einer Infektion am Weisheitszahn im Krankenhaus lag und deshalb andere Sorgen hatte. Verwundert wollte er wissen, was denn los sei, und obwohl sie einem sympathischen Menschen wie ihm nur ungern etwas vormachte, erklärte sie lediglich, sie habe aus purer Neugier nachgefragt.

Als nächstes nahm sie Kontakt zu einem Firmenchef aus ihrer ›Vorvierziger-Elf‹ auf. Erst vorgestern aus den Staaten zurückgekehrt, war er bereits am frühen Morgen unterwegs zum Golfplatz und ließ sich am Autotelefon alle Einzelheiten schildern. Eine Stunde später meldete er sich zurück und bestätigte mehr oder weniger das, was ihr freundlicher Kollege bereits gesagt hatte. Offensichtlich war sie auf der falschen Spur, wurde aber den Verdacht nicht ganz los, daß die Finanzwelt mitmischte.

Daraufhin telefonierte sie mit einem weiteren ehemaligen ›Vorvierziger‹, der mittlerweile Ressortchef beim MITI war. Er hörte sich ihre Geschichte in aller Ruhe an. Angeblich wußte er nichts von dieser Angelegenheit mit den drei Wirtschaftsorganisationen, aber ihm war zu Ohren gekommen, daß die Hauptaktionärin aus der Gründerfamilie der ›Neuen Nachrichten‹ eine Opernfanatikerin sei, deren Leidenschaft angeblich so weit ginge, daß sie plane, entweder in Tōkyō oder in einer der Kansai-Metropolen ein neues Opernhaus zu bauen. Vielleicht gab es da einen Zusammenhang, daß eine Frau den leitenden Posten in der Projektabteilung übernehmen sollte. Yumiko hörte zum ersten Mal von diesem Projekt und konnte sich schwer vorstellen, daß die Zeitung dafür die finanziellen Mittel besaß. Außerdem kannte die alte Dame sie nur flüchtig. Sie fand es bemerkenswert, daß ihr Bekannter über derartige Informationen verfügte, gab jedoch nicht viel auf diese Geschichte.

Am folgenden Tag erkundigte sie sich beim Musikjournalisten nach diesen Plänen, doch der winkte ab:

»Das war wohl wieder eines ihrer Hirngespinste, was dann total aufgebauscht wurde. Sie ist zwar so verrückt nach Opern, daß sie ständig nach Wien, New York oder Mailand fliegt, aber ein Opernhaus? Völlig undenkbar, schon gar nicht mit unseren Mitteln. Einfach lächerlich! Vorrang«, und dabei zeigte er nach oben zur Decke, »hat jetzt erst einmal unser neues Firmengebäude. Aber wieso interessiert Sie das?«

Yumiko überhörte seine Frage und dankte ihm. Als sie sein Büro verließ, bemerkte sie den für Journalisten typischen Argwohn in seinem Blick. Es war diese gewisse Art, jemandem hinterherzuschauen.

Natürlich erzählte sie auch Toyosaki Yōkichi davon, allerdings nicht in der Absicht, Informationen zu bekommen oder die Angelegenheit ausführlich zu diskutieren. Sie erwähnte es ganz nebenbei, so wie sie sich danach erkundigen würde, was er vorgestern bei dem Erdbeben, als sie gerade in der obersten Etage eines Wolkenkratzers Tee getrunken hatte, gemacht habe. Oder wie sie ihm gegenüber bedauern würde, daß bei ihr im Innenhof die Hartriegelpflanzen zu welken begannen.

Der Philosoph meinte dazu, es sei doch vorteilhaft für sie, daß die Firma die Angelegenheit gütlich regeln wollte, und er riet ihr, wegen der undurchsichtigen Hintergründe bloß keinen Aufruhr zu machen. Sie solle versuchen, Zeit zu schinden, und die Entscheidung so lange wie möglich hinauszögern, denn wer weiß, inzwischen könnte sich das Blatt durchaus zu ihren Gunsten wenden. So ziemlich das gleiche hatte sich Yumiko auch überlegt, und sie konnte sich eine sarkastische Bemerkung nicht verkneifen:

»Erstaunlich für einen Philosophen, solche Platitüden.«

Von nun an wurde Yumiko einmal wöchentlich zu Personaldirektor Hasegawa gebeten, und jedesmal erkundigte er sich, ob sie den Stellenwechsel akzeptiere, worauf sie nur immer wieder entgegnete, sie würde das alles gar nicht begreifen, und ob er ihr nicht mal reinen Wein einschenken könne? Und ob sie sich bei ihrer Arbeit vielleicht einen Schnitzer geleistet habe? Aber er stellte sich weiterhin stur und forderte sie mit immer neuen nichtssagenden Wortschwallen auf, ihrer Beförderung zuzustimmen.

Zum August hin schien Hasegawa allmählich zu kapieren, daß seine Gegnerin ein harter Brocken war, und lud den Ressortchef der Projektabteilung als Verstärkung hinzu. Dieser war ein Mann mit starkem Bartschatten, der sich eingangs immer sehr witzig gab, aber dann in ein dumpfes Schweigen verfiel und die Blumen auf dem Tisch anstarrte. Zwei Wochen hintereinander befanden sich Lilien in der Vase.

»Vor lauter Langeweile – ich habe schließlich nichts zu sagen – stiere ich jetzt auch schon auf die Vase«, beklagte sich Yumiko bei Toyosaki. »Ganz schön deprimierende Gewächse, diese Lilien.«

Wie jedes Jahr während der Sommerferien hatte Toyosaki bei seinen Stippvisiten in Tōkyō eine Menge Vorträge und Symposien am Hals, und nun mußte er auch noch die Leidensgeschichte seiner Geliebten über sich ergehen lassen.

»Gelegentlich könnten sie die Blumen ruhig mal wechseln, vielleicht Rosen oder ...« Der Philosoph stockte, weil ihm keine anderen Blumen einfielen, die zu dieser Jahreszeit blühten.

In der zweiten Augusthälfte war mit einem Mal totale Funkstille, im September wurden die Besprechungen dann wieder aufgenommen, und diesmal war außerdem der Verantwortliche für den Druckbereich zugegen. Er war ein elender Schwätzer, und hin und wieder entschlüpften ihm alarmierende Bemerkungen. Zum Beispiel deutete er an, daß das Unternehmen »einer gewissen Institution gegenüber« das Gesicht verlieren könnte, wenn Yumiko nicht endlich einwillige.

»Wie, meinen Sie etwa den Kaiserlichen Hof? Oder wen?«

Auf diese provokant-ironische Frage, die sie dem Mann hinter dem Strauß türkischer Glockenblumen stellte, fiel natürlich keiner der drei Herren herein.

Es war klar, daß der Verlag hartnäckig an seinem Entschluß festhielt, und Yumiko sah als letzte Möglichkeit nur noch, Urano die ganze Geschichte anzuvertrauen. Sie hatte schon lange mit dem Gedanken gespielt, daß es das beste wäre, mit seiner Hilfe Licht in die Angelegenheit zu bringen. Auf diesem Gebiet war er schließlich unschlagbar.

Andererseits zögerte sie mit diesem Schritt, denn Urano verhielt sich ihr gegenüber in letzter Zeit merklich kühler. Oberflächlich war er ganz der alte – hemmungslos, persönlich und immer zu einem anzüglichen Späßchen aufgelegt –, trotzdem spürte sie, daß sich etwas verändert hatte. Eine Zeitlang hatte er sie nämlich mit Yumiko angeredet, jetzt nannte er sie wieder Frau Minami. Sie hatte keine Ahnung, was hinter seinem Sinneswandel steckte, fragte sich jedoch manchmal, ob er aus der Chefetage, womöglich von Hasegawa, etwas über ihre Versetzung erfahren haben könnte. Eigentlich war Urano nicht der Typ, der sich wegen solch einer Sache anders verhalten würde. Ob sie ihn überschätzte? Doch selbst wenn, könnte sie vielleicht aus ihm herauskriegen, was die Verlagsleitung vorhatte. Sie entführte ihn zum Mittagessen in ein französisches Restaurant, das sich nicht in unmittelbarer Nähe ihres Büros befand.

Was sie nicht wissen konnte, war, daß Urano seine amourösen Absichten aufgegeben hatte, da ihm inzwischen seltsame Geschichten über Yumiko zu Ohren gekommen waren.

Es gab da einen Mann namens Hashizume, der gleichzeitig mit ihm in der Inlandsredaktion angefangen hatte, später jedoch zur Publikationsabteilung übergewechselt war, wo er für das Wochenmagazin sowie einige Illustrierte arbeitete. Inzwischen war er Mitglied im Redaktionsausschuß und für die Buchveröffentlichungen zuständig. Hashizume war nicht nur ein hochgebildeter Mann, der die Literatur liebte, sondern er besaß auch einen ausgeprägten Geschäftssinn. Erst kürzlich hatte er einen Bestseller von irgendeinem Prominenten auf den Markt gebracht. Urano fühlte sich nicht besonders zu ihm hingezogen, während Hashizume ihn offenbar als Freund betrachtete, vielleicht auch nur, weil er keine anderen engen Bekanntschaften im Verlag hatte. Er hatte ein blasses, längliches Gesicht und machte stets ironische Bemerkungen. Durch seine Ehe mit einer Frau, die früher mit einem Illustrator verheiratet war, bekam seine Vergangenheit einen zwielichtigen Touch. Dieser Mann hatte eine exzellente Spürnase, wenn Gerüchte über andere kursierten.

Eines Nachmittags im Juli schaute Hashizume bei den Kolumnisten vorbei. Das Büro war zu dieser Tageszeit wie ausgestorben, und Urano lud ihn ein, in der Ecke auf dem Sofa, das sonst nur während der Sitzungen benutzt wurde, Platz zu nehmen. Hashizume senkte seine Stimme und kam geradewegs zur Sache:

»Es geht mich eigentlich nichts an«, begann er mit einem verlegenen Grinsen, wechselte jedoch gleich zu einem vertraulichen Ton über, »aber als dein Freund sollte ich es dir sagen. Ich würde die Finger von der da lassen.«

Er blickte dabei zu Yumikos leerem Platz hinüber, die gleich im Anschluß an die Sitzung zu einem Vortrag nach Yokohama gefahren war.

»Ach, die meinst du. Hast du das auch schon wieder spitzgekriegt?«

»Ich sollte mich vielleicht nicht einmischen, aber du solltest sie besser laufenlassen.«

»Was du nicht sagst.«

»Es war doch wohl noch nichts?«

»Nee.«

»Na, ein Glück!«

»Worum geht's denn überhaupt?«

Hashizume nickte kurz und rückte dann mit etwas völlig Unerwartetem raus, wobei er sich mit dem rechten Zeigefinger über die Wange strich:

»*Die* sind im Spiel.«

Urano brachte vor Erstaunen kein Wort heraus, auch wußte er nicht, wie er darauf reagieren sollte, und Hashizume begann, ihm die Sache näher zu erklären:

Ende April habe er einmal spät in der Nacht in der Lounge eines City-Hotels gesessen. Er war an jenem Abend mit einem zweitklassigen Wissenschaftler, der in seinem Auftrag eine ›Einführung in die Wirtschaft‹ verfaßte, unterwegs gewesen. Da sein Bekannter ein Ringkampf-Fan war, bisher aber nur Fernsehübertragungen gesehen hatte, besuchten sie zuerst eine Catch-Veranstaltung und nahmen hinterher einen Imbiß. Anschließend bestand sein Gast darauf, noch einen Abstecher in die Bar jenes Hotels zu machen. Aber als sie in die mehr als zwanzig Stockwerke hoch gelegene Bar kamen, war diese so überfüllt, daß ihnen nichts weiter übrigblieb, als ihre Drinks unten in der Lounge zu nehmen. Als die angetüterte Quasselstrippe neben ihm verstummte und selig zu schnarchen anfing, schaute er sich ein wenig um und entdeckte weiter hinten einen Tisch mit einem seltsamen Trio, zwei Frauen und einen Mann. Sie saßen nebeneinander mit dem Gesicht zu ihm, und jeder hatte einen Drink vor sich stehen. Den Mann – er war mittleren Alters und trug einen schlichten, aber sichtlich teuren Anzug mit einer dunklen unifarbenen Krawatte – konnte er nicht einordnen. Vielleicht ein Unternehmer oder Politiker, aber irgendwie haute das auch nicht so ganz hin. Dafür waren ihm allerdings die Frauen wohlbekannt: Die eine – früher einmal eine ziemlich populäre Filmschauspielerin – war mit einem berühmten Baseballstar verheiratet gewesen, inzwischen aber wieder geschieden. Die andere war Minami Yumiko.

Die drei unterhielten sich in ausgelassener Stimmung. Besonders die beiden Frauen verstanden sich offensichtlich blendend, während der Mann in ihrer Mitte nicht besonders redselig wirkte, nur hin und wieder ein Nicken oder Lachen von sich gab und zwischendurch an seinem Glas nippte. Die Filmschauspielerin sprach und gestikulierte äußerst lebhaft, und auch Yumiko benahm sich ziemlich albern, ganz anders als bei der Arbeit. Er verstand natürlich kein Wort und fragte sich bloß, was das wohl für ein Typ sein mochte, der an solch einem Ort in Begleitung dieser beiden Schnattergänse nur dasaß und trank? Dann, als sein Blick unwillkürlich etwas nach links wanderte, bemerkte er hinter einem Pfeiler einen weiteren Tisch, an dem fünf kräftig gebaute Männergestalten saßen. Alle hatten einen unberührten Drink vor sich stehen, und einer von ihnen telefonierte über ein Handy. Zweifellos handelte es sich um Mitglieder eines Yakuza-Syndikats, und ihr Boß war bestimmt dieser Typ mit den welkenden Schönheiten an seiner Seite. Und tatsächlich, er kam ihm plötzlich vor wie ein brutaler Fiesling aus der Unterwelt. Keine Spur mehr von einem Firmendirektor oder Politiker . . .

Ihm blieb die Spucke weg. Wie konnte eine so intelligente, attraktive Journalistin wie Yumiko sich nur mit so einem Kerl einlassen? Erschüttert stellte er wieder einmal fest, wie unberechenbar doch die Menschen waren. Doch jetzt galt es, auf dem Posten zu sein, damit ihm nichts entging. Zunächst beobachtete er, wie die Schauspielerin etwas zu dem Boß sagte, sich dann das Handy von seinem Gefolgsmann schnappte und beim Telefonieren andauernd lachte. Dann reichte sie das Gerät an Yumiko weiter, die das Gespräch ebenso quietschvergnügt fortsetzte.

Dummerweise schlug in diesem Moment der Catchfan die Augen auf und quengelte, er wolle endlich nach Hause.

Am nächsten Tag wandte sich Hashizume an einen Reporter aus der Unterhaltungssparte, ob er den Yakuza kennen würde, der sich neuerdings mit dieser Schauspielerin und Exfrau eines bekannten Baseballstars herumtrieb. Da der Angesprochene das Ganze jedoch bloß für einen Witz hielt, versuchte er es bei einem Kollegen aus der Inlandsredaktion, der langjähriger Stammreporter im Polizeipräsidium gewesen war; und dieser versprach ihm, sich dort einmal umzuhören. Nach etwa zehn Tagen meldete er sich, er habe inzwischen herausbekommen, daß es sich höchstwahrscheinlich um den Paten Asaoka Heigorō handelte, dessen Syndikat ›Freunde der Barmherzigkeit‹ etwa ein Drittel des Ginza-Bezirks kontrollierte. Als nächstes galt es nun sicherzustellen, daß dieser Heigorō mit dem Mann aus der Hotel-Lounge identisch war, obwohl er sich nicht vorstellen konnte, ein Foto von ihm im Archiv zu finden. Sobald nämlich ein Vorstrafenregister vorlag, wurden die Aufnahmen des Betreffenden aus dem Verkehr gezogen. Er hatte aber auch keine Lust, sich eigens zum Polizeipräsidium zu bemühen oder sich an ein Magazin zu wenden, das seine Auflage mit Berichten über Bandenrivalitäten sicherte, also beschloß er, doch einmal im Archiv nachzuschauen. Der mit *Anführer terroristischer Vereinigungen – Porträts* beschriftete Umschlag erwies sich als Fehlanzeige, aber als er schon ziemlich resigniert im Personenregister unter ›A‹ nachschaute, entdeckte er in der Schublade eine graue Tüte, auf der ›Asaoka‹ und weiter rechts ›Heigorō‹ stand. Sein Herz pochte. Und siehe da, es fanden sich sogar fünf mit besonderer Sorgfalt aufgenommene Fotos aus dem Jahre 1973, die tatsächlich das um etliche Jahre jüngere (und ziemlich gutaussehende) Gesicht des Mannes aus der Lounge zeigten. Sonst gab es keine weiteren Aufnahmen, nicht einmal Schnappschüsse. Und als er die Sammelordner mit den Artikeln durchforstete, tauchte sein Name in keiner einzigen Zeile auf. Die Sache erschien ihm ziemlich verdächtig, und er erkundigte sich bei einem langgedienten Fotografen, der ihm jedoch nicht weiterhelfen konnte.

Das Rätsel ließ sich dann allerdings doch lösen. Er hatte es sich zur Gewohnheit gemacht, die älteren Kollegen auf diesen Ginza-Boß anzusprechen (natürlich ohne Yumikos Namen zu nennen), und eines Tages, als er in dem nahe gelegenen Imbiß zufällig neben dem Verkaufsmanager saß, erhielt er endlich die ersehnte Auskunft. Während sein Tischnachbar sich reichlich Cayennepfeffer über sein Nudelgericht schüttete, sagte er:

»Ja, der war auf Draht. War wirklich Spitze, der Kerl!« Er besann sich auf die Zeit, als er noch die Heim & Familie-Redaktion leitete. Es mußte so Mitte der siebziger Jahre gewesen sein. Sein Chef hatte damals die Idee, eine Interview-Serie unter dem Motto ›Männer vor der Lebensmitte‹ herauszubringen, in der vielversprechende Talente in unterschiedlichsten Laufbahnen vorgestellt werden sollten. Er sollte eine Kandidatenliste zusammenstellen, in die auch ein paar Systemkritiker einbezogen werden sollten, denn damals war die Studentenrevolte voll im Gange.

Also zermarterte er sich das Hirn und fand schließlich einen Cartoonisten, der bei den Hochschulrebellen sehr populär war. Er zog auch einen Kabuki-Frauendarsteller in Betracht, der seit seinem sensationellen Filmauftritt in der Rolle eines Homosexuellen nun selbst ins Gerede gekommen war, schwul zu sein. Einige Theaterkritiker prophezeiten ihm damals eine große Zukunft.

Da sein Chef jedoch der Ansicht war, daß nur diese dämlichen Comic-Hefte schuld daran seien, daß sein Sohn die Aufnahmeprüfung für eine renommierte Uni nicht bestanden hatte, schied der Cartoonist aus. Von dem Frauendarsteller war er genausowenig angetan, was daran lag, das er nur ein einziges Kabukistück – ›Einzug des Sumō-Ringers mit Schwert‹ – aus dem Fernsehen kannte. Am nächsten Tag allerdings tauchte der Kandidat wieder auf der Liste auf, nachdem seine Frau, die den Schauspieler wegen seiner Schönheit anbetete, ihn dazu gedrängt hatte. Als man sich dann über einen weiteren Interviewpartner Gedanken machte, fühlte sich der Redakteur übergangen, weil der Lieblingscomiczeichner seines Sprößlings (der als Gymnasiast übrigens nur gute Noten mit nach Hause brachte) einfach so disqualifiziert wurde.

»Warum dann nicht gleich einen Yakuza«, brummte er eingeschnappt vor sich hin, was sein Chef mit einem Begeisterungsschrei aufgriff:

»Mensch! Das ist es – ein Yakuza!«

Natürlich gab es Proteste. Man fragte sich, ob es nicht gegen die guten Sitten verstieß, einen Gangsterboß derart zur Schau zu stellen? Und wenn die Leser nun negativ darauf reagierten, ganz zu schweigen vom Polizeipräsidium? Oder was, wenn andere Gangsterbosse aus Neid auf den Auserwählten einen Anschlag auf den Verlag verübten? Aber der Chef war ganz vernarrt in diesen Einfall.

»Ich nehme alles auf meine Kappe«, beharrte er, und die jüngeren Journalisten unterstützten ihn, Gangsterfilme waren damals sehr beliebt bei den Studenten. Alles lief also darauf hinaus, daß sich unter den zwölf Kandidaten ein Yakuza befand. Nach ausführlichen Nachforschungen fiel die Wahl schließlich auf den Juniorpaten der Ginza-Bande, Asaoka Heigorō, natürlich nur mit stillschweigender Zustimmung des Syndikatschefs, deren man sich zuvor versichert hatte.

Das Interview führte Minami Yumiko. Es fand in einem traditionellen japanischen Restaurant statt, und in diesem Fall begleitete sie nicht nur der Fotograf, sondern ausnahmsweise auch der Redakteur. Sie stellte Asaoka ziemlich direkte Fragen, und er nahm auch kein Blatt vor den Mund. Auf die Frage, wie viele Frauen er sich neben seiner angetrauten halten würde, parierte er mit ›fünf‹. Und als sie sich nach seiner wichtigsten Einkommensquelle erkundigte, bat er um Nachsicht und verriet lediglich, daß kein Rauschgift im Spiel sei. Ganz offensichtlich gefiel ihm seine Gesprächspartnerin, und er wirkte sehr vergnügt, während Yumiko sich ihrerseits ziemlich wohlwollend dem Unterweltboß gegenüber verhielt. Aus dem Interview entstand ein sehr humorvoller Artikel, in dem alles Anstößige elegant umschrieben war, was übrigens für alle Beiträge Yumikos galt.

Das Gespräch mit dem Kabukidarsteller bildete den Auftakt der Serie, und durch seinen mysteriösen Selbstmord drei Tage nach dem Erscheinen erregte die Interviewfolge ›Männer vor der Lebensmitte‹ großes Aufsehen. Teils war es wohl diese äußerst gespannte Aufmerksamkeit, teils jedoch auch Asaokas Zitat ›Genau genommen muß ich zugeben, daß wir eine Reihe von Dingen tun, die als kriminell eingestuft werden, aber das tut man ja wohl auch in anderen Gewerben‹ (gemeint waren hier Politiker) – jedenfalls kriegte der Chef plötzlich kalte Füße, nachdem er das Manuskript für die letzte Folge gelesen hatte. Er begab sich dann zu dem Boß der ›Barmherzigen Freunde‹, um sich für den Rückzieher zu entschuldigen, Yumiko und der Redakteur taten das gleiche bei Asaoka, und die Angelegenheit wurde, wie man hörte, stillschweigend mit einem nachsichtigen Lächeln geregelt.

Das Kuriose an der ganzen Sache war nun, daß Hashizume sich einbildete, diese Story bestätige seinen Verdacht, daß Yumiko Asaokas Geliebte war. Schließlich hatte er in jener Nacht mit eigenen Augen gesehen, wie dieser Kerl mit seinen zwei Gespielinnen herumpussierte. Dies war natürlich ein gewagter Schluß, um nicht zu sagen: ein Hirngespinst, aber derartige Spekulationen gaben ja nun einmal das tägliche Futter ab in dieser Branche hierzulande – daher übrigens auch die Unmengen Zeitungsenten. Hashizume hatte offensichtlich einen schweren Schock erlitten bei dem Anblick, der sich ihm da spät in der Nacht geboten hatte, und in diesem Zustand war es kein Wunder, daß er die Dinge so verzerrt wahrnahm. Und selbst ein notorischer Zyniker wie Hashizume war beeindruckt: Wie schaffte dieser Gangster es bloß, daß seine beiden Geliebten sich so nett vertrugen?

Aber noch verwunderlicher war, daß Urano, der normalerweise über ein gutes Gespür für echte und falsche Informationen verfügte und nicht gerade ein Hasenfuß war, das alles für bare Münze nahm und nun das große Zittern bekam. Da seine beharrlichen Annäherungsversuche in Form von Geschenken, Liebesbriefen oder Restauranteinladungen überhaupt kein Gehör bei ihr gefunden hatten, war er natürlich zu dem Schluß gekommen, daß sie einen Liebhaber hatte – bloß wen? Sein

Verdacht fiel auf die elf ›Vorvierziger‹-Kandidaten, von denen es einer sein konnte. Aber an so etwas hätte er im Traum nicht gedacht! Es war so grotesk, daß ihm vor Entgeisterung die Luft wegblieb! Doch aus eigener Erfahrung wußte er, daß das Leben eben manchmal verrückt spielte, und deshalb schluckte er die Information.

»Mann, das hätte ins Auge gehen können«, murmelte Urano, und nachdem er sich bei Hashizume bedankt hatte, fügte er lachend hinzu: »Aber ist doch auch aufregend, sein Leben für die Liebe zu riskieren.« Sein Kollege fand das überhaupt nicht lustig, aber insgeheim hatte Urano bereits den Entschluß gefaßt, diese Frau sausen zu lassen. Im Grunde war er sogar erleichtert, endlich einen Vorwand gefunden zu haben, diese einseitige Liebesgeschichte abbrechen zu können.

Obwohl er auch weiterhin mit ihr herumscherzte, hatte er von diesem Zeitpunkt an seine Verführungsmanöver eingestellt, lud sie weder zum Essen ein, noch schrieb er ihr Liebesbriefe oder verwöhnte sie mit Geschenken. Sogar auf ihre Formulierungshilfe verzichtete er. Oder besser gesagt: Bereits vor geraumer Zeit war ihm klargeworden, daß er seinen Stil verbessern mußte, um bei seiner Herzensdame Eindruck zu schinden. Er legte sich also mächtig ins Zeug, und Mitte Juni sah er sich plötzlich in der Lage, alles alleine zu bewältigen. Es war wie in seiner Kindheit, als er mit einemmal feststellte, daß er schwimmen konnte. Wenn ein Manuskript beendet war und Yumiko gerade neben ihm saß, bat er sie schon gelegentlich, einen Blick darauf zu werfen, doch selbst das versuchte er nun zu vermeiden. Kein Wunder also, daß sie das alles sehr merkwürdig fand.

Als er beim Mittagessen in dem französischen Restaurant von ihren Problemen erfuhr, merkte er, wie seine Gefühle wieder umschwenkten. Zum einen fühlte er sich geschmeichelt, daß sie ihn ins Vertrauen zog und an seinen Spürsinn appellierte, und zum anderen witterte er, daß hier etwas nicht mit rechten Dingen zuging. Am aufregendsten war die Aussicht, daß sie – nachdem sie sich ihm soweit geöffnet hatte – vielleicht seine Gefühle erwidern würde, wenn er ihr irgendwie behilflich sein konnte. Nachdem er die kleine Flasche Rotwein fast allein geleert hatte, bestellte er noch ein weiteres Glas und signalisierte ihr dann seine Hilfsbereitschaft:

»Yumiko, ich stehe Ihnen zu Diensten.«

Angesichts dieser neuen Entwicklung erschien ihm jetzt alles in einem anderen Licht. Spät abends kurz vor dem Einschlafen überlegte er sich, ob Hashizume vielleicht nur deshalb zu diesen grundlosen Verdächtigungen (sofern das überhaupt stimmte) neigte, weil er selbst in Yumiko verknallt war und eifersüchtig auf seine, Uranos, Annäherungsversuche. Oder um das Ganze positiv zu wenden, daß ihm dieser Unterweltkönig eigentlich sogar für sein Eingreifen dankbar sein mußte, denn für seinen Harem war die reifere Lady wahrscheinlich nichts als eine Belastung.

Am nächsten Morgen ging er als erstes zu seinem Chef, um sich von seinem Beitrag für die Kolumne und von der Teilnahme an der Sitzung befreien zu lassen. Er gab vor, einer heißen Story auf der Spur zu sein, die zwar nicht in sein Ressort falle, die er aber an die Inlandsredaktion weitergeben könne, sobald er erfolgreich war. Wenn er sich überhaupt noch bei den Redaktionssitzungen blicken ließ, gab er kein Wort von sich und verschwand anschließend sofort wieder.

Der Anblick seines leeren Arbeitsplatzes nahm Yumiko allen Mut, in der Angelegenheit überhaupt etwas ausrichten zu können, wenn schon eine Spürnase wie Urano nur mühsam voranzukommen schien. Daß er den ganzen Tag für sie unterwegs war, war immerhin ein Zeichen dafür, daß er sie noch immer begehrte.

Nachdem ein paar Tage verstrichen waren, konnte Yumiko ihre Neugier nicht mehr länger zurückhalten.

»Können Sie mir nicht mal einen Zwischenbericht geben?«

»Eigentlich wollte ich Ihnen die ganze Story auftischen, aber meinetwegen«, entgegnete er etwas unwillig, worauf sie sich in einem nahe gelegenen kleinen Restaurant zu einem japanischen Dinner verabredeten. Zufällig wurde Yumiko an diesem Nachmittag wieder einmal zum Personaldirektor bestellt, der ihr jedoch nichts Neues zu berichten hatte. Wahrscheinlich war Hasegawa davon ausgegangen, daß auch sie hartnäckig blieb.

Urano traf mit etwas Verspätung ein. Nachdem er sich mit

dem Rücken zu dem billigen Rollbild – Vollmond über Pampasgras – niedergelassen hatte, bestellte er Bier und leerte erst einmal ein paar Gläser, bevor er zu erzählen begann. Sobald die Bedienung aufkreuzte, schlug er einen lockeren Ton an, kehrte jedoch wieder ernsthaft zum Thema zurück, wenn sie sich entfernte. Er berichtete ihr über die wesentlichen Punkte seiner Nachforschungen, ohne allerdings seine Informationsquellen preiszugeben. Er tat das in einer so klaren, leicht verständlichen Sprache, daß Yumiko ihn dafür bewunderte. Seine Ghostwriter kamen sicher gut zurecht, wenn er ihnen solch gekonnte Zusammenfassungen lieferte. Oder, überlegte sie sich, vielleicht war es ja umgekehrt: weil er inzwischen alles allein managte, hatte sich auch sein Stil gebessert.

Wie vermutet, befand sich der Unruheherd nicht im Verlag selbst. Schon möglich, daß einige im Haus den Leitartikel für unschicklich oder sogar riskant hielten, jedoch würde das niemand an die große Glocke hängen. Weder ihr Vorgesetzter noch seine beiden Stellvertreter hatten von oben einen Rüffel bekommen. Ebensowenig gab es Unruhen in den Abteilungen Werbung und Verkauf. Uranos erster Verdacht, daß der Verlag – entgegen seiner bisherigen Gepflogenheit – demnächst auch Anzeigen mit Buddhastatuen oder ähnlichen Kultgegenständen für abgetriebene Babys herauszubringen plante, hatte sich nicht erhärtet. Vorläufig schien man sich aus diesem Geschäft heraushalten zu wollen. Es war also nicht das Unternehmen, das den Stein ins Rollen gebracht hatte, sondern Einflüsse von außen.

Soweit war die Sache geklärt, aber der Rest lag im dunkeln. Welche Kreise hier wirkten, ließ sich nicht genau feststellen.

Die Wirtschaftsorganisationen schieden offensichtlich aus. Zwar hatte man sich dort ein wenig ereifert, aber bekanntermaßen kämpfte der Unruhestifter ja mit seinem defekten Weisheitszahn, und kaum hatte er die Klinik verlassen, drohte seinem Sprößling eine Verhaftung wegen Rauschgiftbesitzes, so daß ihm der Sinn momentan sicherlich nicht nach dem Leitartikel stand. Außerdem gab es einige (!) andere Mitglieder in dem Vorstand, die seine Entrüstung höchst lächerlich fanden.

Urano hatte sich auch bei verschiedenen Sekten umgehört,

aber nichts Verdächtiges herausfinden können. Wegen der unzähligen Splittergruppen sei dies zwar ein unheimlich verworrenes Terrain, aber nichts deute darauf hin, daß aus jener Ecke Druck gemacht worden wäre. In dieser Richtung, meinte Urano, brauche man also nicht weiter zu recherchieren.

Wahrscheinlicher war es, daß die Repressalien von der Regierungspartei ausgingen. Das Verbindungsglied war vermutlich der Präsident einer Fernsehgesellschaft (ehemaliger Vorstand der ›Neuen Nachrichten‹) oder aber der Boß einer Sportzeitung (früherer Chefredakteur der ›Neuen Nachrichten‹ und davor Abteilungsleiter des Heim & Familie-Ressorts). Er sei sich zwar nicht sicher, aber es gab da einen gewissen Zusammenhang: Der TV-Präsident habe nämlich kürzlich den Generalsekretär der Regierungspartei in einem vornehmen Restaurant in Akasaka getroffen, während zur selben Zeit dessen rechte Hand mit dem Verlagsdirektor der Sportzeitung in einem Restaurant in Tsukiji speiste. In identischen Konstellationen hätten auch neulich wieder Treffen stattgefunden. Natürlich war es nichts Ungewöhnliches, daß ehemalige Journalisten aus der politischen Abteilung Kontakt zu Regierungsvertretern pflegten, aber man sollte dies zumindest im Hinterkopf behalten. Denn immerhin hatte einer der beiden – eventuell sogar in Absprache mit den anderen – den Skandal um den vorherigen Verlagschef, der im Liebesrausch sein Leben ausgehaucht hatte, vertuscht.

»So war das also!« rief Yumiko überrascht. »Das wußte ich ja gar nicht.«

»Wirklich nicht?«

»Na ja, mir ist schon zu Ohren gekommen, daß da etwas nicht stimmte, aber keine Einzelheiten, zum Beispiel wer daran beteiligt war. Das war doch streng geheim, oder?«

»Wann haben Sie denn davon erfahren?«

»Abends bei der Trauerfeier. Ich hatte mich schon gewundert, warum man es damit so eilig hatte. Normalerweise findet eine solche Zeremonie doch erst nach geraumer Zeit statt, und dann in einem größeren Rahmen.«

»Ich erfuhr es am selben Tag, aber noch vor den Feierlichkeiten. Mannomann, dachte ich, ein ganz schöner Draufgänger, unser Chef. Ich habe ihn dafür bewundert.«

»Aber für seine Frau war es ja gut, daß man es vertuscht hatte.«

»Das glaube ich auch. Das heißt, es war womöglich der Geschäftsführer, der dafür gesorgt hat. Immerhin ist er ja mit ihrer Hilfe zum TV-Präsidenten aufgestiegen.«

»Und die Geliebte? Aus dem Rotlichtmilieu?«

»Nein, keine Professionelle. Ein junges Mädchen. Romanistin mit Studienabschluß. Statt Schweigegeld hat man ihr ein Jahr Paris spendiert. Dort hatte sie angeblich eine Liaison mit irgendeinem französischen Theaterregisseur und kam gar nicht mehr zurück. Die Zeitung war natürlich aus dem Schneider.«

»Sieh mal an«, murmelte Yumiko nachdenklich. Als Frau hatte sie von all dem nichts erfahren. Sie hätte noch gern den Namen des Regisseurs herausbekommen, aber Urano schien sich nicht auf ihn besinnen zu können. Also drängte sie nicht weiter, sondern fragte statt dessen:

»Wie hat man denn die ganze Geschichte inszeniert? Die offizielle Version lautete, daß er in einem Restaurant im achtzehnten Stock eines Hotels gestorben sei, während eines privaten Essens in einem Separée. Soll das etwa heißen, man hat ihn aus dem Bett geholt, angekleidet und ins Restaurant geschafft ...«

»Ach woher, so was tut doch keiner«, winkte Urano grinsend ab. »Das war so mit der Polizei abgesprochen.«

»Abgesprochen?«

»Man hat Kontakt aufgenommen zu dem Vorsitzenden des Komitees für Öffentliche Sicherheit, einem Mann namens Sakakibara Zenroku ... äh, soweit ich weiß, war der damals auch Innenminister ..., um sich von ihm die Zustimmung zu holen. Und alles übrige lief dann wie am Schnürchen. Der Kerl war eben einflußreich. Die Polizei mußte spuren, und wenn sie öffentlich bekanntgibt, daß das und das soundso passiert ist, dann ist das für alle verbindlich.«

»Du meine Güte«, rief Yumiko erstaunt. »Ist dieser Sakakibara nicht der jetzige Generalsekretär?«

»Genau, Generalsekretär der Regierungspartei.«

»Aber weshalb stimmte er dem so einfach zu?«

»Auch dafür gibt es einen Grund.«

Urano wechselte jetzt zu Shōchū-Schnaps und versuchte, Yumiko zum Mittrinken zu bewegen. Als sie ablehnte, drängte er jedoch nicht weiter und setzte seinen Bericht fort: Etwa zwei Monate bevor der Chef der ›Neuen Nachrichten‹ verstarb, wurde der amtierende Erziehungsminister auf dem Golfplatz tödlich von einem Blitz getroffen. Selber schuld, der Trottel, wenn er sich einer solchen Gefahr aussetzte. Das Heikle an der ganzen Geschichte allerdings war, daß sich der Unfall an einem Werktag ereignete, und erst eine Woche zuvor ein offizielles Rundschreiben (vom Kabinettssekretär unterzeichnet) an die Staatsbeamten ergangen war, in dem ihnen das Golfspielen an Wochentagen untersagt wurde. Äußerst blamabel, wenn dies herausgekommen wäre, und zwar nicht nur für den Verunglückten, sondern für das gesamte Kabinett. Die Nachricht hätte zudem einen schlechten Einfluß auf Schüler und Studenten ausüben können, und so entschied man sich für die Version, daß er während der Arbeit einen Herzinfarkt erlitten habe. Dem kam natürlich sehr entgegen, daß der Vorsitzende des Komitees für Öffentliche Sicherheit, obwohl er nicht derselben Fraktion angehörte, ein Saufkumpan des Erziehungsministers gewesen war und hin und wieder Mahjong mit ihm gespielt hatte. Einige Tage darauf meldete sich ein anonymer Anrufer – vermutlich jemand vom Golfplatz-Personal – bei der Zeitung, aber wegen mangelnder Beweise ließ man die Sache auf sich beruhen. Und als unser Verlagschef starb, wurde diese Information entweder vom damaligen Geschäftsführer oder vom Chefredakteur (beziehungsweise von beiden) gegen Sakakibara ausgespielt, mit dem Erfolg, daß aus dem Tod auf dem Liebeslager ein Tod beim Dinner wurde.

»Die Nachricht hatte sich im Nu verbreitet. Wie ein Lauffeuer. Jeder im Verlag wußte Bescheid. Ich wunderte mich noch, wie schnell die Sache offiziell vertuscht werden konnte. Aber auf den Vorsitzenden des Komitees für Öffentliche Sicherheit wäre ich nicht gekommen.«

»Den Haupthahn abdrehen, das ist die simpelste Methode.«

»Aber so schuldete der Verlag ihm einen Gefallen, und deshalb ist Sakakibara diesmal an uns herangetreten . . .«

»Das läßt sich allerdings nicht beweisen.«

»Trotzdem, gehen wir einmal davon aus. Aber weshalb? Ich habe mich doch gar nicht negativ über die Regierungspartei geäußert . . .«

»Da muß irgendwo Ärger aufgekommen sein.«

»Aber wo?«

»Wenn ich das wüßte. Irgendeine Schaltstelle, die aufgemuckt hat, und die Partei fügt sich.«

»Eine Wirtschaftsorganisation?«

»Danach sieht es nicht aus.«

»Sekten?«

»Glaube ich nicht.«

»Aber wo dann?«

»Es wäre denkbar, daß es von den Amerikanern ausgeht«, mutmaßte Urano, aber er klang nicht sehr überzeugt.

Yumiko ließ sich Zeit, als drehte sie an einem Globus, bis sie das entsprechende Land gefunden hatte, und sagte:

»Amerikaner? Sie meinen das Weiße Haus?«

»Ja, so in der Richtung. In den Staaten ist Abtreibung ein heißes Eisen. Ich habe mich deshalb in der Botschaft und bei anderen Stellen umgehört, aber ohne Erfolg. Es ist nicht so einfach, alleine zu arbeiten, dann kann ich nämlich meine Tricks nicht anwenden.«

Urano schilderte ihr seine Recherche-Technik, die von polizeilichen Verhörmethoden inspiriert war. Yumiko hörte diese Geschichte nicht zum ersten Mal, lächelte jedoch höflichkeitshalber, bevor sie wieder ernst wurde:

»Aber wissen Sie, der Generalsekretär kann doch die Zeitung nur unter Druck setzen, wenn es irgendwo eine Schwachstelle gibt, nicht wahr?«

»Schon, aber es ist gar nicht geklärt, ob er der Initiator ist. Streng genommen wissen wir ja nicht einmal, ob die Regierungspartei überhaupt . . .«

Doch Yumiko ließ sich nicht ablenken:

»Fragt sich, welche Schwachstelle?«

»Keine Ahnung. Ich glaube nicht, daß unser Verlag aus finanziellen Gründen etwas für Sekten druckt, die Seelenmessen für Ungeborene abhalten.«

»Und wie steht's mit Schulden?«

»Na ja, die macht man immer. Aber ich wüßte nicht, daß in letzter Zeit von einem größeren Betrag die Rede war. Also bleibt immer noch offen, ob das Verbindungsglied unter den Politikern zu suchen ist.«

»Und sonst?«

»Dann ist da noch diese Geschichte mit dem neuen Verlagshaus, wo es um ein staatliches Grundstück geht. Aber das ist alles schon unter Dach und Fach. Der Chef von der Politikabteilung hat sich mal umgehört, von oben aus ist alles gebongt, und jetzt liegt der Vorgang im Finanzministerium. In Kürze soll der Antrag der Kommission für Nationales Eigentum vorgelegt werden, die ihn dann einstimmig bewilligen wird. Daran ist nicht mehr zu rütteln.«

»Sind Sie sich da ganz sicher?«

»Voll und ganz.«

Urano erläuterte ihr das Procedere der Übereignung des staatlichen Grundstücks. Es handelte sich um ein Stück Land im Süden Shinagawas, und in diesem Fall erwarb man das Grundstück im Tausch gegen ein gleichwertiges, das der Verlag auch erst noch erwerben mußte, denn der jetzige Standort war dafür zu schade, und außerdem wollte man ihn behalten. Deshalb kaufte man zunächst ein leerstehendes Bowling-Center in Setagaya, was jedoch nicht ausreichte. Man mußte sich also von Grundstücken trennen: von dem Firmensportplatz in der Präfektur Chiba (der im Krieg Ackerland gewesen war), von einem Lagergebäude in der Präfektur Saitama, einem Areal hinter einem Bahnhofsgelände in Ōsaka (das man gar nicht gerne hergab, da sein Wert stetig stieg) und zu guter Letzt von einem Waldstück in der Präfektur Gumma. Eigentlich war das immer noch nicht genug, aber da in dem Gutachter-Team neben einem staatlichen und einem neutralen Schätzer auch jemand vom Verlag dabei war, der die Preise für das Staatseigentum drückte und die der zum Tausch gebotenen Objekte in die Höhe trieb, ergab sich ein relativ niedriger Durchschnittswert, so daß die Rechnung für den Verlag aufging.

»Das sind ja schöne Gaunereien«, entrüstete sich Yumiko.

»Na ja, die anderen Zeitungen haben es genauso gemacht.«

»Stimmt auch wieder.«

»Dagegen sind wir Waisenknaben.«

»Aber wirklich.«

Der ehemalige Top-Kriminalreporter lieferte nun einige Kostproben seiner exzellenten Spürnase und berichtete, was bei anderen Blättern so ablief. Der spektakulärste Fall war der einer Zeitung, die in den Besitz eines Filetgrundstücks für ihr neues Gebäude kam, indem sie dem Premierminister mit skandalösen Enthüllungen drohte – diese Geschichte war übrigens in allen Einzelheiten in der Autobiographie des Verlagschefs dieser Zeitung nachzulesen.

»Die haben vielleicht Nerven, so ein Buch herauszugeben. Das würde unser Verlag nie wagen. Wir sind eben vornehm«, schloß Urano.

»Ach ja?«

»Nun, mit kleinen Webfehlern«, räumte er lachend ein. »Sagen Sie, wollen wir nicht noch in eine Bar gehen, ohne Hostessen? Habe ich neulich entdeckt.«

Doch Yumiko lehnte ab, schließlich war Donnerstag, und der Abend gehörte ihr und Toyosaki. Urano nahm es wie ein Gentleman:

»Meine Untersuchungen sind's wohl noch nicht wert, was?«

Dahinter verbarg sich natürlich die Botschaft, daß sie beim nächsten Mal, wenn er mehr auf Lager hatte, seine Einladung nicht so ohne weiteres werde ausschlagen können. Das wollte er jetzt schon mal klarstellen. Er wurde den Verdacht, daß Yumiko eine Gangsterbraut war, noch nicht so ganz los, aber selbst wenn, stand die Sache zu seinen Gunsten: Ein Yakuza, der sich in eine Intellektuelle verliebte, durfte kaum so unzivilisiert sein, einen Nebenbuhler (womit er selbstverständlich sich meinte) einfach kaltzumachen.

Die Antwort, nach der Yumiko schon so lange gesucht hatte, kam jedoch unvermutet von einer ganz anderen Seite. Eines Nachmittags am Wochenende fuhr sie mit ihrer Tochter nach Seijō, um für das Gemälde zu posieren, das Ogino Sakon im Frühjahr ausstellen wollte. Sie setzten sich in eine Ecke des Ateliers, das mit Farbpaletten übersät war. Ihre Tochter trug ein hellgrünes Kleid mit pinkfarbenen Blumen und sie selbst einen handgewebten Seidenkimono in Taubenblau mit aufgesticktem Familienwappen und dazu einen neblig-weißen Brokat-Obi, der mit einer graubraunen Kordel abgesetzt war. Beide sahen aus, als wären sie zu einer Teegesellschaft eingeladen.

Bei der zweiten Sitzung erzählte Ogino in der halbstündigen Pause zwischen den zwanzigminütigen Arbeitseinheiten witzige Anekdoten aus dem Ausstellungsmilieu, besonders über die Auswahlgremien, und beklagte sich über den zeitraubenden Unsinn, mit dem er sich herumplagen müsse:

»Ganz gleich, in welchem Bereich man tätig ist, es ist überall das gleiche. Kürzlich sprach ich mit dem werten Herrn Tamaru, und auch der jammerte, daß er die Politik vernachlässigen müsse wegen des ganzen Kleinkrams, den er am Hals habe. Er muß sich damit beschäftigen, wer Geschäftsführer in irgendeinem Unternehmen werden soll, oder ob die Veräußerung eines staatlichen Grundstücks genehmigt werden darf und so fort.«

»Sie meinen den Premierminister?«

»Genau den. Wir stammen nämlich aus derselben Gegend und kommen deshalb manchmal zusammen. Außerdem ist er an Malerei interessiert.«

»Na ja, vielleicht bekommen Sie den Kulturorden dann vorzeitig verliehen.«

Der Maler lachte laut auf, und Yumiko spürte plötzlich einen eisigen Stich im Herzen. Sie hatte es geahnt: Ihr Leitartikel war also tatsächlich in diesen Grundstücksdeal verstrickt. Während der nächsten beiden zwanzigminütigen Sitzungen versuchte sie, sich davon abzulenken, aber es ging ihr einfach nicht aus dem Kopf.

Als sie am Abend nach Hause kamen, überließ Yumiko ihrer Tochter das Kochen und rief sofort einen Kollegen an, der früher dem Politik-Ressort angehörte. Er versprach ihr, der Sache nachzugehen. Sie war gerade dabei, mit ihrer Mutter Ginkgofrüchte für die Eierspeise zu schälen, als das Telefon klingelte. Meine Güte, das ging ja schnell, dachte sie, aber es war nicht der erwartete Anruf. Statt dessen war der Ginza-Boß Asaoka am Apparat.

»Hallo, Chef, wie geht's denn?« begrüßte sie ihn, doch ihr

fiel sofort auf, daß er nicht wie sonst klang. Sie beschloß deshalb, das Gespräch auf ihr Zimmer zu verlegen.

»Haben Sie schon davon erfahren, Yumiko?« Der Patron der ›Barmherzigen Freunde‹ pflegte sie je nach Belieben mal mit Frau Minami, mal mit ihrem Vornamen anzureden. Er bemühte sich stets um eine gewählte Ausdrucksweise, offenbar um den Eindruck zu erwecken, er stamme aus einer vornehmen Familie.

»Davon erfahren, was meinen Sie damit?« fragte sie zurück.

»Nun, daß es Ihnen an den Kragen gehen soll.«

»Seit dem Sommer liegen sie mir in den Ohren, daß ich zur Projektabteilung überwechseln soll – ist es das, was Sie meinen?«

»Genau das. Aber sind Ihnen auch die Hintergründe bekannt?«

Asaokas Bericht zufolge soll die Regierungspartei während der letzten Wahl, die sie nur mit knapper Mehrheit gewonnen hatte, geheime Gelder von einer gewissen Sekte erhalten haben, die ein Riesengeschäft mit Seelenmessen für Abgetriebene machte. Diese Schulden waren noch nicht beglichen, oder besser gesagt, man hatte sowieso nie im Sinn gehabt, sie zu begleichen. Mittelsmann bei dieser Transaktion war der Generalsekretär der Regierungspartei, der auch die Einweihungsrede des Ex-Premiers für das Denkmal in Kagoshima arrangiert hatte – sozusagen als Zeichen ihrer Dankbarkeit. Als dann der Leitartikel, in dem auch diese Seelenmessen kritisiert wurden, erschien, fühlte sich der Sektenführer ziemlich auf den Schlips getreten und beschwerte sich beim Generalsekretär. Dieser wiederum war sich der Verpflichtung seiner Partei durchaus bewußt, und um die Angelegenheit zu bereinigen, beschloß er, die Urheberin dieses frevelhaften Artikels auf einen anderen Posten abzuschieben. Da die Betroffene jedoch stur blieb, drohte man dem Verlag jetzt, den Grundstücksverkauf platzen zu lassen.

»Ach, so ist das also«, murmelte Yumiko schockiert.

»Tja, soviel von meiner Seite, aber was haben Sie denn davon mitbekommen?« Er hörte sich schweigend ihre Version an.

»Das paßt ja«, sagte er zur Bestätigung und machte ihr daraufhin ein ziemlich gewagtes Angebot: »Wenn es Ihnen recht ist, möchte ich Ihnen behilflich sein.«

»Wie bitte?«

»Natürlich ohne einen Pfennig, reiner Freundschaftsdienst.«

»Ach, du meine Güte!«

»Keine Angst, ich erwarte auch keine Gegenleistungen.«

»Also wirklich, Chef ...«

Auf umständliche Weise – vermutlich aus Angst vor Lauschangriffen – begann er, ihr seinen Plan darzulegen. Er sagte, daß ein gewisser Abgeordneter, der dem Generalsekretär unterstand, von einer Organisation im Kansai-Gebiet für die Erledigung eines Auftrags eine beträchtliche Summe erhalten habe. Jener hatte jedoch keinen Finger krumm gemacht, und nun forderte man das Geld von ihm zurück. Asaokas Idee war nun, sich den Generalsekretär vorzunehmen und dabei Yumikos Angelegenheit mit einfließen zu lassen. Sie ließ einen angemessenen Augenblick verstreichen, bevor sie antwortete, was jedoch einzig daran lag, daß ihr buchstäblich die Spucke wegblieb angesichts seines dreisten Vorhabens.

»Ich bin Ihnen wirklich dankbar, Chef. Ihr großzügiges Angebot ist sehr schmeichelhaft für mich, aber es betrifft ja nicht nur meine Person, sondern praktisch den ganzen Verlag. Deshalb meine ich, wir sollten besser davon Abstand nehmen.«

»Wie Sie wollen, aber finden Sie es nicht ärgerlich, tatenlos zuzusehen und sich deren Willen zu beugen?«

In dem Augenblick klingelte es auf dem Nebenanschluß.

»Einen Moment, ich muß auf die andere Leitung, bleiben Sie bitte dran«, entschuldigte sich Yumiko. Doch Asaoka erwiderte leicht verwirrt:

»Nicht nötig, das wär's ja eigentlich. Sollten Sie Ihre Meinung doch noch ändern, lassen Sie es mich wissen. Ich bin immer für Sie da«, sagte er hastig und legte auf.

Der Kollege aus dem Politik-Ressort berichtete ihr, daß in den letzten zehn Tagen ein Mordsspektakel im Gange gewesen sei um die Frage, wer neuer Präsident der Fluggesellschaft werden würde, an der die Regierung einen beträchtlichen Aktienanteil besaß. In der morgigen Ausgabe sollte ein kurzer Artikel dazu erscheinen. Yumiko erinnerte sich an die Aussage des Malers, daß der Premierminister sich derzeit mit zwei Dingen herumplagte, nämlich erstens der Wahl des Vorstandes der Fluggesellschaft und zweitens dem Grundstückstransfer mit den ›Neuen Nachrichten‹.

Während des Abendessens und danach kreisten Yumiko unaufhörlich die Worte des Ginza-Bosses im Kopf herum: ›tatenlos zuzusehen und sich deren Willen zu beugen‹.

Sie enthielten eine Einsicht, die sich in drei Schritten vollzog:

1. Man kämpft weiter, obwohl ein Sieg aussichtslos erscheint.

2. In dem Fall ist der Kampf nur noch Ritual.

3. Trotzdem ist nicht auszuschließen, daß sich das Blatt doch noch wendet.

Wie recht er hatte, dachte sie beeindruckt und zog sich in ihr Zimmer zurück. Kein Wunder, in Streitigkeiten war er schließlich ein Profi. Bei diesem Gedanken seufzte sie mehrmals.

Später am Abend versuchte sie ziemlich erfolglos, eine Reihe von Leuten zu erreichen: Der Regierungsabgeordnete war nicht auffindbar, der Oppositionspolitiker weilte in Afrika. Der MITI-Beamte und Vizeminister in spe hörte ihr zwar aufmerksam zu, aber als sie den Hörer auflegte, wurde ihr bewußt, wie nichtssagend seine Worte gewesen waren. Ihr fiel noch der Freund ihrer Tochter ein, der im Finanzministerium saß, und sie beauftragte Chie, Erkundigungen einzuholen. Doch der junge Aufsteiger, der ohnehin erst kurz vor Mitternacht zu Hause eintraf, wußte nichts von dem Fall, da er nicht in sein Ressort fiele. Heraus kam lediglich ein endloses Telefongeplänkel zwischen ihm und Chie.

Tags darauf, es war ein Montag, erschien Urano nicht im Verlag – angeblich wegen einer Erkältung. Yumiko staunte über sich selbst, wie hilflos sie sich ohne ihn fühlte. Sie grübelte und grübelte, sah jedoch keinen Ausweg aus ihrer vertrackten Lage. Nach dem Lunch machte sie eine Runde um den Block, und als sie wieder zurückkam, beschloß sie, sich direkt an den Aufsichtsratsvorsitzenden der ›Neuen Nachrichten‹ zu wenden;

es schien ihr das einzige zu sein, was sie im Augenblick tun konnte. Seine Sekretärin wimmelte sie jedoch ab: Der alte Herr brauche mit seinen fünfundsiebzig Jahren Ruhe und hätte sich bereits zurückgezogen. Ihr barscher Ton hatte Yumiko dermaßen aufgebracht, daß sie impulsiv erneut zum Hörer griff und die Nummer des Verlagschefs wählte, von dessen Sekretärin sie allerdings erfuhr, daß er sich im Ausland aufhalte. Das brachte sie zum Glück wieder auf den Teppich zurück; eigentlich hatte sie von vornherein gewußt, daß diese Leute keinen Finger für sie rühren würden. Wie oft hatte sie sich das schon gesagt, aber jetzt war es ihr endgültig klar: Wie konnte ich mich nur so blamabel aufführen, schalt sie sich selbst.

Als sie am Abend einen Abgeordneten der Regierungspartei privat zu erreichen versuchte, meldete sich eine junge Männerstimme: »Vater ist nicht da, er hat auch keine Nummer hinterlassen« – und schon hatte er aufgelegt. Vielleicht steckte der Ärmste ja mitten im Prüfungsstreß oder hatte Liebeskummer. Während Yumiko sich Gedanken über die Rüpelhaftigkeit des jungen Mannes machte, klingelte das Telefon. Es war ihr Dirigent, der sich mit einem »Hallo, Yumi, wie geht's?« diesmal aus Paris meldete. (Er war übrigens der einzige, der sie so anredete).

»Ach, Maestro, um ehrlich zu sein, ich bin ziemlich am Boden.« Sie schilderte ihm ihre Lage.

»Nun, im Moment bin ich ja ohnehin nicht da, aber selbst wenn, wäre ich wohl der letzte, der dir da raushelfen könnte.« Immerhin machte er ihr nichts vor. Doch dann sagte er etwas völlig Unerwartetes: »Sag mal, Yumi, warum hängst du deinen Job dort nicht einfach an den Nagel?«

»Wie bitte? Was sollte ich denn statt dessen tun?«

»Jemand wie du hat doch keine Probleme, etwas anderes zu finden.«

»Das sagst du so.«

»Ach, Kopf hoch, das kriegst du schon hin.«

»So, meinst du?«

»Da bin ich mir ganz sicher. Und überhaupt, wo immer du landest, was immer du machen wirst, ich halte zu dir, bis in alle Ewigkeit.«

Der Dirigent pflegte sie stets mit solchen Phrasen, die wie wortgetreue Übersetzungen aus fremden Sprachen klangen, zu bedenken, und sie faßte sie als poetische Geschenke auf, die man ungeniert annehmen konnte, zumal sie per Ferngespräch übermittelt wurden. Und besonders jetzt spendeten sie ihr Trost, von dem sie noch eine ganze Weile zehren konnte.

Am nächsten Morgen kreuzte Urano im Büro auf und tippte ihrem Plüschtier mit einem ›Guten Morgen‹ auf die Plastikschnauze, wobei nicht ganz klar war, ob er nun den Hund oder seine Herrin meinte.

»Ich denke, ich bin jetzt völlig im Bilde«, verkündete Yumiko.

»Völlig im Bilde«, echote Urano und sank auf den Stuhl. Mit leiser Stimme informierte sie ihn über alles und verschwieg ihm auch nicht die Namen des Malers und des Gangsterbosses. Uranos Miene verriet, daß es ihn wurmte.

»Den Grundstücksverkauf rückgängig machen? Ausgeschlossen. Es ist doch bereits abgemacht, daß unser Vorstand dem Finanzminister demnächst einen Besuch abstattet.«

Um sie herum herrschte gerade allgemeiner Aufbruch, die Sitzung würde in wenigen Minuten beginnen. Urano brütete die ganze Zeit vor sich hin. Es war ihm peinlich, daß seine Nachforschungen nichts ergeben hatten, und es war ihm überhaupt nicht wohl bei dem Gedanken, daß dieser Mafioso wieder aufgekreuzt war. Als man zu der Frage kam, wer heute den Leitartikel übernehmen sollte, wandte sich der Redaktionschef entgegen allen Abmachungen an Urano. Der Angesprochene riß den Kopf hoch und signalisierte mit einer heftigen Handbewegung, daß er unter gar keinen Umständen in Frage komme. Es war ein dermaßen brüskes Verhalten, daß plötzlich alle verstummten.

»Ach, so funktioniert das, muß ich mir merken«, witzelte einer der Kollegen, der früher Filmkritiken geschrieben hatte. Sein versöhnlicher Scherz löste ein befreiendes Gelächter aus, sogar der Chef quälte sich ein Lächeln ab. Sobald die Sitzung aufgehoben war, raunte Urano seiner Nachbarin zu:

»Das ist ja wirklich 'n Ding, daß Sie jemanden wie den Boß von den Barmherzigen kennen, ich meine diesen Asaoka.«

»Nun ja«, erwiderte Yumiko gelassen und weihte ihn in die Geschichte von ihrem ›Vorvierziger‹-Club ein. »Aus dem Grund sind schließlich nur elf zusammengekommen.«

»Und seitdem haben Sie Kontakt zu ihm?«

»Ja, beziehungsweise immer kurz bevor er bei mir in Vergessenheit zu geraten droht, taucht er wieder auf der Bildfläche auf. Neulich war es auch so ...«

Sie erzählte ihm von der Begegnung in der Hotel-Lounge. Eine alte Schulkameradin, die inzwischen als Ärztin eine Klinik in Nagoya leitete und zu Besuch in Tōkyō war, habe sie an diesem Abend in ein französisches Restaurant eingeladen. Anschließend seien sie dann noch auf ein Schwätzchen in ihr Hotelzimmer gegangen. (Das war natürlich erfunden, tatsächlich hatte sie ihr Stelldichein mit dem Philosophen. Sämtliche Billig-Hotels waren nämlich ausgebucht, so daß die Uni ihm dieses Zimmer besorgt hatte.) Es wurde ziemlich spät, und als sie unten durch die Lobby zum Ausgang eilte, rief ihr eine ziemlich exaltierte weibliche Erscheinung hinterher. Es war die Ex-Frau eines Baseball-Stars, eine Schauspielerin. Yumiko hatte sie damals als frisch Geschiedene für das Wochenblatt interviewt. Der Artikel, der aus einer geschickten, feinfühligen Gegenüberstellung der Positionen beider Parteien bestand, hatte ein sehr positives Echo gefunden, was der Schauspielerin schließlich zu einem Comeback verhalf, und dafür war sie der Journalistin außerordentlich dankbar. Der elegant gekleidete Mann hinter ihr war Asaoka Heigorō, und man einigte sich auf einen gemeinsamen Drink in der Bar im Dachgeschoß. Plötzlich fiel Yumiko auf, daß sie von einer Garde breitschultriger Hünen umringt waren. Als die zwielichtige Gesellschaft die oberste Etage erreichte, wurde ihnen der Eintritt verwehrt, angeblich wegen Überfüllung. Also begab man sich wieder hinunter in die Lounge. Mit diesen Gestalten aus der Unterwelt so auf dem Präsentierteller zu sitzen sei ihr aber doch unangenehm gewesen. Als Yumiko zu Ende erzählte hatte, rief Urano erstaunt: »So hat sich das also abgespielt, Yumiko-san!«

Sein förmliches ›Yumiko-san‹ ließ Yumiko aufhorchen. Schlagartig wurde ihr klar, was in seinem Kopf vor sich ging.

»Was soll das, Urano«, funkelte sie ihn wütend an. »Haben Sie sich etwa eingebildet, ich hätte eine Affäre mit dem Boß? Geben Sie's zu, jemand hat uns in der Lounge beobachtet, nicht wahr?«

Urano fühlte sich von ihren Blicken durchbohrt und hob schützend die Hand.

»Treffer«, versuchte er zu scherzen.

»Das ist doch einfach nicht zu fassen! Sagen Sie mir sofort, wer es war? Los! Jetzt begreife ich auch, weshalb Sie so reserviert waren.«

»Treffer Nummer zwei!«

»Sie sind wohl doch ein Hasenfuß.«

Urano schluckte, versuchte sich dann aber zu rechtfertigen:

»Ich habe keine Manschetten vor solchen Gestalten. Na schön, ein bißchen vielleicht. Aber es macht mir angst, daß *Sie* sich mit solchen Typen rumtreiben.«

»Rumtreiben? Was bilden Sie sich eigentlich ein? Glauben Sie allen Ernstes, jemand wie ich fängt etwas mit einem Gangsterboß an? Ich stehe nur auf Intellektuelle!«

Es war Yumiko so herausgerutscht, aber Urano griff es sofort auf.

»Aha, Intellektuelle!« murmelte er in sich hinein. »Wie schneide ich denn da ab? Bin ich einer oder nicht, das ist hier die Frage.«

Yumiko lächelte bloß und blieb die Antwort schuldig, also mußte er nach jemandem anderen Ausschau halten. Es war niemand in der Nähe. In diesem Augenblick kam jedoch der Verfasser des ›Planetenberichts‹ von seiner Kaffeepause zurück.

»Sagen Sie, bin ich ein intellektueller Typ oder nicht?« rief Urano ihm entgegen, worauf der Glatzkopf ungerührt erwiderte:

»Ich dachte, das wäre bereits klar.« Und damit verschwand er nach hinten an seinen Arbeitsplatz.

»Bereits klar ... bereits klar«, äffte Urano ihn nach und schüttelte den Kopf. »Er spricht in Rätseln. Klar ist nur, daß er schlechte Laune hat. Wahrscheinlich weil ihm nichts einfällt für seine Kolumne morgen«, brummte er.

Yumiko mußte kichern, doch plötzlich wurde ihr bewußt, wie anständig er sich doch verhielt. Obwohl er sich aus falschen Informationen (fragt sich bloß, wer ihn da gefoppt hatte?) eine völlig krause Geschichte zusammengesponnen hatte, ließ er sich von der Haltung des Verlags ihr gegenüber nicht einschüchtern. All das hatte seiner Verliebtheit nichts anhaben können. Sie war sehr gerührt.

»Was soll ich denn nur tun«, brach es aus ihr heraus. »Am konsequentesten wäre es wohl zu kündigen ...«

»Nur keine Kurzschlußhandlungen«, rief Urano sichtlich bestürzt. »Lassen Sie mich nachdenken ... ich werde der Sache mal auf den Grund gehen. Mir wird schon etwas einfallen. Also bitte nichts überhasten!«

»Na schön.«

»Und kein Wort zu Hasegawa, von wegen Kündigung, auf gar keinen Fall!« beschwor er sie.

Am Abend besuchte Yumiko mit ihrer Mutter eine Kabuki-Vorstellung, und als sie wieder zu Hause waren, zog sie sich sofort in ihr Zimmer zurück, um alles noch mal in Ruhe zu überdenken. Außerdem wollte sie einige Bekannte anrufen, unter anderem eine Kolumnistin, die für ein anderes Blatt arbeitete, sowie eine Ressortleiterin aus dem Arbeitsministerium. Sie kam jedoch keinen Schritt weiter. Es war wie verhext. Sie versuchte es noch bei dem Redaktionschef für Politik, um sich von ihm die Grundstücksangelegenheit näher erklären zu lassen, und spürte ihn schließlich in einer Ginza-Bar auf. Er vertröstete sie auf später, da er sich in dem Lokal schlecht über diese Dinge auslassen konnte (womit er natürlich recht hatte!). Doch es wurde zwei Uhr, dann drei, er meldete sich nicht. Es dämmerte bereits, als Yumiko beschloß, ein Glas Sherry zu trinken, da sie bei ihrem unruhigen Zustand eine schlaflose Nacht befürchtete, und morgen auf der Arbeit würde sie dann mit Sicherheit durchhängen.

Am nächsten Tag erschien Urano erst, als die Sitzung schon im Gange war. Er setzte sich unauffällig in eine Ecke. Nach der Sitzung eilte er zu Yumiko, die neben der Pinnwand saß, und sagte, daß er die Sache am besten gleich hier mit ihr besprechen wolle. Als sie allein waren, sprudelte er los:

Die Informationen von Asaoka wären im großen und ganzen korrekt. Allerdings sei der offizielle Sektenführer nur ein Strohmann, hinter dem dessen Onkel stehe. Die Gründung einer religiösen Vereinigung, die sich der Seelen Ungeborener annahm, war eigentlich die Idee dieses Onkels gewesen. Seine Frau hatte es ihm jedoch ausgeredet, da er ihrer Ansicht nach zu gutmütig aussah. Und deshalb setzte er seinen Neffen ein. Dieser Mensch, dem es angeblich an religiösem Charisma mangelte, soll sich schon in jungen Jahren der Politik verschrieben haben und inzwischen über einen guten Draht zu wichtigen Kreisen innerhalb der Regierungspartei verfügen. In der Sekte gab es eine einflußreiche Clique ohne verwandtschaftliche Bindungen zum Gründer, die den berüchtigten Leitartikel als Vorwand benutzte, eine Kampagne gegen den Führer zu starten. Hinter ihrem fadenscheinigen Vorwurf, den Ex-Premier als Redner bestellt zu haben, verbarg sich natürlich eine Kritik an den als Darlehen verkappten Spenden an die Regierungspartei. Der Onkel habe sich daraufhin vermutlich beim Generalsekretär beschwert und auf Rückzahlung gedrängt, und der versuchte nun ein Ablenkungsmanöver, indem er die Verfasserin des Leitartikels auf einen anderen Posten abschieben wollte.

»Oh, wie reizend! Ich bin also nur ein Spielball.«

»So ist es.«

»Die greifen mal kurz in ihre Trickkiste, und ich verliere meine Existenzgrundlage.«

»Genau, so sehe ich das auch, aber Sakakibara, der Herr Generalsekretär, hat sich da etwas verkalkuliert. Er dachte wohl, mit der Vertuschungsaktion um den Todesfall beim Liebesakt einerseits und dem Grundstücksdeal andererseits habe er genug Trümpfe in der Hand, aber nun haben Sie ihm einen Strich durch die Rechnung gemacht, weil Sie sich nicht über den Tisch ziehen lassen.«

»Das wäre ja auch noch schöner!«

»So, und weil dieses Manöver in die Hosen ging, droht er jetzt, den Grundstücksverkauf zu stoppen.«

»Mistkerl!«

»Tja, da bin ich natürlich ganz Ihrer Meinung, aber der Typ will eben nicht als Trottel dastehen.«

Urano beschleunigte sein Redetempo und ließ keine überflüssigen Bemerkungen mehr zu. Er klärte sie über die Hintergründe auf, weshalb das Treffen mit der Beratungskommission für Nationales Eigentum plötzlich verschoben wurde. Da es sich um einen Präzedenzfall handelte, sei die zuständige Abteilung des Finanzministeriums jetzt völlig aus dem Häuschen.

»Das ist doch reine Schikane!«

»Mag schon sein, aber er meint es ernst.«

»Und wenn ich mich nun weiter querstelle?«

»Dann werden wir noch stärker in die Mangel genommen, ich meine der Verlag. Er muß schließlich sein Gesicht wahren.«

»Etwa gegenüber diesem Schacherverein für ungeborene Seelen?«

»Klar! Er hat denen doch bestimmt versichert, dich aus der Leitartikel-Redaktion verbannt zu haben.«

Nach einer langen Pause des Schweigens seufzte Yumiko vor sich hin:

»Was soll ich nur tun?«

»Wir müssen aktiv werden.«

»Aber wie?«

»Ich setze auf den Premierminister, und nicht auf den Generalsekretär. Der hat das schließlich alles angeleiert, also wird er sich kaum umstimmen lassen. Der zieht stur sein Ding durch, da bin ich mir ganz sicher. Es sei denn, er kriegt von oben eins auf den Deckel. Dann muß er einen neuen Kurs einschlagen.«

»Aber was sollte ich dem Premierminister denn erzählen?«

»Provozieren Sie ihn einfach, indem Sie ihm zu bedenken geben, daß er sich bei den Frauen unbeliebt macht. Wie würden wohl die Japanerinnen reagieren, wenn Ihre Kündigung an die große Glocke gehängt wird ...«

»Meinen Sie wirklich?«

»Außerdem riskiert er, schlafende Hunde zu wecken. Stellen Sie sich vor, im ganzen Land gingen plötzlich hitzige Abtreibungsdebatten los. Er muß an die weiblichen Wählerstimmen denken, und nicht zu vergessen, an die ohnehin schon angeknacksten Beziehungen zu den Vereinigten Staaten ...«

»O mein Gott!«

»Na ja, man kann nie wissen ...«

»Glauben Sie das wirklich?«

»Wir wissen doch, in der japanischen Politik läuft alles nach der Devise: Bloß nicht auffällig werden!«

»Stimmt!«

»Also bleibt nur diese Möglichkeit.«

»Aber ...«

»Kein aber, wir haben keine andere Wahl.«

»Na ja, Sie haben wohl recht.«

»Ich habe schon mal ein paar Erkundigungen über den Premier eingeholt, und diese Informationen sollten wir nutzen, um mit ihm in Verhandlung zu treten. Uns bleibt nur der Frontalangriff.« Urano schlug sein Notizheft auf: »Ich fasse zusammen: Alter: neunundsechzig. Ältester Sohn eines Sakebrauers, dessen Betrieb vom Zweitältesten übernommen wurde. Der dritte Sohn ist Anwalt in Kyōto. Die Brüder scheinen sich recht gut zu verstehen. Sein Wahlkreis ist der zweite Bezirk in der Präfektur Toyama. Gewann die letzten beiden Wahlen haushoch. Führt einen ziemlich überzeugenden Wahlkampf, darin ist er unschlagbar. Vor etwa dreißig Jahren hat ein amerikanischer Sachbuchautor eine Studie unter dem Titel ›Japans Abgeordnete‹ verfaßt; er orientierte sich weitgehend an Tamaru.«

»Das Buch kenne ich. Ganz interessant, aber ein bißchen euphemistisch.«

»Wen wundert's, der hat ja auch ein Jahr lang bei Tamaru ein Schmarotzerleben geführt. Seine Frau ist dreiundsechzig, Tochter eines Volkspartei-Abgeordneten, der Tamaru seinen Wahlkreis vererbt hat. Sie haben einen Sohn und eine Tochter. Der Sohn ist Chemieprofessor und lehrt an einer amerikanischen Uni. Sein Schwiegersohn war früher bei einer Handelsgesellschaft tätig, ist dann aber zum Sekretär des Premierminister avanciert. Ihm dürfte also eine Karriere als Abgeordneter sicher sein. Bei Staatsbesuchen wird Tamaru von seiner Tochter begleitet, da seine Frau sich vor zehn Jahren eine Herpesinfektion des Rückenmarks zugezogen hatte und dadurch praktisch auf die geistige Stufe eines Kindes zurückgefallen ist.«

»Ich habe davon gehört.«

»Das einzige, wonach sie noch gelüstet, ist Essen. Sie lebt

mit Tamarus geschiedener Schwester in ihrem Haus in Seijō, das er noch mit ihr zusammen bewohnt hatte, bevor er in seine Amtsresidenz zog. Sie war ein echtes Problem, besonders wenn ihr Gatte Gäste empfing. Er brauchte nur einen Augenblick den Raum zu verlassen, und schwupps kam sie rein – natürlich ohne ein Wort des Grußes – und schnappte den Besuchern die bereitgestellten Süßigkeiten vor der Nase weg.«

»Au weia!«

»Und wenn sie alles vertilgt hatte, kehrte ihr Gatte mit einem Stapel Akten zurück und scheuchte sie hinaus: ›Mama, sei bitte so lieb und geh nach nebenan‹, wobei er natürlich glaubte, seine Gäste hätten sich inzwischen über die Süßigkeiten hergemacht.«

Yumiko stieß einen tiefen Seufzer aus und schüttelte mitleidig den Kopf.

»Das läßt sich aber nicht verwerten.«

»Ist mir klar.«

»Sie muß mal eine ziemliche Schönheit gewesen sein, außerdem war sie Meisterin im traditionellen Tanz. Klug ist ... oder besser gesagt: *war* sie angeblich auch. Und bekannt dafür, jedem ein Trinkgeld zuzustecken.«

»Die Marotte haben so ziemlich alle Politiker-Gattinnen, denke ich.«

»O nein, gewöhnlich sind sie nicht so spendabel.«

In diesem Moment wurde Yumiko von einer der Sekretärinnen ans Telefon gerufen. Es war Hasegawa, der Personaldirektor: Er habe etwas Wichtiges mit ihr zu besprechen, was man mit einem Restaurantbesuch verbinden könne. Da es ausgerechnet der Tag ihres Stelldicheins war, bat sie, daß man sich tagsüber traf. Das paßte ihm jedoch nicht, und er setzte schließlich seinen Willen durch, indem er ihr versicherte, daß es nicht länger als bis halb neun dauern würde. Ein weiterer Grund für sie einzuwilligen war ihre passende Garderobe, da sie sich für Toyosaki ohnehin feingemacht hatte: Sie trug einen anthrazitfarbenen Plisseerock aus Seide, dazu ein hellblaues Strickshirt mit einem weinroten Jackett, und als I-Tüpfelchen ein Paar silberne Ohrgehänge in Form einer Lilie.

Als sie von dem Telefonat zurückkehrte, blickte Urano von

seinem Notizheft auf, in das er gerade etwas hineingekritzelt hatte, und fuhr mit seinem Bericht fort:

»Er hat übrigens eine Geliebte. Ende dreißig oder Anfang vierzig, schätze ich. Sie war Revuetänzerin beim Takarazuka-Ensemble. Vor ihm hatte sie eine Affäre mit einem Unternehmer aus der Kansai-Region. Sie treffen sich gewöhnlich am Wochenende in einem Hotel in Hakone. Alle Reporter wissen von dieser Geschichte, aber keiner schreibt darüber. Also auch nicht zu benutzen.«

»Verstehe.«

»Seine Nichte, die jüngste Tochter seines jüngsten Bruders, ist auf die schiefe Bahn geraten. Sie studiert zwar an einem Frauencollege, befindet sich aber auf dem Sumō-Ringer-Trip.«

»Sumō-Ringer-Trip? Was soll denn das heißen? In Kurzfassung, wenn ich bitten darf!«

»Sie ist eine von diesen Teenagern, die auf Sumō-Ringer stehen. Ihre Schwärmerei geht so weit, daß sie ihnen auf Schritt und Tritt folgen – zu Meisterschaften, auf Tourneen oder ins Trainingslager –, um sich dann an sie ranzuschmeißen.«

»Inwiefern ranschmeißen?«

»Sie gehen mit ihnen ins Bett.«

»Heißt das, sie wollen einen Sumō-Star heiraten, um später die First Lady in seinem Stall zu werden?«

»Ach, wo denken Sie hin? Sie wollen etwas Handfestes, den Kick des Augenblicks erleben mit diesen energiestrotzenden Jünglingen. Es muß nicht mal ein Star sein; das ist denen, glaube ich, egal. Während der Wettkämpfe ist davon natürlich nichts zu merken, weil zu viele Reporter herumlungern, aber in den Nächten geht's dann rund, das kann ich Ihnen sagen. Sämtliche Hotels in Ryōgoku sind ausgebucht. Ich habe von einem Schriftsteller gehört, der unbedachterweise ein Arbeitszimmer in einem Gebäude gemietet hatte, das sich direkt neben einem solchen Hotel befand. Der Ärmste fühlte sich reichlich angeschmiert: Es ratterte und bebte, so daß er keine Zeile zu Papier bringen konnte.«

Yumiko lachte, und auch Urano gab ein kurzes Glucksen von sich.

»Und dann heißt es ›Besten Dank, Ladies‹, und weg sind sie. Von Heirat keine Rede. Die Mädels benehmen sich wie Groupies in der Rockszene. Tamarus Nichte scheint jedoch das einzige schwarze Schaf in der Familie zu sein. Doch ich glaube, auch das ...«

»... können wir vergessen. Das wäre reine Erpressung.«

»Was ja nicht das Schlimmste ist, aber trotzdem, hiermit kommen wir nicht weiter. Der Skandal, den Ihr Unterweltkönig da erwähnte, erscheint mir viel geeigneter. Der Yakuza-Ring in Kōbe rührt sich übrigens auch schon. Aber so auf die Schnelle werden wir wohl kaum genug Licht in diese Sache bringen.«

Yumiko unterbrach ihn:

»Es mag ein wenig weit hergeholt klingen, aber stimmt es, daß dieser Kalligraph Ōnuma Banzan Einfluß auf den Premierminister hat?«

»Einfluß? Nicht die Bohne!« lautete Uranos niederschmetternde Antwort. »Er war zwar sein Lehrer auf der Mittelschule und unterwies ihn später in der Schriftkunst, aber inzwischen dürfte Tamaru zu viel um die Ohren haben. Wieso interessiert Sie das?«

Yumiko erklärte ihm, daß Banzans Enkelin eine Schulfreundin ihrer Tochter sei, und Chie habe ihm auf einem Foto so gefallen, daß er ihr ausrichten ließ, sie solle einmal persönlich vorbeikommen, dann würde er ihr eine Arbeit widmen.

Urano lächelte, wiegte dann aber bedenklich den Kopf.

»Ich denke, Sie sollten sich an den Premierminister halten. Aber vielleicht ist es auch nicht schlecht, auf beide Karten zu setzen. Vorsichtshalber!« Und er fügte albern hinzu: »In seinem Greisenalter wird er sich doch wohl keine Frechheiten rausnehmen gegenüber Ihrer Tochter. So fit ist der nicht mehr.«

»Denken Sie eigentlich auch mal an was anderes?« wies ihn Yumiko zurecht. »Und außerdem braucht sie ihn ja nicht alleine aufzusuchen.«

Urano blickte auf seine Uhr.

»Ich muß los!« sagte er hastig. Sie dankte ihm für seine Bemühungen, worauf Urano ihr nochmals Mut zuprach: »Kopf hoch und immer drauflos, wird schon schiefgehen!« Es klang jedoch eher so, als solle sie ihre hoffnungslose Lage einfach akzeptieren.

Das Abendessen in Akasaka war eine ziemlich groteske Angelegenheit. Außer Hasegawa und dem Vorstandsmitglied Druck waren diesmal auch der Verkaufsmanager sowie der Chef der Projektabteilung zugegen. Da deren Erscheinen nicht weiter begründet wurde, nahm Yumiko an, Hasegawa versuche jetzt, sämtliche Register zu ziehen, indem er ein kostspieliges Essen spendierte und sich Verstärkung holte. Als der passende Moment gekommen schien, sagte er:

»Ich meine, es ist jetzt allmählich an der Zeit, zu einem Ergebnis zu kommen. Wir können doch wohl mit Ihnen rechnen, nicht wahr?«

Er hatte in ganz ruhigem Ton, aber ohne den Anflug eines Lächelns gesprochen und sich dabei respektvoll verneigt. Yumiko und die anderen Herren schwiegen betreten, aber der Druckmanager fühlte sich entweder unbehaglich oder konnte sein Plappermaul nicht halten.

»Das Schicksal unserer Zeitung steht auf dem Spiel«, plärrte er los.

»Was soll das denn heißen?« forschte Yumiko, worauf Hasegawa sich hastig einschaltete:

»Er wollte damit zum Ausdruck bringen, daß wir ohne Sie verloren sind, wenn Sie nicht die Projektabteilung auf Vordermann bringen.«

Der Chef dieser Abteilung machte ein ziemlich belemmertes Gesicht.

»O nein, das übersteigt meine Fähigkeiten«, wehrte Yumiko ab und hakte gleich nach: »Es geht dabei doch aber nicht zufällig um das neue Firmengebäude, oder?«

»Aber nein!«

»Auch nicht um den Ankauf des staatlichen Grundstücks?«

»Überhaupt nicht!«

Hasegawa wurde langsam ungehalten:

»Es geht einzig und allein darum, daß wir Sie dringend in der Projektabteilung brauchen. Mehr kann ich dazu nicht sagen. Also, Frau Minami, wir zählen auf Sie!« Er verbeugte sich abermals.

Das Gespräch verlief so zähflüssig wie erwartet. Abgesehen von Hasegawa machte keiner mehr Anstalten, den Fauxpas des Druckmanagers auszubügeln. Sogar der Veranstaltungsdirektor verkniff sich seine Kalauer. Nur die Plappertasche war nicht zu bremsen, was sich jedoch diesmal auf Small talk über Essen und Reisen beschränkte.

Yumiko nahm ihr in Sake gedünstetes Tōfu-Pilz-Gericht, das in einem Kästchen serviert wurde, zum Anlaß, die Tischrunde aus der Reserve zu locken:

»Wie schade, daß wir inmitten all dieser Köstlichkeiten mit der Bildrolle des berühmten Tessais im Blick solch ein Gespräch führen müssen. Ich könnte sonst alles viel mehr genießen, Sie nicht auch?«

Als sie jedoch nur müdes Lächeln erntete, machte sie Bemerkungen, von denen sie wußte, daß sie damit in ein Wespennest stach, wie zum Beispiel: »Angesichts des Fortschritts in der Telekommunikation bräuchte der Verlag doch gar nicht im Stadtzentrum ansässig zu sein.« Oder: »Existiert eigentlich ein landesweiter Konsens zum Bevölkerungsproblem?« Hasegawa wich ihr mit aalglatten Antworten aus, aber nicht ohne hin und wieder auf sein Anliegen zurückzukommen: »Frau Minami, die Zeit drängt!« – »Es wäre ein großer Segen für uns.« – »Ich würde damit für immer in Ihrer Schuld stehen.«

Die anderen Herren schwiegen. Da die Firmenseite von ihrem Kurs keinen Deut abzuweichen schien, blieb Yumiko ebenfalls hartnäckig. Indessen zeigte die Uhr halb neun, womit die Besprechung wie verabredet zu Ende war. Während sie den langen Korridor zum Ausgang gingen, spürte sie die Erschöpfung bei den vier Männern, und ihr wurde schlagartig bewußt, wieviel Unmut sie in den beiden Stunden auf sich gezogen hatte.

Spät nachts erzählte sie Toyosaki beim gemeinsamen Bier von dem quälenden Abend, worauf der Philosoph meinte:

»Sie sind mit ihrem Latein am Ende, alle Trümpfe ausgespielt. Deshalb jetzt die kulinarische Masche. Nächste Woche tischen Sie dir französische Küche auf, übernächste chinesische und danach italienische. Ich mußte mich heute abend mit Curryreis begnügen.«

»Habe ich schon gemerkt.«

»Das will ich doch annehmen«, nickte er. »Aber ich frage mich, ob es klug ist, statt des Generalsekretärs den Premierminister anzupeilen.«

»Urano hat mir dazu geraten.«

»Schön, aber inwieweit kannst du dich auf sein Urteil verlassen? Ich plädiere für den Generalsekretär ... äh, wie war noch mal sein Name ... ach ja, Sakakibara Zenroku. Halte dich besser an den.«

Seine folgende Begründung war etwas naiv.

»Immerhin hat er die ganze Sache angezettelt. Er spielt zwar nur die zweite Geige in der japanischen Politik, aber im Grunde schmeißt er doch den Laden. Der sitzt wirklich am entscheidenden Hebel, während der Premierminister nur ein Rädchen im Getriebe ist. Wäre übrigens ein witziger Titel für einen Essay: ›Der Manipulator und der Manipulierte‹. Außerdem hast du ja selber gesagt, daß der Premier sich beklagt habe, seine Zeit mit Personalfragen und Grundstückstransfers verplempern zu müssen. Er würde sich doch nur genervt fühlen, wenn du ihn mit deinem Problem behelligst. Der Generalsekretär ist dagegen bestimmt nicht so überlastet. Glaube mir, der Premier hat den Kopf restlos voll und sicher kein offenes Ohr für dich.«

»Meinst du?«

»Ja, aber der Generalsekretär scheint viel Zeit zu haben. Es gab da angeblich eine Sekretärin, ledig, die mit zwei verheirateten Journalisten – wohlgemerkt! – gleichzeitig ein Techtelmechtel angefangen hatte, was sich dann zu einer Ménage à trois entwickelte. Als die Sache durch die Presse publik zu werden drohte, wurde sie natürlich gefeuert.«

»Davon habe ich auch gehört.«

»Da kannst du mal sehen, wieviel Zeit die dort im Büro haben.«

»Na ja, vielleicht seine Sekretärin, aber doch nicht er selbst.«

Der Philosoph lachte.

»Wie hast du eigentlich davon erfahren?« fragte ihn Yumiko.

»Aus einer Illustrierten. Philosophen müssen über Gott und

die Welt Bescheid wissen. Wenn Aristoteles oder Hegel jetzt an meiner Stelle wären, würden sie sicher auch in Wochenmagazinen blättern.«

»Du spinnst.«

»Im Ernst! Denk nur an Sokrates, er war ein Wochenblatt in Person.«

»Ein wandelndes Wochenblatt?«

»Genau, und letzten Endes erhielt er Publikationsverbot.«

Yumiko wußte zwar, daß Toyosaki sich auf seine Art um sie sorgte, aber er saß nun einmal im Elfenbeinturm und zog irgendwie alles ins Lächerliche. Auch seine nächste Bemerkung – diesmal allerdings eine Note akademischer – war wieder ganz typisch:

»Die ganze Angelegenheit entpuppt sich als ein Exempel für die Theorie des Tausches. Die Regierung übereignet dem Verlag ein Stück Land, und der revanchiert sich mit deinem Kopf. Obwohl es nach Versorgung und Bevormundung aussieht, ähnelt es doch eher einem Vertrag. Welch tiefe Ironie, daß jene Vereinbarung, welche die Pressefreiheit garantieren soll, mittels solch einer Gegenleistung erfüllt wird. Und daß man in der japanischen Elite auf Verhaltensweisen trifft, die man eigentlich archaischen Gesellschaften zuordnet. Aber unser Volk ist ja dafür bekannt, daß es sich seit alters her über die Opfergabe konstituiert; man regelt quasi alles über den Austausch von Dingen.«

»Etwa die Hälfte davon habe ich kapiert.«

»Die Hälfte nur?«

»Na ja, vielleicht auch zwei Drittel.«

»Das sollte genügen. Aber nun mal die graue Theorie beiseite, wie gedenkst du mit dem Premierminister zu verhandeln? Ich meine, über welchen Kanal?«

»Das frage ich mich auch. Mir fällt nichts Gescheites ein, es sei denn . . .«

Yumiko erzählte ihn von ihrem Draht zu Ōnuma Banzan, während Toyosakis Miene sich mehr und mehr verfinsterte.

»Jetzt mach mal halblang«, herrschte er sie an und blickte ihr dabei fest in die Augen.

»Was hast du denn?«

»Du willst sie doch nicht etwa allen Ernstes dorthin schikken?«

»Mir ist auch nicht sehr wohl dabei, mein eigenes Kind in die Sache hineinzuziehen.«

»Großer Gott, allein der Gedanke zerreißt mir fast das Herz. Wie tief muß deine Verzweiflung sein, daß du sogar deine Tochter als Sexköder dorthin schicken würdest.«

»Sexköder? Jetzt wirst du aber vulgär.«

»Na schön, dann eben: Aneignung einer Gefälligkeit mittels Erweckung sinnlicher Gelüste.«

»Das kommt doch aufs gleiche raus. Begreifst du nicht, daß ich wirklich in der Klemme stecke?« erwiderte sie gereizt, besann sich dann aber wieder: »Sag, soll ich heute nacht bei dir bleiben?«

Er war sichtlich erleichtert, daß ihre Laune sich so schnell wieder gebessert hatte.

»Meinetwegen gern. Ich werde allerdings etwas lesen.«

»Etwa eine aufschlußreiche Illustrierte?«

Am nächsten Morgen ging Yumiko noch vor der Arbeit in ein Kaufhaus auf der Ginza, wo sie sich einen hellgrauen Wollrock, zierliche Goldohrringe mit grünen Steinen sowie Make-up und einen Lippenstift kaufte. Ihre alten Kosmetika waren zwar noch nicht aufgebraucht, aber sie hatte das Bedürfnis nach einem kleinen Trostpflaster. In der Umkleidekabine wechselte sie dann die Kleidung, verstaute den Plisseerock in der Kaufhaustüte und machte sich anschließend auf den Weg ins Büro.

Heute war sie nach einer langen Pause wieder einmal an der Reihe, den Leitartikel zu schreiben, und brütete den ganzen Nachmittag über die zu behandelnde Frage, ob Ehegatten den Namen ihres Partners annehmen sollten. Erst als sie den Text bereits fertig hatte, fiel ihr ein, daß niemand ihr das Schreiben ausdrücklich untersagt hatte, und selbst wenn eine solche Anordnung existierte, hatte sie sie bei dem derzeit herrschenden Chaos nicht erreicht.

Währenddessen, im Superexpreß nach Sendai, waren Toyosaki Yōkichis Gedanken mit etwas beschäftigt, was weder mit seiner Vorlesung am Vormittag zu tun hatte, bei der es um die

Beziehung Hegels zu Napoleon ging, noch mit der Redaktionssitzung am Nachmittag, wo die Frage diskutiert wurde, wer Husserls bemerkenswertester Schüler sei. Er grübelte die ganze Zeit darüber nach, wie er Yumiko helfen konnte. Es war ihm keineswegs gleichgültig, daß man seine Geliebte auf einen anderen Posten abschieben wollte; er hatte es nur bisher vermieden, sich da einzumischen, und Yumiko schien das als selbstverständlich hinzunehmen. Aber inzwischen war er zu der Überzeugung gelangt, daß er nicht mehr tatenlos zusehen durfte, wenn sie sogar schon beabsichtigte, ihre Tochter mit hineinzuziehen, oder plötzlich darum bat, bei ihm übernachten zu dürfen, was sie in all den zehn Jahren nicht einmal getan hatte. Ihr Kummer ging ihm schon sehr nahe.

An diesem Freitagabend, als er den Hauptbahnhof Sendai erreichte, stieg anstelle des Philosophen ein praktisch denkender Mann aus dem Zug, der jetzt nur noch im Sinn hatte, seiner Geliebten irgendwie aus der Klemme zu helfen.

Am Samstag vormittag erledigte er ein paar Einkäufe und bereitete dann einen Lunch aus Spiegeleiern, Spinat und Miso-Suppe mit Tōfustückchen. Als er seiner Frau Setsuko das Essen aufs Zimmer brachte, lag sie mit dem Gesicht zur Wand und war höchst einsilbig. Er selbst aß im Wohnzimmer und las dabei Zeitung. Nach dem Abwasch schaute er die angesammelte Post durch und entdeckte einen Umschlag, der an seine Frau adressiert war und auf der Rückseite den Absender *Verein zur Unterstützung des Abgeordneten Sakakibara* trug. Das überraschte ihn in doppelter Hinsicht: zum einen, weil der Wahlkreis des Generalsekretärs sich offenbar hier in der Präfektur Miyagi befand (was ihm nicht klargewesen war), und zum anderen, weil er nicht gewußt hatte, daß Setsuko offensichtlich dieser Organisation angehörte. Er eilte zu ihr, um sie danach zu fragen:

»Sag mal, bist du Mitglied in diesem Unterstützungsverein für Sakakibara?«

»Ja, Fukiko hat mich dazu überredet.«

»Kenne ich die?«

»Eine alte Schulfreundin.«

»Ist sie politisch engagiert oder wieso?«

»Nein, sie tut es ihrem Mann zuliebe.«

»Na so was!«

»Was ist denn?«

»Soll das etwa heißen, sie ist Sakakibaras Frau?«

»Ja, ist sie.«

Der Philosoph erklärte ihr – nicht ohne Unbehagen –, daß er einen Journalisten kenne, dessen kürzlich erschienener Leitartikel dem Generalsekretär derart mißfallen habe, daß ihm nun unter Umständen eine Kündigung drohe. Als Freund wolle er ihm da irgendwie aus der Patsche helfen.

»Wie gemein von Herrn Sakakibara. Dabei ist er doch sonst ein ganz sympathischer Mensch, obwohl er – zugegeben – eine ziemlich finstere Visage hat.«

»Er wird die Leute schon von seiner Nettigkeit zu überzeugen wissen, sonst würde er nicht so viele Stimmen kriegen.«

»Ach, wie furchtbar, jetzt muß die ganze Familie darunter leiden«, murmelte Setsuko und erhob sich aus dem Bett. »Ich rufe sofort Fukiko an.«

Es war das erste Mal seit ihrer Krankheit, daß sie von sich aus ans Telefon ging. Sie hatte solch eine Scheu vor Fremden, daß sie bei jedem Klingeln zusammenschreckte. Obwohl Toyosaki dieser plötzliche Wandel etwas unheimlich erschien, bat er sie:

»Ja, wenn du das für mich tun könntest. Sag ihr bitte, daß ich Sakakibara treffen möchte, so bald wie möglich.«

Auf dem Weg zu seinem Arbeitszimmer wurde ihm klar, daß es für Setsuko nur männliche Leitartikler gab, und insofern solidarisierte sie sich natürlich mit der Ehefrau des Gefeuerten. Es sollte ihm recht sein, und er würde sich hüten, ihr etwas anderes zu erzählen.

Später, als der Philosoph das Abendessen zubereitete – gebratenes Schweinefleisch mit Gemüse und Dosensuppe –, kam ein Anruf aus Sakakibaras Büro. Ihm wurde mitgeteilt, daß der Generalsekretär nächsten Donnerstag Sendai besuchen werde und ihn bei der Gelegenheit abends um neun in einem traditionellen Restaurant namens ›Kohagi‹ treffen könne. Toyosaki willigte spontan ein und beschloß, in der Woche nicht nach Tōkyō zu fahren. Er war überzeugt, daß er Sakakibara nur mittels seiner philosophisch geschulten Argumentationsweise zur Räson bringen konnte, und da er seine geistigen und rhetorischen Fähigkeiten als überragend einstufte, versprach das Unternehmen zu gelingen.

Gegen elf Uhr abends hörte Etsuko beim Fernsehen, wie das Faxgerät zu knarren begann, und sie brachte ihrer Tochter die herausgerollte Seite ins Zimmer. Yumiko, die ganz verdrossen mit aufgestütztem Kinn am Tisch kauerte, entfuhr ein leiser Schrei, als sie den Text las:

An: Frau Minami
Von: Toyosaki
Seiten: nur diese
Treffe mich am Donnerstag abend mit Sakakibara, komme deshalb nicht nach Tōkyō. In der Hoffnung auf gute Neuigkeiten ...

»Eine schlechte Nachricht?« erkundigte sich Etsuko, worauf Yumiko nur gedankenverloren nickte. Sie befürchtete, daß das Gespräch zwischen den beiden alles bloß noch verschlimmern würde.

»Yumiko, dich beschäftigt doch etwas, habe ich recht?« wollte Etsuko wissen.

»Hm ...«

»Betrifft es deine Arbeit?«

»Gewissermaßen.«

»Also ein Problem außerhalb des Verlags?«

»Irgendwie schon«, wich Yumiko aus, da sie keine Lust auf Erklärungen hatte. Doch in diesem Augenblick riß Etsuko die Geduld:

»Jetzt reicht's aber, meine Liebe! Ich habe mir das lange genug angeschaut! Als du neulich, ohne uns Bescheid zu sagen, einfach über Nacht weggeblieben bist, habe ich meinen Mund gehalten. Und ich habe auch kein Wort darüber verloren, daß du immer einen Tag in der Woche erst spät heimkehrst, obwohl ich finde, daß du deiner Tochter damit ein schlechtes Vorbild bist. Ich weiß genau, was hier läuft. Aber meinetwegen, bitte, du bist schließlich erwachsen. Wie alt bist du eigentlich – fünfundvierzig oder sechsundvierzig?«

»Fünfundvierzig!«

»Na schön, aber es gehört sich nicht für eine reife Frau, wochenlang mit einem Miesepetergesicht herumzulaufen, ohne einen Piep zu sagen. Sogar Chie macht sich schon Sorgen. Neulich fragte sie mich, ob ihre Mutter in den Wechseljahren sei. Was ist denn nun eigentlich los? Was geht in dir vor?«

». . .«

»Völlig hysterisch hast du dich letzte Woche aufgeführt, das ist doch nicht normal. Wir wohnen in einem Haushalt, und du behandelst mich wie eine Fremde. Schließlich sind wir Mutter und Tochter!«

Etsuko hatte während ihres Ausbruchs die ganze Zeit über gestanden und sank jetzt erschöpft auf das Bett. Yumiko erhob sich und ging zu ihr hinüber.

»Es tut mir leid, Mama. Ich wollte nicht, daß ihr euch meinetwegen grämt. Ich dachte eben, ich würde das alleine hinkriegen, und deshalb . . .«

Sie setzte sich neben Etsuko und erklärte ihr ihre vertrackte Lage. Daraufhin zeigte sie ihr den besagten Leitartikel im Sammelordner. Ihre Mutter holte sich die Lesebrille und las den Text sorgfältig durch, was ihr offenbar gar nicht so leicht fiel, obwohl sie hin und wieder demonstrativ nickte. Anschließend lauschte sie aufmerksam Yumikos Bericht von den Ereignissen, die sich nach der Veröffentlichung zugetragen hatten. Bis auf ihr Verhältnis zu Toyosaki verheimlichte sie nichts und erwähnte jede Kleinigkeit. Zwischendurch kochte sie Tee und brachte eine Dose Reiscracker. Knabbernd führte sie ihren Bericht zu Ende, worauf Etsuko nach längerer Pause sagte:

»Yumiko, das ist ein ernstes Problem, das die ganze Familie betrifft. Wir müssen das gemeinsam bereden, alle vier.«

»Wieso zu viert?«

»Ja, mit deiner Tante Masako. Wenn wir vier Frauen unseren Grips zusammentun, wird uns schon was einfallen. Am besten gleich morgen nach dem Mittagessen.«

»Aber heute ist Samstag, Tante Masako ist bestimmt nicht zu Hause«, wandte Yumiko ein, die wußte, daß die Ex-Diva normalerweise das Wochenende mit einem gleichaltrigen Freund in einem Badeort in Izu verbrachte. Doch Etsuko ließ sich nicht abbringen:

»Ich rufe sie sofort an. Wenn meine Schwester auswärts übernachtet, hinterläßt sie immer eine Telefonnummer, unter der sie zu erreichen ist.«

5. Kapitel

Irgend etwas war schiefgegangen, und sie wurde dafür gescholten. Die andere Person sah aus wie ihr früherer Ehemann, aber sein Gesicht war in dem Schummerlicht nur undeutlich zu erkennen, so daß sie ihn nicht eindeutig identifizieren konnte. Ebenso unklar war, weshalb er sie eigentlich beschimpfte. Als sie aus diesem bruchstückhaften Traum, der überraschenderweise kaum Beklemmungen bei ihr auslöste, erwachte, fiel ihr ein, daß heute Sonntag war. Sie überlegte, ob sie noch ein wenig weiterdösen oder sich die Zeitung holen sollte. Plötzlich vernahm sie ein Rascheln. Die Sonntagsausgabe wurde unter der Tür durchgeschoben.

»Chie?« rief Yumiko, worauf sich die Tür öffnete.

»Habe ich dich etwa geweckt? Tut mir leid.«

»Überhaupt nicht. Zieh die Vorhänge auf!«

In dem hereinflutenden Tageslicht glich das ungeschminkte Mädchen in ihrem scharlachroten Morgenmantel einem Goldfisch. Sie legte die Zeitung neben das Kopfkissen.

»Eben hat Herr Miyake angerufen. Es sei genau so, wie du gesagt hast. Ich soll dir ausrichten, daß der Beratungsausschuß für Nationales Eigentum seine Sitzung vertagt hätte.«

»Aha! Danke!«

»Und es täte ihm leid, daß er sich erst jetzt melde.«

»Schon gut! Also hatte ich doch recht! Wir werden es heute bei unserem Familientreffen besprechen.«

»Sieh mal an, eine Staatsaffäre in unserem Hause?« witzelte Chie. »Da ich heute mit dem Frühstück dran bin, werde ich uns einen Salat de luxe zaubern. Die Cartoons sind heute übrigens echt witzig!«

Und damit verschwand sie aus dem Zimmer.

Wie erwartet, kam das Gespräch noch vor dem Frühstück auf jene vier Cartoonszenen, die Yumiko allerdings nicht so lustig fand wie Chie und Etsuko. Das wiederum fanden alle drei recht amüsant, denn was den Geschmack betraf – und das beschränkte sich nicht allein auf Cartoons –, schien in dem

Drei-Frauen-Haushalt die Älteste der Jüngsten näherzustehen. Getreu dem Generationensprung in der Vererbungslehre.

Kaum hatten sie zu frühstücken begonnen, klingelte das Telefon. Chie hob ab und antwortete, sie würde später zurückrufen.

»Es war Shibukawa. Nun, wie schmeckt euch mein Krabbensalat?«

»Köstlich. Ich wollte es gerade sagen.«

»Vor allem das Dressing, raffiniert.«

»Ja, tolles Aroma, so exotisch.«

Die beiden überschlugen sich förmlich mit Komplimenten.

»Na, ein Glück«, sagte Chie befriedigt und zählte die Zutaten auf (oder prahlte vielmehr damit): Endiviensalat, Chicoree, Gemüsezwiebeln, reife, knallrote Tomaten und Kräuter – eine umwerfende Farbkomposition. Der Trick sei, alles luftig zu mischen und die Krabben nur kurz anzugaren. Doch weder ihrer Mutter noch ihrer Großmutter stand jetzt der Sinn nach Kochrezepten, denn ihre Gedanken kreisten um den bevorstehenden Familienrat. Yumiko bezweifelte, daß bei dem Gespräch mit ihrer Mutter und Tante etwas Vernünftiges herauskommen würde, während Etsuko sich davor genierte, in Chies Gegenwart peinliche Dinge zur Sprache zu bringen. Nach dem üppigen Frühstück aus Spiegeleiern, Salat, schwarzem Tee und Trauben spülte Yumiko das Geschirr. Chie telefonierte unterdessen in ihrem Zimmer, kam aber zwischendurch noch mal heraus:

»Sagt mal, ob wir um drei fertig sein werden? Er will mir meine Laserdisks und anderen Kram vorbeibringen.«

»Ich denke schon.«

»Und Tante Aeka?«

»Wir erwarten sie kurz nach zwölf.«

»Na, dann dürfte es ja klappen.«

Aber die Dinge liefen dann doch nicht planmäßig. Es war bereits ein Uhr vorbei, als Tante Masako eintraf. Nachdem sich die fünfundsiebzigjährige Filmdiva, die ein weißes Kostüm und einen mondänen, roten Hut trug, gleich im Eingang über die Verkehrsstaus ereifert hatte, präsentierte sie stolz ihre mitgebrachten Trockenfische. In diesem Moment kreuzte auch Shibukawa auf. Sein anderer Termin habe doch nicht so lange gedauert, erklärte er. Chie machte den jungen Mann in Jeans und dunkelblauem Hemd mit ihrer Großtante bekannt. Der Assistenzprofessor für Japanische Geschichte war sichtlich beeindruckt von der extravagant gekleideten, stark geschminkten Erscheinung, vielleicht sogar ein wenig eingeschüchtert, erwiderte aber ihre herzliche Begrüßung. Chie wollte ihm eigentlich zu verstehen geben, daß sein Besuch wegen des bevorstehenden Familientreffens jetzt ungelegen sei, doch die Großtante kam ihr zuvor.

»Bitte, bitte, treten Sie doch ein«, forderte sie ihn überschwenglich auf. Im Nu hatte sich Shibukawa seiner Schuhe entledigt und war in die roten Pantoffeln geschlüpft – zum Entsetzen von Yumiko und Etsuko, denn normalerweise trug Masako die Slipper bei ihrem Besuch. Aber nun war es passiert, und Chie brachte ihrer Tante ein neues graues Paar. So kam es, daß sie schließlich zu fünft im Wohnzimmer saßen und Tee tranken.

Im Fernsehen wurde Marathon übertragen: Zehn Läufer befanden sich an der Spitze. Shibukawa stopfte die beiden Plüschhunde, die – einer liegend, der andere hockend – das Sofa belagerten, einfach in die Ecke, um sich Platz zu schaffen. Chie setzte sich auf den Stuhl in seiner Nähe, Yumiko und Etsuko daneben. Für Masako wurde der Platz neben Shibukawa freigeräumt. Yumiko schenkte Tee ein. Man schaute ein wenig Marathon und kommentierte die wechselnde Kulisse der Stadtviertel, durch die die Strecke verlief. Shibukawa paßte einen Moment ab, in dem sich Masako dem Bildschirm zuwandte, und flüsterte Chie zu:

»Ich wollte dich eigentlich bitten, ob ich dich nicht zu Ōnuma Banzan begleiten könnte? Er soll nämlich fünf Schriftrollen von Soejima Taneomi besitzen.«

»Meinetwegen gern! Er hat mich ja ausdrücklich eingeladen.«

»Ja, das hattest du neulich erwähnt.«

»Also dann gehen wir gemeinsam. Bin gleich wieder da!«

Sie fragte telefonisch bei Banzans Enkelin an und erhielt kurz darauf den Rückruf, daß sie entweder nächsten Donnerstag oder Freitag gegen vier Uhr vorbeikommen könnten. Freitag war für beide ungünstig. Donnerstag nachmittag hatte Shibukawa frei, und Chie wollte ihren Lektürekurs in englischer Literatur des Mittelalters ausfallen lassen. Inzwischen hatte Yumiko den jungen Mann über Ōnuma Banzan ausgefragt. Shibukawa erklärte, daß er ihn nur vom Hörensagen kannte, aber noch nie eine Arbeit gesehen habe, und kam dann auf den Kalligraphen Soejima Taneomi zu sprechen:

»Seine Handschrift ist wirklich meisterhaft. Manche Leute behaupten, er sei der Beste seit der Meiji-Restauration. Seine Zeitgenossen schienen allerdings eher seine chinesische Poesie als seine Pinselkunst zu bewundern. Während des Russisch-Japanischen Krieges, als ihn am dritten Januar in seinem Krankenbett die Nachricht erreichte, daß Port Arthur gefallen sei, wollte er trotz seines schweren Leidens aufstehen, um dieses Ereignis mit einer Ode zu würdigen. Trotz der Einwände, er sei zu schwach, paßte er einen Moment des Alleinseins ab, holte einen großen Bogen Zeichenpapier hervor und schrieb seinen Vers nieder – ein chinesischer Vierzeiler mit je sieben Schriftzeichen. Leider erinnere ich nur den Schluß, der übersetzt lauten würde: *Seit Angedenken steht er unter einem günstigen Stern – der erste Tag im Neuen Jahr*. Es war seine letzte Zeile überhaupt. Er starb am einunddreißigsten Januar.«

»Oh!«

»Es muß ihn ungemein gefreut haben, denn als er sein Werk vollendet hatte, soll er seinem Sohn aufgetragen haben, es mit sämtlichen vorhandenen Stempeln zu versehen. Aber seltsamerweise trägt es nur vier Siegel; es müßten eigentlich viel mehr sein.«

»Sein Sohn war offenbar ziemlich knauserig«, warf Masako ein. (Der Ausdruck ›knauserig‹ war übrigens eins der bevorzugten Schimpfwörter der Ex-Diva.)

»Aber es würde recht albern wirken mit so vielen Stempeln«, verteidigte ihre jüngere Schwester den Sprößling des Meisters.

Inzwischen führten nur noch drei Marathonläufer das Feld an, von denen einer gerade die Übergabe der Wasserflasche verpatzte. Die vier Frauen und ihr männlicher Gast kamen auf das Rennen zurück und wechselten dann auf Tennis. Als alle über eine witzige Bemerkung des jungen Mannes lachten, unternahm Chie einen erneuten Anlauf:

»Also hör mal, es tut mir leid, aber ...«

Doch Yumiko fiel ihr ins Wort:

»Ist schon gut, Chie. Dein Freund kann ruhig hierbleiben bei unserer Besprechung. Das könnte vielleicht von Nutzen sein. Oh, es tut mir leid, Sie fragen sich jetzt sicher, was eigentlich los ist. Wir haben nämlich einen Familienrat geplant. Ōnuma Banzan hat übrigens auch etwas damit zu tun, wenn auch nicht direkt.«

»Aber Mama, was soll ...«

Shibukawa ließ sie nicht ausreden.

»Ich habe nichts dagegen. Was steht denn auf der Tagesordnung?«

»Eine ziemlich verworrene Geschichte ...«, hob Yumiko zur Erklärung an, doch das war das Stichwort für Etsuko, die schon nervös zappelte:

»Yumiko, ich finde das reichlich unpassend. Tut mir leid, Herr Shibukawa, aber es gibt da gewisse Umstände. Es sollte wirklich besser in der Familie bleiben.«

»Wieso denn? Was heißt hier unpassend? Ich dachte, wo er jetzt Chie sowieso begleiten wird, könnte sie die Gelegenheit nutzen und Banzan darauf ansprechen. Das kam mir gerade in den Sinn. Ōnuma soll nämlich in der Politszene sehr einflußreich sein.«

Etsuko war schier am Verzweifeln:

»Trotzdem! Es sollte unter uns bleiben. Ich hoffe, Sie haben dafür Verständnis, Herr Shibukawa.«

Nun schaltete sich Masako mit ihrem unbekümmerten Singsang ein:

»Laß doch, Etsuko. Auf mich brauchst du keine Rücksicht nehmen, falls du meine Geschichte mit Shingo meinst. Als du mich gestern anriefst, war mir schon klar, daß ich etwas unternehmen soll. Finde ich völlig in Ordnung. Ich helfe gerne. Wenn meine Nichte in Schwierigkeiten steckt, kann ich sie ja nicht hängenlassen.«

Sie sah in drei ziemlich verdutzte Gesichter und fügte hinzu:

»Ach du Schreck, außer Etsuko weiß ja keiner davon. Dazu muß ich natürlich weit ausholen. Ist mir, ehrlich gesagt, ein Greuel. Immer wenn ich diese alten Geschichten aufwärme, komme ich mir vor wie eine abgetakelte Fregatte. Aber ich komme wohl nicht drumrum. Ich darf also um Ihre werte Aufmerksamkeit bitten«, verneigte sie sich vor Shibukawa, worauf der Angesprochene ehrfurchtsvoll zurücknickte.

»Mit Vergnügen. Es war schließlich meine Schuld, daß ich zu früh gekommen bin.«

Nicht ganz passend, aber immerhin eine Antwort. Er war stets darauf bedacht, sich nicht aus dem Konzept bringen zu lassen, auch wenn er eine Situation nicht so recht einschätzen konnte.

»Heißt das also, daß wir die Sitzung eröffnen können?« fragte sich Yumiko im Ton einer Vorsitzenden. Von Shibukawa kam ein ›Ja‹, von Chie ein ›Hm‹, und sogar Etsuko nickte. Yumiko schaltete den Fernseher aus, und Masako fing an zu erzählen:

Es war Krieg, genauer gesagt im Herbst 1942, als ihr damaliger Verlobter, ein junger Regisseur, eingezogen wurde und im darauffolgenden Sommer in China an den Folgen einer Krankheit starb, die er sich an der Front zugezogen hatte. Das Unglück, den zukünftigen Mann verloren zu haben, spiegelte sich auch in ihren Filmrollen wider: Sie spielte entweder abschiednehmende Frauen, die ihre Brüder oder Gatten in den Krieg ziehen sahen, oder Lazarettschwestern. Der Kriegsalltag wiederum brachte Kuriositäten hervor wie das Verbot, Kimonos mit Schleppenärmeln oder Zweireiher zu tragen. Auf der Ginza spielten sich groteske Szenen ab: Fanatikerinnen aus der Frauenliga lauerten Passantinnen mit der Schere auf und schnitten die skandalösen Ärmel einfach ab. Es war eine schreckliche Zeit.

Kurz nachdem sie die Nachricht vom Tod ihres Geliebten erhalten hatte, wurde die Wehrpflichtbefreiung für Studenten der Geisteswissenschaften aufgehoben, so daß nun auch Studentenmilizen eingesetzt wurden. Eines Tages erhielt sie Besuch von zwei solchen Kandidaten, die eine Woche später eingezogen werden sollten. Als ihre Verehrer baten sie sie um ein Autogramm auf dem Sonnenbanner, worauf sie die beiden jungen Herren in den Salon bat und ihnen etwas von der soeben eingetroffenen Bierration servierte. Der eine war ein stattlicher Bursche, der mit seiner schönen Stimme eine beeindruckende Parodie des Jazzsängers Dick Mine zum besten gab. Sein Vater war Schuldirektor. Der andere, ältester Sohn eines Sakebrauers, war von mittlerer Statur, ausgesprochen hübsch und ein charmanter Witzbold. Masako legte eine alte Jazzplatte auf, die damals als Feindmusik verboten war, und tanzte mit jedem. Nach etwa zwei Stunden verabschiedeten sich die beiden.

Ende Februar des folgenden Jahres – es war ein kalter, schneeverhangener Nachmittag – verließ ihre Bedienstete das Haus, um Lebensmittel aufzutreiben. Sie habe heute ein gutes Gefühl, sagte sie zum Abschied.

Masako blieb also allein zurück und verkroch sich unter den Kotatsu*. Sterbenshungrig träumte sie von etwas Eßbarem, als draußen ein Trillern ertönte. Oh, dachte sie, da verkauft jemand süße Kartoffeln, und stürzte hinaus. Es war jedoch nur der Mann, der Pfeifen reparierte. Die altmodischen Pfeifen mit dem langen Stiel waren damals äußerst begehrt, denn man konnte aus ihnen die Tabakreste aus Zigarettenstummeln rauchen.

Über sich selbst schmunzelnd, schlüpfte sie wieder unter den Kotatsu. Sie fragte sich, wann und wie dieser Krieg wohl enden würde und ob die Filmstudios sich noch weiter hielten? Arbeitsdienst war ihr ein Greuel, aber mit Tingeltangel-Gruppen herumzuziehen wäre genauso schlimm gewesen. Bei diesen Grübeleien wurde sie ganz trübsinnig, und ihr Magen knurrte immer heftiger. Plötzlich hörte sie eine Stimme. Als sie aus dem Seitenfenster schaute, erkannte sie den hübscheren der beiden Studenten, die ihr im letzten November einen Besuch abgestattet hatten. Was für eine Überraschung! Obwohl er immer noch seine Studentenuniform mit Käppi und Rucksack trug, durchzuckte sie sofort der Gedanke: O Gott, der ist deser-

* Flacher Tisch mit Heizquelle und Steppdecke

tiert! Es mochte vielleicht eingebildet klingen, aber damals stellte sie sich vor, daß er vor dem grausamen Soldatenleben geflüchtet sei, um vor seinem Heldentod noch einmal das angebetete Antlitz seiner Lieblingsschauspielerin zu sehen.

Als sie ihn ausfragte, erzählte er ihr, daß er gleich nach der Musterung wieder nach Hause geschickt worden sei, wo gerade Reisrationen eingetroffen waren, und da er sich vorstellen konnte, daß sie in Not sei, habe er ihr etwas vorbeibringen wollen. Sie rief ihm zu, kurz draußen zu warten, machte sich eilig zurecht und schuf ein wenig Ordnung im Zimmer. Dann bat sie ihn herein.

Zu ihrem Entzücken packte er einen ganzen Sack voll Reis und zehn Eier auf den Tisch. Als sie ihn zum Kotatsu führte, erklärte er ihr, daß die Heizmethode hier in Tōkyō nicht sehr effektiv sei, weil man den Tisch direkt auf die Tatamimatten stellen würde. Auf seinen Rat hin legte sie einen Futon darunter, so daß es schnell wärmer wurde. Dann schüttelte sie seine Hand und gratulierte ihm im Flüsterton, wie glücklich er sich doch schätzen könne, gleich am ersten Tag aus der Kaserne zurückgeschickt worden zu sein. Der junge Mann erzählte ihr, daß er anschließend sofort ein Hospital aufgesucht habe, um sich durchchecken zu lassen, aber man habe rein gar nichts feststellen können. Demnach mußte es sich entweder um eine Fehldiagnose gehandelt haben, oder aber der Stabsarzt hatte ihm ganz bewußt einen Gefallen erweisen wollen. Als sie sich nach seinem Freund erkundigte, antwortete er, der habe nicht so viel Glück gehabt und sei rekrutiert worden. Ihr Magen fing erneut an zu knurren, und Tamaru Shingo (so hieß der Student) erging es nicht anders. Also kochte sie Reis und machte daraus Omeletts, die einfach himmlisch schmeckten.

Nach dem Essen unterhielten sie sich über Filme, hauptsächlich über ausländische. Doch hin und wieder erwähnte der junge Mann auch solche, in denen sie, Yanagi Aeka, eine Rolle spielte, was ihr natürlich nicht unangenehm war. Die Stimmung wurde immer ausgelassener, und zur Feier des Tages öffnete sie das lang gehütete Whisky-Fläschchen. Mit lauwarmem Wasser verdünnt war es ein köstliches Getränk. Beschwipst alberten sie herum, bis Shingo plötzlich todernst wurde und ihr ein trauriges Geständnis machte: In Wahrheit sei sein Freund, der Riesenkerl mit der tollen Stimme, bei einem Angriff gefallen. Bald nach seiner Rekrutierung soll sein Truppenschiff, das in Richtung Mandschurei unterwegs war, versenkt worden sein. Shingo erzählte weiter, wie sie sich über die nagelneuen Uniformen gefreut hätten, die sich nun als Festtracht für Auslandseinsätze herausstellten. Übernächsten Monat würde er, Shingo, übrigens zweiundzwanzig werden.

Die sechs Jahre ältere Schauspielerin bedauerte den unglückseligen Soldaten und betonte immer wieder, wie traurig es doch sei, in diesem Alter sterben zu müssen. Um die Stimmung etwas aufzuheitern, wechselte sie das Thema und fragte ihn, ob Männer sich auch an neuer Garderobe begeistern könnten. Shingo verstand ihre Absicht und erzählte eine drollige Episode, die sich unmittelbar nach seiner Ausmusterung zugetragen hatte:

Zuerst sei er zu seinem Hauptquartier gegangen, um seine Entlassung mitzuteilen. Dann habe er das eben erst verschnürte Bündel wieder aufgeknotet, um in seine Studentenuniform zu steigen. Während er sich also umkleidete, näherte sich ein Gefreiter und sagte, welch eine Schande, daß so ein fescher Soldat unverrichteter Dinge nach Hause zurückkehren müsse, ohne seinem Vaterland gedient zu haben. Er wolle mit dem Stabsarzt noch einmal ein Wörtchen reden, und Shingo solle solange hier warten. Ganz beklommen habe er dem Befehl Folge geleistet und sich auf die Bank gesetzt. Nach etwa zwanzig Minuten ließ sich der Gefreite wieder blicken. Als Shingo sich dann ängstlich bei ihm erkundigte, wie das Gespräch verlaufen sei, schaute der andere ihn zunächst ganz verdutzt an, setzte dann aber sofort eine ernste Miene auf und teilte ihm mit, daß es leider im Moment nicht möglich sei, ihn zum Militär zuzulassen. Er solle erst einmal seinen Körper stählen und die nächste Vorladung abwarten. Erst im nachhinein sei ihm klargeworden, daß der Gefreite ihn nur foppen wollte. Er hatte wohl schon einige Übung im Erzählen dieser Geschichte, jedenfalls zog er dabei eine drollige Schau ab. Die Schauspielerin bekam einen Lachanfall nach dem anderen, bis sie plötzlich in Tränen ausbrach. Sie mußte an ihren toten Geliebten denken und brachte vor lauter

Schluchzen kein Wort mehr heraus. Der junge Mann fühlte sich recht hilflos und versuchte, sie auf seine unbeholfene Art zu trösten. Und mit einem Mal lagen sie sich in den Armen.

An die folgenden anderthalb Jahre bis zur Kapitulation hatte sie nur vage Erinnerungen. Auf jeden Fall war sie mehr durch Luftangriffe als von ihrer Liebesgeschichte in Anspruch genommen. Im Februar 1945 wurde ihre alte Bedienstete von ihrem Sohn überredet, mit ihm aufs Land nach Kōshu zu ziehen. Auch hier blieb man nicht von den Bomben verschont, aber wenigstens kamen sie mit heiler Haut davon. Unterdessen hatte sich Masakos jugendlicher Liebhaber bei ihr einquartiert und ging von dort aus jeden Morgen zur Fabrik, wo er zum Arbeitsdienst eingeteilt war. Es war nur ein kleiner Trupp, da die meisten der Kommilitonen an der Front waren und die wenigen Daheimgebliebenen verschiedenen Arbeitsstätten zugeteilt worden waren. Als seine Fabrik schon bald darauf zu Schutt und Asche bombardiert wurde, mußte er vorübergehend den Buchbestand der Universitätsbibliothek in Sicherheit bringen. Manche Tage bekam er frei. Dann baute er Luftschutzkeller oder verrichtete Feldarbeit.

Die Schauspielerin arbeitete nur gelegentlich für Filmstudios. Dafür brauchte sie allerdings nicht herumzutingeln. Inzwischen hatte sie sich sogar mit den unverändert dämlichen Rollen abgefunden. Einmal sollte sie zu ihrer großen Freude eine Spionin im Dienste der Regierung Chang Kai-sheks spielen, da jedoch ihr Geliebter laut Drehbuch Seeoffizier war, gab es heftige Proteste seitens der Marine, so daß ihre Rolle am Ende der Zensur zum Opfer fiel.

Trotz der massiven Luftangriffe war die Gegend, in der sie wohnten, wie durch ein Wunder stets verschont geblieben. Reis und andere Proviantsendungen trafen in regelmäßigen Abständen aus Shingos Heimat Toyama ein. Auch wenn die Rationen knapp waren, so mußten sie jedenfalls nicht verhungern, zumal Shingo einen gut funktionierenden Tauschhandel mit Freunden und Bekannten betrieb.

Die Nachrichten im Radio waren damals kaum auszuhalten; beinahe jede Ansage brachte Masako auf die Palme: Alles Lügen! Idiotenpack! – schimpfte sie dazwischen. Pah, wo gibt's denn so was – *Unvergängliches Heiliges Reich ... Unter dem Kaiserlichen Nimbus* – so ein Quatsch! Wir werden verlieren, todsicher! Besorgt über ihre gefährlichen Äußerungen beschwor ihr junger Freund sie, sich wenigstens in der Öffentlichkeit im Zaum zu halten. Wer weiß, was ihr sonst blühte ...

Dann, an einem seiner dienstfreien Tage, es war der elfte August 1945, besuchte Shingo einen Freund, um ihm für das kurz vorher erhaltene Rindfleisch eine Flasche Sake vorbeizubringen, und erfuhr dort, was man von einem Verwandten – einem Geheimrat – gehört hatte: daß Japan am fünfzehnten kapitulieren werde.

Zu Hause angekommen, mußte er unaufhörlich an das alte Sprichwort denken: *Wer drei Tage vorausschauen kann, ist ein gemachter Mann.* Es traf haargenau auf seine Situation zu. Alles, was er tun mußte, war, ein großes Stück Land zu erwerben, und zwar bis zum fünfzehnten. Damit ließe sich ein Heidengeld machen. Erst neulich hatte ein Freund erwähnt, daß die Schwarzhändler auf den Bahnhöfen jetzt zehn Yen für ein Reisbällchen verlangten, während die Grundstückspreise in der Umgebung dieser Privatbahnlinie (ein paar Stationen von Shinjuku entfernt) nur einen Bruchteil davon kosteten, nämlich ein bis zwei Yen pro 3,3 qm. Was für eine absurde Welt! Der junge Mann beschloß, gleich am nächsten Morgen seine Mutter anzurufen, um sich fünftausend Yen oder vielleicht sogar das Doppelte schicken zu lassen. Sein Onkel und Vormund würde ihm das nicht ausreden können, schwor er der Schauspielerin und hielt sie die ganze Nacht wach mit seinen großen Plänen. Aber wie das Schicksal so spielt, als er am nächsten Tag endlich ein Telefon in der Nachbarschaft aufgetrieben hatte und seine Mutter erreichte, erklärte sie ihm, daß ein Einberufungsbefehl gekommen sei und er am am fünfzehnten antreten müsse. Ein törichtes Schreiben, das seine Pläne schlagartig zunichte machte. Hätte er damals wirklich mit Land spekuliert, wäre er sicher nicht in der Politik gelandet.

Als der Krieg zu Ende war, trat der junge Shingo in den Debattierclub seiner Universität ein, wo er sich als eifriger Redner hervortat. Mit seinem jüngeren Bruder einigte er sich darauf, daß jener den Brauereibetrieb weiterführte, während er selbst die politische Laufbahn anstrebte, die er als Sekretär eines Abgeordneten begann. Da inzwischen Masakos alte Bedienstete wieder in ihren Haushalt zurückgekehrt war, lebten sie zwar nicht mehr zusammen, aber die Liaison ging weiter, was übrigens nicht bedeutete, daß sie einander treu blieben. Er hatte allerdings mehr Grund zur Eifersucht als sie.

Bei den allgemeinen Wahlen 1952 hatte Shingo für seinen Heimatdistrikt kandidiert, jedoch nicht genug Stimmen erhalten. Kurz darauf ließ er sich nach langer Zeit wieder einmal bei der Schauspielerin blicken. Sie tadelte ihn wegen seines Rückfalls in den Dialekt. Plötzlich teilte er ihr mit, daß er bald heiraten werde, aber so, als beträfe es nicht ihn. Seine Zukünftige sei vierundzwanzig und die Tochter eines Volkspartei-Abgeordneten. Der fast siebzigjährige Vater, dessen Krankheit ein politisches Comeback ausschloß, würde ihm seinen Wahlbezirk überlassen – als Mitgift sozusagen (der altmodische Ausdruck stammte angeblich von seinem Onkel). Masako, inzwischen sechsunddreißig, zeigte sich nicht sonderlich bekümmert über diese Botschaft, denn geheiratet hätte sie ihren jüngeren Geliebten ohnehin nicht, und ohne Einflußgebiet ließ sich eben keine Wahl gewinnen. Also fand sie sich mit seinen Plänen ab. Und ehrlich gesagt glaubte sie, daß ihr Verhältnis weitergehen würde, trotz seiner Heirat mit dieser Politikertochter.

Im folgenden Februar – sie hielt sich gerade zu Dreharbeiten für eine Komödie in Izu auf – rief sie jemand in ihrer Pension an. Der Anrufer stellte sich als Shingos Onkel vor und bat sie um ein persönliches Treffen. Sie bestellte ihn drei Tage später zu sich nach Hause. In jener Zeit, als es noch nicht allzu rosig für ihn aussah, pflegte Tamaru zwischen Tōkyō und seinem Wahlbezirk hin- und herzupendeln und besuchte sie dabei häufig. Sogar das Neujahrsfest hatte er bei ihr verbracht. Da er nie mehr von seiner Heirat gesprochen hatte, nahm sie an, die Angelegenheit habe sich erledigt.

Der Onkel war der typische Vertreter eines provinziellen Bauunternehmers, eine gesunde Mischung aus Rechtschaffenheit und Zwanglosigkeit. Nach den üblichen Höflichkeitsfloskeln kam er direkt zur Sache: Wie sie bereits wissen dürfte, beabsichtige sein Neffe, sich demnächst zu binden. Aus Rücksicht auf seine politische Karriere, die ihm sehr am Herzen liege, bleibe ihm keine andere Wahl, und er bitte sie um Verständnis für seine Lage. Sie hätte ihm immer zur Seite gestanden, aber jetzt im Kampf um Wählerstimmen könne er sich keinen Skandal leisten. Ob sie sich zu einer Trennung bereit erklären könnte? Er wolle sich auch mit einer Kleinigkeit erkenntlich zeigen. Damit überreichte er ihr ein dickes Päckchen, eingewickelt in handgeschöpftes Papier. Anschließend legte er ihr eine getippte Quittung vor und drückte ihr seinen Füller zum Unterschreiben in die Hand. Fassungslos stierte sie auf den Text. Es sollte wenigstens so aussehen, als würde sie ihn lesen, doch sie konnte sich später an kein einziges Wort erinnern. Als sie ihn mühsam lächelnd fragte, ob sie ihr Siegel darunter setzen solle, antwortete er, das sei nicht nötig. Nachdem der Besucher gegangen war, öffnete sie das Päckchen: Es waren fünfhunderttausend Yen.

Tief gedemütigt starrte sie wie hypnotisiert in die blaue Flamme des Ofens. Der einzige Gedanke, der sie beherrschte, war, daß Shingo das persönlich hätte erledigen müssen. Aber halt, das hieße ja, sie würde es grundsätzlich billigen, daß er sich von ihr freikaufte. Spät in der Nacht nahm sie noch ein ausgiebiges Bad und ertränkte ihren Kummer in einem Glas Schnaps. Dann legte sie sich zu Bett.

Am nächsten Morgen, als sie in den Spiegel schaute, fand sie, daß sie ziemlich mitgenommen aussah. Glücklicherweise war an dem Tag Drehpause. Obwohl sie überhaupt keinen Appetit verspürte, zwang sie sich, einen Bissen zu essen. Dann kauerte sie sich wieder vor den Ölofen und brütete vor sich hin. Gegen Mittag faßte sie den Entschluß, ihm ein Telegramm zu schikken. Sie sann über eine passende Formulierung nach und schrieb schließlich:

HÄTTE ETWAS MEHR FEINGEFÜHL ERWARTET: MASAKO

Sie wollte gerade ihre alte Bedienstete damit losschicken, überlegte es sich dann aber doch anders. Womöglich würde man es dahingehend mißverstehen, daß sie mehr Geld verlangte. Dieser Bauunternehmer von gestern würde das bestimmt so auslegen. Sie suchte nach einer anderen Formulierung, doch es fiel ihr nichts Gescheites ein. Schließlich gab sie es ganz auf. Als sie sich weiteren Grübeleien überließ, wurde ihr plötzlich klar, daß sie sich eigentlich gar nicht über die Art und Weise der Trennung grämte, sondern über die Trennung als solche. Diese Erkenntnis machte ihr sehr zu schaffen.

Alles weitere lief dann förmlich nach Drehbuch ab: Kurz danach löste sich das Parlament auf, und es folgten Neuwahlen. Unterdessen spielte Masako in einem Film eine billige Geisha und wurde in dieser Rolle als dekadente Schönheit von den Kritikern gefeiert, während sie in Wirklichkeit wie eine Nonne lebte. Insgeheim hoffte sie immer noch, daß nach den Wahlen die schwelende Glut seiner Leidenschaft wieder entflammen würde. Sie stellte sich einen Shingo vor, der reumütig zu ihr zurückkam und alles aufklärte.

Die Übernahme des Wahlkreises hatte ihm zum Sieg verholfen. Für sie war es ein erneuter Anlaß, sich den Kopf darüber zu zerbrechen, ob sie ihm einen Glückwunsch telegrafieren sollte oder nicht. Sie entschied sich zunächst dagegen, auch um ihn ein wenig auf die Folter zu spannen, aber sobald sie die Hochrechnungen im Radio vernahm, war es um ihre Beherrschung geschehen. Es vergingen Tage und Wochen, ohne daß der frisch Gewählte etwas von sich hören ließ. Schließlich nahm sie die Einladung eines reichen flüchtigen Bekannten an und fuhr mit ihm nach Yokohama, wo sie die Nacht zusammen verbrachten. Und die folgende ebenfalls. Seitdem waren fast vierzig Jahre vergangen. Sie hatte den Politiker nie wiedergesehen.

Abgesehen von gelegentlichen Vagheiten hatte Masako ihre Geschichte ganz offen erzählt. Vor ihrer Großnichte, die sie keineswegs mehr für unschuldig hielt, brauchte sie kein Blatt vor den Mund zu nehmen, während Chie sich endlich wie eine Erwachsene behandelt fühlte, was sie mit großer Genugtuung erfüllte. Doch zugleich war sie auch schockiert über diese unerhörte Lebensbeichte. Yumiko, die die Geschichte ebenfalls zum ersten Mal vernahm, konnte sich nicht länger zurückhalten:

»Um Himmels willen, das wußte ich ja gar nicht!«

»Wie hätte ich dir das auch beibringen sollen?« verteidigte sich Etsuko.

»Ich bin eben kein rühmliches Vorbild«, fügte Masako hinzu. »Aber immerhin habe ich euch damals, als Yumiko geboren wurde, haufenweise Reis aus Toyama geschenkt. Wahrscheinlich hast du sie nur deshalb stillen können.«

»Ach, dann müssen wir dir also dankbar sein?«

»Das will ich meinen.«

»Einfach gräßlich. Reis verlängert mit Maiskörnern oder Traubenzuckerrationen als Reisersatz«, erinnerte sich Etsuko. Es klang, als sei es ein Wunder, daß sie noch am Leben waren.

»Darf ich dich etwas fragen?« sagte Yumiko zaghaft, worauf die Tante großmütig nickte:

»Nur zu!«

»Obwohl du ihm nie mehr persönlich begegnet bist, hast du ihn doch aber bestimmt im Fernsehen gesehen, oder in den Zeitungen ...«

»Ja, und nicht zu vergessen in den Cartoons«, lachte Masako. »Gut, Karikaturen von ihm stören mich nicht weiter, die sind nun mal so. Davon kann ich selbst ein Lied singen. Aber Fotos oder TV-Auftritte, nein danke, vor allem keine Großaufnahmen. Seine fleckige, schlaffe Visage macht mich krank. Wie sich ein so blendend aussehender Mann in ein solches Scheusal verwandeln konnte! Schöne Männer tummeln sich ja scharenweise in den Filmstudios, aber der gute Shingo hatte zudem noch Köpfchen. Ein Jammer! Wenn ich nur an sein bezauberndes Lächeln denke, das allein war schon Gold wert, und jetzt ist es bloß noch eine Fratze. Sein Charme, seine Eleganz, alles futsch! Einmal, als der Fernseher lief und das Telefon klingelte, habe ich aus Versehen nur den Ton abgedreht, so daß ich während des ganzen langen Gesprächs seinen Anblick ertragen mußte. Ich sage euch, mir ist regelrecht schlecht geworden.«

»Ich kann mich noch erinnern, wie uns eines Tages ein junger Mann Reis brachte und du ihn als Tamaru vorstelltest. Wirklich ein himmelweiter Unterschied. Ich kann diese beiden Gesichter gar nicht zusammenbringen. Ein hübscher, verwöhnter Bengel, der sich bemühte, verrucht zu wirken.«

»Genau, das war er. Aber was seitdem aus ihm geworden ist, sollte man sich besser nicht anschauen. Es macht meine ganzen Erinnerungen zunichte.«

Etsuko sagte nichts dazu, sondern lächelte nur süßsauer, während ihre Tochter ebenfalls lächelte, aber ohne diesen Anflug von Bitterkeit. Chie hingegen spitzte neugierig die Ohren.

»Pardon«, platzte es aus Shibukawa heraus, und er erhob leicht seine Hand (wie diese winkenden Glücksbringerkatzen, fand Chie).

»Ach Gott, Sie brauchen einen Aschenbecher! Sofort!« Etsuko wollte gerade aufspringen, doch Shibukawa hielt sie zurück:

»Nein, nicht doch! Keine Zigaretten. Ich habe eine Frage, wenn Sie gestatten?«

»Na, los doch!« spornte ihn Masako an.

»Ist dieser Shingo, von dem hier die ganze Zeit die Rede ist, etwa unser gegenwärtiger Premier ...«

»Ja.«

»... Tamaru Shingo?«

»Selbstverständlich! Tut mir leid, ich hätte es gleich zu Beginn erwähnen sollen«, entschuldigte sich Masako.

»Habe ich mir schon gedacht«, nickte Shibukawa, während Chie ein tief beeindrucktes »Haaah« raunte.

»Mir war das sofort klar«, murmelte Yumiko, und Masako, wohl wissend, daß Shibukawa sie gerade beobachtete, schlug dezent die Augen nieder, als sie einen Schluck Tee trank.

»Ja, und dann wüßte ich noch gerne ... eh, warum Sie in meiner Gegenwart davon gesprochen haben ... eh, ich meine, wo der konkrete Zusammenhang besteht zwischen Tamaru und dem Familienrat?«

»Yumiko, jetzt bist du dran. Erzähl ihm von deinem Malheur.«

Yumiko erzählte ihm die ganze Geschichte, verschwieg jedoch, daß das eigentliche Motiv für den skandalösen Leitartikel ihre Frustration über das ausgefallene Stelldichein mit ihrem Liebhaber war. Statt dessen gab sie vor, sich für die Rechte der Frau einsetzen zu wollen. Ein Aufsichtsratsmitglied eines Wirtschaftsverbandes habe ihre Argumentation als Plädoyer für weibliche Untreue mißverstanden und sich darüber empört. Man habe die Sache dann aber auf sich beruhen lassen. Dafür fühlte sich jedoch eine gewisse Sekte provoziert, mit der Konsequenz, daß der von der Regierung zugesicherte Grundstücksverkauf an die ›Neuen Nachrichten‹ rückgängig gemacht werden sollte. Und die verantwortliche Person an der Spitze dieser politischen Partei sei eben besagter Tamaru Shingo.

An dieser Stelle unterbrach sie Shibukawa:

»Ah, jetzt begreife ich die Zusammenhänge. Ich komme mir vor wie jemand, der gerade von einer Auslandsreise zurückgekehrt ist und den Fernseher einschaltet, um Nachrichten zu sehen. Man versteht zunächst nur Bahnhof und wundert sich, weshalb die so einen Wirbel machen. Wenn man daraufhin aber die Zeitungsberichte zurückverfolgt, ist man plötzlich im Bilde. So ähnlich ist es jetzt auch.«

»Ein treffender Vergleich«, sagte Yumiko anerkennend, obwohl er objektiv gesehen etwas hinkte, aber für sie war nur ausschlaggebend, daß die Zeitung dabei besser abschnitt als das Fernsehen. Immerhin hatte Chies Mutter dem jungen Mann soeben ein Kompliment ausgesprochen, und die Tochter blickte stolz, als hätte ihr Hündchen den Besuchern gerade ein Kunststück vorgeführt.

Alles schien sich positiv zu entwickeln, so daß Etsuko einen zaghaften Vorstoß wagte:

»Nun, was meinst du? Könntest du etwas unternehmen?«

»Ohne Frage«, erwiderte ihre Schwester vergnügt. »Ich bin zwar nicht sicher, ob es klappt, aber zumindest werde ich mich mit ihm treffen und mein Bestes versuchen.«

»Danke, Masako. Ich hätte sonst keinen Rat mehr gewußt, wenn du nein gesagt hättest.«

»Du liebe Güte, für mich ist es, als dürfte ich nach langer Zeit wieder eine anspruchsvolle Rolle übernehmen.«

»Ich bin dir sehr dankbar, liebe Tante«, sagte Yumiko und verneigte sich höflich.

»Ist doch nicht der Rede wert. Wir haben ja nichts zu verlieren.«

»Aber daß du dir das meinetwegen zumuten willst.«

»Jetzt hör aber auf, schließlich sind wir eine Familie.«

»Also gut«, strahlte Yumiko, worauf Shibukawa murmelte:

»Jetzt wird's aber spannend!«, und dann zu Masako gewandt: »Haben Sie so etwas schon einmal gespielt?«

»Sie meinen die Begegnung mit einem verflossenen Liebhaber?«

»Ja, und dann ...«

»... ihm eine Szene machen?«

»Nun, das ist vielleicht nicht der passende Ausdruck ...«

»Sie meinen, ihn erpressen?«

»Nein, das auch nicht ...«

»Also einmal spielte ich eine Barbesitzerin, die sterben mußte, weil sie einem Yakuza-Boß die Hölle heiß gemacht hatte. Aber aus was für einem Grund, weiß ich auch nicht mehr.«

»Keine schönen Aussichten!«

Masako kicherte:

»Im Drehbuch war das gar nicht vorgesehen, aber bei den Probeaufnahmen lag ich da wie eine Leiche. Wenn ich nur wüßte, wie das Ganze ausging.«

Als das Gelächter sich wieder gelegt hatte, sagte Yumiko:

»Du sollst ihm ja auch nicht die Hölle heiß machen, sondern mein Anliegen vortragen. Wenn die Regierung nicht mehr dazwischenfunken würde, könnte ich meinen Job weitermachen wie bisher, und die Partei bräuchte sich keine Sorgen zu machen, weibliche Wählerstimmen zu verlieren. Ernsthaft, wenn das an die große Glocke kommt, dann gnade ihnen Gott. Ich habe leider keine Chance, eine solche Audienz zu bekommen, aber du, Tante Masako ...«

»Genau, eine Unterredung ... ein Gesuch, das war ja meine Idee!« insistierte Etsuko.

»Ja, appellieren Sie an ihn«, rief Shibukawa vorlaut dazwischen. »Aber mehr im Sinne einer Warnung, denke ich.«

»Alles schön und gut, aber wie sage ich es ihm? Ich bräuchte ein Szenario ...«

»Ich werde dir einen Leitfaden schreiben«, beruhigte sie Yumiko. »Dann kannst du besser improvisieren.«

»Wie, heißt das, du kommst nicht mit?«

»Doch, natürlich, aber ich fürchte, du wirst das Gespräch allein mit ihm führen müssen.«

»Angenommen, du tust es, und ich unterstütze dich dabei?«

»Ausgeschlossen, ihr müßt euch unter vier Augen aussprechen. Ich würde da nur stören. Und ich glaube kaum, daß man dich mit einer Anstandsdame empfängt.«

»Du meinst Shingo?«

»Genau.«

Nach kurzer Überlegung sagte Masako schließlich:

»Na gut, dann schreib aber groß und deutlich.« Damit war die Sache abgemacht.

Yumiko dankte ihr, worauf Chie sich an ihre Mutter wandte:

»Sag mal, du wolltest doch auch Banzan einschalten, oder?«

»Ja, das wäre meine Bitte an dich. Geht das?«

»Selbstverständlich! Aber hat es denn überhaupt einen Sinn?«

»Du meinst, daß wir schon direkt an den Premier herankommen?«

»Ja.«

»Schwer zu sagen.«

»Nach Miyakes Ansicht hat er nicht viel zu melden«, wandte Shibukawa abfällig ein. »Aber egal, je mehr Kugeln man abschießt, um so höher die Chance, daß eine das Ziel trifft.«

»So habe ich mir das auch gedacht. Auf jeden Fall solltet ihr es versuchen. Wenn's nicht klappt, ist das auch nicht so schlimm.«

»Er ist ja offenbar ein großer Verehrer von Chie, also wird er ihr gerne einen Gefallen tun. Aber ob der Premier genauso willig ist, steht auf einem anderen Blatt«, mutmaßte Shibukawa. »In diesem Fall bin ich dann der Störenfried, denn ich könnte mir vorstellen, daß Meister Banzan mit Chie allein sprechen will.«

»Du mußt an meiner Seite bleiben, ich brauche deine Unterstützung«, bat Chie, worauf Etsuko ihn anflehte und sich gleichzeitig dafür entschuldigte:

»Bitte helfen Sie uns! Ich weiß, daß wir Ihnen große Umstände machen. Es ist sehr nett von Ihnen, sich so einzusetzen ...«

Nach einer demutsvollen Verbeugung ihrerseits verneigte sich Shibukawa ebenfalls.

»Das ist doch nicht der Rede wert! Ich habe mich doch förmlich aufgedrängt. Seien Sie ganz unbesorgt!« beruhigte er sie und verneigte sich erneut.

»Ich denke, solange er bei ihr ist, kann nichts passieren«, versuchte Yumiko ihre eigenen Bedenken zu zerstreuen. »Apropos: Viele Kugeln treffen eher das Ziel. Chie, du kennst ja Professor Toyosaki aus Sendai. Sagt Ihnen der Name auch etwas, Herr Shibukawa?«

»Professor Toyosaki . . . ?«

»Du weißt schon . . . der ›Unseriöse Phänomenologie‹ und ›Unseriöse Hermeneutik‹ geschrieben hat.«

»Ach, du meinst Toyosaki Yōkichi . . . «, rief Shibukawa und wollte gerade hinzufügen ›dieser unseriöse Philosoph‹, doch es gelang ihm glücklicherweise, den Beinahe-Ausrutscher elegant abzubiegen: ». . . dieser ungemein witzige Philosoph. Schreibt originelle Bücher, verkaufen sich auch gut.«

Yumiko mußte lächeln:

»Es sind nur billige Taschenbuchausgaben, da springt nicht viel bei raus. Er beklagt sich immer, daß Buchpreise nicht der Inflation angepaßt werden.«

»Daran wird sich wohl auch nichts ändern.«

»Ich bevorzuge seine Taschenbücher. Da versteht man wenigstens noch ein bißchen im Gegensatz zu diesen hochakademischen Hardcover-Ausgaben. Es ist immer so beschämend, wenn ich so eins mit Widmung bekomme.«

»Einen Philosophieprofessor als Freund stelle ich mir ganz schön nervtötend vor«, warf Tante Masako ein. »Dir muß doch der Schädel brummen bei diesen Unterhaltungen . . . «

»Wir unterhalten uns über andere Dinge«, lachte Yumiko und wandte sich wieder an Shibukawa: »Der Professor wird meinetwegen am Donnerstag den Abgeordneten Sakakibara treffen.«

»Ach, diesen Generalsekretär, das paßt ja ausgezeichnet.« Doch Shibukawa dachte dabei weniger an den Politiker, sondern an die Beziehung des Philosophen zu Chies Mutter, denn es sah ganz danach aus, als sei er der intime Freund. Und Yumiko, wohl wissend, was er jetzt dachte, fügte scheinheilig hinzu:

»Ihre Frauen kennen sich nämlich von der Schule.«

»Wirklich? Trotzdem, komische Konstellation!«

»Ich weiß.«

»Dem Generalsekretär wird der Schädel brummen.«

Alle lachten, außer Etsuko, die keine Miene verzog. Als Chie es bemerkte, erklärte sie ihr, weshalb allein der Gedanke an diese Begegnung so komisch wirke.

»Ach so! Ich war ganz woanders mit meinen Gedanken. Sag mal, Masako, diese fünfhunderttausend Yen waren doch für damalige Verhältnisse ganz schön läppisch, oder? Ich war ziemlich empört, als ich einige Jahre später davon erfuhr.«

»Hattest du mal gesagt«, stimmte ihr Masako leicht irritiert zu, was Yumiko wiederum animierte, ihrer journalistischen Neugier freien Lauf zu lassen:

»Ihr redet wohl über den Wert des Geldes damals Mitte der Fünfziger, habe ich recht?«

Etsuko versuchte sich zu erinnern:

»Ja, 1955, da habe ich meine Küche renovieren lassen. Wenn ich mich nicht irre, verlangte der Handwerker damals so um die siebenhundert Yen.«

»Und heute zahlt man dafür fünfundzwanzigtausend oder noch mehr«, ergänzte Shibukawa. »Das heißt ... eh ... das Vierzigfache. Demnach hätte die Abfindung also einen Wert von zwanzig Millionen Yen. Aber man sollte nicht von einem Beispiel ausgehen, sondern noch weitere ...«

»Als ich kürzlich in der Nähe der Klinik im Nudel-Imbiß war, hat das Soba-Gericht fünfhundert Yen gekostet«, unterbrach ihn Etsuko, die sich die Preise so gut merken konnte, weil sie nur selten auswärts speiste.

Yumiko fühlte sich jetzt ganz in ihrem Element: »Ich frage mich, was so ein Soba-Gericht wohl 1955 gekostet haben mag. Werde gleich mal im Archiv anrufen«, rief sie und wollte schon losstürzen.

»Halt!« hielt Shibukawa sie zurück. »Ich weiß es! Es tauchte nämlich neulich in einem Comic auf: Mitte der Fünfziger kostete ein Nudelgericht vierzig Yen.«

»Das wäre dann also ...« Während Yumiko sich noch mit dem Kopfrechnen plagte, hatte Chie schon die Lösung parat:

»Ungefähr das Dreizehnfache, also in Tante Masakos Fall sechseinhalb Millionen.«

»Wie Sie sehen, ein himmelweiter Unterschied: Einmal sind es zwanzig Millionen und dann wieder nur sechs. Mit diesem Problem müssen wir Historiker uns auch immer herumschlagen. Wie sollen wir also eine klare Vorstellung über die tatsächliche Wirtschaftslage früherer Epochen bekommen? Es ist fast unmöglich! Und trotzdem kann die Geschichtsforschung es nicht dabei bewenden lassen...«, ereiferte sich Shibukawa, aber es schien sich niemand weiter für seine methodischen Überlegungen zu interessieren.

»Vor allem, wenn man bedenkt, daß die Dienstleistungskosten enorm angestiegen sind...«, sagte Yumiko, doch Etsuko plapperte dazwischen:

»Ich glaube, nur Eier sind heute billiger als damals.«

»Ja, wegen der Legebatterien.«

»Aber damit haben sie auch den Geschmack eingebüßt.«

»Vor dem Krieg waren Eier sündhaft teuer.«

»Das ist es, was mich im Ausland immer so beeindruckt, dieses volle Aroma bei Eiern und Milchprodukten.«

»Auch Eiskrem schmeckt viel leckerer.«

Die lebhafte Diskussion beflügelte Etsuko zu einer weiteren Bemerkung:

»Aber noch viel ärger als im Dienstleistungssektor sind die Bodenpreise in die Höhe geschnellt.«

»Die sind ja verantwortlich für die hohen Lebenhaltungskosten hier in Japan«, sagte Yumiko.

»Wirklich jammerschade, daß diese Grundstücksgeschichte damals an jenem Augusttag in die Hosen ging. Wenn er das Land wirklich gekauft hätte, wäre er vielleicht etwas...« Shibukawa biß sich auf die Lippen. ›... spendabler gewesen‹ hatte er eigentlich sagen wollen, aber im letzten Moment bemerkte er aus den Augenwinkeln, daß Masako betrübt ins Leere starrte. Er bereute plötzlich die angeregte Unterhaltung über Lebenshaltungskosten, besonders seine eifrige Beteiligung daran. Dieses ganzes Gerede über Geld beschmutzte ihre romantischen Erinnerungen. Es mußte sie sehr verletzen, und bei diesem Gedanken bat er sie laut und deutlich um Entschuldigung:

»Oh, verzeihen Sie vielmals, wie taktlos von uns, nur über Geld zu sprechen.«

Aufgeschreckt blickte ihn Masako an: »Ach, macht doch nichts. Ich war mit den Gedanken sowieso ganz woanders. Es hängt zwar schon damit zusammen, aber ich bin nicht verärgert. Warum sollte ich auch, ich war es doch schließlich, die die ganze Sache hervorgekramt hat.«

Als die anderen drei sich ebenfalls anschickten, sie um Verzeihung zu bitten, wehrte sie lächelnd ab: »Nun laßt doch! Es war etwas anderes.« Sie überlegte einen Moment und gab dann folgende Erklärung, um das Mißverständnis aufzulösen: »Ich habe das Leben immer sehr leichtgenommen. Vermutlich tun das alle Schauspielerinnen. Wir neigen eben nicht zu ernsthaften Betrachtungen. Aber in meiner Jugend hatte ich zwei traumatische Erlebnisse. Das erste, als mein Verlobter an die Front mußte und starb. Es war ... wie soll ich sagen ... als hätten ihn die Götter entführt ... einfach weg ... wie vom Erdboden verschluckt. Natürlich war ich furchtbar traurig, aber mehr noch als Trauer war es ein Gefühl tiefer Verwunderung. Ob du das verstehst, Chie, solch ein Gefühl? Ich bezweifle es, denn ich war damals immerhin schon einige Jahre älter als du.«

Chie entschied klugerweise, gar nichts darauf zu sagen und legte nur fragend den Kopf zur Seite, worauf Masako nickend fortfuhr:

»Der zweite Schock in meinem Leben war diese Abfindungsgeschichte. Diese beiden Erlebnisse haben mich zutiefst erschüttert, ich schien damals wirklich die Fassung verloren zu haben – ›schien‹ mag etwas komisch klingen, als würde ich über eine Fremde sprechen, aber es war wirklich so: Ich begriff nicht, wie mir geschah. Ich verliebte mich zwar immer wieder aufs neue, aber jedesmal spürte ich einen Stich im Herzen. Und deshalb neigte ich wohl auch zu diesen komplizierten Gedankengängen. Es war das einzige Mal in meinem Leben, daß ich mir derart theoretisches Zeug zusammengesponnen habe. Das war ein Jahr nach seiner Wahl zum Abgeordneten, etwa Mitte September.«

»Das heißt«, rechnete Shibukawa nach, »1954.«

»Könnte sein. Ich mußte zu irgendeiner Veranstaltung und

verließ das Haus so gegen vier oder fünf. Meine Garderobiere, Frau Satake, begleitete mich, und auf dem Boulevard gab es an dem Tag ein Straßenfest. Von den Dachrinnen hingen rote Laternen, und die Erwachsenen trugen alle die gleichen blau gemusterten Baumwollkimonos, aber komischerweise waren keine Kinder auf der Straße. Das Bezirksbüro zwischen dem Elektrohandel und dem Fischladen war zur Veranstaltungszentrale umfunktioniert worden. Drinnen thronten mit feierlicher Miene der Gemüsehändler und der Friseur in der gleichen Kluft wie die anderen. Es gab eine Schriftrolle, auf der mit großen Zeichen der Name einer Gottheit stand, und außerdem waren da alle möglichen Opfergaben der Anwohner aufgereiht: drei Riesenflaschen Sake, Wassermelonen, Pfirsiche und Reiskuchen auf einem Holzgestell. Ein Stückchen weiter – zwischen Café und Tōfuladen – befand sich ein kleiner Schrein, vor dem ich stehenblieb, um eine Münze hineinzuwerfen. An der Glocke habe ich allerdings nicht gezogen, weil die Schnur vor Dreck starrte, sondern bloß zweimal in die Hände geklatscht und gebetet. Währenddessen bemerkte ich die Opfergaben, die mich ziemlich befremdeten, muß ich sagen: Auch hier stand eine große Sake-Flasche, außerdem Bier und Cola, Tomaten, Zwiebeln und ebenfalls Reiskuchen auf einem Holzgestell. ›Befremden‹ ist vielleicht nicht das richtige Wort, ich fand das eher lächerlich. Was soll eine Gottheit mit diesem Zeug anfangen, fragte ich mich. Das grelle Rot der Tomaten wirkte so aufdringlich und die Colaflasche völlig deplaziert. Einfach billig und vulgär. Jedenfalls überkam mich damals so ein seltsames Gefühl. Seit meiner Kindheit hatte ich so viele Straßenfeste erlebt, aber das war mir nie zuvor aufgefallen. Jeder von uns kennt wahrscheinlich solche sonderbaren Momente ...«

Alle nickten bestätigend, sogar Shibukawa.

»Doch ich sagte mir, daß der Friseur und der Cafétier und die Frau vom Tōfuladen einfach nicht besser wußten, wie sie sich ihrer Gottheit erkenntlich zeigen konnten, also aus purer Ratlosigkeit solche Dinge darbrachten. Und dann stellte ich mir die Götter vor, für die es doch sehr lästig sein mußte, sich für solchen Plunder auch noch barmherzig zu erweisen, aber offenbar waren sie so großzügig, über die Geschmacklosigkeiten dieser einfältigen Kreaturen hinwegzusehen. Arme Götter, dachte ich bei mir, auch ihr habt es nicht leicht! In diesem Moment stellte sich eine Hausfrau, die mit ihrem Einkaufskorb gerade vom Gemüsehändler gekommen zu sein schien, neben mich, warf eine Fünf- oder Zehn-Yen-Münze in die Kollekte, schlug die Glocke, klatschte kurz in die Hände und murmelte dazu hastig ein paar Worte, vermutlich eine Art Bitte, und schwupp! – war sie wieder weg. Wie hektisch! Und wieder überkam mich Mitleid mit den höheren Wesen, die sich – mal ganz abgesehen von der Mühe, all die Gebete zu erfüllen – so etwas bieten lassen mußten. Doch im nächsten Augenblick wurde mir bewußt, daß unsere Geldspenden – seien es ihre Fünf-Yen-Münze oder meine hundert Yen – sich in nichts von den Tomaten, Colaflaschen, Zwiebeln und Kürbissen unterschieden. Aber wirklich in gar nichts! Geld war schließlich nichts Besseres als all dieser andere Kram. Ich hatte mich also genauso vulgär verhalten wie der Fischhändler, der Friseur und die Frau vom Tōfuladen. Diese Einsicht war ziemlich erschreckend, doch in dem Moment forderte mich Frau Satake zum Weitergehen auf.«

Yanagi Aeka nahm einen Schluck Tee und fuhr fort:

»Als wir zum Bahnhof kamen, stand kein Taxi da, und während wir noch unschlüssig überlegten, ob wir statt dessen den Zug nehmen sollten, hatte ich plötzlich, wenn man das so nennen kann, eine Art Geistesblitz: Mir fiel es wie Schuppen von den Augen, daß Shingo mir diese fünfhunderttausend Yen aus der gleichen Hilflosigkeit geschickt hatte, mit der all jene Gläubigen ihren Göttern materielle Dinge opferten. Wir wissen sehr wohl, daß die Götter etwas Besseres verdient hätten, aber wir haben eben nur Gaben wie Zwiebeln, Auberginen, Kürbisse, Tomaten, Pfirsiche, Sakeflaschen oder auch Geld, zu denen wir nach langem Überlegen dann auch greifen. Bei ihm mußte es ähnlich gewesen sein. Und ich reagierte genau wie die Gottheiten: Obwohl es mir vulgär erschien, fand ich mich mit den Tatsachen ab und nahm seine Gabe mit bitterem Lächeln, aber ohne zu murren entgegen. Wie grotesk: Ich hatte mich zu einer Göttin aufgeblasen. Es war so grotesk, daß ich laut lachen mußte, worauf Frau Satake mich natürlich nach dem Grund fragte. Aber den habe ich nicht verraten.«

Keiner sagte etwas darauf; teils aus Sprachlosigkeit und teils aus Furcht, etwas Falsches zu äußern, doch mehr noch als das waren sie sehr bewegt. Etsuko hielt die ganze Zeit den Kopf gesenkt, während sie der Erzählung lauschte. Yumiko stand vor lauter Erstaunen der Mund offen, und Chie saß mit vorgestrecktem Oberkörper und starrte ihre Tante an. Shibukawa, der irgendwann die beiden Plüschhunde aus der Ecke auf seinen Schoß gepackt hatte, ließ sich in das Sofa zurückplumpsen und seufzte laut auf. Yanagi Aeko erzählte weiter:

»Praktisch gesehen, ist Geld ja gar nichts Schlechtes. Ich habe diese fünfhunderttausend Yen zwar mehr oder weniger verjubelt, aber an sich ist Geld schon sehr zweckmäßig. Es leuchtete mir dann auch ein, daß er einfach nichts Besseres hatte. Ein gescheiter Mensch hätte das sicherlich eher kapiert, aber mir wurde das eben erst durch jenes Erlebnis auf dem Straßenfest klar. Was war ich doch für ein Dummkopf! Großzügig wie ein Gott, meinte ich mich also mit dieser Geschmacklosigkeit abgefunden zu haben, und trotzdem – es machte mich immer noch fuchsteufelswild. Ziemlich seltsam, wo wir doch seit einem Jahr getrennt waren. Und so tief waren meine Gefühle für ihn ja gar nicht gewesen, oder vielleicht doch ... Erst mit der Zeit, peu à peu, also doch nicht mit der vermeintlichen Beschwingtheit eines Gottes, verrauchte mein Zorn. Noch heute muß ich manchmal an dieses Straßenfest denken. Es war der einzige Tag in meinem Leben, an dem ich wirklich einmal meine grauen Zellen angestrengt und etwas Kompliziertes ausgebrütet habe – ein *Ge-Denktag* im wahrsten Sinne des Wortes, obwohl ich mich an das genaue Datum nicht erinnere, sondern nur, daß es im September war. Es kommt mir vor wie gestern, dabei ist es schon dreißig Jahre her. Daran habe ich also vorhin gedacht; ihr habt gar keine Schuld, und ich bin auch nicht böse.«

Eine Weile noch blieben alle stumm, dann sprudelte es wild durcheinander:

»Nach all dem warst du ja wohl in diesen Studenten am meisten vernarrt«, murmelte Etsuko.

»Heute bist du aber tiefsinnig, Tante Masako«, bemerkte Chie, und Shibukawa rief: »Wie aufregend! Oder nein, ich wollte eigentlich sagen, es ging mir durch und durch.« Er nickte mehrmals und knautschte die beiden Plüschhunde, die immer noch in seinem Schoß lagen.

»Alles schön und gut«, lautete Yumikos Kommentar, »aber eins hast du vergessen: daß er nämlich, anstatt selbst aus Toyama zu kommen, seinen Onkel vorgeschickt hat. Das hat dich doch am meisten verletzt.«

Die beiden jungen Leute stimmten dem zu, worauf Masako entgegnete:

»Natürlich hinterließ das einen bitteren Nachgeschmack, und ich fühlte mich sehr gekränkt. Aber allmählich fand ich mich damit ab. Das Leben bringt nun mal Trennungen mit sich, das ist eine unabänderliche Tatsache. Dagegen ist kein Kraut gewachsen. Was ich auf jenem Straßenfest begriffen habe, war, daß dieses Geld immer noch besser war als gar nichts. Natürlich sind Geld und materielle Dinge nicht von Bedeutung, aber um seinen Gefühlen Ausdruck zu verleihen, steht einem eben nichts anderes zur Verfügung. Das ist traurig, aber wahr. Als ich meinen Verlobten damals im Krieg verloren hatte, tat der Staat überhaupt nichts für mich. Ich war ja auch nicht seine Ehefrau, also konnte ich nichts erwarten. Aber verglichen damit, daß Japan mir meinen Mann genommen hatte, ohne mich dafür zu entschädigen, finde ich das Verhalten der Familie Tamaru, die mich ebenfalls von meinem Geliebten trennte, ein klein bißchen – oder sagen wir ruhig: weitaus – nobler, indem sie mir wenigstens Geld angeboten haben.«

Shibukawa stieß einen erneuten Seufzer aus und senkte den Kopf, als würde er stellvertretend für die Familie Tamaru sowie für die ganze Nation die schmerzliche Verantwortung tragen.

»Es dauerte eine Weile, bis ich ihm vergeben konnte, daß er mir das Geld nicht persönlich überbrachte. Immer wenn ich meinte, ihm endlich verziehen zu haben, kam die Wut wieder hoch. Endgültig verziehen habe ich ihm nur deshalb, weil ich mir vorstellte, daß er seinen Onkel aus Angst vorgeschickt hatte, weil er sich das selbst nicht zutraute. Ja, wahrscheinlich fürchtete er, nicht standhaft genug zu sein, so daß alles weiterlaufen würde wie bisher. Ich bin überzeugt, daß es so war, auch wenn es eitel klingt und ihr vielleicht insgeheim über mich lacht. Aber ihr müßt wissen, daß ich seine Lehrmeisterin war. Er wollte keinesfalls von sich aus die Trennung, sondern mußte es für seine politische Karriere tun, um an ein Wählergebiet heranzukommen. Er hat bestimmt eine Menge Tränen darüber vergossen, da bin ich mir ganz sicher. Ich habe ja ohnehin nicht geglaubt, daß unsere Liebe ewig währen würde, aber trotzdem ...«

Ihre Stimme nahm einen zärtlichen Ton an, als erinnerte sie sich längst vergangener Nächte:

»Am Anfang war er ziemlich linkisch, ein hoffnungsloser Fall. Er hatte keinen blassen Schimmer, ich mußte alles ...«

»Masako!« unterbrach sie Etsuko hastig, und fast im selben Atemzug rief sie in die Runde: »Ihr müßt doch hungrig sein!«

In diesem Moment gab der kleine Apparat in der Ecke ein dumpfes Knarren von sich.

»Oh, ein Fax!« rief Chie erfreut und erhob sich, während ihre Mutter und ihr Freund einen Seufzer der Erleichterung ausstießen.

»Ja, ein Fax!« echote Yumiko, und Shibukawa fügte hinzu: »Welch praktische Einrichtung!«

Chie überreichte das Fax ihrer Mutter, die sofort Uranos Handschrift erkannte.

Empfänger: Minami Yumiko
Absender: bekannt
Seiten: nur diese
Neue Infos erhalten. Verlag ändert offenbar seine Strategie für Ihre Versetzung, um Ausweg aus dem Dilemma zu finden. Morgen soll Ihnen neuer Vorschlag unterbreitet werden: Es geht um eine Stelle im Vorstandsbüro im Rang eines Abteilungsleiters. Soweit in Kürze ...♥

»Der Verlag will mir morgen angeblich einen anderen Posten anbieten«, sagte Yumiko und las den Text laut vor. »Da spiele ich aber nicht mit, sonst kann ich ja gleich Däumchen drehen.«

»Du willst also immer noch nicht nachgeben?« fragte Etsuko zaghaft, worauf Yumiko schweigend den Kopf schüttelte.

»Gibt es denn diese Stelle schon?« erkundigte sich Chie.

»Ach, Quatsch! Die haben sie schnell zurechtgebastelt, wie so oft, wenn es Versetzungsprobleme gibt.«

»Ich finde, du solltest das Angebot zurückweisen. Dort oben in der Chefetage bekommst du doch keine anständige Arbeit. Wahrscheinlich wirst du Umschläge beschriften«, sagte Masako, als wüßte sie Bescheid. Ihr schwebte dabei vermutlich ein entsprechender Job in den Filmstudios vor.

»Ein bißchen anspruchsvoller wird es schon sein«, erwiderte Yumiko mit einem Lächeln, »aber nichtsdestotrotz feuern sie mich aus der Kolumnistenabteilung.«

»Genau, und deshalb solltest du dich keinesfalls von der Firma herumkommandieren lassen«, redete Masako auf sie ein, und auch Etsuko stimmte ihr nach kurzer Überlegung zu:

»Da magst du recht haben. Aber zunächst solltest du unbedingt die Sache mit dem Premierminister regeln.«

»Was halten Sie davon?« fragte Yumiko Shibukawa.

»Ich glaube auch, es ist am besten, den bisherigen Plan weiterzuverfolgen.«

»Würdest du ihm dann bitte ein paar Zeilen schreiben?« wandte sich Yumiko nun an ihre Tante. »Nur kurz, um ihm mitzuteilen, daß du ihn in einer dringenden Angelegenheit sprechen möchtest. Ich werde ihn dann dem Reporter mitgeben, der morgen in den Amtssitz des Premierministers geht.«

»Gut, ich werde es im Laufe des Abends erledigen«, nickte Masako. Dann warf Chie, die hinter ihrer Mutter stand, zufällig einen Blick auf das Fax.

»Sag mal«, fragte sie Yumiko, »was ist das da für ein komischer Krakel am Ende?«

Das vereierte Symbol, das Urano anstelle einer Unterschrift dort hingekritzelt hatte, war tatsächlich nur mit viel Phantasie als Herz zu erkennen.

6. Kapitel

Chie trug einen formellen Kimono mit Hagelkornmuster auf roséfarbenem Untergrund, dazu einen Obi in braun-grauem Schildkrötendesign. Eigentlich war er für die Sitzungen bei Ogino Sakon angefertigt worden, aber da der Maler für sein Porträt auf westlicher Kleidung bestanden hatte, fand sie erst heute Gelegenheit, ihn einzuweihen. Shibukawa hatte einen dunkelblauen Blazer und ein weißes Hemd mit gepunkteter Krawatte gewählt. Sie hatten sich in Schale geworfen, um bei ihrem Gastgeber Ōnuma Banzan Eindruck zu machen.

Zu ihrer Überraschung empfingen sie jedoch die beiden Enkelinnen des großen Meisters in eher schrillem Aufzug – und das Ganze im Partnerlook: weiße Rüschenbluse mit knallroter Strickjacke und schwarzem Supermini. Lediglich die Lippenstifte waren von unterschiedlicher Farbe: Die ältere bevorzugte dunkelrot, während ihre Schwester ein Blaßrosa aufgelegt hatte. Erstere, Chies Klassenkameradin, war im College niemals so aufgedonnert herumgelaufen, aber vielleicht war das zu Hause ja anders, oder sie ahmte ihre kleine Schwester nach. Auch mit dem affektierten Teenie-Gehabe, mit dem sie ihre Gäste ins Wohnzimmer führten, wirkten sie verblüffend identisch (Chie hatte ihre Freundin niemals zuvor so reden hören). Inmitten des Chaos, das hier herrschte – überall hingen unfertige Schriftrollen herum – überreichte Chie den Mädchen einen Strauß Rosen und ihr Begleiter eine Flasche Weißwein. Die jüngere ging mit Shibukawa gleich ziemlich kumpelhaft um – sie nannte ihn ständig ›mein großes Brüderchen‹ –, und ihre Schwester wollte ihr darin nicht nachstehen. Ganz benommen von ihrem wirren Geplapper nahmen die beiden Gäste an dem großen Tisch Platz, der offensichtlich auch zum Essen diente.

Nachdem sich alle etwas miteinander bekannt gemacht hatten, verließ die jüngere der Schwestern den Raum. Kurz darauf trat Ōnuma Banzan ein: ein hochgewachsener Mann mit aschgrauem Gesicht, schlohweißem Haar, schlohweißen

Augenbrauen und schlohweißem Schnurrbart; er trug einen braunen Kimono, der durch einen schmalen Obi lässig zusammengehalten wurde. Seine Enkelin quietschte los:

»Wow, Opapa, du bist aber heute fix drauf. Sonst läßt Seine Hoheit doch immer auf sich warten.«

»Ich weiß auch warum«, stichelte die andere weiter. »Unser Opapa verzehrt sich schon nach der lieben Chie.«

Banzan überhörte ihre Frechheiten und wandte sich an seine Gäste.

»Nicht nötig ... bleiben Sie ruhig sitzen«, sagte er und nahm ebenfalls Platz. »Wie schön, daß Sie gekommen sind. Sie bereiten einem alten Herrn wie mir damit eine große Freude, wissen Sie das? Und wie hübsch Sie aussehen, vor allem diese bezaubernde Tracht!«

Dann wandte er sich an den jungen Mann:

»Und wer sind Sie, wenn ich fragen darf?«

»Opapa, sei doch nicht so grantig!«

»Du bist ja bloß eifersüchtig auf unser Brüderchen.«

Während die Schwestern herumspotteten, zückte Shibukawa seine Visitenkarte und überreichte sie dem Kalligraphen, der sie mit einem riesigen Vergrößerungsglas, das ihm eines der Mädchen gebracht hatte, inspizierte.

»Sie müssen wissen«, erklärte ihm Shibukawa, »daß mein Forschungsgebiet die zweite Hälfte des 19. Jahrhunderts ist, und ich wäre Ihnen sehr dankbar, wenn Sie mir einen Einblick in die Schriftrollen von Soejima Taneomi gewähren könnten.«

»Ich hatte es neulich schon am Telefon erwähnt«, kam Chie ihm zu Hilfe, was die Enkelinnen bestätigten:

»Hat sie, hat sie!«

»Hast du wohl schon wieder vergessen, Opapa!«

»Hm, kann schon sein«, nickte der Alte kurz und verneigte sich dann etwas tiefer, um seinen Gästen für die Mitbringsel zu danken. Dann sagte er:

»Meister Soejima stammte aus einem berühmten Adelsgeschlecht, das auf den Gründer der Han-Dynastie zurückging. Sein ursprünglicher Name lautete deshalb auch Ryōshu, also Drache im Sinne von kaiserlicher Nachkomme. Aber aus Respekt vor der japanischen Tennō-Familie hatte er sich dann in Taneomi umgetauft.«

»Sie meinen, er ist ein Nachfahre der berühmten chinesischen Han-Dynastie?« vergewisserte sich Chie.

»Genau dieser! Es war vor langer, langer Zeit, als ein Zweig dieser Herrscherfamilie nach Japan kam. Ich vermute, so im dritten Jahrhundert, als Königin Himiko das Land Yamatai regierte.«

»Hoooh!«

»Deshalb war er wahrscheinlich auch so bewandert in den chinesischen Künsten. Normalerweise verfügten japanische Gesandte weder in chinesischer Schriftkunst noch im Dichten über besondere Fähigkeiten, aber er beherrschte beides glänzend. Und ich bin mir sicher, daß dies erheblich zu seinen diplomatischen Leistungen beigetragen hatte.«

Shibukawa nickte, und die beiden Mädchen begannen, ihn erneut aufzuziehen:

»Na, Opapaaachen, dann solltest du aber schleunigst Botschafter werden ...«

»Du würdest wahrscheinlich richtige Ruhmestaten vollbringen.«

»Pah!« widersprach er ernsthaft. »Das würde nie gutgehen bei meinen mangelnden Gesetzeskenntnissen. Ihr müßt bedenken, Meister Soejima kannte das damals ins Chinesische übersetzte internationale Recht auswendig, und das immerhin noch vor der Meiji-Restauration.«

Shibukawa kämpfte damit, nicht laut loszulachen, während Chie sich zumindest ein Lächeln nicht verkneifen konnte, was Banzan sofort registrierte.

»Oh, wie reizend!« rief er hingerissen. »Ein Königreich für das Lächeln einer Frau! Aber das ist alles, was ein greiser Schreiberling wie ich Ihnen bieten kann.«

Er zeigte in die Ecke des Zimmers, worauf sich seine Enkeltöchter wie auf Kommando erhoben. Die eine holte einen Tuschestein und fing an, ihn mit Wasser zu verreiben, und die andere brachte einen Behälter voller Pinsel und handgeschöpften Malkarton. Chie bedankte sich bei dieser Gelegenheit noch einmal nachträglich für den Fächer. Banzan starrte sie unverhohlen an und murmelte einige Verse vor sich hin. Es klang wie Poesie, aber der Sinn seiner Worte blieb unverständlich. Schließlich streckte der alte Mann mit dem aschgrauen Gesicht seine linke Hand aus, griff sich einen von den kostbaren Kartons und einen Pinsel mit der rechten Hand. Plötzlich zuckte sein greiser Körper raubtierhaft. Es entstand ein chinesischer Zweizeiler in Blockschrift.

Seine ältere Enkeltochter hängte den Karton in eine Rahmenvorrichtung, die an einem Holzpfeiler angebracht war, während der entfesselte Künstler sich langsam wieder in den alten Mann zurückverwandelte. Er erläuterte die beiden Zeilen:

»*Der Mond geht auf und scheinet hell / Die Schöne ist seine Gefährtin.* Es soll bedeuten: Der Mond zeigt sich in seinem Glanz, dem die hübsche junge Frau ebenbürtig ist. Es stammt aus dem ›Buch der Oden‹, ein Minnevers über die Schönheit.«

Kritisch betrachtete er sein Werk und brummte vor sich hin:

»Nicht besonders gelungen, da fehlt die Dynamik.«

Shibukawa mußte ihm insgeheim recht geben. Die Zeichen wirkten zwar gekonnt, aber letztlich stereotyp wie aus einem Lehrbuch, sie besaßen einfach keinen Zauber. Doch seine Enkeltöchter quietschten schon wieder los:

»Kennen wir doch, Opapachen fischt wieder nach Komplimenten ...«

»Ganz schön gerissen ...«

»Nein, darum geht's gar nicht! Meiner Meinung nach ist alles eine Frage des Geschmacks«, widersprach er und blinzelte, doch niemand verstand, was er genau meinte. Die ältere Enkelin erhob sich und brachte eine große Sakeflasche, und ihre Schwester holte zwei Gläschen. Chies Schulfreundin schenkte ein und stellte ein Glas vor Shibukawa – »für unser Brüderchen!« – und eins vor ihren Großvater. Zum Trinken aufgefordert, leerte der junge Mann mit einem Schluck das halbe Glas, während der Alte bloß nippte.

»Ach ja, jetzt fällt mir ein ...«, sagte er mehr zu sich selbst, doch als Chie ihn ermunternd anlächelte, fuhr er erfreut fort: »Als ich das erste Mal nach Tōkyō kam – es muß 1926 gewesen sein –, wohnte ich ganz in der Nähe von Soejimas Sohn. Der große Meister war damals natürlich schon von uns gegangen. Und wie es der Zufall wollte – meinetwegen auch das Schicksal –, gab es da außerdem jemanden, der Soejima sehr eng verbunden war, ein Mann namens Mori ...« Er stockte, griff nach dem Sakeglas, nippte daran und machte einen erneuten Anlauf, doch wieder ohne Erfolg.

»Mori Ogai?« half seine ältere Enkeltochter nach.

»Nein, nicht den Arzt! Ich meine Mori ...«

Sie probierte es noch mal, wobei sie Chie und Shibukawa zuzwinkerte:

»Vielleicht Mori Ranmaru?«

Der Alte schien einen Moment nachzudenken, doch dann schüttelte er wieder den Kopf.

»Nein, doch kein Samurai, ich bitte dich! Ich sagte schon, es war 1926, also ein Zeitgenosse ... äh ... Mori ...

»Mori no Ishimatsu, der Yakuza?« versuchte es auch die jüngere Schwester. Banzan schüttelte abermals entrüstet den Kopf.

»Nein, nein und nochmals nein! Es war Mori ...«

Stirnrunzelnd nippte er an seinem Glas. Chie lachte laut auf, während die beiden anderen Mädchen sich wie Komiker unter Kontrolle hatten. Shibukawa hingegen konnte es nicht länger mit ansehen.

»Meinen Sie vielleicht Mori Kainan?«

»Ha! Ja, genau den meine ich! Er war die Gallionsfigur der chinesischen Dichtung in der Meiji-Epoche.«

Vor lauter Aufregung nahm Banzan diesmal einen ganzen Schluck Sake. Die beiden Schwestern lobten ihr ›großes Brüderchen‹:

»Wahnsinn!«

»Echt gebildet, unser Knabe!«

Der Alte rief sich vergangene Zeiten ins Gedächtnis und schwelgte in seinen nostalgischen Erinnerungen:

»Ja, was ich sagen wollte, war, daß der Sohn von Mori Kainan eben auch in unserer Nachbarschaft lebte. Es war eine sehr noble Gegend, alles bemerkenswerte Persönlichkeiten.«

Wohin er auch im Laufe seines Lebens gezogen sei, stets war er namhaften Zeitgenossen oder deren Sprößlingen begegnet (darunter übrigens auch dem Neffen von Frau Nogi, der Gattin des legendären Generals aus dem Russisch-Japanischen Krieg); oder andersherum: auch seien aus seinem Bekanntenkreis spätere Berühmtheiten hervorgegangen, wie beispielsweise der ehemalige Premierminister. Als er um eine Beurteilung von dessen kalligraphischen Erzeugnissen gebeten wurde, nickte Banzan und sagte:

»Herausragende Männer besitzen konsequenterweise auch herausragende Handschriften.«

Darauf gönnte er sich einen weiteren Schluck Sake, er schlürfte genüßlich. Sein aschgraues Gesicht war inzwischen von einer leichten Röte überzogen. Er schloß die Augen und meditierte wieder für ein Weilchen, bevor er eine neue Malpappe ergriff und sich nach einem tiefen Atemzug anschickte, den Vers aus den ›Oden‹ noch einmal niederzuschreiben. Die Königin aller Arzneien schien Wunder gewirkt zu haben, denn der gelöste Stil paßte vorzüglich zu dem alten Minnegedicht. Als der Alte seinen zweiten Versuch, der ebenfalls in einen Rahmen gehängt worden war, in Augenschein nahm, murmelte er:

»Sieht schon besser aus. Körperliche Beschwingtheit ist eben das A und O in der Kalligraphie.«

Er meinte wohl seinen Schwips, dachten sich die beiden Besucher, enthielten sich jedoch höflicherweise eines Kommentars und seufzten nur beeindruckt. Seine Enkelinnen hingegen schrien vor Begeisterung:

»Opapa, wie er leibt und lebt ...«

»Vor dem Drink und nach dem Drink.«

»Du solltest in einem Werbespot für Sake auftreten.«

»Aber wirklich ...«

Banzan strahlte, tunkte seinen Pinsel aufs neue in die Tusche und produzierte diesmal eine ganze Serie von Versen – alles Huldigungen der weiblichen Schönheit:

Anmutig wie die holde Weide

★

In voller Pracht / Gleich Pfirsich- oder Pflaumenblüten

★

Eine schöne Frau läßt sich nicht wiederfinden.

»Vielleicht ein wenig umständlich zu transportieren, aber bitte nehmen Sie es mit«, wandte er sich nach seinem Schaffensdrang an Chie und legte den Pinsel beiseite. Dann beauftragte er seine Enkeltöchter, die Arbeiten mit seinem Siegel zu versehen.

»Und unser armes Brüderchen soll leer ausgehen?«

»Das ist aber nicht fair!«

Spöttisch überhörte der Alte ihr Geschnatter, während er seine Aufmerksamkeit Chie schenkte, die sich ausführlich bei ihm bedankte und dann auf ihr Anliegen zu sprechen kam:

»Abgesehen von dem Wunsch, die Schriftrollen von Meister Soejima sehen zu dürfen, habe ich noch etwas anderes auf dem Herzen ...«

»Hm, hm«, nickte er. »Ist mir schon zu Ohren gekommen, die Sache. Besprechen wir dann nachher unter uns. Scheint ja irgendwas mit der Regierung zu tun zu haben. Die Rollen befinden sich übrigens in der Gedenkhalle, meine Enkelinnen werden Ihren Begleiter dorthin führen.«

»Ach, sieh an, du willst uns wohl alle loswerden.«

»Na, du bist mir ja vielleicht einer ...«

Doch Banzan ließ sich nicht aus der Fassung bringen. Obwohl Shibukawa nicht genau verstand, wovon im Folgenden die Rede war, schloß er aus den einzelnen Bemerkungen – zum Beispiel, daß die Mitarbeiterin noch da sein müßte beziehungsweise durch einen Anruf benachrichtigt werden sollte –, daß die Banzan-Gedenkhalle (erbaut mittels Spenden aus Politik und Wirtschaft) ganz in der Nähe sein mußte und daß sich dort offensichtlich außer seinen eigenen Meisterwerken auch andere Exponate aus seinem Besitz befanden. Er bedeutete Chie mit einem Blick, daß es sich anders entwickelte als besprochen, doch sie nickte ihm beruhigend zu.

In Begleitung der beiden Schwestern ging Shibukawa etwa fünf Minuten zu Fuß, bis sie zu der Halle gelangten. Die Mädchen schnatterten die ganze Zeit und zogen über ihren Großvater her: daß er heute zum Beispiel seinen ersten Entwurf absichtlich verpfuscht hätte, um einen Grund zum Trinken zu finden (das stimmte vermutlich); oder daß er unterschiedliche Kouverts und Briefbögen benutzte, je nachdem ob er an hochrangige Politiker und Finanzriesen oder an rangniedrigere Personen schrieb (auch das entsprach sicherlich den Tatsachen). Außerdem sehe er furchtbar gern fern, und einmal hatten sie ihn vor sich hin schimpfen gehört, daß ihn noch keine TV-Station zu einer Sendung eingeladen habe. Das war vermutlich ebenfalls keine Spinnerei, obwohl die Mädchen ständig herumkicherten und sich in die Seite boxten, als würden sie sich über die Marotten ihrer Hauskatze lustig machen.

Der Entwurf für die Banzan-Gedenkhalle (die offizielle Bezeichnung war: *Ōnuma Banzan Gedenkhalle für Kalligraphie*) stammte von einem Architekten aus dem Wahlkreis des Ex-Premiers. Das Gebäude war der Form eines Stempels nachempfunden: ein Quader, dessen Dach sich knaufartig zu einer Vogelplastik verjüngte. Der aufgerissene Riesenschnabel stakte klagend in den Abendhimmel von Tōkyō, und vor dieser Kulisse sah das bizarre Bauwerk reichlich kitschig aus – oder besser gesagt, lächerlich, denn auf dem winzigen Grundstück wirkte es einfach zu protzig.

Das Interieur erwies sich dann aber als recht geschmackvoll, und die Anordnung der Kunstwerke war intelligent gelöst. Anders als bei so vielen zeitgenössischen Kalligraphien waren Banzans Arbeiten frei von avantgardistischer Effekthascherei, doch neben den Werken aus früheren Epochen, besonders denen von Soejima Taneomi, verblaßten sie zwangsläufig in ihrer Wirkung. Shibukawa fand es sehr sympathisch, daß Banzan Mut zur eigenen Mittelmäßigkeit bewies, doch dann kam ihm der Verdacht, daß der Alte sich womöglich gar nicht für schlechter hielt.

Nachdem er die ganze Ausstellung besichtigt hatte, kehrte Shibukawa zu den Schriftrollen Soejimas zurück. Sein Alterswerk war eine Mixtur aus eckiger und kursiver Schreibweise, in die er unbekümmert stilisierte Formen einfließen ließ, was insgesamt einen sehr freien und kühnen Eindruck machte und nicht die geringste Spur von Künstlichkeit trug. Bei aller Souveränität war ein Abflauen der energetischen Spannung unverkennbar, was vermutlich seinen Rückzug aus der Politik widerspiegelte. Da die beiden Mädchen sich für eine Weile verzogen hatten, konnte sich Shibukawa ganz der Betrachtung widmen, doch schließlich tauchten sie wieder auf und plapperten ihm die Ohren voll. Er erzählte ihnen Anekdoten über Soejima, von denen sie die über seinen Sohn am meisten amüsierte, der eine Arbeit mit allen vorhandenen Siegeln versehen sollte, dann aber nur vier benutzt hatte. Wahrscheinlich mußten auch sie die Werke ihres Großvaters stempeln.

Es war schon stockdunkel, als sie den Rückweg antraten. Sie trafen gleichzeitig mit der Sushi-Lieferung ein, die offenbar von der Gedenkhalle aus bestellt worden war. Die ältere Schwester nahm die Ware entgegen, die andere zahlte. Sie erwähnten, daß Banzan Schalentiere haßte, dafür aber verrückt nach Thunfisch und Hering sei. Der Sushi-Mann versicherte lachend, er habe nur das gebracht, was bestellt wurde, und ging fort.

Als sie vergnügt das Haus betraten, saßen Banzan und Chie auf den kleinen Sofas, die übereck im Wohnzimmer standen. Die beiden waren in ein ruhiges Gespräch vertieft, bei dem es offensichtlich auch um Sushi ging.

Banzan sprach gerade darüber, daß er früher eine Aversion gegen Heringe hatte, ohne je einen gekostet zu haben, aber dann ergab sich doch einmal eine Gelegenheit zum Probieren, und seitdem würde er sie genießen und all die verschenkten Jahre bedauern, in denen er sich um diesen Genuß gebracht hatte. Deshalb würde er niemals den ersten Fang im Jahr versäumen, den er sich dann im Restaurant servieren ließ, und er lud Chie ein, ihn das nächste Mal in solch ein Lokal auf der Ginza zu begleiten.

»Das hört sich ja an, als wollten Sie ihre verlorene Jugend zurückgewinnen«, scherzte Chie, doch als sie bemerkte, daß Shibukawa näher kam und seine Ohren spitzte, wurde sie verlegen und fügte artig hinzu:

»Fein, dann im nächsten Sommer.«

Sie lächelten einander zu. Es schien, als wären sie sich etwas nähergekommen, und Shibukawa schloß daraus, daß das Gespräch gut verlaufen sein mußte. Doch andererseits fand er die Stimmung auch irgendwie merkwürdig.

In diesem Moment betraten die beiden Schwestern das Zimmer.

»Nun, ist bei eurem Plausch etwas herausgekommen?« erkundigte sich die jüngere, worauf Banzan und Chie sich wieder nur anlächelten.

»Sieh an, verschwörerische Blicke«, stichelte sie, was Shibukawa als Bestätigung auffaßte, daß nicht er alleine ein komisches Gefühl hatte.

Das Mahl war schnell zubereitet, und alle fünf versammelten sich wieder um den großen Tisch: Chie links neben Banzan und weiter im Uhrzeigersinn die beiden Enkeltöchter mit Shibukawa in ihrer Mitte. Die ältere Schwester war für den Tee zuständig, die jüngere für den Sake, der allerdings diesmal nicht in Gläsern, sondern in edlen Porzellanschälchen serviert wurde. Und bei den Sushi-Portionen gab es natürlich mehr Herings- und Thunfischhäppchen als üblicherweise.

Shibukawa lobte die Gedenkhalle und vor allem die Soejima-Kollektion, worauf Banzan mit wegwerfender Geste reagierte:

»Sie müssen wissen, daß mir einmal ein großartiger Erwerb durch die Lappen gegangen ist, aber als mittelloser Student blieb mir zu meinem großen Kummer nichts anderes übrig.«

Dann wandte er sich an Chie und erzählte ihr die Geschichte:

»Meister Soejima war, wie ich bereits erwähnte, ein Abkömmling der Han-Dynastie. Sein Vorfahre Liu Bang hatte in der Schlacht von Hēxia seinen Gegner Xiang Yu besiegt und nach Wu Jiang verbannt, wo dieser dann Selbstmord beging. Daraufhin ernannte er sich selbst zum Herrscher und gründete seine eigene Dynastie. Das war etwa 200 v. Chr. Nachdem Soejima, der zu Beginn der Meiji-Ära Außenminister war, aus der Regierung ausgeschieden war, weil seine verkündeten Kriegspläne gegen Korea vereitelt wurden, bereiste er fast drei Jahre lang das Land seiner Vorfahren, unter anderem eben auch besagte Stadt Wu Jiang, wo jener Selbstmord verübt wurde. Und hier entstand eines seiner berühmtesten Meisterwerke, ein chinesischer Vierzeiler mit je sieben Silben pro Zeile.«

Banzan bedeutete seinen Enkelinnen, ihm noch einmal die Schreibutensilien zu bringen, schrieb dann die Strophe in zierlicher Blockschrift auf einen Karton und überreichte ihn Chie.

Er wartete, bis sie die chinesischen Zeilen überflogen hatte, und übersetzte das Gedicht dann mit pathetischen, melodiösen Worten:

Der Schrei der Wildgans – dörres Schilf – Reif liegt schon in der Luft.
Wu Jiang – die Schatten der Dämmerung legen sich über die Stadt.
Und ich, aus dem Geschlechte des Großen Liu Bang,
durchquere den Strom, den Tod des Rivalen beweinend.

»Im Original«, erklärte Banzan, »ist Liu Bangs Name ›Haiko‹, so hieß er nämlich, als er zum Heerführer aufstieg. Es war vielleicht ein wenig anmaßend von mir, ihn in meiner Übersetzung einfach nur Liu Bang zu nennen, aber bei ›Haiko‹ denkt man unwillkürlich an Hachikō, die Hundestatue vor dem Bahnhof von Shibuya.«

Die ältere der Schwestern lachte laut auf, doch Banzan fuhr unbeirrt fort:

»In seiner Edelmütigkeit und Erhabenheit steht dieses Gedicht meines Erachtens für die Lyrik des Orients schlechthin. Soejima hat sich zweitausend Jahre zurückversetzt und völlig in diesen historischen Augenblick versenkt. Man könnte es als das größte dichterische Meisterwerk seit der Meiji-Restauration bezeichnen. Diese Schriftstellerbrut heutzutage, die ihren Lebensunterhalt damit verdient, daß sie die sexuellen Gelüste der Frauen beschreibt, müßte angesichts dieses achtundzwanzigsilbigen Gedichtes vor Scham in den Boden versinken.«

Die jüngere Enkeltochter fing erneut an zu kichern, und ihre Schwester ließ sich davon anstecken. Wahrscheinlich amüsierten sie sich darüber, daß ein gewisser Zusammenhang bestehen könnte zwischen der Bemerkung von eben und den verliebten Anwandlungen ihres Großvaters Chie gegenüber. Es sei denn, sie lachten darüber, daß die Schriftsteller nicht auf nennenswerte Vorfahren zurückgreifen konnten und deshalb nichts zustande brachten.

Shibukawa fand zwar, daß Banzan das Gedicht überbewertete, ließ sich jedoch nichts anmerken.

»Es handelt sich also um diese Schriftrolle, die Sie nicht erwerben konnten?« fragte er ihn statt dessen.

»Ganz richtig!«

Banzan ging nun haarklein auf die näheren Umstände ein, doch die ganze Geschichte war so konfus, daß Shibukawa ihm am Ende einfach nur beipflichtete:

»Das war ja wirklich sehr bedauerlich für Sie.«

Banzan bediente sich noch einmal bei den Sushi und trank einen Schluck Sake hinterher, während seine beiden Enkelinnen plötzlich Chies Kimono bewunderten.

»Wir möchten auch so ein edles Stück haben.«

»Wirklich, seit vorletztem Jahr haben wir keinen neuen mehr machen lassen.«

»Ja, ja, das besprechen wir ein anderes Mal«, wimmelte der Alte seine quengelnden Enkeltöchter ab und wandte sich wieder an Chie: »Das Besondere an diesem Gedicht ist meines Erachtens, daß es nicht die Seelen der Ahnen betrauert, sondern ausschließlich dem Schicksal des geschlagenen Rivalen gewidmet ist. Das drückt eine sehr edle Gesinnung aus; eine bewundernswerte Haltung, wirklich! Hierin offenbart sich die grundlegende Moral des Orients, vor allem aber *bushidō,* der Geist des Kriegers. Und hierin zeigt sich auch das Charisma der Meiji-Politiker.«

»Ja, so gesehen haben Sie sicher recht«, stimmte ihm Chie zu und biß in ein Häppchen mit Seeigel hinein. Die Schwestern kamen kichernd auf ihr Anliegen zurück:

»Warum eigentlich ›ein anderes Mal‹? Du vergißt es ja doch wieder ...«

»Ja, wir machen das gleich aus.«

»Wir existieren schließlich hier und jetzt ...«

Dann stopften sie sich den Mund mit Ei- und Garnelen-Sushi voll. Shibukawa brütete indessen über einem Gedanken, den er zu gerne laut ausgesprochen hätte. Er kam ihm immer wieder in den Sinn, seitdem er letztes Jahr dieses Gedicht zum ersten Mal gelesen hatte

Zugegeben, Soejimas Vers war wirklich grandios und bewegend, aber das Pathos lag doch in der Situation selbst, daß ein Mann den antiken Schauplatz betritt, wo seine Vorväter vor zweitausend Jahren eine Schlacht gewannen. Mit anderen Worten, es war also nicht der poetische Funke, sondern die historischen Umstände als solche, die diesen Effekt hervorbrachten. Die vier Zeilen waren im Prinzip nichts anderes als eine Komposition von Klischees. Demnach mußte wohl noch etwas anderes hinzukommen, was die Meiji-Lyriker so für das Gedicht eingenommen hatte, etwas anderes als die Faszination eines historischen Moments, in dem es um zweitausend Jahre Geschichte, um Vorfahren und Nachfahren, um ein altes Schlachtfeld geht. Und dieses andere war der in Japan tief verwurzelte Geisterglaube.

Man denke nur an die Legende von Sugawara Michizane, der an seiner Verbannung zugrunde ging und dessen zornige Seele sich dann in einen Donnerblitz verwandelte, der in den Palast des Kaisers Daigo einschlug und den Herrscher und sein Gefolge tötete. Es herrschte also der Glaube, daß die Totengeister tragischer Helden und Politiker ein Unglück herbeiführen konnten. Ebenso glaubte man, daß durch eine Besänftigung der Geister nicht nur deren Zorn abgewendet, sondern sie sogar als Schutzgottheiten gewonnen werden konnten. Und dieser uralte Glaube hat sich bis in die Moderne gehalten, wie der Fall des Reformers Saigō Takamori zeigte. Die Meiji-Regierung hatte sich förmlich ein Bein ausgerissen, um seinen Rachegeist zu beschwichtigen. Auch die aufgestellte Bronzeskulptur diente mit Sicherheit diesem Zweck. Und wenn man bedenkt, daß er Soejimas Zeitgenosse und enger Verbündeter war (beide hatten die Korea-Invasion befürwortet), ist anzunehmen, daß auch bei ihm der Geisterglaube eine wesentliche Rolle spielte.

So gesehen ließ sich dieses Gedicht als poetisches Opfer deuten, um den zürnenden Geist des Rivalen, den sein Vorfahre Liu Bang zugrunde gerichtet hatte, zu besänftigen und sich vor seinem Fluch zu schützen. Soejima war diesem Glauben zutiefst verhaftet, oder zumindest stand er in der Tradition dieses Geisterglaubens, von dem die klassische chinesische Dichtung in Japan bestimmt wurde. Es war genau dasselbe wie bei dem Meiji-Kaiser, einem Abkömmling der Nord-Dynastie, der unmittelbar nach der Restauration für den im Mittelalter gewaltsam zu Tode gekommenen Abkömmling der Süd-Dynastie, Prinz Morinaga, in Kamakura ein Grabmal errichten und für dessen Vater, Kaiser Go-Daigo, im Yoshino-Schrein eine Totenmesse abhalten ließ. Das Pathos des Gedichtes wurde also auch noch dadurch gesteigert, daß die Meiji-Lyriker an den Fluch der Seelen glaubten.

Shibukawa sagte jedoch nichts von alledem. Er hatte die Rollen von Soejima zu Gesicht bekommen, was also wollte er mehr? Außerdem stand die Angelegenheit von Chies Mutter auf dem Spiel, und schon deshalb durfte er den Alten nicht provozieren. Es erschien ihm ratsamer, dessen gute Laune nicht zu verderben. Zum Trost für diesen intellektuellen Verzicht hielt er sich an den Sake und verschlang noch ein paar Sushi. Die Schwestern ließen sich indessen über die Vorzüge der französischen Küche aus, obwohl sie zugaben, daß Sushi auch nicht zu verachten sei. Chie nutzte die Pause, um Banzan nachzuschenken, der ihre Aufmerksamkeit mit strahlender Miene registrierte. Ohne sein Desinteresse an Hühnchen-Terrinen und Hummer-Frikassé zu verhehlen, riß er das Gespräch wieder an sich.

»Verzeihen Sie diese abrupte Frage, aber was für eine Art von Nachruf hat Ihre werte Frau Mutter denn geschrieben?«

»Ich denke, gar nichts in der Richtung«, antwortete Chie. »Ich hatte Ihnen doch erzählt, daß sie Kommentare schreibt.«

»Sie verstehen mich falsch«, lachte Banzan. »Wenn eine bedeutende Persönlichkeit stirbt, gibt es doch meistens einen Kommentar in der Presse, um den Toten zu würdigen.«

»Das tun aber nur Top-Journalisten«, warf Shibukawa ein. »Außerdem scheint dieser Brauch überholt zu sein.«

»Meine Mutter ist doch keine Top-Journalistin. Sie ist gerade erst in das Kolumnisten-Team befördert worden.«

Banzan winkte ab.

»Schon gut! Hm, hm ... ich muß gestehen, daß ich in letzter Zeit keine Leitartikel mehr gelesen habe.«

»Er mag nämlich nur Cartoons.«

»Ja, die in der Sonntagsausgabe.«

Die Sticheleien entlockten ihm nur ein süßsaures Lächeln, und ohne sie weiter zu beachten fuhr er fort:

»Zum Tode von Soejima widmeten seinerzeit alle großen Zeitungen ihre Leitartikel diesem Ereignis – sie waren das Beste, was der Journalismus in dieser Epoche hervorgebracht hat.

Für die ›Japanische Zeitung‹ schrieb Miyake Setsurei, für das ›Ōsaka Morgenblatt‹ Naitō Konan, für die ›Tōkyōter Tageszeitung‹ war es ... ähm, mein Gott, wer war das denn? Jedenfalls für die ›Tōkyōter Morgenausgabe‹ ... äh ... sag doch gleich ... ach ja, ich hab's: Ikebe Sanzan – also alles einflußreiche, stilgewandte Schriftsteller, die ihre ganze Seele in ihren Nachruf legten. Vor allem ...«

»Und was ist mit den ›Neuen Nachrichten‹?« piesackten ihn seine Enkelinnen, doch er fühlte sich überfragt, zumal er im Hinblick auf Chies Mutter nichts Falsches sagen wollte.

»Die gab es doch damals noch gar nicht«, belehrte sie Shibukawa zu Banzans großer Erleichterung.

»Ah ja! Natürlich! Ich muß sagen, Sie sind ja wirklich ein Experte auf Ihrem Gebiet. Sie schütteln drei Epochen japanischer Geschichte einfach so aus dem Ärmel. Respekt, Herr Kollege!« lobte der Alte ihn überschwenglich, worauf die kleine Schwester gleich wieder lostönte:

»Na, was für ein Glück, Opapa, daß er mitgekommen ist.«

Ihre Bemerkung brachte alle zum Lachen, und sogar die Miene ihres Großvaters hellte sich wieder auf. Er gewann dadurch eine so sympathische Ausstrahlung, daß Shibukawa sich vorstellen konnte, wie dieses Lächeln auch die Herren Politiker dazu bewogen hatte, seine Schüler zu werden. Durch diese Gefühlsanwandlung ließ sich der Historiker vermutlich dazu hinreißen, etwas mehr aus sich herauszugehen und über die Nachrufe von Naitō und den anderen Meiji-Schreibern zu dozieren. Doch kaum wähnte er sich in seinem Element, stellte er erschrocken fest, daß Banzan ein ziemlich verdrossenes Gesicht machte, obwohl er das natürlich zu überspielen versuchte. Shibukawa bereute seinen Übermut, doch nun war es zu spät.

»Ich habe zwar nur die Biographie ›Graf Soejima Taneomi‹ gelesen, aber ich war ganz erschlagen von dieser Fülle an exzellenten Nachrufen. Alles stilistische Meisterwerke und trotzdem erstaunlich systemkritisch. Natürlich gab es keine negativen Ausfälle gegen Soejima selbst, den die Verfasser durchaus respektierten, wenn nicht sogar verehrten. Aber gegen die dekadenten Anführer des Establishments, gegen ihre Korruption, gegen ihr unmoralisches Verhalten hegte die Presse schon lange einen Groll. In dem damaligen Klima war es schwierig, die Regierung öffentlich zu attackieren, schon allein wegen des Russisch-Japanischen Krieges. Insofern bot ihnen der Tod Soejimas, eines Mannes von Format, der sich von der Regierung distanziert hatte, der kritisch, integer und hochgebildet war, endlich einen passenden Anlaß. Zumindest diejenigen Journalisten, die nicht bereit waren, vor der Regierung zu kuschen, ergriffen die Gelegenheit, um ihrem Unmut Luft zu machen, wenn auch nur in Form von Anspielungen.«

Shibukawa hielt inne, offensichtlich in Erwartung irgendeiner Reaktion, doch Banzan schwieg beharrlich und nippte bloß an seinem Becher. Auch die Schwestern gaben diesmal keinen Mucks von sich und sahen ganz betreten aus. Vermutlich konnten sie mit diesem Gespräch nichts anfangen. Nur Chie lächelte verschmitzt vor sich hin, während Shibukawa sich angesichts des anhaltenden Schweigens allmählich zu fragen begann, ob der Alte ihn vielleicht akustisch nicht verstanden hatte. Aber alles noch einmal zu wiederholen, wäre auch nicht sehr höflich gewesen, also beschloß er, seine Argumentation weiter zu entfalten und fuhr mit lauter Stimme fort:

»Ich glaube, daß Soejimas Biograph im Anfangskapitel all die Nachrufe nur deshalb vollständig zitiert hat, weil sie eben eine Kritik am System, an der Regierung beinhalteten. Natürlich kann man es auch so deuten, daß sie ihm am geeignetesten dafür erschienen, dem unbedarften Leser einen Überblick über Soejimas Leben zu verschaffen. Hinzu kommt, daß der Autor Maruyama Kanji selbst Kolumnen für ›Ōsaka Asahi‹ und andere Zeitungen schrieb, so daß sein Interesse daher rührte. Sicher spielt hier alles zusammen, aber das Entscheidende ist doch meines Erachtens die Systemkritik. Man denke nur an diesen Fall, als ein Leitartikel, der allerdings nicht von ihm stammte, in der ›Ōsaka Asahi‹ wegen angeblicher Majestätsbeleidigung bei der Regierung so sehr in Ungnade fiel, daß die Zeitung eingestellt werden sollte. Eine ziemlich undurchsichtige Affäre ... wie hieß sie doch gleich ... ach ja, ›Weiße-Regenbogen-Affäre‹. Einige Rechtsradikale hatten den Verlagschef in seinem Garten an eine Steinlaterne gefesselt, und daraufhin leistete das Blatt in Form eines Leitartikels mit patriotischem Einschlag Abbitte. Sie haben sicher davon gehört. Damals hatte eine Reihe von Journalisten, darunter auch Maruyama, aus Protest gekündigt. Und das ist nur eine Episode aus einer Zeit, als die Pressefreiheit nicht gerade großgeschrieben wurde. Doch eine Biographie über Soejima war sicheres Terrain, hier konnten weder die Regierung noch die Rechten dazwischenfunken. Für Maruyama war dies das geeignete Medium, seinem aufgestauten Zorn Luft zu machen. Ich denke, das hat ihn dazu bewogen.«

Um zu signalisieren, daß er jetzt zu Ende gesprochen hatte, nahm Shibukawa einen Schluck Sake und dann noch einen, worauf die jüngere Enkeltochter ihm nachschenkte. Diesmal trank er in einem Zug aus und stellte den Becher ab. Banzan sagte immer noch nichts. Mit ausdruckslosem Gesicht saß er da und hüllte sich in Schweigen. Chie lächelte, als würde sie das alles gar nicht stören, doch Shibukawa war jetzt ziemlich genervt. Ihm kam es vor, als würden sie ›Wer am längsten aushält‹ spielen. Es war aber auch zu dumm von ihm gewesen, den Mund derart aufzureißen, er wußte doch genau, daß der Alte sich bei den Machthabern lieb Kind machte. Wahrscheinlich hatte er den Alten so verstimmt, daß er nun keine Lust mehr hatte, sich der Angelegenheit von Chies Mutter anzunehmen. Aber so leid es ihm tat, es war nicht mehr rückgängig zu machen. Er überlegte krampfhaft, wie er die Sache ausbügeln könnte, doch er sah keine Möglichkeit. Schon am Rande der Verzweiflung kam ihm die ältere Schwester zu Hilfe, die sich diesmal ohne ihr affektiertes Gehabe an Banzan wandte:

»Großvater, es ist spät geworden, und du bist sicher erschöpft. Wenn du zu müde bist zum Reden, dann wäre es besser, du verabschiedest dich jetzt und gehst zu Bett.«

Der Alte zeigte keine Reaktion. Er machte den Mund nicht auf. Jetzt versuchte es die jüngere mit härteren Methoden. Auch sie hatte das alberne Gequietsche abgelegt und sagte in steifem Tonfall:

»Professor Shibukawa, bitte nehmen Sie es uns nicht übel, aber unser Großvater geht auf die Neunzig zu, er wird in letzter Zeit immer schnell müde.«

Es klang irgendwie hämisch. Es war offensichtlich ein abgedroschener Trick des Alten, Dinge, die er nicht hören wollte, einfach totzuschweigen, und seine Enkeltöchter schienen zu wissen, wie sie in einem solchen Fall mit ihm umzugehen hatten. Ihre Verwandlung war wirklich frappierend, und Shibukawa konnte Chies Gesichtsausdruck entnehmen, daß sie darüber ebenso erstaunt war wie er.

Eigentlich hätte Banzan auf die Ermahnungen seiner Enkelinnen nun endlich reagieren müssen, aber er verzog auch weiterhin keine Miene und tat, als hätte er nichts gehört. Er murmelte nur:

»Bereitet meine Malutensilien vor, in mir pulsiert der Tatendrang.«

Die Mädchen gehorchten und gingen hinaus. Chie wollte Banzan nachschenken, doch er lehnte ab, während Shibukawa nicht nein sagte und genüßlich seinen Sake schlürfte, bis die kleine Schwester wieder erschien und sie aufscheuchte:

»Los, Brüderchen, Chie, kommt mit nach nebenan!«

Sie wurden in ein Zimmer, das die Größe von acht Tatami hatte, geführt, an dessen Stirnwand eine schwere Holztafel mit der Inschrift ›Banzans Residenz‹ hing. Die ganze linke Wand war von Regalen bedeckt, die mit Papier, Pinseln, Schriftfibeln und anderem Kram vollgestopft waren. An der rechten Wand hingen drei provisorisch gerahmte Schriftrollen. Auf dem Boden auf einer Filzunterlage in ausgeblichenem Rot lag Malpappe ausgebreitet, neben der die ältere Enkelin hockte und einen großen Tuschestein rieb. Der greise Kalligraph kniete sich vor den blaßroten Filz, während das Mädchen zur Kopfseite rutschte. Chie und Shibukawa ließen sich schräg zu Banzan hinter der jüngeren Schwester auf den nackten Tatamis nieder, da es hier keine Sitzkissen gab.

Schließlich tauchte der Alte den Pinsel in die Tusche, und nach kurzer Konzentration reckte er seinen Oberkörper, schob die linke Hand sanft nach vorn und zauberte fünf großformatige Zeichen aufs Papier, deren unterschiedliche Strichstärken der Zeile eine interessante Dynamik verliehen. Links davon signierte er in kleiner Schrift: *geschrieben von Banzan, vom Sake berauscht, im Alter von 85.* Dann legte er den Pinsel ruhig beiseite und murmelte nur den Sinn der Worte, sonst sagte er nichts:

»Geschickt mit einer Hand den Duft stehlen.«

»Ist das alles?« fragte seine ältere Enkelin.

»Ja, und es ist mir gut gelungen«, lautete die Antwort. Plötzlich wich die Spannung aus seinem Körper. Die Jüngere nahm die Pappe vorsichtig hoch und heftet sie an die Wand. Die ältere Schwester wandte sich erneut an ihren Großvater, der auf einmal viel schmächtiger wirkte als sonst und in dem schlotternden Kimono seine ganze Würde verloren zu haben schien.

»Nun, was soll das denn bedeuten?«

Ihre Schwester stand noch an der Wand und fiel wieder in ihren quietschigen Ton zurück:

»Ich kapier' gar nichts.«

Sie krümmte ihren rechten Zeigefinger und fragte:

»Was soll man denn damit anfangen?«

Shibukawa lachte auf, konnte sich aber auch keinen Reim darauf machen.

»Lächle, aber sage nichts«, sagte der Alte und warf Chie einen flüchtigen Blick zu, den die Enkelinnen natürlich sofort erhaschten.

»Aha, Chie weiß also Bescheid«, stichelte die eine.

»Sehr verdächtig«, mokierte sich die andere.

Chie lächelte nur und schüttelte den Kopf.

Die jüngere schaute weiterhin nachdenklich, während ihre Schwester die Malkartons aus dem Wohnzimmer holte, um sie mit dem Siegel zu versehen. Sie zeigte auf die Pappe an der Wand.

»Das soll sie doch auch mitnehmen, oder?«

»Nein, kein Geschenk, es ist für die Gedenkhalle«, brummte Banzan. »Also, kleine Chie, du gestattest einem alten Mann doch, daß er sich jetzt zurückzieht. Ich hoffe, daß ich den Herbst noch erlebe und wir zusammen auf der Ginza den ersten Fang verspeisen. *Geschickt mit einer Hand den Duft stehlen.* Es war mir ein außerordentliches Vergnügen.«

Nach diesen Abschiedsworten schwebte er förmlich aus dem Raum. Shibukawa hatte das Gefühl, daß mit ihm auch des Rätsels Lösung davonsegelte.

Während er ihm nachsah und auch noch, als er bereits aus seinem Blickfeld verschwunden war, überlegte sich der junge Mann, daß die letzte kalligraphische Aktion des Alten wohl so eine Art Retourkutsche gewesen war. Offenbar wollte er sich damit an seiner Interpretation der Soejima-Nachrufe rächen, die er als Affront gegen seinen eigenen Lebensstil – nämlich einflußreichen Leuten um den Bart zu gehen – aufgefaßt haben mußte (obwohl diese Kritik gar nicht beabsichtigt war). Ein weiteres, eher sekundäres Motiv war sicher seine Enttäuschung darüber, daß Chie nicht wie erwartet alleine, sondern in Begleitung eines jungen Mannes gekommen war (er war zwar im voraus davon unterrichtet worden, so daß es keinen Grund gab, verärgert zu sein, doch im Alter ist man eben schrullig und leicht vergeßlich). Aber angenommen, diese beiden Gründe hätten ihn dazu bewogen, ihm eins auszuwischen, was bedeutete dann seine Racheaktion ganz konkret? Sein einzeiliges Gedicht (sofern es überhaupt eins war) sollte ihm anscheinend Unbehagen bereiten, und es mußte dem Alten ein diebisches Vergnügen bereitet haben, ihm seine klägliche Halbbildung unter die Nase zu reiben. Denn wie sollte er wissen, was das chinesische Kompositum ›Tōkō‹, also ›geraubter Duft‹, dem vermutlich eine historische Begebenheit zugrunde lag, genau meinte? Außerdem schien der Spruch auch auf Banzans *tête-à-tête* mit Chie anzuspielen, auf etwas, was er gesagt oder was er getan hatte, denn andernfalls würden die Worte ja gar nicht als Retourkutsche zu verstehen sein. Aber was genau hatte er getan? Chie wirkte überhaupt nicht verstört, sondern im Gegenteil, eher heiter und gelöst, also konnte nichts Schlimmes vorgefallen sein. – Während Shibukawa weiter herumrätselte, kam das bestellte Taxi. Die beiden jungen Leuten stiegen ein, und er nannte dem Fahrer zuerst Chies Adresse.

Doch das Mädchen verspürte keine Lust, jetzt gleich nach Hause zu fahren. Sie fühlte sich erschöpft nach den vielen Stunden, die sie in dem sonderbaren Haus zugebracht hatte, aber auch erleichert, das alles überstanden war. Hinzu kam ein merkwürdiges Gefühl von Verlassenheit, das sie sich nicht so recht erklären konnte. Ihr schwirrte der Kopf. Daheim würde sie ohnehin niemand erwarten, da ihre Mutter und ihre Großtante heute wegen ihres späten Treffens mit dem Premierminister in einem Hotel in Akasaka übernachteten, und ihre Großmutter war zu einem Klassentreffen nach Hakone gefahren. Gerade wollte sie ihm vorschlagen, irgendwo noch einen Tee zu trinken, da merkte sie, daß sie ziemlich ausgepumpt war, weniger körperlich als vielmehr seelisch, und so berichtete sie ihm lediglich von ihrem Gespräch mit Banzan:

»Er hat es mir versprochen. Morgen will er mit den beiden telefonieren, hat er gesagt. Vielen Dank, daß du mitgekommen bist.«

»Na prima«, erwiderte Shibukawa. »Das scheint ja zu laufen ... wenn alles klappt. Und deine Mutter und ihre Tante sind heute abend beim Premierminister?«

»Ja.«

»Und was ist mit dem unseriösen Professor, ich meine Toyosaki?«

»Der hat auch heute abend eine Verabredung, in Sendai.«

»Wollen wir hoffen, daß einer von den drei Trümpfen sticht.«

»Du bist skeptisch, was?«

»Klar, als Historiker bin ich das von Haus aus.«

»Du meinst also, es könnte alles in die Hose gehen ...«

»Damit muß man rechnen. Banzan hatte doch ganz offensichtlich etwas gegen mich. Also wer weiß, wie er sich da verhält.«

»Er hat sich reichlich ausgeschwiegen.«

»Allerdings. Die Schwestern waren ja vielleicht albern, immer dieses ›Opapa‹-Gesäusel und dann plötzlich ganz etepetete ›Großvater‹, wenn sie mit ihm meckern.«

Nachdem sie sich eine Weile über das ulkige Trio ausgelassen hatten, sagte Shibukawa:

»Übrigens die Zeile mit ›Duft erhaschen‹ ist mir immer noch schleierhaft.«

»Mir auch.«

»Ist irgend etwas vorgefallen zwischen euch?«

»Was meinst du damit?«

»Ich meine, ob er irgendwas gemacht hat ... mit besagter Hand?«

Sie gab keine Antwort, doch als er im Halbdunkel zu ihr hinüberblickte, bemerkte er ein stilles Lächeln auf ihrem schimmernden Gesicht.

»Er muß doch irgend etwas Dolles angestellt haben mit dieser Hand, so verstehe ich jedenfalls seine Anspielung ... Aber laß nur, ich komme auch alleine dahinter.«

»Wie denn?«

»Ich schaue im Wörterbuch nach, sobald ich zu Hause bin. Wahrscheinlich kriege ich das noch heute nacht raus.«

»In wie vielen Wörterbüchern willst du denn nachschlagen?«

»Hm, ich habe da so einige.«

»Was denn für welche?«

»Erstens das ›Große Chinesisch-Japanische Wörterbuch‹ von Morohashi, dann das chinesische Standardwerk ›Etymologie‹ und außerdem ›Altchinesischer Wortschatz‹, der Verlag fällt mir jetzt nicht ein.«

»Kannst du denn Chinesisch?«

»Das nicht, aber ich kann die Bedeutung von den Zeichen her erfassen. Der Mandschu-Kaiser Pu Yi, du weißt schon, ›Der letzte Kaiser‹, soll auf dieselbe Weise japanische Zeitungen gelesen haben.«

»Klingt spannend. Kann ich mitgucken?«

»Du meinst, bei mir zu Hause?«

»Ja.«

Shibukawas Herz machte einen Hüpfer.

»Na klar!« rief er und nannte dem Taxifahrer den neuen Zielort. Es erübrigt sich wohl, darauf hinzuweisen, daß Chie noch nie bei ihm gewesen war.

Sein Wohnblock – das Haus war nicht sonderlich groß – lag am Ende einer Sackgasse, und nachdem man das kleine Tor passiert hatte, stand man in einem Garten mit Weidenbäumen, die in Form einer Allee angeordnet waren. Das Laub würde bald abfallen, und Chie stellte sich vor, was für eine Heidenarbeit das sein würde, den Boden davon zu säubern. Im Hauseingang bemerkte sie unter den Briefkästen ein Tablett mit leeren Restaurant-Schüsseln, die irgend jemand dort abgestellt hatte.

Shibukawa bewohnte ein Zwei-Zimmer-Appartement im vierten Stock. Der größere Raum diente zugleich als Schlaf- und Arbeitsplatz, der kleinere sah aus wie eine Abstellkammer für Bücher und anderes Zeug. Auf seinem großen Schreibtisch herrschte Tohuwabohu: Neben einem Laptop lagen Bücher, Hefte und Zeitschriften verstreut, dazwischen leere Bier- und Limonaden-Dosen, Krawatten, Bleistifte, Buntstifte, eine unausgefüllte Rückantwort-Karte, dann ein Brief von einem Mann mit einer ziemlich krakligen Schrift (so konnte nur ein Mann schreiben), ein zerbeulter Karton mit Papiertüchern und anderer Krimskrams. Auch der Stuhl daneben war vollgepackt mit Stößen von Fotokopien, Wörterbüchern, Zeitschriften, Socken, Hemden und einem leeren Pappschuber für eine Gesamtausgabe. Es wirkte jedenfalls so, als sei hier seit Ewigkeiten niemand zu Besuch gewesen. Im Gegensatz dazu war das Bett ordentlich gemacht und schien frisch bezogen, zumindest das Laken und die Kissenbezüge. Chie fand das sehr plump und überlegte mißtrauisch, ob er sich vielleicht ausgerechnet hatte, daß sie auf dem Heimweg noch auf einen Sprung mitkäme, und deshalb diese Vorkehrungen getroffen hatte. Natürlich lag sie richtig mit ihrer Intuition. Er hatte wirklich eigens die Bettwäsche gewechselt, wie übrigens schon öfter zuvor, doch bisher hatte sie seine Einladungen immer ausgeschlagen. Heute abend hingegen schien es überraschend gut zu laufen. Vermutlich war es besser, sie gar nicht aufzufordern.

Er räumte den Stuhl frei, damit sie sich setzen konnte. Chie ließ ihren Blick durch das Zimmer schweifen und dachte flüchtig, daß sich ein paar Bilder an den Wänden ganz gut machen würden, doch dann besann sie sich auf die Frage, wie der junge Geschichtsforscher das Rätsel der fünfsilbigen Zeile lösen wollte. Shibukawa räumte indessen einige Sachen vom Tisch auf den Boden, den Laptop stellte er an die Wand. Dann griff er sich den Index des mehrbändigen ›Chinesisch-Japanischen Wörterbuchs‹ aus dem Regal, schlug geschwind nach und stöberte daraufhin den ersten Band durch.

»Ich hab's«, sagte er mit tiefer Stimme und zeigte Chie die Stelle:

Tōkō: Den Duft stehlen. Eine unmoralische Romanze. – Zitat aus einer Überlieferung der Han-Dynastie, nach der die Tochter von Jia Chong ihrem Vater ein Parfüm als Liebespfand für Han Shou gestohlen hat . . .

Soweit war der Text noch lesbar, doch da die weitere Erklärung mit chinesischen Zitaten gespickt war, verstand sie nur einen Bruchteil davon.

»Ich bin keine Leuchte in Chinesisch. Genausogut könntest du mir einen griechischen Text vorlegen.«

»Mir geht es ebenso«, mußte Shibukawa gestehen. »Ich habe an der Uni mal einen Lektürekurs über die ›Geschichte der Samurai‹, ein altes sinologisches Werk, gemacht, damit hat sich's. Obwohl es in diesem Wörterbuch sogar Trennzeichen im Originaltext gibt, kapiere ich nicht allzuviel.«

Er schleppte drei weitere Lexika an und erklärte, während er nachschlug:

»Die kommen alle aus China. Ich kann zwar kein Chinesisch, aber wenn man die Zeichen sieht, kann man die Bedeutung vielleicht erraten. Ach, das habe ich ja vorhin im Taxi schon erwähnt. Die ›Etymologie‹ stammt noch aus der Vorkriegszeit, deshalb sind die Zeichen relativ gut lesbar, aber die neueren haben diese verteufelte Schreibweise, da ist nichts zu machen. Halt . . . aha, hier steht ›Sesetsushingo‹ als Quellenangabe. Das hilft uns weiter!«

Er verschwand ins Nebenzimmer, um das besagte Kompendium, von dem er eine japanische Ausgabe besaß, zu holen, und las sich den entsprechenden Abschnitt durch.

»Hier gibt es einen Kommentar«, sagte er und reichte ihr das Buch.

Als sie sich die Passage durchgelesen hatte, faßte er den Inhalt nochmals zusammen:

»Die Geschichte handelt von Han Shou, einem außergewöhnlich hübschen Jüngling, den Jia Chong als Unterbeamten in seine Dienste nehmen wollte. Han Shou erschien daraufhin jedesmal zu den Versammlungen in Jia Chongs Residenz. Eines Tages erspähte ihn die Tochter des Hauses durch ein Fenster und verliebte sich in ihn. Voller Sehnsucht verfaßte sie ein Gedicht und ließ es ihm durch ihre Zofe überbringen, die mit einem Liebesbrief von ihm zurückkam. Später kletterte der behende Jüngling über die Mauer und drang in ihr Gemach. Die freudige Erregung des jungen Mädchens ließ jedoch ihren Vater Verdacht schöpfen, und eines Tages bemerkte er einen bezaubernden Duft an seinem Gast. Das Parfüm kam ihm bekannt vor: ein Geschenk aus Indien an den Han-Kaiser Wu Di, der nur ihm und einem anderen Höfling eine Probe davon abgegeben hatte. Demnach war klar, daß seine Tochter etwas davon entwendet hatte, um ihrem Liebhaber eine Freude zu machen. Er knöpfte sich daraufhin ihre Zofe vor, die dann die ganze Geschichte beichtete, worauf – Ende gut, alles gut – die beiden vermählt wurden. Aus dieser Legende stammt also das geflügelte Wort ›den Duft stehlen‹, was auf eine unmoralische Beziehung anspielt.«

»Ein passendes Aphrodisiakum für eine Romanze, dieses Parfüm aus Indien.«

»Stimmt«, sagte Shibukawa und lächelte sie an. »Soweit haben wir des Rätsels Lösung, aber was ist mit dem Rest, ich meine, was hat der Alte nun bei dir mit seiner Hand gemacht?«

Als Chie mit der Antwort zögerte, neckte er sie:

»Ach, so ist das, dann hast du also an Banzan Hand angelegt?«

»Du spinnst. Er war es.«

»Was hat er getan?«

»Muß ich das verraten?«

»Natürlich mußt du!«

»Wieso?«

»Oh, jetzt bringst du mich in Verlegenheit. Also sagen wir mal so: Als dein Bodyguard heute abend habe ich ja eine gewisse Verantwortung für dich, und außerdem möchte ich es wissen, weil mir viel an dir liegt. Das wäre wohl schon Grund genug. Und zu guter Letzt ist diese Information unentbehrlich für die Auflösung des mysteriösen Ausspruchs, der wir ja beide auf der Spur sind.«

Chies Augen leuchteten.

»Der dritte Grund überzeugt mich am meisten.«

»Meine ich doch«, rief Shibukawa erfreut.

Dann erzählte ihm Chie, scheinbar um der Auflösung willen, was sich zwischen ihr und Banzan zugetragen hatte, als sie unter sich waren.

»Als erstes gingen wir zur Sitzecke hinüber. Als er mich aufforderte, sich neben ihn auf das große Sofa zu setzen, erklärte ich ihm, daß es besser sei, sich beim Sprechen anzuschauen, und setzte mich dann auf das andere.«

»Mhm.«

»Und dann habe ich ihm von Mutters Problemen erzählt.«

Erst wollte Chies Mutter ihr den berüchtigten Leitartikel gar nicht zu lesen geben, aber dann tat sie es doch, und Chie verstand hinterher gar nicht, was denn so skandalös daran sein sollte, weshalb ein derartiger Wirbel darum gemacht wurde. Trotzdem fand sie es jetzt erstaunlich schwierig, den komplexen Inhalt kurz und bündig wiederzugeben. Sie wollte sich lieber auf das Wesentliche der ganzen Affäre konzentrieren, daß nämlich bei dem geforderten Stellenwechsel der Grundstückstransfer auf dem Spiel stand, daß ein solches Druckmittel eine bedenkliche Gefährdung der Pressefreiheit darstelle, die – da sich die Repressalien gegen eine Kolumnistin richteten – die Regierung eine Menge weiblicher Wählerstimmen kosten könnte. (Chie ließ das Argument an dieser Stelle einfließen, obwohl sie es selbst nicht ganz passend fand). Von daher sei es ratsamer, die Aktion aufzugeben. Zu diesem Zweck wolle sie ihn bitten, seine Beziehungen spielen zu lassen und mit dem früheren Premierminister zu reden, den er doch in der Mittelschule unterrichtet habe und der inzwischen sein Kalligraphie-Schüler war. Oder aber mit Tamaru, dem jetzigen Premier, der unter dem Einfluß seines Vorgängers stand und sich ebenfalls in der Schriftkunst übte.

Banzan dachte ein Weile nach und sagte schließlich:

»Ich soll also dafür sorgen, daß sich die Regierung nicht in die firmeninternen Angelegenheiten einmischt und dem Verlag stillschweigend das Grundstück überläßt.«

Als sie nichts darauf sagte und nur lächelte, fügte er hinzu:

»Und falls sie das nicht tut, werden die Frauen auf die Barrikaden gehen und das Kabinett stürzen ...«

»Nun ja, das ist zwar etwas drastisch formuliert, aber so in etwa könnte es laufen.«

Banzan gab ein glucksendes Lachen von sich, worauf Chie hinzufügte:

»Ich meine es ernst. Es könnte äußerst gefährlich werden.«

Banzan schloß die Augen, um die Sache zu überdenken. Dann sagte er:

»Ehrlich gesagt, ich halte die ganze Sache für zu unbedeutend, um da zu intervenieren.«

»Finden Sie?«

»Schauen Sie, meine Kleine. Die asiatischen Gelehrten früherer Zeiten träumten davon, Mentor des Herrschers zu werden. Von diesem Ideal waren auch Konfuzius und Menzius beherrscht, als sie viele verschiedene Länder bereisten, um den dortigen Regenten ihre Dienste anzubieten. Doch unglücklicherweise stießen sie überall auf Ablehnung. Insofern war es für unseren berühmten Gelehrten Ogyū Sorai sicher eine große Genugtuung, daß er zum Lehrmeister des Shōguns, der in der Tokugawa-Periode regierte, ernannt wurde. Auch ich habe bereits zwei aufeinanderfolgende Premierminister unterrichtet, also eine vergleichbare Aufgabe übernommen. Ich mag zwar allgemein als Kalligraphie-Lehrer angesehen werden, aber das stimmt nicht so ganz. Die Schriftkunst ist nur ein Medium, um die östliche Weisheit zu vermitteln. Mein Ziel ist es also, die Führer unseres Staates mit dem Geist des Orients vertraut zu machen.«

»Verstehe.«

»In Anbetracht dessen, das müssen Sie verstehen, kleine Chie, kann ein Mann in meiner Stellung nicht einfach daherkommen und plötzlich über solche Dinge reden ...«

»Ja, das sehe ich ein«, lenkte Chie vorerst ein. »Aber dann sollten Sie auch möglichst lange Mentor des Premierministers bleiben, das wäre ein Glücksfall für die ganze Nation.«

»Da überschätzen Sie meine Person aber maßlos.«

»Man kann doch aber nicht wissen, ob der nächste Premier Ihr Schüler werden wird, nicht wahr? Vielleicht hat er gar keinen Sinn für so etwas.«

»Hm ... hm.«

»Vielleicht ergeht es Ihnen dann genauso wie Konfuzius und Menzius.«

»Huch!«

»Also sollte das jetzige Kabinett so lange wie möglich bestehen bleiben, damit Ihre Ideen dort Eingang finden können. Deshalb meine ich, es würde sich lohnen, mit dem Premier ein Wörtchen zu reden.«

»Ich verstehe, weil mir sonst das gleiche Schicksal wie Konfuzius blüht.«

Wahrscheinlich sonnte sich der Alte in dem schmeichelhaften Vergleich (sofern er ihn als Kompliment verstand), oder aber er wollte sich trotz seiner grundsätzlichen Bereitschaft, auf Chies Bitte einzugehen, nur ein bißchen wichtig machen – so jedenfalls ließ sich sein Lächeln deuten.

»Hört sich überzeugend an. Sie sind wirklich ein kluges Frauenzimmer. Ich gebe zu, man kann es auch von dieser Warte aus betrachten. Die Angelegenheit scheint doch ernster, als ich dachte. Also schön, ich werde gleich morgen mit beiden telefonieren«, versprach er. Chie war fast ein bißchen enttäuscht, daß alles so schnell gegangen war, aber sie bedankte sich nach allen Regeln der Höflichkeit.

»Nicht doch!« winkte er ab. »Betrachten Sie es als ein Zeichen meiner Zuneigung, denn eine vorbildliche Tochter wie Sie findet man unter den jungen Menschen heutzutage kaum noch.«

Doch unmittelbar darauf nahm das Gespräch eine merkwürdige Wendung.

Er gestand ihr, daß er große Zuneigung zu ihr verspüre, obwohl sie eigentlich keinem seiner bevorzugten Frauentypen in der Malerei entsprach. Weder ähnelte sie Botticellis ›Primavera‹ noch Fujishima Takejis ›Schmetterling‹ und auch nicht Uemura Shōens ›Flamme‹ oder Cranachs ›Venus‹. Er verglich sie mit einem Dutzend von Meisterwerken, doch entweder fiel ihm der Name des Künstlers nicht ein oder er wußte den Titel nicht mehr. Sie verbrachten eine Menge Zeit damit, die fehlenden Daten gemeinsam zu erinnern, so daß Chie es allmählich immer weniger peinlich fand, mit dieser Auslese berühmter Frauenbildnisse in eine Reihe gestellt zu werden. Dann wechselte er über zu seinen Lieblingsschauspielerinnen, doch auch hier sah er keine Übereinstimmung. (An der Stelle fragte ihn Chie natürlich nach ihrer Großtante Yanagi Aeka, doch die schien bei Banzan keinen nennenswerten Eindruck hinterlassen zu haben.) Seine Zuneigung zu ihr hatte also nichts mit angebeteten Schönen aus der Welt der Malerei oder des Films zu tun. Was war aber nun der eigentliche Grund für seine Verliebtheit? Und dann erzählte er ihr, daß er neulich einmal nachts aufgewacht sei und über diese Frage nachgegrübelt habe, bis er schließlich eine Antwort fand. Ihm sei nämlich eingefallen, daß sie zweifellos Ähnlichkeit mit seiner Mutter hatte, die starb, als er noch sehr klein war (er hatte nur eine kleine, verschwommene Fotografie von ihr zurückbehalten).

»Wie bitte?« rief Chie entrüstet. »Was ist denn das für eine verdrehte Logik? Scheint mir reichlich *sophisticated.*«

Doch Banzan ließ sich nicht aus der Fassung bringen.

»Ach, schau an, *sophisticated* soll das sein? Nun ja, auch ich habe in jungen Jahren den chinesischen Denker Han Fei-tse studiert, den man durchaus als Sophisten bezeichnen kann. Ist wohl sein Einfluß?«

Nach diesem geistigen Höhenflug schockierte er sie allerdings mit einer Bitte:

»Ich möchte Ihnen jetzt den innigen Wunsch eines alten Mannes anvertrauen, der nie das Gesicht seiner Mutter zu sehen bekam: Darf ich eine Ihrer Brüste berühren?«

»Was!? Ich glaub, ich spinne. Was bilden Sie sich eigentlich ein?« Vor lauter Entsetzen hatte sie sich etwas im Ton vergriffen, doch als sie sah, daß er es ernst meinte, besann sie sich schleunigst darauf, daß es sich als eine Art Dank oder Gegenleistung für sein Telefonat mit dem Premier betrachten ließ.

»Also meinetwegen«, nickte sie und stand auf. Sie streckte ihren linken Busen heraus und sagte: »Aber nur von außen.«

Banzan erhob sich ebenfalls. Er tat das mit solch einem Schwung, daß man meinen konnte, er wäre in seine besten Jahre zurückgekehrt. Als er vor ihr stand, mußte er sich wegen seiner Größe etwas bücken. Dicht vor ihr tauchte sein fleckiges Gesicht mit dem weißen Haar, den weißen Augenbrauen und dem weißen Schnurrbart auf, und sie bemerkte jetzt auch die Bartstoppeln an seinem Kinn. Er streckte vorsichtig seine Hand aus und berührte sie durch die beiden Stofflagen ihres Kimonos und Untergewandes. Als er ihren Busen umschlossen hielt, der in seiner Hand anschwoll, begann er, ihn sachte zu kneten. Plötzlich wurde er puterrot und fing an zu keuchen, was Chie in leichte Panik versetzte, doch glücklicherweise wurde er nicht zudringlicher. So, dachte sie, nun dürfte es ja langsam genug sein, aber Banzan ließ seine Hand auf dem gesprenkelten Stoff ihres Kimonos ruhen und sagte mit einem melancholischen Lächeln:

»Weißt du, kleine Chie, das hier reicht nicht aus, um mich an meine selige Mutter zu erinnern. Erlaubst du also, daß ich in deinen Ärmel schlüpfe?«

»Ausgeschlossen!«

»Verstehe.«

Er akzeptierte ihre Weigerung. Wer weiß, überlegte sie spontan, auf was für Ideen er noch kommen würde, wenn Sie die Grenze, welche die beiden Stofflagen zwischen seiner Hand und ihrem Busen bildeten, nicht wahrte. Womöglich wollte er ihr dann auch unter den Rock – ach nein, bei einem Kimono müßte es ja heißen: unter den Saum – greifen. Der zurückgewiesene Alte brummte vor sich hin und machte einen erneuten Vorstoß.

»Dann will ich aber beide.«

Er wollte gerade mit der anderen Hand zugreifen, doch Chie versetzte ihm einen leichten Klaps.

»Finger weg!«

Erschrocken ließ er los.

»Hier ist jetzt auch Feierabend, mein Herr«, erklärte sie resolut.

»Was? Mehr nicht? Das war ja ein sehr flüchtiges Stelldichein mit der Mutterbrust«, murrte er, zog aber seine Hand artig weg und ließ sich auf das Sofa fallen. »Wie es in dem alten ›Buch der Kindespflichten‹ so schön heißt: *Von den Höhen der Engel bis zu den Niederungen der Wilden, die Elternliebe bleibt grenzenlos.* Ein treffender Aphorismus!«

Er versuchte also, seine sexuellen Gelüste in Elternliebe umzumünzen. Chie mußte sich erst einmal setzen.

»Wie, das soll ein Ausdruck von kindlicher Liebe sein?«

»Aber sicher doch! Die zufällige Begegnung von zwei pflichtbewußten Kindern.«

Seine Scheinheiligkeit verschlug ihr die Sprache. Wenn er sich so daran festbiß, war er vielleicht zu Weiterem fähig, also wechselte sie lieber schnell das Thema.

»Ich habe riesigen Hunger.«

Banzan sprang gleich darauf an und prahlte mit allerlei Geschichtchen: Welch tollen Empfang man ihm damals wegen seiner hohen Position als Mentor des japanischen Premierministers in China bereitet hatte; was für tolle Nudel-Imbisse es in der Gegend gab; daß ihm der Chef einer Müllerei (auch ein Freund des Premierministers) hin und wieder vorzügliche Instant-Nudelsuppen geschickt hatte, die hier nur schwer erhältlich waren. Schließlich kam er auf Sushi zu sprechen, als die drei jungen Leute eintrafen.

Nachdem Shibukawa sich die ganze Geschichte angehört hatte, seufzte er erleichtert und grinste:

»Also doch keine ›unmoralische Affäre‹.«

»Natürlich nicht!« sagte Chie empört. »Dein chinesisches Wörterbuch spinnt eben.«

»Nein, tut es nicht, und Banzan ebensowenig. Die chinesische Poesie ist sehr traditionsbewußt, sie neigt eher dazu, Dinge zu verklären anstatt sie realistisch wiederzugeben und benutzt deshalb alte Legenden. Diese Art von Rhetorik läßt eine beträchtliche Interpretationsbreite zu. Zum Beispiel ›den Duft stehlen‹: Man kann es wörtlich nehmen oder aber im übertragenen Sinne, wenn jemand seine Hand auf den Kimono legt.«

»Oh, eine elegante Argumentation.«

Shibukawa freute sich über das Kompliment.

»In der Legende ist es Jia Chongs Tochter, die sein Parfüm stiehlt, während in Banzans Version seine Hand deine Brust stiehlt. Man darf es nicht zu streng analogisieren, sonst macht es keinen Sinn mehr. Einfach mal so nehmen, wie es ist, und sich nicht an Unebenheiten stoßen.«

»Glaubst du, daß es ein Zitat war?«

»Schwer zu sagen. Es paßt eigentlich zu gut, vielleicht ist es sogar seine eigene Schöpfung.«

»Was hat er wohl damit bezweckt?«

»Er wollte mir eins auswischen. Er kann mich eben nicht ausstehen und wollte mich eifersüchtig machen.«

»Sieht mir auch danach aus.«

»Ganz bestimmt war es das.«

»Er hat sich wohl über deinen Vortrag zu Soejimas Nachrufen geärgert.«

»Genau. Wahrscheinlich dachte er, ich wollte seinem verehrten Helden den Nimbus rauben, obwohl das gar nicht meine Absicht war.«

»Er hat deine Interpretation vermutlich gar nicht richtig mitgekriegt.«

»Und dann hat er die Kritik wohl noch auf sich persönlich bezogen.«

»Komische Art, sich zu ärgern. Einfach stur dazusitzen.«

»War doch ulkig, so kann man es halt auch machen.«

»Du hattest ja eine Engelsgeduld.«

»Findest du?«

»Ja.«

»Nicht der Rede wert. Dich hat er schließlich angegrapscht.«

Sie mußten beide lachen und amüsierten sich aufs neue über das skurrile Dreiergespann. Besonders lustig fanden sie, daß die beiden Mädchen ihn wie ein Zirkusäffchen behandelt hatten, und sie überlegten, ob Banzan vielleicht sogar ihr Urgroßvater war, vom Altersunterschied her zu schließen. Als sie dann auch deren Stimmen imitierten, spürten beide eine Art von Befreiung, daß alles überstanden war und sie sich nun wieder auf sicherem Terrain befanden.

»Hattest du eigentlich Bedenken, mich mit ihm alleine zurückzulassen?« fragte Chie.

»Na ja ...«, Shibukawa legte den Kopf zur Seite. »Eigentlich eher, als ich zurückkam. Irgend etwas war vorgefallen, das spürte ich. Und dann dieser Spruch ›Geschickt mit einer Hand den Duft stehlen‹. Ich bin immer noch leicht beunruhigt. Sag mal, wie weit ist er eigentlich gegangen?«

Das junge Mädchen stand wortlos auf und streckte ihm ihren linken Busen entgegen, worauf er sich ebenfalls erhob und seine rechte Hand darauf legte. Sie schauten sich belustigt an.

»Ein bißchen fester.«

»So?«

»Ja . . . au, das ist zu doll.«

Da sie jedoch keine Anstalten machte, ihn abzuwimmeln, wurde er forscher und griff nach ihrem anderen Busen. Sie ließ es mit sich geschehen und hielt seinem Blick stand, was er als Einwilligung, wenn nicht sogar Verführung betrachtete. Er nahm sie in seine Arme und küßte sie. Und da sie sich immer noch nicht sträubte, ließ er sich mit ihr aufs Bett fallen. Seine Hand schob sich unter ihren Kimono, doch im nächsten Moment zog er sie wieder zurück.

»Verflixt«, fluchte er und stand hastig auf.

»Was hast du denn?«

»Meine Hände sind ganz dreckig von den staubigen Wörterbüchern. Ich gehe sie kurz waschen.«

Jetzt war es Chie, die sich mit einem spitzen Aufschrei erhob.

»Was ist?«

»Mein Kimono, ich kann ihn doch nicht alleine zubinden.«

»Ach Gott, dieser Obi, das ist ja blöd«, murmelte er. »Wir können ja in so ein Hotel gehen, wo sie jemanden dafür haben.«

Sie überlegte einen Moment: »Laß uns nach Hause gehen.«

»Wie, zu dir?« rief er erschrocken und fragte sich, ob sie noch alle Tassen im Schrank hatte.

»Keine Sorge«, beruhigte sie ihn. »Ist doch niemand da. Meine Mutter und Tante Masako übernachten heute in einem Hotel, und Großmutter ist zu einem Klassentreffen nach Hakone gefahren.«

»Ach so, na dann. Fahren wir!« entschied er, da dies die allerbeste Lösung schien.

Zur selben Zeit hielten sich Yanagi Masako und Minami Yumiko in ihrem Hotelzimmer auf. Heute früh hatten sie eine Nachricht erhalten, daß sie sich um zwei Uhr nachts (!) in der Residenz des Premiers einfinden sollten. Der Regierungschef hatte angeblich die Angewohnheit, ab zweiundzwanzig Uhr vier Stunden zu schlafen und dann noch mal von vier bis sieben.

In der Zwischenzeit pflegte er am Schreibtisch den Papierkram zu erledigen. Yumiko wollte zu Hause anrufen, ob Chie schon zurück war, und bekam dafür eine Rüge von Masako, die gerade vor dem Fernseher saß. Sie solle sich langsam damit abfinden, daß ihre Tochter schon selbständig war. Yumiko verzichtete also auf den Anruf und setzte sich zu ihrer Tante. Es war zwanzig nach neun. Im Fernsehen lief eine Tiersendung, ›Regenzeit in der afrikanischen Savanne‹. Ein Rudel Gazellen sprang durch die feuchte Graslandschaft. Die schönen wilden Tiere waren zart und anmutig wie Rehe. Ganz plötzlich hörte es auf zu regnen, und über dem grauen Himmel spannte sich ein Regenbogen, der eigentlich nur aus den drei Farben Rot, Gelb und Hellgrün bestand. Er war in Längsrichtung aufgenommen und füllte in seiner Breite fast den ganzen Bildschirm aus. Der Fünfundsiebzigjährigen und ihrer dreißig Jahre jüngeren Nichte stockte der Atem.

Währenddessen befand sich Minami Etsuko mit zwei Freundinnen in ihrem Hotelzimmer in Hakone. Die drei Frauen lagen bäuchlings auf den ausgerollten Futons und waren so in ihre Unterhaltung vertieft, daß sie nur gelegentlich zum Fernseher schauten. Sie trugen wattierte Hotelkimonos. Eine ihrer Zimmergenossinnen war die Witwe eines Akademikers, die andere war mit dem Direktor einer kleinen Firma verheiratet. Als die Gelehrtenwitwe aus ihrem Augenwinkel den Regenbogen erhaschte, rief sie aufgeregt:

»Schaut doch, schnell!«

Eine ganze Minute lang herrschte andächtiges Schweigen. Dann, als die Szene wechselte und Nilpferde beim Baden zeigte, sagte die Witwe:

»War das schön!«

Nachdem Etsuko ihr beigepflichtet hatte, warf die Direktorengattin schüchtern ein:

»Irgendwie ist es so ... wie ein Zeichen der Reue.«

»Ach, sieh mal an, der Himmel entschuldigt sich also?« spottete die Witwe lachend.

»Du meinst, die Götter haben den Regenbogen als Zeichen der Reue geschickt?« fragte Etsuko nach.

»Ja so, klingt wohl etwas wunderlich.« Dieser Rückzieher war typisch für sie. Schon als Schulmädchen hatte sie die dumme Angewohnheit, eigene Bemerkungen sofort zunichte zu machen.

»Trotzdem, ich verstehe, was du meinst«, antwortete Etsuko, die nämlich als einzige wußte, daß ihre Freundin letztes Jahr ihre beiden Enkelkinder durch einen Verkehrsunfall verloren hatte.

Toyosaki Yōkichi saß alleine in dem Bankettsaal eines traditionellen Restaurants namens ›Kohagi‹ in Sendai. Die anderen Räume schienen belegt zu sein. Er hatte sich etwas zu trinken bestellt und nippte an seinem Sake. Sakakibara Zenroku, der Generalsekretär der Regierungspartei, war noch nicht aufgetaucht. Toyosaki hatte sich schon so etwas gedacht und vorsorglich drei Philosophiewälzer – einen englischen, einen deutschen und einen französischen – mitgenommen, doch statt dessen schmökerte er jetzt in drei Wochenmagazinen, die irgendwelche Gäste dort liegengelassen hatten.

Ōnuma Banzan wachte mitten in der Nacht auf, nahm einen Schluck Mineralwasser aus der Flasche und schmatzte behaglich. Selig lächelnd betrachtete er seine rechte Handfläche; offensichtlich erinnerte er sich an die Berührung von Chies Busen. Eine Sekunde später runzelte er verwirrt die Stirn. Er hätte schwören können, daß er dem Mädchen etwas versprochen hatte, aber was, fiel ihm nicht mehr ein. Er unternahm allerlei Anstrengungen, sich darauf zu besinnen, doch nach einer halben Stunde fühlte er sich schläfrig. Na ja, auch egal, sagte er sich. Bestimmt so eine Lappalie, mit der ein Mann seines Standes, ein Hofkalligraph, sich eigentlich nicht abzugeben brauchte. Konfuzius und Menzius hätten sich vermutlich auch nicht darum geschert.

7. *Kapitel*

Es war kurz vor zehn, und Sakakibara war immer noch nicht da. Toyosaki Yōkichi hatte vorher schon zu Abend gegessen und saß nun ganz allein in dem Saal, der mindestens dreißig Personen Platz bot. Vor ihm auf der langen Tafel, die sich fast durch den ganzen Raum erstreckte, stand ein halbmondförmiges Tablett mit rohem Tintenfisch, gesalzener Fischpastete, Eßstäbchen und einem Sake-Schälchen, daneben das Sake-Fläschchen, und er bemerkte, daß es bereits sein drittes war. Gelegentlich kam eine Kellnerin oder die Wirtin selbst, um ihm nachzuschenken. Bei der dritten Runde leistete ihm die Dame des Hauses Gesellschaft. Sie trug einen indigoblau-gestreiften Seidenkimono, zu dem der mandarinfarbene Obi einen geschmackvollen Kontrast bildete. Ihre Frisur war mit einer reich verzierten Haarnadel geschmückt. Er schätzte die Wirtin auf Ende Dreißig.

»Sie wollen sich also für eine Dame einsetzen. Der Herr Generalsekretär deutete so etwas an. Wie reizend von Ihnen! Klingt sehr romantisch!«

Ihr neckischer Ton ließ darauf schließen, daß sie zu dem Generalsekretär ein intimes Verhältnis hatte. Der Philosoph mußte also wohl oder übel darauf antworten.

»Ich hoffe, Sie werden mich dabei unterstützen«, erwiderte er lächelnd und bot ihr einen Schluck Sake an. Die Wirtin überreichte ihm ihre Visitenkarte, worauf er ihr seine gab. Sie warf einen neugierigen Blick darauf.

»Ah, sieh an, Professor der Philosophie! Dazu braucht man doch aber ganz schön Köpfchen, nicht wahr?«

»Wahrscheinlich eher das Gegenteil!«

»Aber, aber, nur keine falsche Bescheidenheit!«

»Passen Sie auf, ich werde es Ihnen an einem Beispiel demonstrieren«, sagte er und hob sein Sake-Schälchen. »Vermutlich gibt es mindestens dreißig Stück davon in diesem Laden – alle die gleiche Form, die gleiche Farbe. Und trotzdem ist dieses hier nicht dasselbe wie die übrigen. Es ist also ein *anderes* und dennoch *gleich.* Ist das nicht verwirrend, eine derart paradoxe Beziehung zwischen den Dingen? Hinzu kommen all die Sake-Schälchen, die es sonst noch gibt, aus Glas, aus Keramik, unterschiedlichster Herkunft. In Form, Farbe, Glasur zwar völlig verschieden, sind es doch alles *Schälchen.*«

»Das ist aber doch offensichtlich, Professor.«

»Allerdings! Wir Philosophen überdenken eben Sachverhalte, die jedem normalen Menschen einleuchtend und selbstverständlich sind, noch einmal neu. Klingt nicht gerade intelligent, was?«

Sie klatschte begeistert in die Hände und rief voller Bewunderung:

»Oh, Professor, was für eine elegante Argumentation! Das beweist doch, wie schlau Sie sind!«

Schließlich befolgte er ihren Rat, legte Krawatte und Armbanduhr ab und gab sich gemütlich dem ›Suff‹ hin. Die Regiments-Krawatte war ein Souvenir aus New York, wo er sich vor einigen Jahren mit Yumiko getroffen hatte. Als sie dort vor dem Schaufenster einer Herren-Boutique standen, öffnete der Verkäufer gerade die Ladentür, und so schlüpften sie hinein und kamen schließlich mit dem guten Stück wieder heraus. Die Armbanduhr war so ein Billigteil, das er sich auf dem Flughafen kaufte, nachdem er seine alte verbummelt hatte. Nach seiner Rückkehr fand er die alte zwar in seinem Kulturbeutel wieder, doch inzwischen gefiel ihm die billige besser.

Es liegt wohl in der Natur des Mannes, daß ihm in Gesellschaft einer attraktiven Frau die Zeit wie im Fluge vergeht, und so war nur ein kurzer Augenblick verstrichen (zumindest empfand der Professor das so), bis Sakakibara in den Saal stürmte. Er trug einen dunklen Anzug, der vom Stoff und vom Schnitt her sehr exklusiv wirkte. Auch sein Oberhemd und seine Krawatte zeugten von gutem Geschmack, während sein Gesicht alles andere als geistvoll erschien. Er sah ziemlich grobschlächtig aus. Toyosaki bemühte sich um eine korrekte Sitzhaltung, doch der Generalsekretär rief ihm zu:

»Lassen Sie, nur keine Umstände!«

Er setzte sich auf den Ehrenplatz vor der Ziernische.

»Tut mir leid wegen der argen Verspätung!« entschuldigte er

sich mit einer tiefen Verbeugung. »Ich habe zwar schon gegessen, aber ein bißchen Obst könnte ich noch vertragen.«

Dabei erhob er sich leicht, damit die Wirtin ihm das Sitzkissen zurechtrücken konnte.

»Bestellen Sie Ihrer Gattin bitte meinen aufrichtigsten Dank für ihre treue Unterstützung. Und nun zur Sache!«

Es kam so abrupt, daß Toyosaki, der immer noch seinen Schlips in der Hand hielt, überstürzt loslegte:

»Jemand aus dem Kolumnisten-Team der ›Neuen Nachrichten‹ soll in die Projektabteilung versetzt werden, und zwar auf Druck von außerhalb. Irgendwie scheint es mir ...«

»Hm, hm ...«

Sakakibara griff nach dem Sake-Schälchen auf seinem Tablett und ließ sich nachschenken.

»Die Versetzung soll also verhindert werden und dieser Grundstückstransfer trotzdem zustande kommen«, führte er Toyosakis Rede eigenmächtig zu Ende.

»Verstehe!«

Er nickte und hielt ihm plötzlich die offene Hand vor die Nase. »Aber nicht umsonst, lieber Professor! Los, los, rücken Sie was raus!« fuchtelte er vor ihm herum. Was um alles in der Welt wollte er bloß? Der Philosoph tappte völlig im dunkeln und reichte ihm ängstlich seine Krawatte.

»Quatsch, doch nicht so was!« winkte Sakakibara verächtlich ab. Toyosaki griff nach seiner abgelegten Armbanduhr, obwohl er sich kaum vorstellen konnte, daß sein Gegenüber danach trachtete, zumal an dessen linkem Handgelenk ein viel edleres Exemplar – vermutlich eine Audemar Piguet oder Patek Philippe – blitzte.

»Die nun erst recht nicht«, wehrte der Generalsekretär energisch ab. Die Wirtin an seiner Seite platzte fast vor Lachen, während Toyosaki nicht mehr ein noch aus wußte.

»Aber was dann? Sagen Sie es doch endlich!«

Sakakibara lächelte sarkastisch und nahm einen Schluck Sake, bevor er ihm die Situation erklärte. Er sei wirklich bereit, ihm da behilflich zu sein, schon wegen der bestehenden Verbindungen. Aber um die ganze Sache quasi rückgängig zu machen, bedurfte es einiger Anstrengungen und Opfer, sowohl in körperlicher als auch psychischer Hinsicht. Und deshalb erwarte er eine angemessene Entschädigung. Seine Frau, die ihm schon die ganze Zeit damit in den Ohren lag, habe er mit einer nichtssagenden Antwort abgespeist, aber gestern habe er erfahren, daß der Alte, der seine Nase nicht nur andauernd in Parteiangelegenheiten steckte, sondern auch die ›Neuen Nachrichten‹ wie die Pest haßte und deshalb einen ziemlichen Anteil an der Leitartikel-Affäre hatte, wegen einer ernsten Krankheit im Hospital lag. Er wolle in der Sache kompromißbereit sein, aber wenn er daran dachte, wie viele Hebel er in Bewegung setzen müßte, um die Leitartikel-Geschichte aus der Welt zu schaffen, dann habe er wirklich keine Lust, das auch noch gratis zu machen. Er denke eben realistisch: Umsonst schuften sei einfach pervers.

Der Philosoph schluckte und vergewisserte sich erneut:

»Sie erwarten also eine Art Gegenleistung?«

»Ja.«

»Soll das heißen, Geld ... oder etwas in der Richtung?«

»Genau das.«

»Aber bei mir gibt es nichts zu holen. Wie stellen Sie sich das vor?«

Sakakibara nahm einen kräftigen Schluck Sake.

»Regen Sie sich nicht auf, Professor. Ein Geschenk tut's auch.«

»Ein Geschenk!« Toyosaki war völlig aufgelöst. »Herr Sakakibara, ich besitze doch gar nichts. Ein paar Philosophiewälzer allenfalls, aber nichts von Wert ... alles nur gewöhnliche Ausgaben, vollgeschmiert mit meinen Anmerkungen. Wenn Bergson oder Wittgenstein das geschrieben hätten, würde natürlich ordentlich was dabei herausspringen, aber es sind leider nur meine. Und dann noch auf Japanisch, also taugt es erst recht nichts ...«

Den Generalsekretär interessierte es herzlich wenig, ob die Anmerkungen seines Verhandlungspartners in einer anderen Sprache gewinnbringender wären.

»Wir sprachen doch von einem Geschenk. Das kann man schließlich sehr weit fassen. Mir ist alles recht. Wie wäre es zum Beispiel mit Informationen? Wenn Sie mir ein paar gute Informationen liefern, hätten Sie Ihre Schuldigkeit getan.«

»Informationen?« stieß der Philosoph weinerlich hervor. »Natürlich verfüge ich über Informationen, aber die dürften für Sie wohl kaum von Belang sein. Ich könnte Ihnen vielleicht verraten, wer dieses Jahr den ›Nishida-Kitarō-Preis‹ bekommen wird, aber davon haben Sie doch nichts. Die Machtkämpfe in der ›Japanischen Philosophenvereinigung‹ dürften Sie genausowenig interessieren, nehme ich an. Noch weniger, weshalb der Stuhl für Philosophie in der Akademie der Wissenschaften zur Zeit unbesetzt ist. Oder etwa der Skandal um die Galionsfigur der japanischen Philosophenszene – sein Name ist Ihnen sicher ein Begriff –, dessen Briefsammlung posthum herausgegeben werden sollte. Das Projekt wurde wieder abgeblasen, als man herausfand, daß er die peinliche Angewohnheit hatte, an mehrere Frauen gleichzeitig Liebesbriefe zu verschicken, und zwar alle auf denselben Tag datiert mit identischem Wortlaut. ›*Auch heute steigt Rauch aus dem Asama-Vulkan. Genauso schmachtet mein Herz für* . . .‹ Etwa in der Art schrieb der liebestolle Kerl von seinem Sommerhaus aus an ein halbes Dutzend Frauen.«

»Ui, toller Trick. Ich schicke zwar auch Ansichtskarten mit gleichem Wortlaut an meine Wählerschaft, wenn ich im Ausland weile, aber auf die Idee mit den Liebesbriefen wäre ich nicht gekommen. So macht man das also: Wie der Rauch aus dem Vulkan . . .«

Sakakibara war sichtlich hingerissen, was der Philosoph natürlich nicht beabsichtigt hatte.

»Finden Sie das auch noch amüsant?« keifte er und war kurz davor, seine Beherrschung zu verlieren. Wütend kippte er den Sake hinunter.

»Hören Sie, Herr Sakakibara, wenn Sie mir nicht helfen wollen, dann sagen Sie es mir bitte klipp und klar. Sie brauchen nicht um den heißen Brei herumzureden. Es ist doch völlig absurd, von einem mittellosen Gelehrten Geld oder andere Wertsachen zu erwarten. Genausowenig kann ich Ihnen mit brauchbaren Informationen dienen. Sie suchen mit ihren Forderungen offensichtlich nach einem Vorwand, sich aus der Affäre zu ziehen.«

»Aber nicht doch, da mißverstehen Sie mich. Ich will mich nicht drücken. Das ist einfach meine Lebensphilosophie.«

»Ihre Lebensphilosophie?«

»Ja. Wenn ich eine Verpflichtung habe, dann setze ich alles daran, sie zu erfüllen. Aber ich bin absolut nicht bereit – auch nicht in diesem Fall –, etwas umsonst zu tun. Ich halte so etwas für sittenwidrig. Es wäre für beide Seiten schädlich, meine ich.«

»Ach ...«

»Diese Maxime ist mir während meiner politischen Lehrjahre regelrecht eingebleut worden. Sie ist sozusagen das Herzstück der konservativen Politik Japans.«

»Ach, wirklich?«

Der Philosoph war wider Willen davon beeindruckt.

»Na schön, wenn Sie meinen. Aber das ändert keineswegs etwas an der Tatsache, daß ich Ihnen rein gar nichts anzubieten habe«, fing er wieder an zu jammern. »Ich besitze kein Ferienhaus und fahre bloß eine alte Klapperkiste.«

»Irgend etwas wird es schon geben, was für mich von Nutzen sein könnte. Irgendeine Information, die Ihnen vielleicht ganz abwegig erscheint. Ein Zukunftsszenario zum Beispiel ...«, erwiderte Sakakibara und setzte zu einem neuen Schluck an.

»Da muß ich Sie enttäuschen. Ich habe weder Geld noch Wertsachen und auch keine Informationen.«

»Nun, vielleicht eine Methode, um mein Golfspiel zu verbessern.«

»Ich spiele kein Golf«, gab Toyosaki schroff zur Antwort. Dabei fiel sein Blick auf die Wirtin, die immer noch neben dem Generalsekretär kniete und ihm offenkundig zublinzelte, wobei sie sich mit dem Zeigefinger an den Kopf tippte – ein deutlicher Hinweis, seine grauen Zellen anzustrengen. Er bedeutete ihr mit einem kurzen Nicken, daß er verstanden habe: »Nun, da Denken zu meinem Metier gehört, könnte ich Ihnen allenfalls ein paar Ideen als Gegenleistung bieten, von denen Sie unter Umständen Gebrauch machen können.«

»Na, das hört sich doch prima an. So etwas in der Art schwebte mir sowieso vor.«

»Würden Sie mir dann etwas Zeit lassen, Bedenkzeit sozusagen?«

Sakakibara nickte und wandte sich dann an die Dame des Hauses:

»Und wir proben inzwischen ein bißchen, ja?«

Die beiden standen auf und begaben sich zum anderen Ende des Raums. Der Generalsekretär postierte sich vor dem goldenen Wandschirm. Es lag zwar gar nicht in Toyosakis Absicht, auf sie zu achten, aber er schaute dann doch unwillkürlich hinüber und bemerkte, wie die Wirtin ein weißes Plastikteil hervorholte, mit dem man normalerweise Steppdecken ausklopfte, und es dem Generalsekretär überreichte. Das Ding bestand aus einem Ring mit einem Kreuz in der Mitte, das sich nach unten hin zu einem Stiel verlängerte. Er hielt den Klopfer etwa in der Mitte in waagerechter Position und duckte sich. Seine Augen waren geschlossen. Plötzlich erklang melancholische Musik aus irgendeinem Film, an dessen Titel Toyosaki sich zunächst nicht erinnern konnte. Doch nach einer Weile fiel ihm ein, daß es der Soundtrack zur Kino-Serie ›Zatōichi‹ war (in der ein blinder Wandermönch eine Reihe Abenteuer mit seinem Schwert zu bestehen hat). Auf dem Display der Karaoke-Maschine erschien offenbar der Begleittext, den Sakakibara nun so hölzern rezitierte (vermutlich mit offenen Augen!), daß er den Worten jegliches Sentiment austrieb:

Wir sind die Gesetzlosen,
wandeln auf verbotenen Pfaden.
Jenseits von Recht und Ordnung
betreiben wir unser Geschäft.
Geächtete, im ganzen Land.

An dieser Stelle setzte die ›Kohagi‹-Wirtin mit lautem Geschmetter ein, das besser zu ›Funiculi-funicula‹ oder ›Santa Lucia‹ gepaßt hätte als zu dieser elegischen Weise, während ihr Partner dazu eine Tanzeinlage brachte. Vermutlich war er ein miserabler Sänger, und da Karaoke ein absolutes Muß auf den Veranstaltungen seiner Unterstützungskomitees war, hatte einer von beiden vermutlich den genialen Einfall gehabt, vorher zu proben. (Von einem ehemaligen Kommilitonen – einem Haiku-Dichter – hatte der Philosoph erfahren, daß sogar auf den Lyrik-Kongressen Karaoke-Einlagen sehr populär waren).

> *›Halt ein mit diesem sinnlosen Treiben‹,*
> *– so lautet sein Flehen. Doch wenig später*
> *schwirrt sein Schwert durch die Lüfte,*
> *zerreißt die Klänge, zerstäubt die Düfte.*
> *Gramgebeugt, gramgebeugt.*

Bei ›Halt ein‹ kreuzte der Generalsekretär beide Hände. Es folgte eine lässige Wegwerfbewegung mit der rechten Hand, als ›sinnloses Treiben‹ erklang. Die folgende Zeile untermalte er mit der Hand vor dem Mund, worauf sich eine ausladende Geste anschloß, die offensichtlich eine Sprechblase, wie man sie aus Comic-Heften kennt, andeuten sollte. Bei ›Doch wenig später‹ ergriff er mit beiden Händen den Stockdegen (beziehungsweise den Plastikklopfer) und verwandelte sich in einen Schwertkünstler, indem er seine Waffe virtuos durch die Luft sausen ließ, bis er schließlich ›gramgebeugt, gramgebeugt‹ mit eingezogenen Schultern wegschlurfte. Danach schnappte er sich plötzlich das Mikrophon und rief voller Inbrunst:

»Oh, wie elend ist unser Geschäft.«

Die Wirtin schaltete die Karaoke-Maschine aus und gab ihm neue Regieanweisungen:

»Herr Generalsekretär, nachdem Sie alles kurz und klein geschlagen haben, müssen Sie das Schwert sofort in die Scheide zurückstecken – genauso wie Zatōichi es tut.«

»Okay, okay«, nickte Sakakibara und spielte die Szene noch einmal durch. Diesmal zeigte sich die Wirtin begeistert.

Gedankenversunken betrachtete der Philosoph indessen das ferne Spektakel, das sich vor der goldenen Kulisse entfaltete, und verlor sich dabei mehr und mehr in seinen Meditationen. Es mochte etwa eine halbe Stunde vergangen sein, als er wie aus einer Trance erwachte. Er sah die Wirtin auf sich zukommen, die jedoch nur zwei Rosen aus der Vase in der Ziernische nahm und dann wieder zum Schauplatz zurückkehrte. Sie nahm das Mikrophon und sagte:

»So, Herr Generalsekretär, und nun Teil III«,
worauf sie das Gerät einschaltete.

Laß ab von diesen frevelhaften Taten,
Unbarmherziger, voller Verachtung.
Die Blüten zerstieben von wilden Hieben,
im Abendrot, im Abendrot.

An der Stelle ›Die Blüten zerstieben‹ warf die Wirtin die beiden solange verborgenen Rosen in hohem Bogen in die Luft, worauf der Generalsekretär zu einem kräftigen Schlag ausholte (mit geschlossenen Lidern, versteht sich!). Sein herumwirbelnder Plastikklopfer landete einen Treffer und schmetterte eine der roten Blumen gegen den goldenen Wandschirm. Ein dumpfer Aufprall, und die Rose klatschte auf den Boden. Als die letzte Zeile ertönte, beschattete der Generalsekretär seine Augen, offenbar um sich vor dem grellen ›Abendrot‹ zu schützen, was allerdings gar keinen Sinn machte, da der Filmheld ja sein Augenlicht verloren hatte. Jedenfalls war mit dieser Geste das Spektakel endgültig vorbei. Die Wirtin applaudierte, worauf auch Toyosaki von weit hinten Beifall spendete.

»Entschuldigen Sie, daß ich Sie solange auf die Folter gespannt habe«, rief er durch den Raum. »Ich bin jetzt soweit mit meiner Ideensammlung.«

Schweißgebadet von den anstrengenden Kampfszenen entledigte sich der müde Krieger seines Jacketts samt Weste und kehrte zum Tisch zurück. Zunächst gönnte er sich einen kräftigen Schluck Bier, bevor er seine Aufmerksamkeit dem Philosophen schenkte.

»Nun, ich höre ...«

»Also das, was ich im Sinn habe, betrifft gewissermaßen das Fundament der japanischen Politik, nämlich die Verfassung. Ich weiß nicht, ob bereits jemand vor mir solch einen Vorschlag gemacht hat, aber selbst wenn, dann auf keinen Fall öffentlich. Mir ist jedenfalls nichts Derartiges zu Ohren gekommen. Im Prinzip geht es mir darum, die Verfassung abzuschaffen.«

Der Generalsekretär machte ein langes Gesicht.

»Du meine Güte, Verfassungsreform, das ist doch ein alter Hut.« Dieser Schlaumeier schien ja völlig hinter dem Mond zu leben. Seit über vierzig Jahren ging doch das Gezeter schon, ob man das Grundgesetz erneuern oder bewahren sollte.

»Nicht doch!« beharrte Toyosaki. »Ich spreche nicht von Änderung, sondern von Abschaffung. Man sollte sich völlig davon lossagen.«

Der Generalsekretär schien immer noch seine Zweifel zu haben.

»So was gibt's doch nirgends, ein Staat ohne Verfassung. Das wäre ja äußerst rückständig, zumindest in einem hochzivilisierten Land.«

»Doch, es gibt eine Industrienation, wo genau dies der Fall ist.«

»Ach?«

»Großbritannien!«

»Stimmt, ist mir ganz entfallen. England besitzt natürlich keine Verfassung. Machen wir es also den Briten nach. Vielleicht gar nicht so übel, diese Idee.« Die Miene des Generalsekretärs hellte sich auf. »Könnte direkt Anklang finden. Die Leute, die sich über den kaiserlichen Haushalt aufregen, hören doch sofort mit dem Gemecker auf, wenn man ihnen erklärt, daß bei der Royal Family das gleiche Theater los ist. Ein alter Verwandter von mir konnte auch erst Miniröcke nicht ausstehen, aber als er erfuhr, daß die Mode aus England kam, verlor er kein schlechtes Wort mehr darüber.«

»Wie, der Mini kam nicht aus Frankreich?« fragte die Wirtin erstaunt.

»Nein, wußtest du das nicht?« belehrte sie der Generalsekretär und wandte sich dann wieder dem Professor zu. »Nein wirklich, ich denke, Ihre Idee taugt was. Welche Erlösung, wenn dieser blöde Artikel 9 wegfallen würde und damit das Recht auf Kriegführung wieder eingeführt werden würde. Auf Verfassungsreform könnte man dann völlig verzichten. Orientieren wir uns also an den Briten und schaffen diesen ganzen Schwachsinn ab. Ein, wie mir scheint, lohnenswerter Gedanke.«

Aber Toyosaki verpaßte der Begeisterung des Generalsekretärs sofort einen Dämpfer.

»Nun, was den Kriegsverzicht betrifft, bin ich mir nicht so sicher, wie sich das gestalten würde. Der wichtigste Punkt ist doch, daß bei Abschaffung der Verfassung ein ungeschriebenes

Recht an ihre Stelle treten würde, das auf der mehr als vierzigjährigen Nachkriegserfahrung unseres Volkes beruht. Dabei spielen dann natürlich Grundsätze wie Achtung der Menschenrechte oder Wahrung des Friedens immer noch eine wesentliche Rolle.«

»Ach so!«

»Großbritannien besitzt zwar keine Verfassungsurkunde, aber in den beiden Revolutionen – ein König wurde hingerichtet, der andere vertrieben – spiegeln sich Weisheit und Erfahrung des ganzen Volkes wider. Entsprechend würde auch bei uns die Weisheit und Erfahrung, die wir Japaner in den mehr als vierzig Nachkriegsjahren erworben haben, anstelle des gegenwärtigen Dokuments zum Tragen kommen. Unter diesen Bedingungen hätten wir weiterhin das Recht zur Selbstverteidigung, aber die Frage, ob man Truppen ins Ausland senden sollte, kann dann nur in einer öffentlichen Diskussion geklärt werden.«

»Aber wozu dann überhaupt die Verfassung, ich meine die urkundliche, abschaffen?« warf der Generalsekretär skeptisch ein. »Können Sie mir dafür einen triftigen Grund nennen?«

»Sogar zwei. Erstens entspricht ein Teil der Verfassung nicht mehr den tatsächlichen Gegebenheiten.«

»Sie meinen die Kriegsverzichts-Erklärung?«

»Nein, ich denke dabei an die Präambel.«

»Und an welchen Abschnitt?«

»In der Präambel sind die Prinzipien niedergelegt, die unsere Lebensführung bestimmen: Kooperation mit anderen Staaten, Frieden, Demokratie und so weiter. Natürlich folgen wir diesen Richtlinien. Bemerkenswert ist aber doch, daß wir keinen Waffenhandel betreiben dürfen und uns trotz dieses Verzichts zu einer wirtschaftlichen Supermacht gemausert haben. Eine beachtliche Leistung! Dennoch vermisse ich hier ein wesentliches Prinzip, das meines Erachtens sogar noch grundlegender als alle anderen ist, aber in unserer Verfassungsurkunde nicht auftaucht.«

»Und das wäre?«

»Der Austausch von Gütern.«

»Wie, Austausch von Gütern?«

»Ja, zum Beispiel die Schenkerei Mitte und Ende des Jahres.«

»So etwas soll in die Präambel?«

»Es ist von enormer Wichtigkeit. Schließlich leben wir Japaner seit ewigen Zeiten in dieser Struktur.«

»Aha.«

Professor Toyosaki erläuterte nun dem Generalsekretär seine Gedanken:

Zuallererst müsse man sich das tägliche Leben eines Durchschnitts-Japaners vor Augen führen. Begegnen sich zwei Leute zum ersten Mal, so tauschen sie höflichkeitshalber ihre Visitenkarten aus. Würde man das vergessen, so hätte es schlimme Folgen.

Im Juli und im Dezember verschickt man Geschenke an Verwandte, an Freunde, an Vorgesetzte. Ein nationales Ritual, dessen Extraausgaben durch die beiden zeitgleichen Bonuszahlungen vom Arbeitgeber abgedeckt werden. Wenn dieser Brauch wegfiele, würden Kaufhäuser und Lieferservice-Gesellschaften wohl pleite gehen.

Darüber hinaus gibt es natürlich weitere Gelegenheiten für Präsente, zum Bespiel Reisegeld für Globetrotter, die wiederum den Daheimgebliebenen Souvenirs mitbringen; großzügige Beileidsgaben, für die der Spender auf der Trauerfeier ein Gegengeschenk erhält. Das gleiche bei Hochzeiten.

Zum Neujahrsfest werden die Kinder finanziell bedacht, die ihrerseits den Eltern zum Vater- beziehungsweise Muttertag ein Geschenk machen.

Am Valentinstag verwöhnen die Frauen ihre männlichen Arbeitskollegen mit Schokolade, wofür sich die Männer dann am sogenannten ›White-Day‹ mit Unterwäsche revanchieren (wenngleich diese Sitte nicht allzu verbreitet ist).

Nun ja, und vieles andere mehr.

Bei Konzerten zum Beispiel bekommen die Künstler Blumensträuße, und zwar sowohl von den Veranstaltern als auch von den Zuhörern, was in Europa nicht unbedingt üblich ist.

Kabukidarsteller werfen Mini-Handtücher ins Publikum, während die Fans den Varieté-Amazonen für ihre Schwertkampf-Einlagen Bakschisch zuschmeißen.

Beim Sumō bespritzt der Sieger den folgenden Ringkämpfer mit Wasser, das soll ihm Glück bringen, und nach Glück trachten übrigens auch die Zuschauer, wenn sie die nackte Haut des abtretenden Sumō-Ringers berühren.

Begeht ein Yakuza einen Faux-pas, so amputiert er seinen kleinen Finger, um ihn seinem Boß als Zeichen der Reue zu übergeben.

Ah, und nicht zu vergessen, unsere Kollekten für Gottheiten und Buddhas.

Das moderne Japan ist ein Imperium des Schenkens. Im Vergleich dazu sind die Abendländer nicht sehr spendabel. Natürlich pflegen sie diesen Brauch auch, zu Weihnachten, an Geburtstagen. Aber insgesamt ist das Schenken dort auf viel weniger Anlässe beschränkt, während wir es bei allen erdenklichen Gelegenheiten praktizieren. Beileidsgaben in Form von Geld sind im Westen zum Beispiel überhaupt nicht üblich. Man ist dort auch längst nicht so großzügig wie hier.

Ein Freund von ihm, ein junger Anglist, der ein Jahr in Oxford – oder war es Cambridge? – studiert hatte, war einmal bei einem Engländer zum Dinner eingeladen. Nachdem er sich bei einem Bekannten nach einer angemessenen Aufmerksamkeit erkundigt hatte, brachte er seinen Gastgebern eine Flasche Wein mit, worauf die Eheleute fast in Ohnmacht fielen, als sie bemerkten, in was für Unkosten er sich ihretwegen gestürzt haben mußte. Und das, obwohl er für japanische Verhältnisse etwas Preiswertes ausgesucht hatte.

Oder der umgekehrte Fall: ein anderer Bekannter, ein Franzose, der schon seit dreißig Jahren mit einer Japanerin verheiratet ist und als Holzschnitzer in Kyōto lebt. Ihm müßten die japanischen Gepflogenheiten – zum Beispiel die eigene Meinung niemals direkt zu äußern oder stets ein freundliches Lächeln aufzusetzen – schon in Fleisch und Blut übergegangen sein. Folglich bedenkt er natürlich im Juli und Dezember all seine Leutchen mit Geschenken, die er allerdings nach französischen Maßstäben auswählt, was ihm den Ruf eines Geizhalses einbrachte. Das stimmt natürlich nicht, der Mann ist eben nur kein echter Japaner.

Als vorhin die Rede von den Visitenkarten war, habe er (Sakakibara) ziemlich ungläubig geguckt, aber die Marotte, sie derart wichtig zu nehmen, existiere nun einmal nur in Japan, wie der einige Jahre zurückliegende Fall einer jungen Thailänderin beweist. Die habe sich als Japanerin ausgegeben und an mehreren Orten Betrug verübt, wobei sie ihre falsche Identität lediglich mit einer Visitenkarte belegt hatte. Eigentlich stamme dieser Brauch aus China, wo er interessanterweise aber kaum noch praktiziert werde, zumindest nicht bei der ersten Begegnung. Die japanische Nation ist also die einzige, die ihn in einer derart exzessiven Form pflegt.

Von diesem Volkscharakter, sich bei jeder Gelegenheit etwas zu schenken, profitiert natürlich die Wirtschaft ungemein. Kaufhäuser und Lieferservice wurden bereits erwähnt. Es gibt jedoch noch weitere Unternehmen, die von dem Ritual im Juli und Dezember leben. Man denke nur an die gesamte Produktpalette der Lebensmittelindustrie, angefangen bei Trokkenerzeugnissen wie Algen bis hin zu Frischwaren aus der Molkerei, und nicht zuletzt auch an die Hersteller von Verpackungsmaterial wie Geschenkpapier, Schnüre, Schleifen und so weiter.

Und was tun unsere Wertpapierhäuser? Sie entschädigen ihre werten Klienten, die einen Verlust erlitten haben, mit Kompensationszahlungen – auch eine Art Geschenk.

Und die Firmen, die Behördenmitarbeitern, mit denen sie zu tun haben, Topstellen in ihrem Betrieb anbieten. Alles Geschenke.

In der Politik ist es nicht anders.

»Es mag Ihnen vielleicht komisch vorkommen, da Sie ja selbst aktiv in diesem Bereich tätig sind, aber lassen Sie mich trotzdem meinen Gedanken ausführen.«

Ein demokratisches System basiere zwar auf freien Wahlen, aber diese seien hierzulande mehr oder weniger vom Geld regiert. Die Kandidaten stecken den Einwohnern ihres Wahlkreises Scheinchen zu und erhalten dafür deren Stimmen. Bestechung nennt man so etwas – übrigens eine weit verbreitete Sitte. Selbstverständlich sei das eine gesetzeswidrige Praktik, aber man muß schon großes Pech haben, wenn man wegen Wahlbetrugs verhaftet wird. Und selbst wenn, kommt der Betroffene doch meistens mit einer Verwarnung davon. So läuft das hier bei uns. Noch häufiger sichern sich die Kandidaten ihre Wahlkreuzchen dadurch, daß sie mit ihrer Wählerschaft Vergnügungsfahrten zu heißen Quellen oder Besichtigungstouren durch das Parlamentsgebäude veranstalten. Niemand würde an solchen Aktionen Anstoß nehmen, nicht einmal vor der Nominierung der Kandidaten. Seine (Toyosakis) Frau habe bestimmt auch an solchen Ausflügen teilgenommen, nachdem sie in seinen (Sakakibaras) Unterstützungsverein eingetreten war.

Wenn zum Beispiel ein Kandidat – egal ob ein Konservativer oder ein Sozialist – stirbt, tritt die Ehefrau oder der Sohn an seine Stelle. Statt einer großzügigen Beileidsgabe für den Hinterbliebenen stimmt man für den Nachfolger, unabhängig von dessen politischer Couleur. Eine Art Seelenbeschwörung und damit auch eine Form des Geschenks.

Japanische Wähler haben es nicht gerade leicht, sich für eine Partei zu entscheiden, da die politischen Standpunkte absichtlich verwischt werden, was wiederum mit der Tradition übertriebener Nachgiebigkeit und Kompromißbereitschaft zusammenhängt. Man könnte sich natürlich an dieser Stelle fragen, ob solch ein System überhaupt zu einem modernen Parlamentarismus fähig ist, aber das steht auf einem anderen Blatt. Auf jeden Fall ist dieser Hang zur Versöhnlichkeit auch als Opfergabe zu verstehen.

Dann die großen Unternehmen, die den Abgeordneten Autos zur Verfügung stellen. Sogar den Sekretären bieten sie welche an.

Auf interner Ebene müssen die Fraktionsführer ihre Seilschaft mit Geld und Jobs versorgen. Es müssen ungeheure Beträge aufgebracht werden – ein Grund, weshalb Minister lediglich für kurze Zeit im Amt bleiben. Nur mittels einer konzertierten Aktion aller Fraktionsführer kann ein Premierminister bestimmt werden, was mit Sicherheit eine Geschenkorgie in Gang setzt.

Agrarpolitik bedeutet, billigen Reis zu Höchstpreisen aufzukaufen, um die Bauern zufriedenzustellen, während Regionalpolitik darauf hinausläuft, die Gemeinden mit Millionenbeträgen zu füttern.

Geschenke werden sogar zwischen Regierungspartei und Opposition ausgetauscht. Und seines Wissens gäbe es nur einen großen Zeitungsverlag, der bisher noch kein Grundstück vom Staat erhalten habe.

Das Tauschprinzip setzt sich bis in die Diplomatie fort, wenn riesige Geldbeträge ins Ausland fließen. Kurz gesagt, die japanische Politik funktioniert eindeutig über das Geben und Nehmen.

Man könnte sich nun fragen, wie sich ein so ungewöhnlicher Volkscharakter eigentlich herausgebildet hat. Schwer zu beantworten. Es läßt sich lediglich vermuten, daß eine Vielfalt archaischer, also primitiver Spuren die japanische Kultur durchzieht, und zwar nicht nur auf der Oberfläche, sondern bis in die Tiefe. Das Augenmerk richtet sich im allgemeinen immer auf moderne Phänomene, dabei ist in Wirklichkeit das Neue mit dem Alten sehr stark verwoben, und zwar auf eine ziemlich chaotische Weise.

Für unsere Vorfahren kam das Schenken einem Vertrag gleich. Reisende packten sich Seiden- oder Hanffäden oder Papierstreifen in ein besonderes Bündel, um sie einer Weggottheit darzubringen, wobei die feinen Schnitzel dann auf dem Boden verstreut wurden. (Hierauf verweist auch Sugawara Michizanes Zeile aus der populären Sammlung ›Je ein Gedicht von hundert Dichtern – nach Ogura‹. Sie lautet: *Eiliges Reisen ohne heilige Gabe, Herbstbrokat für die göttliche Obhut*, was bedeutet, daß der Reisende wegen seines überstürzten Aufbruchs nicht die üblichen Votivgaben mitnehmen konnte und nun statt dessen Ahornblätter vor seinen Schutzgott streut.) Das dargebrachte Opfer entfaltet eine magische Kraft, da die Seele des Reisenden daran geknüpft ist, während die angerufene Gottheit als Gegenleistung die Sicherheit seines Schutzbefohlenen garantiert. Das Tauschritual gewährleistet folglich die wohlgesonnene Beziehung zwischen Göttern und Menschen und stellt somit einen Vertrag dar. Am deutlichsten offenbart sich dieses Prinzip am mittelalterlichen Feiertag des ersten Augusts (nach dem Mondkalender). Es war der Tag, an dem die alte Dienerschaft abgelöst wurde und das neu eingestellte Personal seinem Patron kleine Aufmerksamkeiten überreichte, um sich seiner Gunst und Obhut zu versichern. Später, in der Kamakura-Periode, weitete sich diese Sitte auch auf die Kriegerkaste der Kantō-Region aus, und in der folgenden Muromachi-Epoche brachten sogar die Fürsten dem Shōgun wertvolle Präsente wie Waffen, Gold oder Silber, Pferde und so weiter, wofür sie wiederum einen vom Herrscher signierten Fächer als Glücksbringer erhielten. Das Abkommen, das Loyalität und Schutz garantierte, wurde also durch den Austausch von Geschenken ratifiziert. Diese Form der gegenseitigen Versicherung wurde ebenso in der Edo-Zeit praktiziert und hat sich bis heute gehalten.

Seit alters her leben Japaner in dörflichen Gemeinschaften und somit in ständiger Angst, daß die freundschaftlichen Bande zur Nachbarschaft zerbrechen könnten. Sie tauschen also wie besessen Geschenke aus, um immer wieder das gegenseitige Versprechen zu besiegeln. Damit es keinen Grund zur Besorgnis gibt, muß die Versicherung alle sechs Monate erneuert werden, was die beiden traditionellen Geschenktage Mitte und Ende des Jahres erklärt, die sich bei uns eingebürgert haben.

Diesem Brauch liegt ein archaischer Ritus zugrunde, nämlich die Schaffung eines Abkommens mit den Göttern durch das Darbringen von Opfergaben. Wenn wir alljährlich unsere Götter, die unsere hochheiligen Nachbarn sind, mit Geschenken versöhnen, dann halten wir es konsequenterweise mit den Menschen in unserer Umgebung genauso, um die Bindung nicht abreißen zu lassen.

Die traditionelle rot-weiße Kordel sowie das Geschenkzeichen aus Papier, mit denen wir unsere Gaben markieren, entsprechen dem Versiegeln von Dokumenten – alles magische Handlungen.

Unsere Gesellschaft funktioniert also über diesen Tauschmechanismus, was von der Struktur her an das Netzwerk eines Lieferservices erinnert.

Nun stellt sich die Frage, weshalb Geschenke in den westlichen Kulturen keine so herausragende Rolle spielen. Immerhin waren in der griechisch-römischen Antike Votivgaben für die Götter – in Form von Fleisch, Kuchen, Gewürzen, Tuch, Juwelen und vielem mehr – genauso üblich wie der Austausch von Gütern zwischen Sterblichen. Doch mit dem Einzug des

Christentums wurden polytheistische Opfer schließlich verboten, und infolgedessen ging vermutlich auch die Bedeutung des Schenkrituals zwischen den Sterblichen verloren. Soweit die logische Schlußfolgerung. Der christliche Glaube duldet es offenbar nicht, daß die Seele des Schenkenden seinen Körper verläßt und sich an eine materielle Gabe heftet.

In Anbetracht all dessen ist es doch eigentlich verwunderlich, daß trotz dieser ausgeprägten Volksmentalität das Tauschprinzip in der Verfassungs-Präambel mit keinem Wort erwähnt wird, obwohl in ihr doch eigentlich die grundlegenden Richtlinien unserer Nation niedergelegt sind. Für dieses Versäumnis gibt es übrigens eine ganz simple Erklärung: Unser Grundgesetz orientiert sich nämlich an der Verfassung eines amerikanischen Bundesstaates, wo das Schenken keine so fundamentale Rolle spielt, sondern lediglich als Privatvergnügen gilt, das ohnehin nur in kleinem Stil gepflegt wird. Es wäre also ein gravierendes Versäumnis, diesen Punkt einfach außer acht zu lassen. In der japanischen Kultur, wo alles über Geschenke geregelt wird, neigt man automatisch zu Übertreibungen, und solche Auswüchse sollten natürlich eingedämmt werden.

»Es ist und bleibt aber unsere Mentalität, auf die wir durchaus stolz sein können, zumindest brauchen wir uns ihrer nicht zu schämen. Man darf wohl behaupten, daß auf diesem Weg Wohlstand und Frieden erreicht wurden.

Andererseits läßt sich so etwas natürlich nicht ohne weiteres im Grundgesetz verankern. Keine Verfassung der Welt erwähnt den Austausch von Geschenken als eines ihrer Grundprinzipien. Wahrscheinlich ist dieses Faktum eher ungeeignet, formal behandelt zu werden. Das zeigt sich auch in unserer allerersten Verfassung aus dem frühen 7. Jahrhundert, die von Prinz Shōtoku niedergeschrieben wurde. In ihren siebzehn Artikeln konnte diesem schwer zu handhabenden Sachverhalt nur andeutungsweise Rechnung getragen werden, und zwar in der Ermahnung, *›die Harmonie zu schätzen‹*.

Insofern scheint es doch das Klügste, dem Beispiel der Briten zu folgen und auf eine Verfassungsurkunde zu verzichten.

Die Mentalität der Briten speist sich genau wie die unsere aus einem Reservoir althergebrachter Gepflogenheiten. Das war vermutlich auch der Grund, weshalb die Verfassung nicht schriftlich niedergelegt wurde, denn viele dieser Aspekte (angeführt von den Rechten des Monarchen) lassen sich einfach nicht schriftlich fixieren. Ein sehr weiser und realistischer Entschluß, von dem wir nur lernen können. Mit anderen Worten, wir sollten unsere Verfassung ebenfalls abschaffen.

Ein weiteres Argument dafür wäre die Aussicht, daß die Japaner endlich lernen würden, eigenständig zu denken. Bisher drehten sich die Debatten lediglich darum, ob man verfassungstreu handelt, die Verfassung selbst wurde nicht in Zweifel gezogen. Man folgt also blind dem, was schwarz auf weiß geschrieben steht, reine Paragraphen-Reiterei.

Statt dessen wäre es an der Zeit, unseren Verhaltenskodex endlich einmal neu zu definieren. Dabei sollte man nicht mehr von einer Verfassung ausgehen, sondern von unserer konkreten Nachkriegsgeschichte sowie von unseren Erwartungen an die Zukunft. Unter all den Erfahrungen und Hoffnungen erscheinen mir die Menschenrechte jedoch am bedeutsamsten, was wohl niemand bestreiten würde. Für genauso wichtig halte ich den Grundsatz, weder Krieg mit anderen Staaten zu führen noch Waffen ins Ausland zu liefern. Ich kann natürlich nicht auf meiner Ansicht beharren, wenn die Mehrheit anderer Meinung ist, doch sollte eine umfassende Diskussion darüber entscheiden, was zu tun ist. Anstatt die Paragraphen zum Fetisch zu erheben oder nach ihrer beliebigen Auslegung zu handeln, sollten wir uns auf unseren eigenen Verstand besinnen und über Diskussionen unsere Verhaltensregeln ermitteln. Das wäre ein erheblicher Fortschritt in unserem politischen Leben.

Und deshalb halte ich es wirklich für angebracht, unsere Verfassung abzuschaffen«, schloß der Professor seine Rede und wandte sich dann an die Wirtin: »Ein Bier, bitte!«

Er leerte das Glas in einem Zug. Vermutlich animiert von dieser männlichen Trinkgebärde, orderte Sakakibara ebenfalls ein Bier, schaffte jedoch nur einen Schluck.

»Also, Herr Professor, das klang ja außerordentlich interessant, was Sie da erzählt haben. Eine Überraschung nach der anderen. Unsere Welt dreht sich also ums Schenken. Das dürfte dann ja auch auf Yamata no Orochi zutreffen.«

»Äh? . . . Ach, Sie meinen die Hydra aus der japanischen Mythologie?«

»Ja. Als Susa-no-o-no-Mikoto seine Schwester Amaterasu erzürnte, verbannte sie ihn doch nach Izumo. Und dort begegnete er einem greisen Elternpaar, das bitterlich weinte, weil seine Tochter in der folgenden Nacht von einem schrecklichen Drachen mit acht Köpfen und acht Schwänzen gefressen werden sollte. Der Gott der Stürme, Susa-no-o, stellte daraufhin acht Kübel Sake bereit und wartete, bis das Ungeheuer auftauchte, alles leer soff und berauscht einschlief. Daraufhin tötete er den Drachen, und aus einem der abgeschlagenen Schwänze kam ein Zauberschwert zum Vorschein.«

»Sie sehen also darin ein Gegengeschenk für den Sake?«

»Genau.«

Der Professor fand zwar nicht, daß dieser heimtückische Angriff etwas mit dem Akt des Schenkens zu tun hatte, ersparte sich jedoch einen Kommentar und stimmte ihm zu, zumal er Sakakibara bei Laune halten mußte.

»Gutes Beispiel. Ein prachtvolles Geschenk!«

»Nicht wahr? Ist mir beim Zuhören sofort in den Sinn gekommen«, strahlte der Generalsekretär, während Toyosaki sich überlegte, daß man letztlich alles für eine Theorie zurechtbiegen konnte. Und er tröstete sich damit, daß sogar jener prominente Philosoph, der Dutzenden Frauen am selben Tag den gleichen Liebesbrief zu schicken pflegte, sich einmal im Alkoholrausch zu der Bemerkung hinreißen ließ, ›man brauche nur draußen herumzuspazieren, um eine neue Theorie auszubrüten‹.

»Ha!« Sakakibara schien einen neuen Einfall zu haben. »Ist unsere Beziehung nicht auch von dieser Art?«

Na ja, gezwungenermaßen, dachte Toyosaki im stillen, sagte jedoch:

»O ja, gewiß doch! Eine Tauschbeziehung, sofern ich für mein Geschenk etwas zurückbekomme, nicht wahr?«, worauf der Generalsekretär lächelnd erwiderte:

»Faszinierende Betrachtungsweise, wirklich, ich habe viel gelernt heute abend. Aber mir ist dabei nicht entgangen, worauf das Ganze hinauslaufen soll. Der Grund unseres Treffens ist ja der gleichwertige Grundstückstausch mit dem Zeitungsverlag oder, genauer gesagt, die Übereignung von staatlichem Grundbesitz. Darauf spielen Sie doch an, nicht wahr? Sie meinen, wenn die japanische Gesellschaft sich über das Schenken konstituiert, dann sollte die Regierung mit gutem Beispiel vorangehen und den ›Neuen Nachrichten‹ gefälligst das Stück Land überlassen. Also einen Vertrag mit der Zeitung abschließen, an den die Grundstücksübergabe geknüpft ist. Wenn ich mich nicht irre, ist das doch der Kern Ihrer Aussage, oder?«

»Volltreffer!« versuchte Toyosaki zu scherzen, doch der Generalsekretär blieb ernst.

»Ihre ganze Argumentation war also nur eine Verpackung. Wie die Teighülle bei einem Krapfen. Und das Regierungsgrundstück wäre demnach die süße Füllung. Ich habe Sie um irgendwelche Ideen gebeten, und Sie haben sich diese Verfassungsgeschichte zurechtgelegt. Ich möchte Ihre brillante Inszenierung keineswegs abwerten, aber das Ganze war doch wohl nichts weiter als ein gigantischer Scherz ...«

»Zweifellos, schließlich bin ich Philosoph«, fiel ihm Toyosaki ins Wort.

»Äh?«

»Nun, ich weiß zwar nicht, wie andere Philosophen es halten, aber Sokrates pflegte den ganzen Tag durch Athen zu wandeln und dabei Witze zu reißen. Das war seine Art zu philosophieren. Ich will keineswegs behaupten, daß ich ihm darin das Wasser reichen kann, aber zumindest strebe ich es an.«

»Wie!« rief Sakakibara ungläubig. »Das soll Sokrates gemacht haben?«

»Der war doch schwul, oder?« warf die Wirtin ein, worauf Toyosaki zu ihr blickte.

»Ja, schon, aber er war nicht der einzige. Die Griechen damals waren fast alle vernarrt in schöne Knaben.«

Dann wandte er sich wieder dem Generalsekretär zu.

»Es gibt doch dieses berühmte Gleichnis über die Liebe, das ein Schüler von Sokrates vortrug. Demnach waren alle Menschen ursprünglich mit vier Beinen, vier Armen, zwei Köpfen, vier Ohren und zwei Geschlechtszonen ausgestattet. Von diesen Zwittergestalten gab es drei Typen: Mann plus Mann, Frau plus Frau und Mann plus Frau. Als diese Wesen sich gegen die Götter auflehnten, wurden sie zur Strafe in zwei Hälften gespalten. Und es ist eben diese abgetrennte Hälfte, die wir heutigen Menschen in Liebesbeziehungen suchen. Männer, die zu einem männlichen Doppelwesen gehörten, sehnen sich demzufolge nach einem Mann, das heißt sie sind schwul. Dasselbe gilt für die Frau-plus-Frau-Hälften, die sind eben lesbisch. Und Menschen vom dritten Typus sind heterosexuell veranlagt. Das ist Ihnen bekannt, nicht wahr?«

»Ja, sicher!« nickte der Generalsekretär, worauf Toyosaki fortfuhr:

»Das war übrigens ein typisch sokratischer Scherz, der Schüler parodierte hier seinen Meister. Es mag vielleicht formal nicht so klingen, aber diese Geschichte kann man doch nicht als seriöse Theorie verkaufen. Man könnte allerdings auch sagen, daß gerade ein spielerischer Umgang mit der Philosophie den Gedanken einen gewissen Scharfsinn verleiht. Oder um es etwas feinsinniger auszudrücken, daß die Philosophie eben auf dem Grat zwischen Ernst und Spaß wandelt. Anders als im alltäglichen Leben stellen diese beiden hier nicht so einen krassen Gegensatz dar.«

»Ui, jetzt wollen Sie mich wohl ins Bockshorn jagen, was?« lachte der Generalsekretär, worauf sich die Wirtin einschaltete:

»Es erinnert mich sehr an die Geschichte mit den Sake-Schälchen vorhin.« Sie forderte die beiden auf, endlich von den Früchten zu essen, die schon die ganze Zeit neben ihrem Gedeck standen. Nachdem er ein Stück Melone verspeist hatte, nahm Sakakibara das Gespräch betont lässig wieder auf:

»Schauen Sie, Professor Toyosaki, Ihre Ausführungen waren wirklich hochgradig anregend, aber die Abschaffung der Verfassung erscheint mir doch reichlich utopisch. In makroskopischer Hinsicht sicherlich eine brauchbare Idee, aber als aktuelle politische Maßnahme? Ich wüßte nicht, wie man das in die Tat umsetzen sollte. Ich denke, unser Volk will eine Verfassung, da sie dem Staat eine gewisse Würde verleiht. Japaner sind nun einmal so: Wir sehen den Eiffelturm und bauen uns einen Tōkyō-Tower; wir besuchen Disneyland und machen eine Kopie davon. Wenn Großbritannien ohne Verfassung auskommt, so doch nur deshalb, weil es sich nicht schickt, seine ehemalige Kolonie Amerika zu kopieren. Nicht so einfach, die ganze Sache. Ich fürchte, Ihr Vorschlag ist nicht so recht ...«

Hier brach er ab, und Toyosaki, der sich gerade das letzte Stück Melone in den Mund schob, sagte:

»Ach, schon in Ordnung. Ich gebe ohnehin nur Schützenhilfe und habe mir von vornherein keine Hoffnungen gemacht ...«

Der Generalsekretär unterbrach ihn mit einer sachten Handbewegung.

»Ungeachtet meiner Worte finde ich Ihre Idee dennoch reizvoll. Wie wäre es, wenn wir damit einfach noch ein bißchen warten? Neue Ideen, zumal eine so originelle, sollte man nicht vorschnell verwerfen. Ich bin immer offen für Ratschläge, die von Wissenschaftlern oder Kritikern kommen. Mitunter kommt sogar etwas dabei raus.«

Nach kurzer Überlegung antwortete Toyosaki:

»Gut, einverstanden.«

Sakakibara war offensichtlich darum bemüht, die Unterhaltung ohne Peinlichkeiten zu beenden, weshalb ihm widersprechen? Außerdem sollte heute nacht das Treffen zwischen Yumiko, ihrer Tante und dem Premier stattfinden, das viel entscheidender war. Kein Grund also, pessimistisch zu sein. Auf sein Nicken hin sagte der Generalsekretär:

»Wir sollten aber zumindest eine Frist setzen. In vierzehn Tagen erhalten Sie Bescheid.«

»Ich sehe dem Termin gespannt entgegen«, sagte der Philosoph mit einem Lächeln.

»Beschließen wir den Abend mit einem Whisky-Soda?«

»Gerne!«

Als ihre Gläser gefüllt waren, sagte Toyosaki:

»Das war ja nun viel Lärm um nichts, was ich da veranstaltet habe. Ich bilde mir natürlich nicht ein, daß sich das irgendwie realisieren läßt. Aber trotzdem möchte ich noch etwas zu bedenken geben ...«

»Nur zu!«

»Nun, nehmen wir einmal an, nach zwei Wochen verläuft doch alles im Sande, und ich würde die ganze Geschichte in einem Wochenmagazin publik werden lassen. Ich meine, daß Sie durchaus verhandlungswillig wären, wenn ich Ihnen ein entsprechendes Angebot machen könnte, sei es in Form von Geld, Sachgeschenken, Informationen oder einer Methode zur Verbesserung ihres Golfspiels. Würde Sie diese Aussicht nicht etwas beunruhigen?«

Der Generalsekretär trank seinen Whisky aus, stellte das Glas sanft vor der Wirtin ab, um sich nachschenken zu lassen, und sagte in heiterem Ton:

»Das haut nicht hin, Herr Professor! Der Schuß würde nämlich nach hinten losgehen. Wenn Sie sich das hier mal bitte anschauen würden ...«

Er reichte ihm einen Zettel, auf dem in Schreibmaschinenschrift Toyosakis sämtliche Übernachtungen in Tōkyō aufgelistet waren, und zwar mit Datum, Hotelangabe und zusätzlich die genauen Uhrzeiten, wann Yumiko dort erschienen und weggegangen war, bis hin zu der Notiz, daß sie in der Lounge eines der Hotels mit einem Yakuza-Boß nett und vergnügt geplaudert habe.

»Ach, du meine Güte!«

»Sehen Sie, damit könnte ich aufwarten.«

»Ahaa«, erwiderte Toyosaki indifferent.

»Privatuniversitäten erhalten meines Wissens Zuwendungen vom Finanzministerium, nicht wahr? Was manche Leute als verfassungswidrig auslegen würden ...«

Der Generalsekretär wollte wohl damit andeuten, daß er den Zettel nur der zuständigen Universitätsbehörde vorzulegen bräuchte, um dafür zu sorgen, daß Toyosakis Lehrveranstaltungen für das nächste Jahr gestrichen würden.

»Sieh an, da wurde ja gründliche Arbeit geleistet.«

Verblüfft reichte er ihm den Zettel zurück, worauf sich der Generalsekretär noch ein Späßchen leistete:

»Ja ja, *wie elend ist unser Geschäft* ...«

8. Kapitel

Die Ex-Filmschauspielerin und ihre Nichte, die Journalistin, befanden sich in bester Laune, als sie aus dem Friseursalon traten. Es machte einfach Spaß, schick frisiert und elegant gekleidet an solch einem schönen Tag über die Ginza zu bummeln. Die beiden Frauen schwatzten munter drauflos. Die Tante trug ein violettes Kleid mit hellgrauem Pünktchenmuster, doch für den Besuch beim Premier wollte sie sich im Hotel noch mal umziehen. Ihre Nichte war direkt nach der Sitzung in ihrem Armani-Kostüm zum Friseur gefahren.

Sie bogen um eine Ecke und liefen ein Stück weiter, als Masako plötzlich stoppte.

»Ah! Laß uns hier kurz ein Gebet sprechen.«

Man mußte schon richtig hinsehen, um den kleinen Schrein in dem schmalen Gebäude zu bemerken, für den man die Decke zur ersten Etage durchbrochen hatte. Ein wenig zurückversetzt stand ein weißes Steintor, an dem ein schwarz-goldener Rahmen herunterhing. Davor baumelte ein Glöckchen an einer rot-weißen Schnur. Obwohl Yumiko gelegentlich hier vorbeikam, war ihr der Schrein noch nie aufgefallen. Oder vielleicht hatte sie ihn schon wahrgenommen, wollte ihm aber absichtlich keine Aufmerksamkeit schenken. Jedenfalls war sie jetzt doch eher verwundert, daß sich an solch einem Ort eine heilige Stätte befand.

»Oh, ein Schrein!« murmelte sie.

»Auch die Ginza gehört zu Japan«, sagte die Tante spitz.

Yumiko fiel plötzlich der kleine Fuchs-Schrein auf dem Dach des Verlagsgebäudes ein. Als sie einmal dort oben war, um ein Foto von sich machen zu lassen, war sie ganz überrascht über diese heimliche Stätte mit dem roten Torbogen davor. Was für eine bizarre Lage: ein Schrein auf einem Dach. Laut Gedenktafel war der kleine Schrein erhalten geblieben, als das Verlagsgebäude auf diesem Grundstück neu errichtet wurde, auf dem in früheren Zeiten die Residenz eines westlichen Herrscherclans stand. Er war jedoch im Zuge des Umbaus auf das Dach verfrachtet worden, und zwar auf Initiative der gesamten Druck-Belegschaft, die eigens dafür Geld gesammelt hatte (während die Journalisten und Büroangestellten sich dafür offenbar nicht interessiert hatten). Und was nun den kleinen Ginza-Schrein betraf, so hatte er sich entweder gegen seine Verlegung aufs Dach gesperrt, oder aber der Hausbesitzer war gottesfürchtiger als der Präsident der ›Neuen Nachrichten‹.

Unter dem schwarz-goldenen Rahmen, in dem der Name des Schreins eingraviert war, befand sich ein Kollektekasten, vor dem gerade in diesem Augenblick ein schwarzgekleideter großer Mann, der seinen schwarzledernen Aktenkoffer zur Seite gestellt hatte, mit gesenktem Haupt betete. Hinter dem Tor im Halbdunkel des Schreins war ein runder Spiegel aufgestellt. Seine blankpolierte Oberfläche flackerte bunt auf von den vorüberziehenden Passanten und vorbeifahrenden Autos. Yumiko wandte ihren Blick zu den verrußten Lampions an der linken Hauswand und vertrieb sich die Zeit, indem sie die Namen all der Bars, Imbisse und Sushi-Shops las. Als sie wieder nach vorne schaute, war der Mann immer noch in sein Gebet vertieft.

»Der braucht aber lange«, flüsterte sie ihrer Tante zu.

»Dem scheint wirklich etwas auf der Seele zu liegen.«

Die beiden Frauen starrten ein Weile auf den schwarzgekleideten Mann und seinen schwarzen Koffer, beide erschienen ihnen wie düstere Behältnisse voller Leid. Masako hatte keine Lust, noch länger zu warten.

»Gehen wir!«

»Ohne zu beten?«

»Doch, doch, wir gehen zum Suitengū-Schrein. Der Gott des Wassers ist sowieso ranghöher«, erwiderte sie und rauschte los.

Auf dem Weg zur U-Bahn-Station erzählte sie, daß sie damals von ihrer berühmten Kollegin Sahogawa Chidori, die sie mit neunzehn zu Beginn ihrer Schauspielkarriere im Studio kennengelernt hatte, oft hierhin mitgenommen wurde.

»Aber die Schutzgottheit des Wassers ist doch eher für Seeleute und Gebärende. Was haben denn Künstler dort zu suchen?« wunderte sich Yumiko.

»Tja, wieso eigentlich? Vermutlich, weil wir auch zum ›dahinfließenden Gewerbe‹ gehören. Anders kann ich es mir nicht erklären.«

»Aha!«

Sie stiegen in Ningyō-chō aus. Hier im ›Puppenviertel‹ herrschte eine gänzlich andere Atmosphäre als auf der Ginza. Die Altstadt wirkte sehr volkstümlich, fast anachronistisch. Das alte Edo war fest mit dem modernen Tōkyō verwachsen, doch vordergründig schienen all die Widersprüche bestens integriert. Yumiko erinnerte sich, schon einmal hier gewesen zu sein, aber sie wußte nicht mehr, bei welcher Gelegenheit. Vielleicht, überlegte sie sich, gehören wir Journalisten ja auch zum ›dahinfließenden Gewerbe‹. Sie fand den Gedanken recht amüsant.

Es gab nur wenig moderne Geschäfte. Masako steuerte auf eine altmodische Confiserie zu, gab dann jedoch ihr Vorhaben auf:

»Das erledige ich auf dem Rückweg.«

Aus dem Gewirr von Straßenkreuzungen ragte die Haupthalle des Suitengū-Schreins auf. Mit seinem grünen Ziegeldach, den zinnoberroten Pfeilern und den weißen Mauern wirkte er sehr pompös. Über Steinstufen gelangte man in den Innenhof. Links am Eingang befand sich eine Tafel zur Geschichte des Tempels. Yumiko überflog den Text und faßte ihn für ihre Tante zusammen.

»Die hier verehrten Gottheiten sind Ameno-Minaka-Nushino-Kami, Kaiser Antoku, Keinreimon'in und Niino Ama. Die Hofdamen der Taira-Sippe hatten ihn ursprünglich in Kyūshū errichtet zum Gedenken an Kaiser Antoku und die Clanmitglieder, die 1185 in der Seeschlacht von Dan-no-ura ertranken. Im Jahre 1818 wurde er dann von Fürst Arima im Edobezirk Akasaka wiederaufgebaut und Anfang der Meiji-Zeit hierher verlegt.«

»Aha, und Ameno-Minaka-Nushino-Kami, was ist das für eine Gottheit?«

»Der Name kommt mir bekannt vor, wahrscheinlich aus dem ›Kojiki‹-Epos. Demnach eine sehr alte Gottheit.«

»Dann steht diese hier nur der Form halber?«

»Ja, scheint so. Eigentlich werden hier Kaiser Antoku, seine Mutter Kenreimon'in und seine Großmutter Niino Ama verehrt.«

Masako und Yumiko versuchten nun gemeinsam, die ganze Historie des Gempei-Krieges aufzurollen. Als die Schlacht von Dan-no-ura verloren war, nahm Niino Ama, die Gattin des Clanfürsten Taira Kiyomori, ihren zum Thronfolger ernannten Enkel Antoku auf den Arm und warf sich mit dem Ausruf ›Auch dort unten auf dem Meeresgrund gibt es eine Hauptstadt‹ in die Fluten. Keinreimon'in, Gemahlin von Kaiser Takakura und Mutter von Antoku, tat es ihnen gleich, wurde jedoch von Kriegern aus dem Ostreich gerettet ...

An diesem Punkt der Überlieferung erreichten die beiden Frauen das überdachte Wasserbecken zur rituellen Waschung der Hände.

Als sie sich zur Haupthalle wandten, erblickten sie eine Familie – Mutter mit Baby, Ehemann und Schwiegermutter – vor dem Sakralraum. Während der shintōistischen Reinigungszeremonie hielten alle ehrfürchtig den Kopf gesenkt. Versunken in diesen Anblick, beteten Masako und Yumiko inständig, daß ihre Mission heute nacht gelingen möge. Die Nichte warf anschließend eine Hundert-Yen-Münze in den Kollektekasten, was sie für ihre Verhältnisse ziemlich großzügig fand, obwohl ihre Tante sogar einen Tausend-Yen-Schein spendete. Die Journalistin fand es feierlicher, eine klingende Münze zu werfen, während die Filmdiva Yanagi Aeka sich für eine knauserige Spende geschämt hätte.

Vor dem Büro der Tempelverwaltung gab es einen Rastplatz, wo sie sich auf eine Bank setzten und die Anlage betrachteten. Der junge Mann machte gerade eine Aufnahme von seiner Frau mit dem Baby auf dem Arm.

»Seine Weihe«, vermutete Yumiko.

»Wahrscheinlich.«

»Wie habe ich das bei Chie gemacht? Bestimmt vergessen ...«, murmelte Yumiko mehr zu sich selbst, und dann schoß ihr plötzlich ein anderer Gedanke durch den Kopf.

»Das hat gar nichts mit ›dahinfließendem Gewerbe‹ zu tun. Du weißt schon, diese Schauspielerin Sahogawa Chidori ...«

Auf Masakos fragenden Blick fuhr sie fort:

»Es gab doch da ein uneheliches Kind, das sie vor der Öffentlichkeit versteckt hielt, oder? Sicher hat sie hier für sein Wohlergehen gebetet.«

Hektisch stöberte Masako in ihren Erinnerungen, um die Sache unter diesem Aspekt zu prüfen, und warf Yumiko daraufhin einen mißbilligenden Blick zu.

»Ihr Journalisten habt immer nur das Schlechte im Sinn«, sagte sie bissig, womit sie der Vermutung offensichtlich recht gab, doch Yumiko lenkte beschwichtigend ein:

»Oh, das hat nichts mit meinem Beruf zu tun. Ich bin eine Cineastin, mußt du wissen, deshalb brüten meine grauen Zellen so etwas aus.«

Die Miene ihrer Tante hellte sich sofort auf. Yumiko kannte Masakos nostalgische Anwandlungen. Sie war stets überaus beglückt, wenn man sie an die gute alte Zeit des Films erinnerte.

Sie redeten über dies und das, überlegten sich, ob sie die fischförmigen Küchelchen kaufen sollten, doch dann fiel ihnen ein, daß sie im Oktober vermutlich nicht erhältlich waren. Sie mokierten sich über den Mann, der die Tauben mit Popcorn fütterte, obwohl auf einem Schild darum gebeten wurde, das zu unterlassen.

Während Masako in der Ferne einen Vogelschwarm beobachtete, besann sich Yumiko auf die Verbindung des Schreins zum Wasser. Wenn also die Neugeborenen dem Schutz der dort verehrten Gottheit unterstellt waren, kamen dann auch die sogenannten ›weggespülten Kinder‹ dafür in Betracht? Doch sie sagte nichts, aus Angst, einen dunklen Punkt in der Vergangenheit ihrer Tante zu berühren.

Sie ließ sich von Masako dazu überreden, ein Orakel-Briefchen zu ziehen.

Zukunft: Generell positiv. Einseitige Bevorzugung läßt immer Zweifel entstehen. Mehr Gelassenheit, Uneigennützigkeit und selbstkritische Haltung führt zu Ansehen und Gewinn.
Wünsche: Zwei Dinge zugleich begehren bringt Unglück.

Yumiko übersprang die nächsten drei Rubriken und kam dann zu

Geschäfte: Tendenziell gut, aber keine Aussicht auf großen Gewinn.

»Ob sich ›zwei Dinge zugleich ...‹ darauf bezieht, daß ich meine Stelle als Kolumnistin behalten will und außerdem dem Verlag das Grundstück wünsche?«

»Könnte sein, zumal dir kein großer Gewinn vorhergesagt wird«, mutmaßte nun auch die Tante. Yumiko las die letzten drei Prognosen:

Geburt: Ohne Komplikationen.
Krankheit: Nichts Ernsthaftes.
Heirat: Verpaßte Gelegenheit durch unentschlossenes Verhalten.

Vermutlich angeregt durch das, was hier stand, erinnerte sich Yumiko an das Gespäch vorhin am Tempel.

»Ich frage mich, wieso eigentlich Kenreimon'in neben Kaiser Antoku und Niino Ama dort verehrt wird?«

Masako schaute sie entrüstet an, als hielte sie ihre Nichte für begriffsstutzig.

»Na, sie ist doch seine Mutter!«

»Aber sie ist nicht umgekommen in Dan-no-ura.«

Masako war einen Moment sprachlos, platzte dann aber los:

»Wenn man sie ausgelassen hätte, sähe es doch so aus, als würde man es ihr verübeln, überlebt zu haben. So was gehört sich nicht.«

»Ach so, stimmt auch wieder.«

Yumiko tat so, als würde sie klein beigeben, widersprach dann aber doch:

»Es ist trotzdem widersinnig. Auf der Tafel stand doch, daß dort die Seelen von Kaiser Antoku, Kenreimon'in und Niino Ama verehrt werden. Ich weiß zwar nicht allzu viel darüber, aber meines Erachtens ist Geisterkult nur angebracht, wenn der Verstorbene gewaltsam ums Leben gekommen ist und sich in einen zürnenden Geist verwandelt, der abgesehen von seinem

Widersacher auch die Lebenden bedroht. Und um diesen Fluch abzuwehren, veranstaltet man eben ein solches Theater. Deshalb bringen wir den Toten unsere Gaben. Wir heben sie in einen höheren Rang, opfern ihnen Speise, musizieren für sie, veranstalten Sumō-Kämpfe oder spielen ihre Lebensgeschichte auf der Bühne nach ...«

»Ach, die Bühne! Eine herrliche Sache! Vorletztes Jahr sollte ich bei einer Aufführung im ›Theater der Kunst‹ mitspielen, aber ich habe abgelehnt. Die Rolle taugte nichts.«

Yumiko verriet nicht, daß sie das bereits zum dritten Mal hörte, sondern sagte:

»Du hättest annehmen sollen. Deine Fans wären außer sich gewesen.«

»Meinst du?«

»Na klar! Du hast immer noch eine riesige Verehrergemeinde. Aber weißt du, Tantchen, das Interessante ist doch, daß Gespenster, wenn man diesen Kult um sie treibt, nicht nur ihre Rachegelüste aufgeben, sondern sich sogar in Schutzgottheiten verwandeln, die für das Wohl der Menschen sorgen.«

»Das ist in der Tat seltsam.«

»Alle tragischen Helden und geläuterten Dämonen werden bei uns wie Götter verehrt. Sie sind sehr populär. Denke nur mal an Sugawara no Michizane, die Brüder Soga oder Sakura Sōgo.«

»Stimmt, die stehen besonders hoch im Kurs.«

»Siehst du! Aber trotzdem, ich verstehe zwar, daß Antoku und seine Großmutter, die sich ertränkten, einen tiefen Groll hatten, aber wieso auch seine Mutter? Nachdem man sie herausgefischt hatte, soll sie sogar eine Liaison mit dem feindlichen Heerführer Minamoto Yoshitsune gehabt haben. Ach ja, und vorher, als sie auf einer ihrer Kriegsflotten über das Seto-Binnenmeer flüchteten, gab es angeblich etwas zwischen ihr und ihrem Bruder Munemori. Und noch viel früher, als ihr Gemahl bereits tot war, hatte sie nachweislich ein Techtelmechtel mit ihrem kaiserlichen Schwiegervater Go-Shirakawa. Obwohl sie so ein verdorbenes Frauenzimmer war, erzählt die Legende, daß sie in ihrer Sterbestunde als purpurne Wolke in den Himmel entschwebte und schließlich ins Paradies einging – bloß weil sie sich zum Buddhismus bekehrt hatte. Es gab also wirklich keinen Grund, über den eigenen Tod verbittert zu sein. Ist doch schon merkwürdig, oder?«

»Gewiß, gewiß«, sagte Masako betont. »Mal abgesehen von den Affären mit ihrem Schwiegervater und ihrem Bruder konnte sie sich doch wirklich glücklich schätzen, daß sich ein Prachtkerl wie Yoshitsune mit ihr abgab. Völliger Quatsch also, einen solchen Groll zu hegen.«

Yumiko ersparte sich einen Kommentar zu dieser verdrehten Ansicht.

Sie machten in einem Imbiß Rast, wo sie süßgekochte rote Bohnen mit Gelee aßen, und anschließend einen Abstecher bei der altmodischen Confiserie. Zurück im Akasaka-Hotel setzte sich Masako auf einen Stuhl und döste vor sich hin, während Yumiko die Abendzeitung überflog. Ihr kam plötzlich die Idee, den Presseclub, der für die Residenz des Premiers zuständig war, anzurufen, um die Lage zu checken, doch es gab nichts Besonderes zu melden. Beide Frauen schlossen daraus, daß er demnach in guter Verfassung sein müßte. Zum Dinner gingen sie nicht ins Hotelrestaurant, sondern ließen sich etwas aufs Zimmer bringen, wo sie dann bis Mitternacht vor dem Fernseher saßen und zwischendurch einnickten.

Bevor sie aufbrachen, stärkten sie sich mit grünem Tee, aßen von der Maronenpaste aus dem ›Puppenviertel‹ und machten sich dann sorgfältig zurecht. Masako zog ihr anderes Kleid an. Beide hatten ihre feinsten Handtaschen mitgenommen. Als sie schließlich mit dem geliehenen Firmenwagen (den Verlags-Wimpel hatten sie vorher entfernen lassen) losfuhren, war es ein Uhr vierzig.

Aufgrund des wenigen Verkehrs in der Nacht erreichten sie Nagata-chō sehr zeitig. Wie beschrieben, bogen sie vor der Polizeibox direkt unter der Kanzlei des Premierministers ab und hielten vor einem schmiedeeisernen Tor. Es war noch nicht zwei Uhr, und vermutlich war deshalb niemand da, um sie abzuholen. Sie ließen sich einmal um den Block kutschieren, und als sie zurückkehrten, stand ein Mann mit einer Taschenlampe vor dem angelehnten Tor. Sie gaben dem Chauffeur ein

Trinkgeld, baten ihn zu warten und stiegen aus. Der Mann steuerte gleich auf sie zu.

»Sie sind Frau Yanagi Masako, nehme ich an?«

»Ja, und ich begleite sie. Mein Name ist Minami Yumiko, ich bin die Nichte.«

»Fujimura, Privatsekretär des Herrn Premierministers.« Er griff in seine Innentasche, besann sich jedoch: »Ach nein, ich gebe Ihnen meine Karte besser drinnen, wo es hell ist.« Dabei grinste er und leuchtete den beiden Frauen ins Gesicht. Masako lächelte in den Lichtkegel und bedankte sich förmlich für den Empfang. Ihr fiel auf, daß seine Krawatte trotz der späten Stunde akkurat saß. Er ließ sich nichts anmerken, aber Yumiko war ziemlich sicher, daß er einen Verdacht hegte, was die frühere Affäre zwischen dem Premier und der Schauspielerin betraf.

»Wie ich Ihnen am Telefon mitteilte, tragen Sie hoffentlich keine hochhackigen Schuhe?« fragte er und richtete die Taschenlampe auf ihre Füße.

»Nein.«

»Ganz flache.«

»Bei inoffiziellen Besuchen benutzen wir dieses Tor hier, sozusagen ein Schleichweg.«

Nach dieser Erklärung holte er zwei weitere Taschenlampen heraus und drückte sie den Frauen in die Hand. Er rief den Polizisten in der Box etwas zu, schleuste die beiden Besucherinnen durch das Tor und verriegelte das Schloß, das in seiner überdimensionalen Größe ziemlich albern wirkte.

Das dichte Laubwerk der Bäume und Sträucher verströmte einen so intensiven Geruch, daß man das Gefühl hatte, mitten im Wald zu sein. Der Sekretär ging voraus, und alle drei hielten die Taschenlampe nach unten auf den schmalen Pfad gerichtet, als sie den Hang hinaufkletterten. Auf beiden Seiten wucherte wildes Gestrüpp, aus dem gelegentlich ziemlich planlos eine Palme auftauchte. Das Ganze, das offenbar ein Garten sein sollte, machte einen verwahrlosten Eindruck. Die Beleuchtung war so schummrig, daß der Weg nur schwer zu erkennen war. Der Sekretär hatte damit vermutlich keine Schwierigkeiten, da er die Strecke kannte, jedenfalls plapperte er während der Kraxelei munter drauflos.

»Der Premierminister legt sich immer um zehn zur Ruhe und steht dann um zwei wieder auf, um den Papierkram – vor allem das Unterzeichnen der Dokumente – zu erledigen oder über politische Maßnahmen nachzusinnen. Dann legt er sich nochmals von vier bis sieben aufs Ohr ... Die Radaranlage erfaßt übrigens jede kleinste Regung in diesem Areal. Meistens natürlich nur Katzen oder Krähen, aber jetzt sind wir drei auf dem Bildschirm.«

Masakao und Yumiko waren so damit beschäftigt, einen Fuß heil vor den anderen zu setzen, daß sie gar nicht auf die Konversation eingehen konnten.

Der Weg bog dann nach links ab, und nach einem kurzen Anstieg traten sie plötzlich aus dem Gestrüpp auf eine flache Ebene heraus. Vor ihnen breitete sich eine Rasenfläche aus, die diesmal wirklich den Eindruck eines Gartens machte. Allerdings nichts Außergewöhnliches, die Anlage war schlicht, im westlichen Stil gestaltet. Die angestrahlte Fassade vor ihnen war offensichtlich die Rückseite der Residenz.

Die beiden Frauen sprudelten los:

»Werden alle weiblichen Besucher über diesen Weg gelotst?«

»Es soll doch hier einen unterirdischen Geheimgang geben. Das wäre viel spannender.«

»Außerdem wimmelt es hier angeblich von großen grünen Schlangen, wahrscheinlich auch auf dem Hang von eben?«

Die letzte Bemerkung stammte von Yumiko. Da ihr Führer keine Antwort auf die Frage nach den Schlangen gab, stieß Masako einen bühnenreifen Entsetzensschrei aus.

Der Sekretär öffnete eine Tür und geleitete sie in eine hell erleuchtete Halle. Sie standen vor einem Treppenaufgang, der ihnen irgendwie bekannt vorkam.

»Sie kennen die Treppe vermutlich von dem Gruppenfoto, das hier mit den neuen Kabinettsmitgliedern aufgenommen wurde«, klärte sie der Sekretär auf.

Er postierte die Frauen auf der untersten Stufe. Masako hatte ein graues Seidenkleid mit großen Blumen in Pink und Violett an und dazu eine blaue Strickstola raffiniert um die Schultern drapiert. Die perlenbestickte Handtasche stammte aus Florenz.

Yumiko trug ihr dunkelbraunes, kragenloses Armani-Kostüm und darunter ein lila Seiden-T-Shirt. Ihre goldenen Ohrclips paßten genau zu den Knöpfen. Die Farbe ihrer Handtasche war ein helles Goldbraun. Der Sekretär ging ein paar Schritte zurück und formte mit beiden Händen ein Quadrat, durch das er hindurchlinste.

»Bitte ein feierliches Gesicht, die Damen!« rief er, worauf Masako und Yumiko losprusteten. Doch sie verstummten sofort, als sie den lauten Widerhall ihrer Stimmen in dem sonst mucksmäuschenstillen Gebäude hörten.

Der Sekretär zückte seine Visitenkarte und überreichte sie den Besucherinnen. Masako hielt die Karte etwas von sich weg und musterte sie eingehend, bevor sie sie an Yumiko weitergab.

»Heb sie bitte sorgfältig auf!«

Komisch, wieso behandelt sie mich wie ein Anhängsel, dachte Yumiko im stillen, während sie die Visitenkarte zusammen mit der, die sie erhalten hatte, in die Handtasche steckte. Sie hatte natürlich auch ihm ihre Visitenkarte übergeben, aber der Sekretär wußte bereits über ihre berufliche Stellung Bescheid. Fujimura gab sich jetzt weltmännisch und mimte den Charmeur.

»Ich habe Sie in mehreren Filmen gesehen. Mein Gott, wie wunderschön Sie waren«, sagte er galant zu Masako, die sich mächtig freute. Dann wandte er sich an Yumiko:

»Waren Sie mal in der Politik-Abteilung tätig?«

Yumiko verneinte seine Frage, sie sei das erste Mal hier im Regierungssitz. Dann bat er sie, einen Moment zu warten, und ging fort. Eilenden Schrittes kehrte er zurück und rief ihnen zu:

»Keiner da, also gehen wir!«

Sie verließen die Vorhalle und gingen durch einen weiten, totenstillen Korridor. Die beiden Frauen hasteten dem vorausstürmenden Sekretär hinterher und erreichten dann über eine Treppe, die mit einem roten Läufer bespannt war, den ersten Stock. Obwohl der Teppich verschlissene Stellen und Flecken aufwies, handelte es sich hierbei zweifellos um den Hauptaufgang. Beide Frauen verspürten eine leichte Nervosität angesichts dessen, was ihnen bevorstand. Sie liefen den hohen, braun getünchten Korridor entlang, bis der Sekretär stoppte. Er bedeutete ihnen, sich einen Moment zu gedulden, und verschwand hinter einer ebenfalls braunen Tür auf der rechten Seite. Die beiden Frauen warteten schweigend. Fujimaru kam sofort zurück und sagte:

»Sie können hereinkommen.«

Als Masako sich zu dem Zimmer umwandte, sprang plötzlich direkt vor ihr eine Tür auf, die sie zuvor für einen Teil der Wand gehalten hatte, und das Gesicht eines älteren Herrn erschien.

»Komm doch herein . . .«

Ohne zu zögern kam sie der Aufforderung nach und ließ ihre Nichte draußen vor der Tür zurück, die sich inzwischen wieder unsichtbar in die Wand eingefügt hatte.

Als Masako hinter dem Paravent hervortrat, befand sie sich in einem sehr geräumigen Zimmer, das etwa fünfzig Quadratmeter maß. Rechts standen drei niedrige Tische mit sechs Stühlen drumherum, deren Sitzpolster alle mit dem gleichen Stoff bezogen waren. Auf dem Sofa im vorderen Bereich saß Tamaru Shingu und winkte ihr zu, sich neben ihn zu setzen. Er lächelte sanft, fast ein bißchen verlegen, was ihn sehr sympathisch machte. Masako war überwältigt, diesem Mann nach über dreißig Jahren wiederzubegegnen. Er wirkte nicht wie jemand, der seine jugendliche Attraktivität mit dem Alter verloren hatte. Natürlich sah er nicht mehr jung aus, aber dafür hatte er an Würde und Energie gewonnen und besaß ein Charisma, das weder auf dem Bildschirm noch auf Fotos zur Geltung kam. Er strahlte souveräne Gelassenheit aus, zu der sehr gut paßte, daß er mitten in der Nacht aufstand, um Dokumente durchzusehen. Seine saloppe Erscheinung – er trug eine Kordhose mit einem ausgewaschenen Hemd, die Strickjacke um die Schultern gelegt – unterstrich, daß er vor Vitalität strotzte – ein Mann auf dem Höhepunkt seiner Karriere. Sein Haar war noch nicht weiß, sondern grau durchsträhnt. Masako mußte ihren anfänglichen Eindruck, in ihm einen älteren Herrn zu sehen, ein wenig revidieren. Sie verglich ihn insgeheim mit dem Mann, mit dem sie gelegentlich ein Wochenende in Izu verbrachte. Er war einige Jahre älter als Tamaru und Besitzer von etwa hundert bis hundertfünfzig Parkplätzen zwischen der Kantō-Region und Shizuoka, deren monatliche Erträge ihm ein komfortables Leben ermöglichten. Er war ein liebenswerter Mensch, und Masako hatte ihn in ihr Herz geschlossen, aber jetzt wurde ihr bewußt, daß sie bei ihm doch einiges vermißte. Sie hatte ihn einige Jahre nach ihrer Trennung von Tamaru kennengelernt. Damals betrieb er noch ein Lichtspieltheater. Er hatte einige Annäherungsversuche unternommen, doch die Schauspielerin war nicht darauf eingegangen, so daß der Kontakt schließlich abgebrochen war. Vor fünf Jahren jedoch, während eines Urlaubs auf Zypern, zu dem sie eine Freundin eingeladen hatte, wohnten sie zufällig im selben Hotel und kamen sich schließlich näher.

Tamaru deutete nach rechts in die Mitte des Zimmers und sagte (was er selbstverständlich nur tat, wenn er sich vor seinem Besuch ungezwungen geben konnte):

»Das da ist übrigens mein Arbeitsplatz.«

An der Wand dahinter hing eine Aufnahme vom Kaiserpaar, und auf der linken Seite befand sich ein Stativ mit einer schlaff herabhängenden Nationalflagge. Es sah hier aus wie im Zimmer eines Schuldirektors, obwohl es dafür natürlich etwas groß geraten war.

Tamaru zeigte nun auf den Tisch in der rechten Ecke.

»Und das Telefon dort ist sozusagen der heiße Draht.«

»Aha!«

Masako simulierte ein bühnenreifes Staunen, interessierte sich tatsächlich jedoch kein bißchen dafür, zumal sie sich nichts unter einem ›heißen Draht‹ vorstellen konnte. Um so bald wie möglich zur Sache zu kommen, sagte sie in herzlichem Ton:

»Du siehst wirklich beeindruckend aus. Im Fernsehen oder sonstwo kommt das gar nicht zur Geltung, wahrscheinlich wegen der miserablen Beleuchtung. Bei Kinofilmen ist das ganz anders. Du hast wirklich eine elegante Ausstrahlung, wie es sich für einen Mann von Rang gehört. Es ist schon ein komisches Gefühl, daß jemand wie ich nur wegen einer längst vergangenen Affäre jetzt mit Ihrer Hoheit sprechen darf. Ich empfange diese Gnade mit Freuden.«

»Stopp mal!« rief Tamaru. »Die Worte habe ich doch schon einmal gehört. Wenn mich nicht alles täuscht, in einem Monsterfilm ...«

»Ein Monsterfilm? So was gucke ich mir nicht an.«

»Aber dafür hast du in einem mitgespielt.«

»Ach, was du nicht sagst.«

»Ja, in der Rolle einer Barbesitzerin. Du hast darin einen Nobelpreis-Wissenschaftler um Hilfe gebeten. Er wurde von einem berühmten Bühnendarsteller gespielt, seinen Namen habe ich vergessen.«

»Das soll ich gewesen sein?«

»Ja doch!«

»Oh!«

»Die beiden hatten früher Haus an Haus gewohnt, als sie noch ein Teenager und er Student war.«

»Ach ja!«

»Siehst du!

»Aber weshalb sollte eine Barbesitzerin sich wegen eines Monsters an einen Wissenschaftler wenden? Ein Polizeiinspektor wäre doch viel plausibler ...«

»Oder ein Mitglied des Nationalen Sicherheitskomitees.«

»Also weshalb?«

»Habe ich vergessen.«

»Ich weiß es auch nicht mehr.«

Sie lachten. Es erinnerte sie an die gemeinsame Zeit, als er immer mit den Dialogen aus ihren Filmen Possen riß und sie sich beide einen Spaß daraus machten, solche Zitate in ihre alltägliche Konversation einfließen zu lassen. Für die fünfundsiebzigjährige Frau und den neunundsechzigjährigen Mann lebte die alte Zeit wieder auf.

»Ah!« rief sie plötzlich aus heiterem Himmel. »Dieser Monsterfilm kam doch erst zehn Jahre später raus, nachdem du bereits Abgeordneter geworden warst. Du hast ihn dir angeschaut?«

»Ja.«

»Hast du alle meine Filme gesehen?«

»Eine Menge, aber sicher nicht alle. Bei manchen habe ich den Anfang verpaßt, bei anderen den Schluß – leider, obwohl ich sie mir wirklich anschauen wollte.«

»Ach«, seufzte sie ganz gerührt und ergriff seine Hand, was er sofort zum Anlaß nahm, ihr endlich die peinliche Angelegenheit, die nun schon mehr als dreißig Jahre zurücklag, zu erklären: wie er damals seinen Onkel vorschickte, weil er es selbst nicht über sich gebracht hätte, sich von ihr zu trennen. Völlig zerknirscht bekannte er sich zu seinem Fehler, während sie ihm mit Tränen in den Augen alles verzieh.

Händchenhaltend schwelgten sie in alten Zeiten: wie sie sich in den letzten Kriegstagen über die penetranten Lügen in den Radiomeldungen echauffierte, und wie er sie daraufhin beschwor, sich draußen mit solchen Äußerungen in acht zu nehmen, sonst würde sie eines Tages von der Militärpolizei geschnappt werden. Sie zog ihn damit auf, daß er sich trotz seines übervorsichtigen Charakters in der Öffentlichkeit hin und wieder die Zunge verbrennen würde. Mit einem ironischen Lächeln erklärte er ihr, daß man das auf vielerlei Art tun könne. Er mache manchmal absichtlich lockere Bemerkungen, die er wie einen Versuchsballon steigen ließ, um die Reaktion zu testen. Und er dankte ihr dafür, daß ihr Interesse an ihm soweit ging, sogar auf seine Faux-pas zu achten.

Nachdem sie sich eine Weile ihren Erinnerungen hingegeben hatten, besann sich Masako auf ihr eigentliches Anliegen und löste sanft ihre Hand aus der seinen. Sie holte aus ihrer Handtasche einen weißen Umschlag hervor und überreichte ihm den Brief.

»Nun zu meiner Bitte: Würdest du das freundlicherweise lesen? Das Schreiben ist von meiner Nichte.«

»Aha, die Kolumnistin von den ›Neuen Nachrichten‹, nicht wahr? Sie ist sicherlich sehr hübsch«, sagte er, als er den Brief an sich nahm. »Liegt ja schließlich in der Familie.«

Er ging zum Schreibtisch hinüber und holte seine Brille. Während er mit Lesen beschäftigt war, schaute Masako sich um. Links vor dem Paravent stand ein großer Globus, der den Eindruck eines Schulzimmers noch verstärkte. Hinter der Nationalflagge gab es eine weitere Tür. Sie stand offen, und man sah Licht im Nebenraum. Wahrscheinlich war es das Sekretariat, aber sie konnte nicht erkennen, ob jemand darin war. Masakao stand auf und lief ein wenig auf dem Teppich herum.

Sie betrachtete eingehend das Gemälde, das über dem ›heißen Draht‹ hing – eine Berglandschaft mit Ahornbäumen (nichts für ihren Geschmack), und kehrte dann wieder zum Sofa zurück. Als Tamaru zu Ende gelesen hatte, setzte er die Brille ab und schaute sie wohlwollend an.

»Verstehe. Die Angelegenheit ist sehr verwickelt, also nicht einfach zu lösen, aber ich will sehen, was ich tun kann. Richte ihr das bitte aus!«

»Und was, Shin-chan – o Pardon! –, was bedeutet das konkret?«

Tamaru lächelte immer noch freundlich.

»Meine liebe Masako, wie bei allen Dingen kommt es auch hier auf das richtige Timing an. Es kann gut sein, daß ich nicht auf der Stelle etwas tun kann. In dem Fall müßt ihr euch also etwas gedulden.«

»Wieso gedulden?«

»Die Position des Kabinetts ist zur Zeit etwas wacklig. Wenn ich sie wieder gefestigt habe und im Vollbesitz meiner Macht bin, kann ich die Angelegenheit sofort klären.«

»Wie soll das denn gehen, die Position festigen?« plusterte sich Masako auf. »Meinst du etwa die Wahlen?«

Als Tamaru nicht reagierte, redete sie weiter auf ihn ein:

»Mir kannst du es ruhig sagen. Tu bloß nicht so förmlich. Wie lange gedenkst du, uns warten zu lassen?«

»Hm, vielleicht sechs Monate, vielleicht ein Jahr ...«

»Also, das ist doch die Höhe!« rief Masako empört und schlug die Hände zusammen. »Meine Nichte plagt sich schon ein halbes Jahr damit herum. Und nun soll sie noch mal so lange warten? Oder womöglich ein ganzes Jahr?«

»Ich verstehe ja ihre Notlage« versuchte er sie mit sanfter Stimme zu beschwichtigen. »Aber im Leben muß man sich eben manchmal in Geduld üben. Einem Abgeordneten kann es durchaus passieren, daß er eine Wahl verliert. Alles weitere hängt allein davon ab, wie er die Krise managt. Man muß sich dann eine Weile schonen.«

»Was redest du nur!«

»Bei einer Wahlschlappe hieße das sogar noch länger als ein Jahr.«

»Du willst also damit sagen, sie soll sich weiterhin dieser Tortur aussetzen?«

»Was ist gegen einen Posten in der Chefetage einzuwenden? Oder in ihrem Fall, gegen den Job in der Projektabteilung? In der Zeitungsbranche ist die Lage nun einmal unbeständig. Wenn sie jetzt dorthin versetzt wird, heißt das doch noch lange nicht, daß sie keine Artikel mehr schreiben wird.«

»Tja, du willst uns also nicht behilflich sein?«

»Aber nicht doch ...«

»Der Verlag wird das Grundstück nicht bekommen, und Yumiko wird man dafür die Schuld in die Schuhe schieben ...«

»Nein, so meine ich das doch gar nicht. Schon aus Freundschaft zu dir werde ich etwas unternehmen. Aber momentan ist das eben etwas schwierig. Ihr müßt mir ein bißchen Zeit lassen, das ist alles.«

Der Wortwechsel ging noch eine Zeitlang so weiter. Er versuchte sich mit aalglatten Argumenten herauszumanövrieren: daß er wegen einer solchen Lappalie nicht den Generalsekretär bloßstellen könne und daß es einige in seiner Partei gebe, die kein Hehl aus ihrer übertriebenen Aversion gegen die ›Neuen Nachrichten‹ machten. Außerdem würde ihm die Sekte im Nacken sitzen. Jedenfalls habe er auf alles mögliche Rücksicht zu nehmen. Die Schauspielerin hingegen traute sich nicht, schwere Geschütze aufzufahren, denn zum einen hatte sie hier nicht ihren Parkplatzbesitzer vor sich, sondern einen Mann von Format, und zum anderen war sie sehr glücklich darüber, daß er sich trotz ihrer Trennung ihre Filme angeschaut hatte. Vor allem aber war er ein alter Hase, was Verhandlungen betraf, während sie debütierte.

»Versteh doch, Masako, solche Angelegenheiten nehmen manchmal eine unerwartete Wende und regeln sich ganz von selbst. Also seid zuversichtlich und wartet einfach ab!«

Sie wußte gar nicht, was sie auf einen solch schwammigen Zuspruch antworten sollte. Schließlich fragte sie ihn, ob er nicht noch einmal ihre Nichte, die draußen vor der Tür wartete, anhören wolle. Doch er wiegelte geschickt ab: Dazu wäre jetzt keine Zeit. Er schien die leidige Diskussion abschließen zu wollen und sagte, daß er vor dem Zubettgehen noch einige Akten durchsehen müsse, worauf er sich erhob, um sie nach draußen zu geleiten. Masako stand ebenfalls auf.

»Dann will ich dir meine Nichte wenigstens vorstellen ...«

»Gern. Ich möchte doch wissen, inwieweit sie dir ähnlich sieht«, antwortete er taktvoll.

Doch als er die Tür öffnete, sah er niemanden in dem stillen, nächtlichen Korridor. Der Premierminister und seine frühere Geliebte standen eine Weile ratlos herum.

Unmittelbar nachdem Masako in das Arbeitszimmer geschlüpft war, fragte Fujimura Yumiko, ob sie Lust hätte, das Kabinettszimmer zu sehen.

»Darf ich?«

»Aber sicher doch.«

»Das wäre toll!«

Er zeigte ihr den Raum, aus dem er gerade herausgekommen war. Als erstes fielen ihr die imposanten Stühle auf, die an der Stirnseite aufgereiht standen.

»Das ist das Empfangszimmer. Der Premierminister läßt sich hier mit seinen Gästen fotografieren.«

Er hatte schon die nächste Tür geöffnet, obwohl sie sich gerne noch etwas länger umgeschaut hätte.

»Und hier ist der eigentliche Kabinettssaal. Bitte treten Sie ein!«

Tische und Stühle bildeten ein Quadrat oder, besser gesagt, ein schmales Rechteck, das die Breite des Raumes ausfüllte. An jedem Platz befand sich eine Schatulle mit Tuschestein, damit die Dokumente in Siegelschrift verfaßt werden konnten. Durch die Anordnung der Tische wirkte das hintere Ende des Raumes ganz fern, wie auf einem Gemälde mit einer extrem auseinandergezerrten Zentralperspektive. Yumiko zeigte in die Richtung und fragte:

»Und dahinten sitzt der Premierminister?«

»Ja, gewiß.«

»Darf ich mal schauen?«

»Nur zu!«

Der Sekretär folgte Yumiko um die Tische herum nach hinten und wies auf den Stuhl des Premiers.

»Möchten Sie sich mal draufsetzen?«

»Wenn Sie mich so nett auffordern ...«

Sie setzte sich, aber das Lederpolster fühlte sich irgendwie feucht an und war ihr außerdem zu weich. Die Stühle, auf denen sie sonst immer saß – an ihrem Arbeitsplatz oder zu Hause – waren da weitaus bequemer. Fujimura, der etwas abseits stand, sagte mit breitem Grinsen:

»Bitte ein kurzes Statement, Frau Premierministerin!«

Die Frau in dem dunkelbraunen Kostüm und dem lila Seidenshirt rückte sich in Positur, wobei ihre passend zu den goldenen Knöpfen ausgesuchten Ohrclips aufblitzten.

»Ähem«, räusperte sie sich, und der Sekretär applaudierte leise und lachte. Als sie durch das Empfangszimmer zurückgingen, sagte Yumiko:

»Die Stühle hier sind schon im voraus arrangiert. Das hat mich überrascht.«

»Was soll das heißen?« fragte er argwöhnisch zurück.

»Nun, es klingt vielleicht albern, aber vor längerer Zeit habe ich mal den Chefberater des Premierministers kennengelernt, einen gewissen Herrn Kamata, und als ich ihn nach seiner Aufgabe befragte, erzählte er mir, daß er peinlichst darauf zu achten habe, daß vor jeder Kabinettssitzung alle Stühle in Reih und Glied stehen.«

»Wie interessant!«

»Nun, höchstwahrscheinlich hatte er sie nicht selbst zurechtgerückt, aber ich fragte mich, wer es dann jedesmal tut ...«

Sie kicherten verhalten, und er sagte ihr, daß dieser Kamata jetzt irgendeine Abteilung im Sozialministerium leiten würde, wovon Yumiko noch nichts wußte. Inzwischen hatten sie das Arbeitszimmer des Premierministers erreicht. Fujimura zog sich zurück und ließ Yumiko allein in dem endlos langen Korridor, wo es weder Sofas noch Stühle gab. Sie erinnerte sich daran, wie eine junge Kollegin aus der Politik-Redaktion einmal erwähnte, daß es hier in diesem Flur keine Sitzgelegenheiten gebe, vermutlich um den Ministern die Reporter vom Hals zu halten. Yumiko lauschte an der Tür, konnte aber kein Wort von dem verstehen, was drinnen geredet wurde, und ging den Korridor wieder zur Hälfte zurück. Es war wie früher in der

Schule, wenn man zur Strafe ausgesperrt wurde. Sie bedauerte, kein Taschenbuch dabeizuhaben. Ihre Handtasche war schließlich groß genug, und ein dünnes Bändchen hätte bequem hineingepaßt. Als sie auf ihre Uhr schaute, war es zwei Uhr vierzig.

In diesem Augenblick erblickte sie rechts eine Gestalt am Ende des Korridors, die mit schleppenden Schritten auf sie zukam. Sie trug einen weißen Kimono mit etwas darüber. Es war eine Greisin.

Der weiße Kimono entpuppte sich als Nachtgewand mit Chrysanthemenmuster. Darüber trug sie einen Überwurf aus violett-gebatiktem Seidenkrepp, dessen lila Kordel lose herunterbaumelte und mit einer schmalen gelben Schärpe zusammengehalten wurde. Die Frau, die barfuß in ihren Pantoffeln heranschlurfte, war schätzungsweise um die Siebzig und schaute Yumiko mit einem beinahe kindlichen Ausdruck an. Sie gehörte bestimmt zum Haus, also mußte sie sie freundlich grüßen, um nicht für einen Eindringling gehalten zu werden. Ihr war in diesem Moment gar nicht bewußt, daß es sich ja hier um den Amtssitz des Premiers handelte. Yumiko sprach sie freundlich lächelnd an:

»Guten Abend. Ich hoffe, ich habe Sie nicht gestört.«

Es war eine ziemlich einfältige Anrede, aber ihr fiel momentan nichts Gescheiteres ein. Die Frau starrte Yumiko unverwandt an, legte den Kopf leicht zur Seite und rief ganz überwältigt:

»Wie schön Sie sind!«

»Aber ...«

»Wie eine Braut!«

Sie lallte ein wenig, was ihren kindlichen Ausdruck verstärkte.

»Wieso halten Sie mich für eine Braut?«

»Sie sind so hübsch.«

»Aber ich habe doch schon eine erwachsene Tochter.«

»Eine erwachsene Tochter ...«, stammelte sie mehrmals. Yumiko fühlte sich natürlich geschmeichelt, daß man ihr das Alter anscheinend nicht anmerkte.

»Ich war ja auch beim Friseur«, sagte sie in unbekümmertem

Ton, um ihrem Gegenüber gerecht zu werden. Es klang, als wollte sie sich für ihre attraktive Erscheinung rechtfertigen. Als keine Reaktion kam, fügte Yumiko hinzu:

»Auf der Ginza.«

Die Alte verzog das Gesicht, als würde sie gleich in Tränen ausbrechen.

»Auf der Ginza ... beim Friseur ... da möchte ich auch hin«, murmelte sie. Erst jetzt – mit erheblicher Verspätung also – fragte sich Yumiko, wen sie da eigentlich vor sich hatte. Natürlich wunderte sie sich, daß ihr diese Frage nicht schon in den Sinn gekommen war, aber vermutlich hatte die gespenstische Erscheinung der Alten sie schlichtweg überrumpelt. Sie war sich immer noch nicht so recht im klaren darüber, daß sie sich im Sitz des Regierungschefs befand. Ihre Art Blackout ließ sie weiter herumrätseln, wer diese Frau sein mochte, die plötzlich ein kokettes Gesicht aufsetzte und mit bettelnder Stimme fragte:

»Kein Puffpuff?«

»Puffpuff, was soll denn das sein?«

Die alte Dame hielt sich die linke Handfläche vors Gesicht, als würde sie in einen Spiegel schauen, machte ein spitzes Mündchen und beklopfte sachte ihre Wangen. Bei dem Anblick dieser Puder-Pantomime wurde Yumiko schlagartig bewußt, daß es die Frau des Premierministers sein mußte. Urano hatte sich also geirrt, daß sie auf dem Privatbesitz lebte, oder vielleicht war dies damals der Fall. Heute nacht hielt sie sich jedenfalls hier auf. Vermutlich war sie zwischendurch aufgewacht, durchs Haus gegeistert und hatte sich dabei in den Haupttrakt verirrt. Yumiko glaubte auch nicht, daß die Frau sich nur fürs Essen interessierte. Es schien auch noch ein anderes Bedürfnis in ihr wach geblieben zu sein oder sich sogar angestaut zu haben. Wahrscheinlich hatte man ihr alles Schminkzeug weggenommen, weil sie keinen gesellschaftlichen Umgang mehr hatte, und jetzt bettelte sie eine Besucherin an. Diese Gedanken schossen Yumiko durch den Kopf, wie ein Feuerwerk, das weit entfernt am nächtlichen Firmament explodiert.

»Ja, ich hab was dabei«, sagte Yumiko und kramte aus ihrer

Tasche den Kompaktpuder hervor, den sie kürzlich aus purer Kauflust erstanden und erst heute eingeweiht hatte, und überreichte ihn der Frau, die die quadratische goldene Dose mit einem ›Danke‹ entgegennahm. Sie klappte sie auf, versuchte sich angestrengt mit Hilfe des Deckenlichtes im Spiegel zu erkennen und griff nach dem Puff.

»Ich darf doch?« bat sie um Erlaubnis.

»Natürlich, gnädige Frau. Ich schenke sie Ihnen.«

Die alte Dame schaute derart entgeistert, daß Yumiko glaubte, sie habe nicht richtig verstanden.

»Ein Geschenk, Sie können sie behalten, ja!«

Dabei legte sie die Hände zuerst auf die eigene Brust und streckte sie ihr dann als Geste des Schenkens entgegen.

»Sie gehört Ihnen, verstehen Sie?«

Die Frau starrte sie an und wiederholte mit schleppender Stimme, daß sie verstanden habe. Sie legte den Puff zurück, klappte die Dose zu und verbeugte sich respektvoll.

»Wie freundlich von Ihnen.«

Diese Mischung aus einerseits kindlicher, andererseits erwachsener Gebärde rührte Yumiko, und sie kramte eilig nach dem Lippenstift, den sie zusammen mit der Puderdose gekauft hatte.

»Den auch«, sagte sie und drückte ihn der Frau in die Hand.

»Was? Den auch? . . . Oh . . . Dankeschön.«

Mit strahlender Miene drehte sie die noch unberührte rote Spitze heraus.

»Nein, nicht hier! Dort, dort!« rief Yumiko hastig und zeigte in die Richtung, aus der die Frau gekommen war, womit sie andeuten wollte, daß es besser wäre, sich im eigenen Zimmer zu schminken. Die alte Dame nickte, ließ den Lippenstift wieder in der Hülle verschwinden und hielt beide Geschenke mit der linken Hand fest umklammert. Mit einer höflichen Geste bat sie Yumiko, mit ihr zu kommen.

»Ja? Ja?« bettelte sie mit flehendem Blick und ergriff ihre Hand, um sie wegzuführen. Aber wohin? In völliger Ungewißheit ließ sich Yumiko von ihr ans Ende des Korridors ziehen (wo man durch das Treppengeländer hindurch in der unteren

Etage einen anderen Korridor erblickte). Sie bogen rechts um die Ecke und stiegen die Treppe hinab. Unten ging es dann links weiter durch einen langen Verbindungsgang (bestimmt fünfzehn bis zwanzig Meter) mit mehreren großen Glasscheiben auf beiden Seiten. Bei dem schleppenden Rhythmus ihrer Schritte fiel Yumiko der Lieblingsspruch ihres ehemaligen Vorgesetzten in der Heim & Familie-Redaktion ein, der inzwischen Verleger eines Sportmagazins war. Er pflegte immer zu sagen: ›Reporter erkennt man daran, daß sie überall flott hineinfegen.‹ Auch als sie den Yakuza-Boß Asaoka Heigorō für ihre ›Vorvierziger‹-Serie interviewte, hatte er ihr diesen Spruch mit auf den Weg gegeben. Yumiko wiederholte jetzt im stillen die Worte wie einen Refrain und sagte sich, daß sie keine Skrupel zu haben brauche, denn schließlich wurde sie ja von einer Bewohnerin dieses Hauses herumgeführt.

Auch am Ende des Ganges gab es keine Tür. Yumiko ließ sich, immer noch an der Hand gehalten, in den nächsten Raum führen und wunderte sich, was solch ein Amtssitz alles zu bieten hatte. Das Zimmer selbst war nicht weiter bemerkenswert: Vor einer schlichten Stellwand stand ein ebenso einfacher Tisch mit einer Auswahl an Wochenmagazinen und einer ungeöffneten Flasche Bier, die ganz verloren wirkte. Rechts stand ein Sofa, auf dem ein Kissen mit der Comicfigur Sazae-san lag.

Die Journalistin nahm an, sie würden sich jetzt dorthin setzen, doch die alte Dame ging unbeirrt weiter um die Stellwand herum. Yumiko erschrak, es blieb ihr jedoch keine Zeit, lange nachzudenken.

Rechts hinter dem Paravent war im Halbdunkel ein Eingangsbereich erkennbar. Die offene Tür daneben gab den Blick in ein hell erleuchtetes Zimmer frei, in dem sich jedoch niemand aufhielt. Das Radio spielte leise einen englischen Schlager: Ein Mann sang, während eine Frauenstimme irgend etwas dazu sagte. Daneben befand sich ein luxuriös ausgestatteter Waschraum, und schräg gegenüber gab es einige Räume im gleichen Stil, vermutlich Empfangssalons.

Als sie diesen Teil hinter sich gelassen hatten, führte eine Stufe auf eine erhöhte Diele, wo die Teppichfarbe von Grau zu Braun wechselte.

Die alte Dame zog jetzt andere Pantoffeln an, und Yumiko entledigte sich ebenfalls ihrer Schuhe und schlüpfte in ein Paar Slipper, die offensichtlich für Besucher gedacht waren. Sie war ganz aufgeregt über all das spannende Material, das sich ihr hier bot. Zweifellos hatten etliche Journalisten vor ihr diesen Trakt betreten, doch niemand hatte bisher eine Zeile darüber geschrieben. Wahrscheinlich befaßten sich alle nur damit, wann der jeweilige Premierminister sich wie äußerte oder welche Spitze die jeweilige First Lady über einen politischen Gegner ihres Mannes fallenließ, und keiner hatte einen Blick dafür, daß solch ein Amtssitz zugleich ein Domizil besonderer Art war. Yumiko malte sich begeistert aus, daß sie die erste Journalistin sei, die aus diesem Blickwinkel darüber schreiben würde, auch für den Fall, daß es gar nicht gedruckt wurde. Sofern sie nicht erwähnte, wer sie hier herumgeführt hatte und in welchem Geisteszustand sich die Person befand, dürfte es ein durchaus lesenswerter Artikel werden, der gut auf der Heim & Familie-Seite erscheinen könnte – eben als Porträt eines Privathaushalts. Yumiko, die ihren Gedanken nachhing und gleichzeitig aufpaßte, daß ihr nichts entging, hatte darüber völlig den eigentlichen Grund ihres Aufenthalts vergessen, nämlich daß sie in Begleitung ihrer Tante hier war, die gerade dem Premierminister die Angelegenheit ihrer Nichte vortrug.

Der Gang führte an einem Steingarten mit Steinlaternen und einem Steinbassin vorbei. Der Bambus war effektvoll angestrahlt. In den Wurzeln hatte sich eine kleine Plastiktüte verfangen, die der Wind hierher geweht haben mußte. Yumiko schaute sich sorgfältig um und versuchte, sich alle Einzelheiten einzuprägen. Es war ein Miniaturgarten zur Belüftung des Hauses, umgeben von zwei Mauern und zwei übereck liegenden Schiebetüren aus Glas.

Auf der anderen Seite des Ganges gab es zwei Türen, von denen eine offenstand und ein Tatamizimmer erkennen ließ. Am Ende des Gartens ging es rechts herum. Sie gelangten zu einer doppelten Holztür im westlichen Stil. Die Frau öffnete die innere und winkte Yumiko herein. Sie betraten einen schmalen Flur, der zwei offene Räume miteinander verband. Am Ende des Ganges war vermutlich das Badezimmer. Das linke Zimmer lag im Dunkeln, während im anderen Licht brannte. Die Frau ging in das letztere, und Yumiko folgte ihr. In dem etwa dreizehn Quadratmeter großen Raum, der mit einem Perserteppich ausgelegt war, befanden sich ein breites Bett, zwei Stühle, ein Kleiderschrank und ein Ölgemälde mit dem Fuji. Neben dem Eingang stand eine Frisierkommode mit einem Triptychon-Spiegel. Die alte Dame steuerte auf das Bett zu, entfernte das Kopfkissen, schlug erst die Daunendecke zurück und dann die Unterlage mit dem Laken. Darunter waren mehrere ganz unterschiedliche – längliche, quadratische, kleine – Holzkästchen in einem Halbkreis um die Kopfkissenfläche angeordnet. Eins davon war mit purpurnem Stoff überzogen. Yumiko war so schockiert über dieses Hufeisen-Arrangement aus Schächtelchen, daß ihr journalistischer Eifer für einen Moment auf der Strecke blieb. Wozu, um Himmels willen, zeigte sie ihr all dieses Zeug hier?

Die alte Dame nahm die längliche Schatulle, öffnete den Deckel und zog eine Halskette mit passendem Armband – eine Arbeit aus herzförmigen Silbergliedern – aus dem Seidenpapier hervor.

»Hübsch, hübsch«, rief sie begeistert und reichte Yumiko den Schmuck. Das Silber war zwar leicht angelaufen, schillerte aber trotzdem sehr sinnlich. Oder vielleicht sollte man sagen, die Patina erweckte Wehmut nach alten Zeiten. Würde das Geschmeide aus einer japanischen Werkstatt stammen, hätte es sicher filigraner ausgesehen, aber dieses hier besaß trotz seiner Feinheit zugleich majestätische Gediegenheit.

»Wie wunderschön!« lobte Yumiko den Schmuck. Nachdem sie ihn ein Weilchen betrachtet hatte, legte sie ihn in die Schatulle zurück. Das nächste Kästchen enthielt eine Goldkette mit verschlungenen Gliedern, vielleicht keltischer Herkunft. Der Hersteller ließ sich nicht erkennen, aber es war ein prunkvolles, edles Stück.

»Schön, nicht?« sagte die Besitzerin und legte die Kette behutsam in Yumikos Hände.

»Ja, wirklich!«

Yumiko stieß einen tiefen Seufzer aus. Die Frau zeigte ihr vermutlich all ihre Pretiosen, um sich Genugtuung zu verschaffen angesichts Yumikos eleganter Erscheinung, als Retourkutsche gewissermaßen. Und sie mußte nun diese eitle Vorführung über sich ergehen lassen. Allmählich wurde es ihr dann aber zu unbequem, im Stehen ihren Schmuck zu bewundern, und sie holte zwei Stühle, setzte sich auf einen, während die alte Dame sich auf dem anderen niederließ, zufrieden nickte und nach dem nächsten Kästchen griff.

Zum Vorschein kam diesmal ein dreireihiges Collier aus schwarzen Perlen, die sich mit einem großen Tropfen in der Mitte wie Revuetänzerinnen zu den Enden hin verjüngten. Yumiko glaubte zu träumen. Die Frau legte sich das Collier um den Hals, lächelte Yumiko zu und überreichte es ihr dann mit zufriedener Miene.

Yumiko fragte vorsichtshalber, ob sie wirklich dürfe, trat dann vor den Triptychon-Spiegel und legte sich das Collier um den Hals. Die schwarzen Perlen paßten vorzüglich zu dem dunklen Braun ihres Kostüms und verliehen ihm eine extravagante Note. Als sie die angenehme Kühle auf ihrer Haut spürte, dachte sie frustriert, daß sie sich wohl niemals in ihrem ganzen Leben solch einen Luxus würde leisten können. Sie bemerkte ein bitteres Lächeln im Spiegel und kehrte zu ihrem Platz zurück.

Als nächstes war das kleine Stoffkästchen an der Reihe. Es enthielt einen Platinring mit einem großen Rubin, der von Diamanten umkränzt war. Die Frau streifte ihn über den Finger und betrachtete selig, wie er im Licht funkelte. Aus irgendeinem Grund enthielt sie Yumiko den Ring vor und steckte ihn zurück in das Schächtelchen.

Aus dem Kästchen aus Palownienholz, das sie an der Stelle zwischen Kopfkissen und Ablage aufbewahrte, kam ein in schweres Papier eingewickelter Haarkamm zum Vorschein. Auf dem cremefarbenen Elfenbein war ein weißer Pfau mit aufgefächerten Schwanzfedern aufgestanzt. Das prunkvolle Dekor erinnerte an die Maler der Kōrin-Schule. Vom Stil her hätte man späte Edozeit vermuten können, aber da der weiße Pfau nach Japan importiert wurde, stammte die Arbeit vermutlich aus der Meiji-Epoche. Ganz stolz überreichte ihr die alte Dame diese Kostbarkeit und drängte sie mit einer entsprechenden Gebärde, sich den Kamm ins Haar zu stecken. Yumiko probierte es zwar vor dem Spiegel aus, doch seine klassische Eleganz paßte überhaupt nicht zu ihrem modischen Haarschnitt.

»Hübsch, hübsch, hübsch«, murmelte die Frau und legte ihn auf das Papier zurück. Dabei wiederholte sie ihre Worte und schwupp – hatte sie sich den Kamm ins eigene Haar gesteckt. Ihre Frisur war zwar übel zerzaust, aber trotzdem saß er perfekt. Yumiko fiel ein, daß die Frau des Premierministers eine Meisterin im klassisch-japanischen Tanz gewesen war, was natürlich erklärte, daß sie solche Handgriffe aus dem Effeff beherrschte. Der Kamm verschwand wieder in seinem Kästchen.

Die nächste Schachtel sah sehr antik aus, sie enthielt einen großen Schildpatt-Kamm. Als er aus dem schweren Papier ausgewickelt wurde, entfuhr Yumiko ein Seufzer der Bewunderung:

»Oh, wie schön!«

Die Intarsie aus Perlmutt besaß die Form einer Weintraube, zu der sich eine goldlackierte, irisierende Biene gesellte, die trunken an der kühlen, prallen Frucht hing und sich an ihrem Nektar – oder vielmehr Saft – labte. Dieses phantasievolle Arrangement war wirklich von atemberaubender Schönheit – ein Meisterstück des Kunsthandwerks. Man konnte sich kaum eine Haartracht oder Kleidung vorstellen, die zu dieser Kostbarkeit passen würde. Die beiden Frauen konnten das Stück bloß seufzend in den Händen halten und betrachten, ohne daß sie gewagt hätten, es zu benutzen.

Schließlich war nur noch ein Kasten übrig, der schmalste und längste von allen. Er war vermutlich aus Maulbeerbaumholz, dem man sein Alter ansehen konnte. In ihm befand sich ein längliches Objekt, eingewickelt in dickes japanisches Papier. Als die Frau es auspackte, rief Yumiko spontan:

»Oh, eine Bimmelbammel-Haarnadel!«

»Bimmelbammel«, stammelte die alte Dame freudig. Sie griff die Messingnadel, an deren Spitze wundervoll gearbeitete, kostbare Ornamente angebracht waren. Ein ovaler Goldsockel in der Größe zweier Briefmarken war mit Pflaumenblüten geschmückt (eine aus Korallen, die anderen fünf aus Silber), zwischen denen ein einzelnes goldenes Blatt hervorragte. An diesem Sockel baumelte rund ein Dutzend Gehänge aus Silberkügelchen, die oben mit jeweils vier Korallenperlen abschlossen.

»Bimmelbammel«, stammelte die Frau abermals ganz entzückt und schwenkte die Nadel sachte hin und her, so daß die schwere Blütentraube aus Korallen und angelaufenen Silberperlen unter dem goldenen Schirm wie in einer Frühlingsbrise klirrte.

»Wie hübsch!« lobte Yumiko, worauf die alte Dame ihr lächelnd den Haarschmuck reichte.

»Bimmelbammel«, ahmte sie das Geräusch nach, wobei sie die Nadel diesmal mehr in der Mitte hielt, so daß eine neue Frühlingsbrise die Blütentraube erfaßte und diesmal auf eine andere Weise zum Schwingen brachte.

Sie hätte es eigentlich gerne noch ein wenig länger angeschaut, aber da die alte Dame ihre Hand danach ausstreckte, reichte sie ihr die Haarnadel zurück. Sie wurde wieder eingepackt, in den Kasten gelegt und der Deckel zugeklappt. Die Frau hielt Yumiko nun den ganzen Kasten hin, wobei sie den Kopf leicht zur Seite legte und mit einschmeichelnder Stimme sagte: »Hm? ... Hm?«

Sie wollte ihr offensichtlich ein Geschenk machen. Womöglich hatte sie das von Anfang an vorgehabt und wollte ihr bei der Gelegenheit auch noch ihre anderen Schätze zeigen. Yumiko schämte sich, daß sie mit ihrem Geschenk die Frau dazu genötigt hatte, ihr auch etwas zu geben, aber jetzt war keine Zeit für selbstkritische Reflexionen.

»Aber das geht doch nicht, gnädige Frau. Das ist viel zu kostbar. So ein edles Stück! Die Kosmetika waren doch ganz billig. Also wirklich nicht!«

Trotz ihres heftigen Protestes gab die Frau keine Ruhe. Yumiko wollte es partout nicht annehmen.

»Gnädige Frau, zu mir würde ein solch prunkvoller Haarschmuck doch gar nicht passen. Es ist viel zu auffällig. Ich bin schließlich schon über vierzig ...«

Doch die Frau schüttelte energisch den Kopf.

»Erwachsen ... erwachsen ...«, stammelte sie mehrmals, bis Yumiko endlich darauf kam, was sie meinte.

»Für meine erwachsene Tochter?« vergewisserte sie sich, worauf die alte Dame heftig nickte.

»Für meine Tochter zur Hochzeit?«

Die Frau nickte abermals.

»Wie überaus freundlich und aufmerksam von Ihnen«, sagte Yumiko gerührt. »Aber ich kann das leider nicht annehmen, gnädige Frau.«

So ging das hin und her. Mitten in diesem Geplänkel schrie die Frau mit einem Mal auf, ließ den Kasten einfach fallen und wühlte hastig im Bett herum. Ihr war plötzlich das Schminkzeug eingefallen, aber sie konnte sich nicht mehr darauf besinnen, wo sie es gelassen hatte. Yumiko half ihr beim Suchen und kroch sogar unters Bett. Am Ende stellte sich heraus, daß sich die Puderdose und der Lippenstift zwischen den beiden Lagen der zurückgeschlagenen Daunendecke verkrochen hatten.

Die Frau lachte erleichtert, und Yumiko stimmte mit ein. Kaum zu glauben, aber sie schien tatsächlich ganz selig darüber zu sein.

Die Frau nahm die beiden Sachen an sich und lief eilig zum Spiegel, um sich zu schminken – ein Vergnügen, das sie bestimmt jahrelang entbehrt hatte. Sie verzog das Gesicht, bevor sie mit der Puderquaste ihre Wangen betupfte und sich die Lippen anmalte. Als sie fertig war, kehrte sie zurück. Sie war offensichtlich mit dem Ergebnis zufrieden und setzte sich Yumiko gegenüber auf die Bettkante. Diesmal schien sie es tatsächlich darauf anzulegen, sich zur Schau zu stellen. Als Yumiko in ihr maskenhaftes Antlitz blickte, gingen ihr so allerlei Gedanken durch den Kopf: Make-up läßt sich eben schlecht auftragen, wenn man sich vorher nicht das Gesicht wäscht ... Außerdem sollte man sich nicht so zukleistern damit ... Meine Güte, die übergeschminkten Lippen sehen ja aus wie damals die ersten Farbdruck-Anzeigen in den ›Neuen Nachrichten‹ ... Doch um ihr die Freude nicht zu verderben, machte Yumiko ihr ein überschwengliches Kompliment:

»Sie sehen toll aus, gnädige Frau. Einfach wunderschön!«

Die Frau nickte glücklich, hob den Maulbeerkasten auf und legte ihn in Yumikos Schoß, die diesmal keinen Einwand verlauten ließ. Sie hatte sich inzwischen überlegt, ihn später, bevor sie ging, irgendwo draußen abzulegen.

»Also vielen, vielen Dank, gnädige Frau. Ich weiß gar nicht, was ich sagen soll.«

Doch die Frau ging nicht weiter darauf ein, sondern setzte sich gleich wieder in Positur – affektiert wie ein Püppchen im Blitzlichtgewitter. Yumiko verstand den Wink und wartete mit neuen Schmeicheleien auf:

»Wie schön Sie aussehen ... Jetzt sind Sie aber die Braut.«

Doch plötzlich verzerrte sich das maskenhafte Gesicht vor Schreck, und als Yumiko sich überrascht umwandte, stand ein älterer Herr in Kordhosen, Hemd und brauner Strickjacke vor ihr, der noch weitaus verblüffter schaute. Sie erkannte sofort den Premierminister Tamaru Shingo, denn er glich haargenau den Karikaturen in den ›Neuen Nachrichten‹. Vermutlich wäre sie sonst gar nicht so schnell darauf gekommen, aber er hatte jetzt den gleichen belemmerten Ausdruck mit den großen Kulleraugen, wie ihn der Cartoonist immer darstellte. Mit den Aufnahmen im Fernsehen oder Fotos in den Zeitungen hatte dieser Mann hier überhaupt keine Ähnlichkeit.

Mit einem Schlag verwandelte sich alles um sie herum. In dem Moment, als der Mann in Kordhosen und Strickjacke sich als Premierminister Tamaru Shingu entpuppte, wurde der Journalistin bewußt, daß sie sich im intimsten Bereich der Villa befand, im Schlafzimmer, wo ihr soeben der unter dem Bett versteckte Schmuck gezeigt wurde – objektiv betrachtet, eine absurde Situation. Yumiko stand impulsiv auf, gab ihm ihre Visitenkarte und sagte wie aus der Pistole geschossen:

»Ich bin Minami Yumiko, Kolumnistin bei den ›Neuen Nachrichten‹ und als Begleiterin meiner Tante Yanagi Masako hergekommen. Ich nehme an, daß sie Ihnen mein Schreiben überreicht hat, in dem ich mir erlaubt habe, Sie von den Verlagsangelegenheiten betreffs Grundstückstransfer und meiner Versetzung in Kenntnis zu setzen. Und als ich vorhin draußen im Korridor vor Ihrem Amtszimmer auf meine Tante wartete, kam Ihre ... Gattin?«

Der Premier nickte wortlos.

»Ihre Gattin kam also auf mich zu und fing an, sich mit mir

zu unterhalten. Sie bat mich um Schminkzeug, was ich ihr dann als Geschenk überließ. Daraufhin lud sie mich ein mitzukommen und führte mich schließlich hierher.«

Der Premierminister nickte abermals und betrachtete versonnen ihre Visitenkarte. Dann blickte er auf seine Frau, die mit gesenktem Kopf auf der Bettkante kauerte.

»Bei den ›Neuen Nachrichten‹ ... hm, hm ... Wer leitet den Verlag denn jetzt?«

»Kiriyama Norio, Herr Premierminister.«

»Ach, der gute Kiriyama. Kenne ich. Ziemlich großer Typ und verrückt auf Fußball. Was haben Sie vorher gemacht?«

»Ich war in verschiedenen Redaktionen tätig, Heim & Familie, Nachrichten und auch mal in der Wirtschaft.«

»Politik auch?«

»Nein«, erwiderte sie und merkte plötzlich, daß sie immer noch den Kasten in den Händen hielt.

»Ihre Frau wollte mir das liebenswürdigerweise zum Geschenk machen, und ich war gerade im Begriff, es abzulehnen ...«

Der Premierminister blickte überhaupt nicht durch, und als sie sein verstörtes Gesicht sah, öffnete sie den Kasten und holte den Haarschmuck heraus.

»Oh«, sagte der Premier, nach wie vor perplex. Yumiko fuhr fort:

»Na ja, weil ich Ihrer Gattin meine Foundation – das ist heller Gesichtspuder in fester Form, deshalb heißt er auch Kompaktpuder – und dazu meinen Lippenstift gegeben habe, war sie so aus dem Häuschen, daß sie mir das hier schenken wollte. Es kam alles so spontan. Und schließlich bin ich hierher geführt worden ...«

»Sie hat ihre Dankbarkeit wohl etwas übertrieben.«

»Es ist mir äußerst peinlich. Ich habe immer wieder versucht, ihr das auszureden«, rechtfertigte sie sich erneut und legte den Kasten aufs Bett.

»Aha!« murmelte Tamaru. Das kleine Wort hing drohend in der Luft.

»Horch, Mama! Ich habe noch etwas mit unserem Gast zu besprechen. Etwas sehr Wichtiges. Am besten geht die Mama jetzt mal nach drüben ... (Er zeigte dabei auf seinen Schlafraum gegenüber) ... ins andere Zimmer, hörst du?«

Als seine Frau zögerte, verengten sich seine Augen.

»Verstehst du mich, nach drüben bitte!«

Seine Stimme klang zwar immer noch sanft, aber die Diskrepanz zwischen seinen Worten und dem scharfen Blick jagten Yumiko einen Schreck ein. Die Frau stand widerwillig auf und humpelte ins Nebenzimmer.

Tamaru Shingu war äußerst bestürzt, die Journalistin hier mit seiner Frau vorzufinden. Diese Minami Yumiko war doch sicher äußerst verstimmt wegen dieser Grundstücksaffäre und ihrer Versetzungsangelegenheit. Außerdem schloß er aus ihrem Leitartikel, daß sie sich vehement für die Rechte der Frau einsetzte. Und obendrein wußte sie, auf welch unschöne Weise er sich damals von ihrer Tante getrennt hatte. Demnach hegte sie bestimmt alles andere als Sympathie für ihn und war somit die letzte, die etwas von dem debilen Geisteszustand seiner Frau mitbekommen durfte. Es war zum Verrücktwerden. Der Premierminister ärgerte sich schwarz, zumal das Wiedersehen mit seiner Ex-Geliebten, dem er ziemlich bange entgegengesehen hatte, so nett verlaufen war und er sie ohne großartige Versprechungen loswerden konnte. Aber das hier machte ihm nun einen gehörigen Strich durch die Rechnung. Um jeden Preis mußte verhindert werden, daß die Sache mit seiner Frau in der Presse erschien.

Aus diesem Grund beschloß Tamaru Shingu auf der Stelle, sich voll und ganz in diese Grundstücksgeschichte hineinzuhängen, damit diese Journalistin hier nichts über seine Frau verlauten ließ. Natürlich würde das allerlei Unannehmlichkeiten nach sich ziehen, aber da mußte er eben durch. Im Gegenzug – das stand für ihn fest – dürfte die Journalistin dann auf den beabsichtigten Artikel verzichten.

Aber damit war die Sache leider nicht erledigt. Er mußte dafür sorgen, daß auch in Zukunft diese Episode nicht ans Licht der Öffentlichkeit gelangte. Obwohl es unwahrscheinlich erschien, daß die Journalistin die Informationen an ein Wochenmagazin verkaufen würde, da die Quelle leicht zu ermitteln wäre, könnte sie es zum Beispiel später in ihren Memoiren –

Meine Jahrzehnte als Journalistin – erwähnen. Die Sache mußte partout unter Verschluß gehalten werden! Nicht auszudenken, wenn die gesamte Nation davon erführe, daß die First Lady in tiefster Nacht im Schlafgewand durch den Regierungstrakt der Residenz geistert, vor seinem Amtszimmer eine Besucherin um Schminke anbettelt, sie daraufhin in ihr Schlafzimmer lotst, um sich das Zeug dort ins Gesicht zu schmieren. Und was ihn noch weitaus mehr beunruhigte, war die Vorstellung, daß sein Sohn, Chemieprofessor in Amerika, und seine Tochter, die mit seinem Sekretär verheiratet in Tōkyō lebte, davon Wind bekommen könnten. Wie oft haben die beiden ihm in den Ohren gelegen, die Mutter doch um Himmels willen nicht in den Regierungssitz mitzunehmen. Das sei viel zu riskant, da man nie wüßte, was sie anstellen würde. Aber er hatte ihre Warnungen in den Wind geschlagen und ihnen jedesmal leichtfertig versichert, alles sei in bester Ordnung. Angenommen, an seinem Lebensabend oder sogar erst nach seinem Tod käme diese Geschichte durch ihre Memoiren heraus und seine Kinder würden das lesen, dann wäre doch seine väterliche Souveränität mit einem Schlag dahin. Besonders grauste ihm vor seinem Sohn, diesem eiskalten Zyniker, der sich über alles und jeden mokierte – außer Opern, die verschonte er mit seinem gehässigen Grinsen. Tamaru bekam eine Gänsehaut, wenn er daran dachte, wie der ihn zur Schnecke machen würde. Minami Yumikos Buch, auch wenn es noch in ferner Zukunft lag, wäre der Ruin seines häuslichen Friedens und würde ihn seiner elterlichen Autorität vollends berauben. Das war es, was ihn zutiefst beunruhigte.

Fieberhaft ersann Tamaru einen Plan, wie er diese Journalistin dazu bringen konnte, über die nächtliche Episode Stillschweigen zu bewahren. Er war ziemlich zuversichtlich, was seine Überredungskünste betraf. Schon in jungen Jahren – vielleicht lag es ja an seiner wilden Ehe mit der Schauspielerin – war es ihm immer leichtgefallen, die Frauen um den Finger zu wickeln, und er glaubte, daß mit wachsender Macht seine Chancen auf diesem Sektor sogar noch gestiegen sein mußten. Masakos Bittgesuch hatte er schließlich auch elegant über die Bühne gebracht, also dürfte es ihm mit einem ausgefeilten Plan doch hier erst recht gelingen. Eigentlich hätte er sich mehr Bedenkzeit gewünscht, aber das war leider ausgeschlossen. Minami Yumiko stand direkt vor ihm, er mußte die Sache also sofort hinbiegen, sonst war der Zug abgefahren. Tausend Ideen schossen ihm durch den Kopf, aber es waren jedesmal die Vor- und Nachteile abzuwägen. Schon ziemlich entnervt hatte er plötzlich einen Geistesblitz, die Inspiration für einen perfekten Plan sozusagen (zumindest hielt er ihn dafür). Tatsächlich handelte es sich jedoch bloß um den Aufguß eines Tricks, den er schon einmal – vor fünfundzwanzig Jahren – erfolgreich angewandt hatte.

Als Tamaru noch ein ziemlich unerfahrener Abgeordneter war, bat ihn der Führer einer anderen Parteifraktion, ob er sich nicht eines amerikanischen Journalisten und Sachbuchautors annehmen könne, der ein Buch über japanische Politik zu schreiben beabsichtigte. Seine Japanisch-Kenntnisse seien ausgezeichnet, das Problem wäre eben nur, daß er für seine Recherche engen Kontakt zu einem exemplarischen Abgeordneten aufnehmen wollte. Dieser Mensch sei ihm durch einen amerikanischen Freund vermittelt worden, dem er unmöglich absagen könne, aber seine Fraktionsgenossen wollten nicht, daß jemand in ihren Angelegenheiten herumschnüffelte (natürlich ging es dabei um Finanzgeschichten). Ihm bliebe deshalb nur die Hoffnung, daß er ihm aus der Klemme helfen würde. Tamaru war zwar auch nicht angetan von dem Gedanken, daß ihm jemand ständig an den Fersen klebte, doch er fühlte sich verpflichtet, da der Fraktionsführer ihm in letzter Zeit auch öfter einen Gefallen erwiesen hatte. Er willigte also ein und grübelte tagelang über eine Taktik nach, bis er schließlich – halb aus Verzweiflung – zu dem Entschluß kam, dem Mann einfach alles, wirklich *alles* zu zeigen.

Der Amerikaner war ein lebenslustiger Mensch mit einer Vorliebe für Salzröstfisch, für Nudeln und fürs Schwimmen, wie Tamaru bald herausfand, da er fast ein Jahr in seinem Haus im Wahldistrikt logierte. Und wenn sie sich in Tōkyō aufhielten, wohnte er in einem Hotel ganz in der Nähe. Mit seinem Sohn spielte er öfter Catchball oder nahm ihn mit zum Pool.

Tamaru schleppte den jungen Amerikaner sogar mit ins Haus seiner Mätresse oder ließ ihn dabeisein, wenn die Stimmeneintreiber ausgezahlt wurden. Das Ganze mochte vielleicht den Anschein erwecken, er wolle sich mit seiner Verderbtheit brüsten, aber seine Taktik machte sich bezahlt. Wie bei den alten Römern, wo Mut und Selbstüberwindung als höchste Tugenden galten, zählte für den Amerikaner Offenherzigkeit über alles. Er war tief beeindruckt von der Aufrichtigkeit des japanischen Politikers und verschwieg alles, was Tamaru blamiert hätte. Trotzdem wurde es ein höchst interessanter Tatsachenbericht. An einer Stelle wurde zwar erwähnt, daß Tamarus Sekretär in Tōkyō einen Tag vor der Kandidatur eine beträchtliche Menge brauner Umschläge gekauft und in den Walhlbezirk geschickt habe, aber das hatte der Autor sicher versehentlich stehenlassen. Jedenfalls erhielt das Buch ›Japans Abgeordnete‹ hervorragende Kritiken sowohl in Japan als auch in den Vereinigten Staaten, was Tamaru dort übrigens einen glänzenden Ruf einbrachte. Die Abgeordneten, die sich damals vor diesem Job gedrückt hatten, waren natürlich blaß vor Neid, während der Fraktionsführer sich in die Brust warf und verkündete, daß unter seiner Regie einfach alles klappe. Und als er dann ins Parlament gewählt wurde, erhielt Tamaru prompt seinen ersten Ministerposten. Angesichts dieses großartigen Erfolges erschien ihm sein Trick auch für die aktuelle Situation bestens geeignet. Um ehrlich zu sein, hätte er am liebsten Ōnuma Banzan angerufen, ihm seine Lage geschildert und sich mit einem markigen Ausspruch aufmuntern lassen, aber das war jetzt nicht möglich. Andererseits hatte er die Sache mit dem Amerikaner damals auch ohne seinen Mentor, den er zu der Zeit noch gar nicht kannte, bewältigt.

Der Premierminister ließ Yumiko Platz nehmen, nahm sich auch einen Stuhl und begann leise zu sprechen. Sein Gesicht wirkte milde, aber er achtete darauf, ihr während des Gesprächs fest in die Augen zu blicken.

»Ihr Schreiben habe ich gelesen, und soweit ich darauf antworten kann, habe ich das gegenüber Ihrer Tante getan. Aber eigentlich ist das eine Angelegenheit, die gar nicht in meinen Verantwortungsbereich fällt, sondern über die der Generalsekretär zu entscheiden hat. Nun ja, außerdem bin ich in meinem Amtszimmer gezwungen, mich vorsichtig auszudrücken, so daß sie meine Andeutungen vermutlich nicht recht verstanden hat. Jedenfalls schien sie mir etwas verärgert. Ich bin sehr bestürzt darüber, zumal ich einer alten Freundin wirklich einen Gefallen erweisen möchte. Also, das kann ich Ihnen bereits versichern . . .«

Er fixierte sie mit seinem Blick und fuhr fort:

»Sie können meinem werten Freund Herrn Kiriyama ausrichten, daß ich mit Freuden an jeder Jubiläumsfeier im neuen Haus teilnehmen werde.«

»Ach!« rief Yumiko entzückt. »Also werden wir im neuen Gebäude feiern können. Vielen, vielen Dank! Ich sage ihm sofort Bescheid. Er wird sich riesig freuen.«

»Bis es soweit ist, werde ich mich voraussichtlich, falls ich dann überhaupt noch am Leben bin, schon im Ruhestand befinden, während Sie, Frau Minami, immer noch in ihrer jetzigen Stellung tätig sind. Hören Sie? Sie behalten Ihre Stelle im Kolumnistenteam.«

Und er fügte lächelnd hinzu:

»Auf daß Ihre Feder noch spitzer werde!«

»Verstehe. Ich danke Ihnen wirklich von ganzem Herzen.«

Yumiko war zwar ziemlich zuversichtlich gewesen, daß etwas Positives dabei herauskommen mußte, wenn ihre Tante mit ihm verhandelte, aber jetzt war sie dennoch angenehm überrascht. Gleichzeitig regte sich allerdings der leise Verdacht, daß dies auch etwas damit zu tun hatte, daß sie seiner Frau begegnet war.

»Auch ich muß Ihnen danken, und zwar für das Make-up.«

Tamaru verneigte sich vor ihr.

»Es war sicher sehr lästig für Sie. Meine Frau hat einen regelrechten Schminktick, wenn man das so sagen kann. Und eine Freßsucht. Nur das ist für sie von Belang. Trauriger Fall. Wenn ihr nicht Einhalt geboten wird, würde sie den lieben langen Tag damit zubringen, sich anzupinseln, um das Zeug, sobald es auf dem Gesicht ist, wieder abzuwischen, und von neuem zu beginnen. Deshalb besorge ich ihr nichts mehr. Aber wenn sie eine hübsche Besucherin zu Gesicht bekommt, fängt sie natürlich an zu betteln. Es ist wirklich zum Verzweifeln.«

»Das war doch nicht so schlimm.«

»Sie war sicher ganz außer sich vor Freude über Ihr Geschenk. Die Haarnadel hat sie übrigens getragen, als sie das ›Glyzinienmädchen‹ tanzte, sie bedeutet ihr sehr viel. Meine Frau muß also sehr gerührt gewesen sein über Ihre Freundlichkeit.«

»Aber nicht doch ...«

»Normalerweise hält sie sich in unserem Haus in Seijō auf, doch ab und zu bettelt sie, mitkommen zu dürfen. Sie benimmt sich wie ein Kind, verstehen Sie? Völlig undiszipliniert. Mitten in der Nacht wacht sie auf, sieht Licht in meinem Schlafzimmer, aber findet mich dort nicht vor. Dann wandert sie schnurstracks, ohne sich unterwegs erwischen zu lassen, in den offiziellen Trakt. Den Weg kennt sie von einem unserer Dienstmädchen, das sie einmal hierher geführt hatte, als sie sich nachts alleine ängstigte. Die Frau hat sie aus ihrem Elternhaus mitgebracht, sie ist schon seit ewigen Zeiten bei uns.«

Yumiko nickte nur, worauf der Premierminister fortfuhr:

»Daß es soweit gekommen ist, war zum Teil auch meine Schuld. Ich müßte ein wenig ausholen, um Ihnen das zu erklären. Also, wenn Sie nichts dagegen haben ...?«

»Nein, natürlich nicht.«

»Alles streng vertraulich, versteht sich!«

»Selbstverständlich!« erwiderte Yumiko und dachte bei sich, daß sie niemals auf die Idee kommen würde, das zu veröffentlichen, während sie es gleichzeitig sehr aufregend fand, eine derart exklusive Geschichte zu erfahren.

Der Ton des Premierministers nahm jetzt eine andere Färbung an. Seine Stimme klang leicht bedrückt, als er zu erzählen begann:

»Wahrscheinlich wissen Sie es bereits von Masako, daß meine Heirat damals politisch motiviert war. Die Mitgift war in meinem Fall eben ein Wahlbezirk. Mein Schwiegervater hatte all seine Schulden beglichen und noch genug Geld übrig, um sich einen angenehmen Lebensabend zu gestalten. Nun ja, das findet man häufig, nicht bloß in politischen Kreisen ...«

»Stimmt.«

»Dennoch, es lief eigentlich alles bestens, zumindest am Anfang. Und vermutlich wäre es auch weiterhin gutgegangen, wenn nicht dieser dumme Zwischenfall passiert wäre. Um die Sache etwas abzukürzen, es war vor etwa fünfzehn Jahren. Der zweite Bürgermeister einer Stadt in meinem Wahlbezirk äußerte damals den Wunsch, für das Regierungsamt zu kandidieren. Sein jüngerer Bruder war übrigens der Tanzlehrer meiner Frau und besaß Studios in Nagoya und Tōkyō, in denen er auch selbst unterrichtete. Ich erklärte dem Vizebürgermeister, daß von meiner Seite dem nichts im Weg stünde, doch plötzlich änderte sich die Lage, und die Partei setzte sich für einen anderen Kandidaten ein. Ich konnte leider nichts daran ändern. So ist das nun einmal, eine einzelne Person hat eben nicht immer genügend Einfluß.«

Yumiko nickte verständnisvoll, was er seinerseits mit einem kurzen Nicken zur Kenntnis nahm.

»Natürlich habe ich ihn, also den älteren Bruder, sofort angerufen und ihm die Umstände plausibel gemacht. Liebend gern hätte ich ihm versichert, daß er beim nächsten Mal bestimmt zum Zuge kommen werde, aber damals war ich noch nicht in der Position, um ein solches Versprechen auch halten zu können. Es war jedoch ein grobes Versäumnis meinerseits, daß ich seinen jüngeren Bruder, den Tanzlehrer, nicht informiert hatte. Ich mache mir jetzt noch Vorwürfe. Der Vizebürgermeister hatte trotz seiner Beteuerung, nicht zu kandidieren, sich dennoch aufstellen lassen und natürlich eine Schlappe erlitten. Soweit war das Ganze auch nicht weiter tragisch. Die eigentliche Katastrophe ereignete sich danach.«

Der Premierminister unterbrach sich einen Moment, um nachzudenken, und sprach nun zügiger.

»Einen Monat nach der Wahl beging der Tanzlehrer in einem Hotel in Toyama Selbstmord. Eine Überdosis Schlaftabletten. Am selben Tag versuchte sich meine Frau in unserem Haus in Seijō auf die gleiche Weise das Leben zu nehmen, doch sie überlebte. Weder sie noch er hatten einen Abschiedsbrief hinterlassen. Ich befand mich gerade auf dem Rückflug von Amerika. Die beiden hatten seit einigen Jahren ein Verhältnis, ohne daß ich davon wußte.«

Yumikos Handtasche war ihr vom Schoß gerutscht, was sie jedoch nicht weiter beachtete. Es beschäftigte sie vielmehr die Überlegung, weshalb der Premierminister ihr, einer Journalistin, die noch dazu in seine Privatsphäre eingedrungen war, so offenherzig diese ganze Geschichte anvertraute. Das erste, was ihr in den Sinn kam, war, daß er sie herumzukriegen versuchte. Bei Männern kam ihr instinktiv dieser Verdacht, teils aus Erfahrung, teils einfach aus Eitelkeit. Sie verwarf diesen Gedanken allerdings sofort wieder, schon allein wegen des Ortes, an dem sie sich befand. Der Premierminister beugte sich vor und hob ihre Handtasche auf (sein Haarscheitel war wider Erwarten noch gar nicht so licht).

»Eine hübsche Tasche«, murmelte Tamaru, als er sie ihr reichte. Yumiko dankte ihm und forderte ihn höflich auf:

»Bitte erzählen Sie weiter!«

Der Premierminister nahm den Faden wieder auf.

»Seitdem war meine Frau körperlich sehr geschwächt, immer anfällig für Krankheiten. Etwa fünf Jahre später stürzte sie im Haus und zog sich dabei eine Herpesinfektion im Rückgrat zu. Mental ist sie auf die Stufe eines Kindes zurückgefallen. Ein Bild des Jammers!«

»Ja, ich habe es eben selbst erlebt«, erwiderte Yumiko und wunderte sich weiterhin, weshalb er so redselig war.

»Es war für uns alle eine schwere Zeit, besonders für meine arme Frau. Wenn ich sie auch bedaure, so gestatte ich ihr doch nicht, alles in sich reinzumampfen oder sich nach Herzenslust anzupinseln. Sie haben ja selbst erfahren, wie sie einem damit auf die Nerven gehen kann.«

»Gestatten Sie mir eine Frage?« fragte Yumiko betont lässig.

»Natürlich, bitte!«

»Weshalb, Herr Premierminister, erzählen Sie mir das eigentlich alles? Sie haben mich gerade erst kennengelernt. Ich könnte mir vorstellen, daß es sich um ein lang gehütetes Familiengeheimnis handelt.«

»Da haben Sie recht«, antwortete Tamaru gemächlich. »Nun, zum einen waren Sie sehr liebenswürdig meiner Frau gegenüber, daß ich Sie nicht wirklich als jemand Fremdes betrachte.

Und außerdem sehen Sie Ihrer Tante in jungen Jahren sehr ähnlich. Doch in erster Linie hoffe ich, daß Sie aus Mitgefühl mit der Tragödie meiner Frau niemals ein Wort über diese Episode heute nacht verlieren mögen.«

»Meine Güte, Sie tragen Ihr Herz ja wirklich auf der Zunge, Herr Premierminister«, rief Yumiko unwillkürlich. »Selbstverständlich werde ich die Sache mit Ihrer Frau mit keinem Sterbenswörtchen erwähnen. Das hätte ich ohnehin nicht getan, auch wenn Sie mir das alles nicht erzählt hätten.«

Tamaru fiel ein Stein vom Herzen, aber in sein Gefühl der Erleichterung mischte sich auch leiser Verdruß über seine Fehleinschätzung, denn wie sich herausstellte, hätte er gar nichts ausplaudern müssen.

»Ich würde Sie gerne nach weiteren Einzelheiten fragen. Als ich als Journalistin anfing, wurde mir eingebleut, auch bei expliziter Nachrichtensperre alle Fakten in Erfahrung zu bringen. Nur durch eine gründliche Recherche ist man völlig im Bilde.«

»Na gut, legen Sie los«, sagte Tamaru leichthin.

»Danke. Zunächst interessiert mich, wenn es keinen Abschiedsbrief gab, wie haben Sie davon erfahren? Hat Ihre Frau es Ihnen später gebeichtet?«

»Ich habe es über das Dienstmädchen herausbekommen.«

»Und sie hat es einfach so ausgeplaudert?«

»Ach, wo denken Sie hin.«

»Wie haben Sie das geschafft?«

Tamaru verzog unwillig das Gesicht.

»Muß ich Ihnen darauf antworten?«

»Ich fürchte, ja.«

»Wieso?«

»Nun, wie ich Ihnen bereits erklärte, ich habe gelernt, man soll keineswegs nachlässig sein, auch wenn es sich um nicht zu veröffentlichendes Material handelt. Das führt zu Schlampigkeit. Selbstverständlich werde ich nicht darüber schreiben, aber ich muß ganz einfach im Training bleiben.«

»Angenommen, ich sage nichts, was dann?«

Yumiko bemühte sich angestrengt, ihr nervöses Zittern zu verbergen.

»Falls ich in dieser Angelegenheit von Ihnen, Herr Premierminister, keine erschöpfende Auskunft bekomme, sehe ich mich gezwungen, andere Informanten aufzusuchen. Natürlich alles unter dem Siegel der Verschwiegenheit.«

»Wie, andere Personen dürfen in dem Fall hinzugezogen werden?«

»Aber sicher. Natürlich verbietet mir mein moralisches Gewissen, die Quelle zu verraten, indem ich sage, soundso habe sich der Premierminister dazu geäußert. Es gibt nämlich tatsächlich Leute, die der Auffassung sind, daß ausdrückliche Diskretion nur das Schreiben betreffe, nicht aber die mündliche Weitergabe. Diese Haltung erscheint mir äußerst fragwürdig. Ich hingegen würde einfach sagen, es gebe da so ein Gerücht, und davon ausgehend meine Fragen stellen. Das sei durchaus legitim, hieß es in meiner Ausbildung.«

»Na schön, und an welche Personen denken Sie?«

»Nun, zum Beispiel an das Dienstmädchen aus dem Elternhaus oder an den damaligen Sekretär, eventuell sogar an Ihren Sohn in Amerika.«

»Der ist doch ein totaler Fachidiot, denkt nur an seine Forschungen.«

»Oh, er ist doch sicher ein brillanter Wissenschaftler.«

»Keine Ahnung, ist nicht meine Welt.«

»Ihnen ist doch sicher dieser Nobelpreisanwärter ein Begriff...«

Yumiko nannte den Namen des Chemikers aus ihrer ›Vorvierziger‹-Mannschaft.

»Der Professor hat in den höchsten Tönen von der Arbeit Ihres Herrn Sohnes gesprochen.«

Das war natürlich erfunden.

»Trotzdem, er mag es nicht, wenn man ihn belästigt.«

»Ach, so ein kurzes Auslandsgespräch, das geht ganz fix.«

»Nun, ich sehe schon, mir bleibt wohl nichts anderes übrig. Also, der Bruder unseres Dienstmädchens war damals Polizeibeamter und hatte mich schon des öfteren genervt, ob ich nicht seine Beförderung veranlassen könne, die sonst völlig aussichtslos gewesen wäre. Ich erinnerte mich daran und versprach ihr, mich für ihren Bruder einzusetzen, wenn sie mir alles erzählt.«

»Verstehe«, erwiderte Yumiko und ging zur nächsten Frage über, mit der sie sich lediglich vergewissern wollte. »Sie sagten vorhin, das sei vor fünfzehn Jahren gewesen. Demnach war Ihre Frau damals in den Vierzigern?«

»Ja, achtundvierzig, soweit ich mich erinnere.«

»Verzeihen Sie meine Neugier, aber wie alt war denn der Mann?«

»Zehn Jahre jünger, achtunddreißig ... ja, genau.«

»War er verheiratet?«

»Ja, aber kinderlos.«

»Und ist Ihre Frau auch vorher schon fremdgegangen?«

Tamarus Gesicht zuckte.

»Was soll diese indiskrete Frage?«

»Tut mir leid, aber als gewissenhafte Journalistin bin ich es meinem Metier schuldig, die Angelegenheit gründlichst zu recherchieren.«

»Aha!« nickte der Premierminister. Es erinnerte ihn an den amerikanischen Autor damals vor fünfundzwanzig Jahren, der ihn auf jede Bemerkung hin mit einem Schwall Fragen bombardierte, was ihn jedesmal zur Verzweiflung trieb. Das gräßlichste Erlebnis mit ihm hatte er auf der Trauerfeier einer bedeutenden Person aus seinem Wahlbezirk, wo er ihm mit seiner Wißbegier den letzten Nerv raubte. Sogar auf dem Heimweg löcherte er ihn pausenlos und wollte alles über Beerdigungsrituale erfahren. Mit vagen Antworten ließ er sich nicht abspeisen und bohrte und bohrte wie ein kleines Kind. Am schwierigsten war es, ihm die Sache mit der Kondolenzgabe in Form von Geld zu erklären. Als Tamaru sich etwas zusammengereimt hatte und dummerweise zu der Bemerkung hinreißen ließ, daß man den Betrag sowieso halbwegs zurückbekäme, nahm ihn der Amerikaner erneut mit seinem ewigen ›Warum ... warum‹ in die Mangel, so daß er fast losgeheult hätte. Wenn er sich an diese längst vergangene Tortur erinnerte, erschien ihm das hier wie ein Kinderspiel.

»Wahrscheinlich war es das erste Mal«, erwiderte er müde. »Aber genau weiß ich es auch nicht.«

»Haben Sie denn nicht das Dienstmädchen danach gefragt?«

»Nein, habe ich nicht«, brummte er und lächelte sarkastisch. »In solch einem Fall hat man weder Zeit noch Lust, weiter ins Detail zu gehen. Ich mußte schließlich mein Gesicht wahren.«

»Da haben Sie recht.«

Tamaru beschloß, mit seinen Enthüllungen fortzufahren, um sich die Fragerei zu ersparen (die er damit natürlich trotzdem provozierte).

»Dieser Tanzlehrer war ziemlich weltfremd, fühlte sich ständig vom Leben überfordert. Ein Neurotiker. Er neigte dazu, sich immer alles in den düstersten Farben auszumalen, und redete sich ein, schuld daran zu sein, daß sein Bruder nicht als Kandidat nominiert wurde. Er gehörte zu den Menschen, die partout immer in den Fettnapf treten. Zum einen hatte er dieses Schuldgefühl seinem Bruder gegenüber, und dann schwebte er wahrscheinlich in ständiger Angst, ich könnte mich an ihm rächen, zumal ich eine Menge für ihn getan hatte, Bankdarlehen und solche Geschichten. Außerdem die trostlose Aussicht, daß sie sich nie wieder sehen könnten, wenn die Sache aufflog. Es kam also eins zum anderen, so daß er schließlich keinen anderen Ausweg mehr wußte.«

Yumiko nickte kurz, ohne ihn zu unterbrechen.

»Daran ist wohl nichts zu ändern, das Dienstmädchen hat es jedenfalls so geschildert. Außerdem haben sie die Schlaftabletten exakt zum selben Zeitpunkt genommen. Demnach kann es kein Zufall gewesen sein, sondern es war verabredet ... als Liebestod.«

Yumiko schaute ihm direkt ins Gesicht, und er sprach weiter, als hätte ihr Blick ihn dazu ermuntert.

»Wo ich nun schon einmal dabei bin, kann ich Ihnen auch meinen Traum verraten. Ein sonderbarer Traum, den ich nur einmal hatte. Zu meiner großen Erleichterung hatte darin der Selbstmord meiner Frau nichts mit dem des Mannes zu tun, sie hatten sich also nicht abgesprochen. Ich weiß auch nicht, was mich dessen so sicher machte, schließlich sind Träume immer sehr verworren. Aber so war es eben. Die ganze Geschichte mußte mich demnach sehr mitgenommen haben. Es war wirklich der reinste Alptraum.«

Yumiko hätte gern etwas erwidert, aber ihr fiel nichts Passendes ein, also schwieg sie. Tamaru erzählte weiter:

»Ich habe meine Frau nie danach gefragt. Ihre Genesung zog sich lange hin, und sie wirkte so schuldbewußt und nervös, daß ich ihr vorwurfsvolle Fragen ersparte. Ich hatte es mir zum Teil ohnehin selbst zuzuschreiben. Dauernd beschäftigt, von allem möglichen in Anspruch genommen, habe ich sie völlig vernachlässigt. Also ließ ich sie in Ruhe.«

An der Stelle lächelte Yumiko und rief belustigt:

»Herr Premierminister, Sie sagten eben, Sie waren sehr in Anspruch genommen. Doch nicht nur von der Politik, oder?«

»Oha!« Tamaru lächelte zurück. »Es gab natürlich auch noch etwas anderes.«

»Wie viele waren es denn?«

»Eine garstige Frage ...«, Tamaru sonnte sich natürlich darin, »... Man kommt sich ja vor wie im Zeugenstand. Und das ehrenwerte Mitglied der Oppositionspartei erweist sich als ein harter Brocken. Ich will mal sagen, es waren zwei.«

»Das heißt, hin und wieder gab es auch noch andere?«

»Genau.«

»Und was waren das für Damen, die beiden?«

»Die eine war Schauspielerin, die andere eine Geisha.«

»Auf Schauspielerinnen scheinen Sie ja zu stehen.«

»Ach so, ja ... sieht ganz so aus.«

»Ich hätte da übrigens noch eine Bitte ...«

»Ja?«

»Ich würde gerne einen Artikel über Ihren Amtssitz für die Heim & Familie-Rubrik schreiben, wobei mich allerdings nur der Wohnaspekt interessiert. Selbstverständlich kein Wort über die Sache mit Ihrer Frau. Wie denken Sie darüber? Würden Sie mir gestatten, mir mehr Informationen darüber zu beschaffen?«

»Von mir aus gern. Ich habe nichts dagegen.«

»Vielen Dank«, sagte Yumiko und verneigte sich, worauf Tamaru einen Blick auf seine Uhr warf.

»Mein Gott, schon so spät!« murmelte er. Es war halb fünf.

»Was für eine Nacht! Und das alles nur wegen dieser zufälligen Begegnung zwischen Ihnen und meiner Frau.«

Tamaru seufzte, worauf Yumiko das Stichwort aufgriff.

»Dennoch, Herr Premierminister, man darf den Zufall nicht einfach so abtun. Ein gewisser Philosoph sagte einmal, seitdem Nietzsche Gottes Tod verkündet hat, neigt der moderne Mensch dazu, der romantischen Liebe zu huldigen, als Ersatzreligion gewissermaßen. In der zufälligen Begegnung offenbart sich symbolhaft die neue Gottheit.«

»Tja, vermutlich hat dieser Philosoph das gut erkannt. Menschen regeln ihr Leben, indem sie zufälligen Ereignissen eine Bedeutung beimessen. Sie scheinen ja ordentlich belesen zu sein. Alle Achtung!«

»Ach, ich kaufe mir zwar viele Bücher, komme aber leider kaum zum Lesen«, wehrte Yumiko bescheiden ab, während sie sich im stillen darüber amüsierte, daß er bei diesem ›gewissen Philosophen‹ wahrscheinlich an Heidegger oder Bergson dachte. Sie erhob sich.

»Nun, dann werde ich mich jetzt verabschieden. Ich habe Ihnen so viele Umstände gemacht. Nochmals vielen Dank, Herr Premierminister.«

Tamaru wünschte ihr eine gute Nacht, und sie erwiderte den Gruß. In dem Moment, als sie aus dem Zimmer trat, hörte sie aus dem Nachbarraum ein scharfes Geräusch, als würde jemand dickes Packpapier zerreißen.

»Was ist denn da los?«

»Meine Frau schnarcht«, antwortete Tamaru und schnitt eine Grimasse.

Als Yumiko den Innenhof erreichte, überkam sie eine seltsame Empfindung. Während sie durch die Glastür hinausstarrte, hatte sie die Vision, daß etwas unfaßbar Großes – vielleicht sogar das Universum selbst – zu dieser Mulde zusammengeschrumpft war: ein mickriges Gärtchen. Auf dem Hinweg war ihr nichts Derartiges aufgefallen, aber jetzt lastete dieser öde Flecken mit seiner häßlichen Plastiktüte wie Blei auf ihr – so als verkörperten die steinernen Laternen und das Wasserbecken den Mond, den Mars und andere Gestirne, der Bambus hingegen die Erde. All das schien nun in komprimierter Energie vor ihr zu liegen. Sie preßte ihre Handflächen gegen die Scheibe und erfuhr eine so gewaltige energetische Aufladung, daß sie sich ganz benommen fühlte und die Spannung in den Schultern unerträglich wurde. Um diese bleierne Schwere abzuschütteln, mußte sie sich losreißen, einfach fortgehen, was ihr dann auch mit knapper Mühe gelang. Sie erinnerte sich an ihre Handtasche und hob sie vom Boden auf.

Auf dem Dielenabsatz wechselte sie die Schuhe und fühlte sich mit einem Mal glücklich und gelöst – letztendlich hatte sie die Schlacht gewonnen. Dieses Triumphgefühl paarte sich mit einer schweren Müdigkeit, die ihren ganzen Körper erfaßte.

Fujimura, der Privatsekretär, erwartete sie auf dem Sofa in der Vorhalle und sagte ihr, daß der Wagen vor dem Hauptportal bereitstehe. Als er draußen gegen die Autoscheibe klopfte, wachte der Fahrer auf, während ihre Tante weiterschlummerte – mit einem etwas dezenteren Schnarchton als die Gattin des Premierministers.

9. Kapitel

Der letzte Samstag im März, sechs Uhr abends: Im Zimmer der Kolumnisten war man im Begriff, sich zum letzten Umtrunk zu versammeln. Die Teilnehmer waren von Mal zu Mal weniger geworden, und die einzigen beiden treuen Seelen (der Golf-Freak aus der Sportredaktion und der Journalist aus dem Politik-Ressort, der damals die Treppe zur Bar hinuntergestürzt war) befanden sich seit dem Jahreswechsel im Ruhestand, so daß der Organisator entschieden hatte, die Runde völlig einschlafen zu lassen. Der Chef des Kolumnistenteams zeigte sich nicht sehr glücklich darüber. Er hatte gehofft, daß ›der Stammtisch wenigstens noch für die Zeit im alten Verlagsgebäude bestehenbleibt‹, doch sein Wunsch fand keinen Widerhall. Nichtsdestotrotz, seine Bemerkung verriet etwas über die aktuelle Situation bei den ›Neuen Nachrichten‹: Das ersehnte Grundstück war letztendlich erworben worden, und gleich darauf, am ersten Dezember, ernannte man den Chef der Anzeigenabteilung zum verantwortlichen Leiter des neu eingerichteten Komitees, das mit den Vorbereitungen für den Umzug betraut war. Obwohl das alles war, was sich bisher getan hatte, herrschte bereits allgemeine Aufbruchstimmung.

Nachdem Yumiko seinerzeit dem Verlagschef Kiriyama die Botschaft des Premiers übermittelte, erfuhr Chie einige Tage darauf von ihrem Freund aus dem Finanzministerium, Miyake, daß die Kommission für Nationales Eigentum demnächst tagen werde (dieselbe Nachricht erhielt die Zeitung über den für das Ministerium zuständigen Reporter wie auch über ein Mitglied der Kommission selbst). Bereits zehn Tage später verkündete ihr Miyake abermals telefonisch, daß der Grundstückstransfer einstimmig beschlossen worden sei (was am selben Tag über mehrere Kanäle auch den ›Neuen Nachrichten‹ übermittelt wurde, worauf der Verlagschef sogleich dem Regierungschef und dem Finanzminister seine Aufwartung machte). Chie war äußerst beglückt über Miyakes frohe Botschaften, bekam jedoch gleichzeitig ein schlechtes Gewissen wegen ihrer Geschichte mit Shibukawa. Und komischerweise brach Miyake den Kontakt dann auch urplötzlich ab. Als Chie in der ersten Januarwoche Shibukawa davon erzählte, winkte er grinsend ab.

»Na, ist ja auch kein Wunder!«

Am Neujahrstag hatte sein Freund ihm einen Besuch abgestattet und nach dem soundsovielten Glas Bier gestanden, daß er eine Sekretärin aus einem Großkonzern kennengelernt und sich auf den ersten Blick in sie verliebt habe, was offensichtlich auf Gegenseitigkeit beruhte. Shibukawa nutzte die Gelegenheit, um Miyake die Sache mit Chie zu beichten, der ihm daraufhin seinen Segen gab. Chie fiel natürlich ein Stein vom Herzen, als sie das hörte.

»Er ist wirklich drollig: Er hätte nichts an ihr auszusetzen, sagt er, bis auf die Tatsache, daß sie moderne Musik liebt, die er auf den Tod nicht ausstehen könnte. Er macht sich tatsächlich Sorgen, daß die Zwölftonmusik schlechte Einflüsse auf das Baby im Mutterleib hat. Ganz schön fix, der Junge«, amüsierte sich Shibukawa, doch einen Augenblick später korrigierte er sich: »Na ja, vielleicht auch nicht ...«

Anscheinend hatte er seiner Phantasie freien Lauf gelassen, daß ihm solch eine Bemerkung entschlüpft war.

Eine Woche später, am fünfzehnten Januar, dem Tag der Volljährigkeit, erhielt Chie um die Mittagszeit einen Anruf von ihrer Klassenkameradin, der Enkelin von Ōnuma Banzan. Sie bekam einen Lachanfall, als sie hörte, daß die beiden Schwestern sich heute morgen bei ihrem Großvater erkundigt hätten, ob er die ihm aufgetragene Sache erledigt habe, worauf er meinte, er hätte es total vergessen. Es wäre ihr nun sehr peinlich, aber Chie sollte ihr bitte nochmals erklären, worum es sich handelte. Chie beruhigte sie, der Fall sei längst ausgestanden. Als sie es später ihrer Familie erzählte, gab es ein Riesengelächter, und Etsuko, die bald einundsiebzig wurde, fragte nach Banzans Alter und murmelte dann beruhigt, daß es bis dahin noch mehr als zehn Jahre seien.

Nebenbei bemerkt, hatte sich die Nachricht von dem Grundstückserwerb sowie von Yumikos beruflichem Schicksal mittlerweile in aller Welt verbreitet. Ende Oktober zum Beispiel rief sie ihr Maestro aus Singapur an, und auch der Regierungsabgeordnete, der namhafte High-Tech-Unternehmer sowie der Ressortleiter im MITI sandten ihr Glückwünsche. Am meisten freute sie sich jedoch über eine Postkarte von ihrem Yakuza-Boß aus Rom, die zufälligerweise gerade an Silvester ankam. Er entschuldigte sich, daß er ihr nicht zu Diensten stehen konnte, da er auf den Philippinen eine Menge zu tun hatte, aber er wolle ihr wenigstens zu ihrem Erfolg gratulieren. Yumiko dachte angestrengt nach, welche Verbindung wohl zwischen den Philippinen und Rom bestand, doch ihr fiel dazu nur der Vatikan ein – ein ziemlich abwegiger Gedanke, was ihn betraf.

Die größte Veränderung in ihrem Leben war jedoch, daß sie nun nicht mehr in das Büro des Personalchefs zitiert wurde. Erst jetzt wurde ihr bewußt, wie deprimierend die allwöchentlichen Verhöre gewesen waren. Eines Tages Mitte Novemeber saß sie mit einem Besucher unten in der Cafeteria, als Hasegawa den Raum betrat und freudestrahlend auf sie zueilte.

»Na, Sie sehen ja prächtig aus«, rief er ihr entgegen. Er wirkte unverändert: groß, fahler Teint und extreme Schlitzaugen. Bei seinem vertrauten Anblick wurde Yumiko fast wehmütig ums Herz. Sie lobte seine geschmackvolle Kombination von azurblauem Anzug und marineblauer Krawatte, was wohl teilweise mit ihrer merkwürdigen Regung zusammenhing.

Überhaupt nicht geändert hatte sich hingegen das Verhältnis zu ihrem unmittelbaren Vorgesetzten. Er benahm sich leutselig wie immer, als ob er von der ganzen Geschichte nichts wüßte. Dementsprechend verlor er auch kein Wort darüber, daß ihre Versetzung rückgängig gemacht wurde – ganz im Gegensatz übrigens zu den anderen Mitarbeitern, deren Verhalten sich schlagartig änderte, sobald sie erfuhren, daß Yumiko wieder fest im Sattel saß. Ganz gleich, ob sie sich nun vorher mitfühlend, vorsichtig-distanziert oder peinlich berührt benommen hatten, jetzt gingen sie wieder ganz locker mit ihr um (es gab sogar Kollegen, die ihr unverhohlen gratulierten).

Es ließ sich nicht mit Bestimmtheit sagen, wann sie genau den Entschluß faßte, ihren Job an den Nagel zu hängen. Vielmehr schien der Gedanke allmählich herangereift zu sein. Dafür sprach auch ihr ambivalentes Gefühl im letzten September, als sie der Dirigent aus Paris angerufen und ihr geraten hatte, die Stelle ganz aufzugeben. Was für ein tolldreister Einfall, dachte sie damals, doch zugleich eröffnete er ihr auch eine neue Perspektive. Und dann, seit der Nacht beim Premierminister, nahm diese Möglichkeit immer mehr Gestalt an, bis sie schließlich ihre Rolle als Journalistin mit objektiverem Blick wahrnahm. Als sie ihren besagten Artikel über das Domizil des Premierministers der Heim & Familie-Redaktion anbot und seine Veröffentlichung wie erwartet durch das Politikressort vereitelt wurde, reagierte sie schon völlig gelassen, während sie den Fragebogen des Umzugskomitees, auf dem man Verbesserungsvorschläge für das neue Verlagsgebäude machen sollte, zwar gewissenhaft ausfüllte, doch mit einer Leidenschaftslosigkeit, als beträfe sie das gar nicht mehr persönlich. Sie machte lediglich allgemeine Angaben, daß zum Beispiel alle Mitarbeiter in Zukunft wie die Kolumnisten über einen eigenen Arbeitsplatz verfügen sollten. Es geschah also im Laufe des letzten halben Jahres, daß sich ihr Entschluß, die Zeitung zu verlassen, mehr und mehr verfestigte.

Natürlich beriet sie sich immer wieder mit Toyosaki darüber, doch trotz der unzähligen Diskussionen war sie sich nicht darüber im klaren, weshalb sie eigentlich kündigen wollte. Ihre Gründe waren genauso verschwommen wie die Aufzeichnungen eines Reporters, der Expertenaussagen über die Ursache eines Flugzeugabsturzes notiert. Während einer solchen Unterhaltung griff Yumiko auch eine von Toyosakis Bemerkungen gegenüber dem Generalsekretär auf. Er habe doch damals zu Sakakibara gesagt, wenn sich das gesellschaftliche Leben in Japan immer stärker über das Tauschprinzip definiere, stünden der parlamentarischen Demokratie schlechte Zeiten bevor. Die Äußerung hätte sie stark berührt. Das Entstehen der Presse in Europa war schließlich aufs engste mit dem Parlamentarismus verknüpft, und wenn dagegen in Japan diese Regierungsform völlig gehaltlos nur dem äußeren Schein nach existierte, dann stand es mit der Presse wohl nicht viel anders, was die ganze Farce mit der Grundstücksübereignung überdeutlich gezeigt hatte.

»So ist es doch, oder? Ich bin zu der Überzeugung gelangt, daß die Presse bei uns nach eigenen Gesetzen arbeitet. Bisher hatte ich immer geglaubt, sie funktioniere wie die im Westen.«

Yumiko erklärte ihm, daß sie wegen ihres tiefgreifenden Zweifels an der Unabhängigkeit der Presse ihren Job aufgeben wolle. Nach einer sechsmonatigen oder vielleicht sogar einjährigen Bedenkzeit würde sie dann Rezensionen und Essays schreiben. Es gebe doch unzählige Magazine, die sich förmlich um weibliche Autoren rissen. Sie sei da sehr zuversichtlich. Toyosaki brachte allerhand Einwände vor:

»Ich soll tatsächlich gesagt haben, in Japan gebe es keine parlamentarische Demokratie?« Oder: »Wenn unser parlamentarisches System versagt, dann ist doch die Rolle der Presse um so wichtiger.«

»Unsere Zeitungen mögen sich ja von den westlichen unterscheiden, aber letztendlich sind es immer noch Zeitungen. Schau mal, es gibt so viele Sorten von Sake-Schälchen, die regional variieren in Form, Farbe und Design. Doch im wesentlichen bleiben es Schälchen ...«

Weder seine bevorzugte Metapher, deren er sich auch schon in dem Restaurant in Sendai bedient hatte, noch alle anderen Überredungsversuche konnten sie überzeugen. Da Yumiko ihre Motive selbst nicht so recht einleuchteten, konnte man ihr mit vernünftigen Argumenten nicht beikommen.

Diese Unterhaltung fand Mitte Dezember statt, und vierzehn Tage später, als Yumiko sich Neujahr mit ihm traf, stand ihr Entschluß endgültig fest. Ihre Familie bestärkte sie darin, während Toyosaki sie weiterhin umzustimmen versuchte, allerdings eher um sich zu vergewissern, daß sie nicht leichtsinnig handelte. Er verstand sehr wohl, daß ihre Erfahrungen im letzten halben Jahr ihr einen völlig neuen Einblick in die Institution Zeitung gegeben haben mußten, und zwar in vielerlei Hinsicht, so daß sie nicht mehr mit derselben Einstellung weiterarbeiten konnte wie bisher. Im Februar stimmte auch er ihrer Entscheidung zu. Yumiko reichte dann die schriftliche Kündigung ein, worauf ihr Vorgesetzter sowie ihr spezieller Freund Hasegawa sie natürlich zum Bleiben drängten. Nach langem Hin und Her einigte man sich auf den einunddreißigsten März als ihren letzten Arbeitstag.

An dem Abend gab es eine kleine Farewell-Party, und der Organisator des ›Saufgelages‹ bat Yumiko, eine Rede zu halten.

Auch Urano Yūzō feierte Abschied, zumindest von den Kolumnisten. Als er auf Yumikos Bitte hin diese gewisse Sekte ausspioniert hatte, war er einem Finanzskandal auf die Schliche gekommen, durch den der Präsident der betreffenden Bank jetzt eventuell zum Rücktritt gezwungen war. Dieser Knüller rückte ihn natürlich wieder ins Rampenlicht, und da sich mit dem bevorstehenden Umzug auch das Personalkarussell eifrig drehte, wurde er zum 1. April zum Chef der Inlandsredaktion ernannt. Man kann sich ausmalen, daß er sich vor lauter Freude kaum fassen konnte.

Das letzte ›Saufgelage‹ hatte einen regen Zulauf, sogar einige Ruheständler ließen sich blicken. Die Party lief also auf vollen Touren. Auf die Bemerkung eines ehemaligen Auslandskorrespondenten, daß man die Veranstaltung bei einer solch regen Teilnahme doch ruhig weiter stattfinden lassen könnte, erwiderte der Schlaumeier vom Feuilleton spöttisch, daß es wie bei den letzten Ausgaben von Magazinen sei, die wären auch immer ausverkauft. Die meisten Anwesenden hatten natürlich schon zu trinken begonnen, bevor die Party offiziell eröffnet wurde.

Der Wirtschaftsexperte Anzai Ichirō erzählte im kleinen Kreis, daß er demnächst als Gastprofessor an einer Universität lehren würde, wo er lediglich ein Doktoranden-Seminar zu betreuen habe.

»Na, wenigstens stehe ich somit dem Nachwuchs nicht im Wege«, versuchte er sich zu rechtfertigen.

»Nur keine falsche Bescheidenheit«, witzelte ein ehemaliger Wirtschaftsjournalist. »Hören Sie auf, sich zu beschränken. Als der Ökonom Keynes im Alter gefragt wurde, ob er etwas in seinem Leben bereuen würde, antwortete er: ›Ja, ich hätte mehr Champagner trinken sollen.‹ In Ihrem Fall, Professor Anzai, müßte es dann heißen: ›Hätte ich doch mehr unterrichtet.‹«

»Ach, das soll wohl eine ironische Anspielung sein, daß ich

mich gerne reden höre«, erwiderte der Angesprochene schlagfertig wie immer.

Zu gegebener Zeit wurde die Kolumnisten-Party mit einer Ansprache des Redaktionschefs eröffnet, worauf sein Stellvertreter einen Toast ausrief und das Wort dann an Urano weitergab.

»Eigentlich müßte ich ja Minami Yumiko den Vortritt lassen, aber es geht hier wahrscheinlich nach der Reihenfolge des japanischen Silbenalphabets. Es war ein außerordentlich lehrreiches Jahr für mich. Ich möchte deshalb allen herzlich danken, die mir so hilfreich zur Seite gestanden haben. In dieser Zeit bei den Kolumnisten wurde mein Leben praktisch völlig umgekrempelt. Ich weiß, was ihr jetzt grinsend denkt. Ja, ich habe tatsächlich gelernt, wie man Manuskripte schreibt. (Gelächter) Ich gebe zu, mein Stil läßt noch zu wünschen übrig, aber immerhin schaffe ich es jetzt allein, ohne fremdes Zutun. Das ist doch ein gewaltiger Fortschritt, meint ihr nicht auch?«

(»Stimmt«, riefen ihm einige zu.)

»Am meisten verdanke ich das Frau Minami, von der ich eine Menge gelernt habe. Sie hat es gut verstanden, mich dazu anzustacheln. Das hat mir Auftrieb gegeben, und ich habe mich mächtig ins Zeug gelegt, um meiner Lehrerin ein Lob zu entlocken. Welch eine Fügung des Schicksals, daß sie nun zum selben Zeitpunkt wie ich die Redaktion verläßt, zumal wir hier auch gemeinsam eingestiegen sind. Sie ist jedenfalls eine wundervolle Lehrmeisterin, die ihr Handwerk glänzend versteht. Ich habe herausgefunden, daß sie nur auf Intellektuelle steht. Also habe ich mich wie ein Teufel angestrengt, einer zu werden, damit wir uns näherkommen. Hat leider nicht geklappt. (Lautes Lachen) Was ich übrigens sehr bedaure. (Abermals Gelächter)

Da ich nun wieder zur Inlandsredaktion zurückkehre, wo ziemlich rauhe Sitten herrschen, habe ich wohl kaum Aussicht, jemals ein Intellektueller zu werden. Aber ich werde mich wenigstens bemühen, das Schreiben nicht zu verlernen.

Ich fürchte, ich bin etwas abgeschweift in meiner Rede. Wie dem auch sei, ich danke euch allen. Bleibt gesund und munter, und vor allem schreibt, was das Zeug hält!«

Der Saal (mit etwa dreißig Gästen) tobte: Alle lachten und applaudierten herzlich. Der ehemalige Auslandskorrespondent, der lange Zeit in Italien verbracht hatte und den Intellektuellen markierte, zückte sogar sein Taschentuch, um sich die Tränen zu trocknen. Die drei Sekretärinnen kicherten albern, und auch Yumiko mußte lächeln, als sie von allen Seiten die Blicke auf sich spürte. Als der Beifall verebbte, applaudierte nur der Wirtschaftsberater Anzai noch weiter und wandte sich anschließend an den Redaktionschef zu seiner Rechten.

»Also nein, das war ja eben ein starkes Stück, ein wahres Lippenbekenntnis! Das wird morgen bestimmt die Runde machen im Verlag. Urano ist wirklich ein Mordskerl!«

Daraufhin drehte er sich sofort nach links zum Stellvertreter.

»Er hat extra betont, nur von einer Person, nämlich Frau Minami, etwas gelernt zu haben, von dem Team hier war nicht die Rede. Da liegt doch der Hase im Pfeffer. Zum Schießen, ehrlich ...«

Während er sich ohne Rücksicht auf Verluste amüsierte, bat der Organisator Yumiko um Verständnis:

»Im Moment herrscht solch ein Trubel, ich fürchte, wir müssen noch zehn Minütchen warten, bis sich alle wieder beruhigt haben.«

Yumiko stimmte ihm zu. Inzwischen kam Konaka Nobuko zu ihr.

»Ihr erstes Buch steht damit ja wohl fest: ›Stilfibel für hoffnungslose Schreibphobiker‹«, lachte sie. Urano kreuzte ebenfalls auf, mit einem Longdrink – halb Schnaps, halb Oolong-Tee – in der Hand.

»Tut mir leid wegen eben, aber mein Jahr bei den Kolumnisten erschöpft sich nun einmal darin. Also, bis später dann ...«, sagte er und verzog sich wieder.

Die Party lief jetzt mehr als auf Hochtouren, zumal die Antialkoholiker heute nicht untätig herumzusitzen brauchten, sondern sich an den Proviantboxen schadlos halten konnten, die diesmal der Verlag spendiert hatte. Nachdem etwa zehn Minuten verstrichen waren, sorgte der Organisator händeklatschend für Ruhe und bat Yumiko, ein paar Worte zu sprechen. Sie trug dasselbe dunkelblaue Nadelstreifen-Kostüm wie vor einem Jahr am 1. April, also an ihrem ersten Arbeitstag. Allerdings hatte sie diesmal eine hellgraue Rüschenbluse gewählt. Die Anwesenden lauschten nun mit einem Glas oder ein Paar Stäbchen in der Hand, was Yumiko zu sagen hatte.

»Während meines Studiums wollte ich immer Journalistin werden, und ich bin glücklich, mir diesen Wunsch erfüllt zu haben, sogar für mehr als zwanzig Jahre. Japaner haben ja bekanntlich die Marotte, alles im Leben mit Baseball zu vergleichen. In diesem Sinne fühle ich mich wie ein kleiner Junge, der davon träumt, ein Profispieler zu werden, und später dann tatsächlich in einem Team aufgenommen wird, zwar nur als sechster oder siebter in der Aufstellung, aber immerhin als regulärer Spieler. (»Ein bißchen weiter vorne doch wohl schon«, rief jemand dazwischen.) Ich kann mich nicht beklagen über meine Position hier, und ich möchte Ihnen allen von Herzen danken, daß Sie mich unterstützt haben. Vielleicht fragen sich jetzt einige von euch, weshalb ich meinen Job, den ich doch eigentlich liebe, an den Nagel hänge. Nun, darauf kann ich nur antworten, ich weiß es selbst nicht so genau. Doch eins ist mir klar: In den zwölf Monaten als Kolumnistin habe ich reichere Erfahrungen gesammelt als in den mehr als zwei Jahrzehnten davor. Es würde ausufern, wenn ich darauf näher einginge; statt dessen möchte ich über etwas sehr Privates sprechen, das vielleicht sogar indirekt damit zu tun hat.

Meine Mutter lag mir lange Zeit in den Ohren, daß wir uns einen Hund anschaffen sollten, aber ich war stets dagegen, weil unsere Mietbestimmungen die Haltung von Haustieren verbieten. Doch letztens habe ich meine Meinung geändert. ›Los, kaufen wir einen Hund‹, sagte ich zur großen Freude meiner Mutter. Meine Tochter hat sich nun einen Mini-Schnauzer ausgesucht, der nächste Woche kommen soll. Wir freuen uns alle drei riesig darauf.

Ich habe meine Meinung aus zwei Gründen geändert: Eines Tages habe ich mir die Klauseln im Mietvertrag genauer angeschaut und kein ausdrückliches Verbot der Haustierhaltung gefunden. Es hieß lediglich, daß andere Mieter nicht belästigt werden dürfen. Wie schlampig von mir, muß ich zu meiner Schande

– zumal als Journalistin – gestehen, daß ich der Sache nicht von Anfang an richtig auf den Grund gegangen bin. Der Vorstand unseres Wohnblocks hat den Passus einfach überinterpretiert und dann dieses Gerücht in die Welt gesetzt. Der zweite Grund war eine ziemlich drollige Angelegenheit: Meine Mutter erhielt neulich eine Kiste Edelmandarinen und wollte einen Teil an unsere Nachbarn weiterverschenken. Als sie zu der Wohnung des Vorstands – übrigens ein ehemaliger Staatsanwalt und jetzt Rechtsanwalt – kam, fegte plötzlich eine Katze an ihr vorbei. (Großes Gelächter) Klammheimliche Anschaffung!«

Der Verfasser der ›Randnotiz‹ applaudierte lautstark wie ein Kanonengeschwader, und ein Uralt-Veteran aus der Inlandsredaktion rief begeistert: »Prima!« Yumiko wartete ab, bis sich der Aufruhr wieder gelegt hatte, und fuhr dann fort:

»Also haben wir beschlossen, uns einen Hund zu kaufen. Ich fragte mich natürlich, weshalb ich so lange dagegen war, bis mir die Idee kam, daß es vielleicht mit meinem Job bei der Zeitung zu tun hatte. Immer war ich in meinen Artikeln darum bemüht, vernünftig zu argumentieren, so daß ich den Gedanken nicht ertrug, man könne hinter meinem Rücken mit dem Finger auf mich zeigen. Bestimmt habe ich mich unbewußt davon leiten lassen. Jetzt bereue ich sehr, nie darüber geschrieben zu haben, ich meine, über den Konflikt zwischen Mietwohnung und dem Wunsch, sich ein Haustier anzuschaffen. Vermutlich kein Stoff für einen Leitartikel, aber eventuell für den ›Nullsender‹. Desmond Morris, der Zoologe, hat in einem seiner Bücher darauf hingewiesen, daß ältere Menschen, die sich einen Hund oder eine Katze halten, einen niedrigeren Blutdruck hätten. Um so mehr ein Thema für die kleine Kolumne.«

»Bitte, geben Sie mir das Material, ich verwende es auf der Stelle«, ertönte eine Stimme aus der Richtung der Tafel. Es war der Verfasser des ›Planetenberichts‹. Mit erhobener Hand stand er nun im Mittelpunkt der Aufmerksamkeit. Von allen gutmütig belächelt, grinste er verlegen zurück.

»Armer Junge, muß jeden Tag was Neues ausbrüten«, sagte Anzai mitfühlend, was wiederum für Lacher sorgte.

»In Ordnung, Sie bekommen eine Kopie!« rief Yumiko dem Glatzkopf zu und setzte ihre Rede fort:

»Im Grunde überkam mich dieses ungute Gefühl schon vor meiner Zeit bei den Kolumnisten, doch im letzten Jahr ist es mir deutlicher bewußt geworden. Seitdem fragte ich mich immer wieder, was ich mit meiner journalistischen Tätigkeit eigentlich erreichen will. Aber das ist ungefähr so, als würde man während eines laufenden Baseballspiels über den Sinn dieser Sportart meditieren, wodurch man natürlich den Spaß an der Sache verliert. (›Kenne ich nur zu gut‹, hörte sie jemanden sagen.) Jedenfalls wußte ich oft überhaupt nicht, wessen Meinung ich eigentlich in meinen Artikeln vertrat. Wenn mein Standpunkt mit dem der Zeitung übereinstimmte, ging mir das Schreiben zwar leicht von der Hand, aber es kam immer nur eine Anhäufung von Platitüden heraus. Herr Urano hat mich eben mit Lob überschüttet, und jetzt möchte ich das Kompliment an ihn zurückgeben: seine Artikel waren nämlich stets nonkonformistisch und höchst originell in den Ansichten. Davon könnte ich mir eine Scheibe abschneiden. Aber wenn ich so weiterrede, sitzen wir morgen früh noch hier, zumal ich meine Motive sowieso nicht richtig erklären kann. Kurz gesagt, es kam eins zum anderen, und ich hatte einfach keine Lust mehr, in der gewohnten Art weiterzumachen. Also habe ich beschlossen – um bei meiner Baseball-Metapher zu bleiben –, aus dem Team auszuscheiden. Ich werde mir jetzt eine Ruhepause gönnen – vielleicht ein halbes Jahr oder sogar doppelt so lange –, um alles einmal gründlich zu überdenken, und dann werde ich mich hoffentlich etwas Neuem zuwenden. Es gibt noch eine Menge Stoff, über den ich schreiben möchte, und körperlich scheine ich ja fit zu sein. Es besteht also absolut kein Grund zur Sorge. Ihr habt also einiges von mir zu erwarten. Vielen Dank euch allen!«

Sie erhielt noch stürmischeren Applaus als Urano, zum einen, weil sie den Verlag verließ, zum anderen wegen ihrer drolligen Hundestory, am meisten jedoch wohl, weil man ihr ihre Diskretion hoch anrechnete. Mit keinem Wort hatte sie auf ihre unliebsame Versetzungsgeschichte (inklusive des Grundstückstransfers) angespielt, über die im Prinzip alle Anwesenden mehr oder minder Bescheid wußten, so daß die Reaktion von Sympathie bis Dankbarkeit reichte. Urano kam nochmals zu ihr und bedankte sich mit dröhnender Stimme für ihre charmante Replik, worauf er ihr zuraunte:

»Übrigens, ich hab noch was für Sie. Sagen Sie mir Bescheid, bevor Sie gehen.«

Einer ihrer Kollegen, ein mürrischer Typ, der jahrelang über Justizfälle berichtet hatte, überraschte sie mit einem Lächeln:

»Wissen Sie, unter den ausgestiegenen Staatsanwälten findet man solche Typen neuerdings sehr häufig. Ich frage mich, warum«, bemerkte er im Flüsterton, doch bevor Yumiko darauf antworten konnte, pirschte sich der Besserwisser vom Feuilleton von hinten heran.

»Frau Minami, Frau Minami, sind bei Ihrem Schnauzer eigentlich die Ohren und der Schwanz gestutzt?«

Natürlich kamen auch etliche Kollegen zu Yumiko, um ihre persönlichen Ansichten mitzuteilen, wie man Leitartikel schreiben sollte. Nachdem sie dann weitere dreißig Minuten im Mittelpunkt gestanden hatte, gab sie Urano ein Zeichen und ging zu ihrem Schreibtisch, der inzwischen samt Schubladen leergeräumt war. Die meisten ihrer Sachen befanden sich bereits zu Hause.

Urano überreichte ihr ein kleines Päckchen mit Schleife.

»O je, Shirobē ist ja gar nicht mehr da. Es ist nämlich für *sie* bestimmt.«

»Was das wohl sein mag? Da bin ich ja mal gespannt ...«

Zum Vorschein kam ein zierliches Hundehalsband aus rotem Leder.

»Oh, was für ein niedliches Geschenk! Richtig geschmackvoll. Wie lieb von Ihnen!«

»Ich habe in meiner Rede zwar nicht ausdrücklich darauf hingewiesen, aber ich gebe nicht auf. Wenn die Bude wieder sturmfrei ist, geben Sie mir bitte Bescheid!« brüstete sich Urano.

»Rückfall in den Jargon, was?« blitzte sie ihn an, was ihm lediglich ein unbekümmertes Lachen entlockte.

Yumiko fuhr mit der U-Bahn zu Toyosakis Hotel. Er hatte am Nachmittag einen Vortrag gehalten und blieb in Tōkyō, wobei er diesmal die Unterkunft aus eigener Tasche bezahlte. Hungrig

– er hatte nämlich mit dem Essen auf sie gewartet – schaute er zu, wie sie den Proviant vor ihm auspackte, den sie unmittelbar vor der Kolumnisten-Party in einem Kaufhaus besorgt hatte. Eine sehr eigenwillige Mischung: Entenfleisch-Terrine, Gulasch, Salat, Reis, Seetang mit frittiertem Tōfu, Grünkraut in Senf-Marinade und dazu eine Flasche Rotwein. Toyosaki bezahlte die Auslagen, während sie für das Menü verantwortlich war, allerdings nicht ohne seine Vorliebe für eine Mixtur aus europäischer und asiatischer Küche zu berücksichtigen. Sie riefen den Zimmer-Service, um das Gulasch und den Tōfu in der Mikrowelle aufwärmen zu lassen.

Während der kurzen Wartezeit zeigte Yumiko ihm das soeben erhaltene Geschenk.

»Was soll das sein? Ein Armband?«

Sie fand seine Frage so ulkig, daß sie es tatsächlich am Handgelenk ausprobierte. Während er ihr dabei zusah, kam ihm der Gedanke, daß er den ganzen letzten Monat kein einziges Fertiggericht essen mußte. Seine Frau war nämlich wieder auf dem Posten. Der Anlaß für ihre erstaunliche Genesung war das Telefonat mit der Gattin des Generalsekretärs, weil sie Mitleid empfand mit dem armen Kolumnisten, dem eine Versetzung drohte. Bis dahin hatte sie eine regelrechte Telefon-Phobie gehabt, aber ihre Besorgnis über ein fremdes Schicksal gab ihr plötzlich neuen Lebensmut, und seitdem wagte sie sich auch allmählich wieder in die Außenwelt.

Es war vor zwei Wochen, als sie energisch an seine Tür klopfte, in sein Arbeitszimmer trat (er schrieb gerade einen kurzen Text) und ihn ein wenig verlegen ansprach:

»Du?«

»Was denn?«

»Kann ich es wiederhaben?«

»Was meinst du?«

»Na, was ich dir damals gegeben habe, mein Geld und so weiter.«

»Aah! Mein Gott, wo habe ich das bloß aufbewahrt?« murmelte er, worauf seine Frau mit dem rechten Zeigefinger auf eine ganz bestimmte Schublade der Kommode in der Ecke wies. Als er sie öffnete, fand er einen großen Umschlag, der ihr

Sparbuch und andere Unterlagen enthielt. Seine Frau nahm die Sachen an sich.

»Ich glaube, ich bin wieder gesund.«

»Wie schön!«

»Ja.«

»Wenn die Heilung erst einmal eingesetzt hat, geht es immer ganz fix bergauf.«

»Ich weiß.«

Sie fragte ihn, was er am nächsten Tag gerne essen würde, und verließ dann sein Zimmer.

Toyosaki löste das Halsband von Yumikos Handgelenk, und während er damit herumspielte, lobte er den originellen Einfall.

»Nichts, was du am eigenen Körper trägst, sondern ein Geschenk für deinen geliebten Stoffhund. Diese diskrete Indirektheit läßt förmlich einen Hauch von Poesie aufkommen. Sehr effektvoll!«

»Ich fand es eher witzig.«

»Nun, das spielt vielleicht auch mit hinein. Wenn die Anspannung ganz plötzlich nachläßt, entsteht Komik. In diesem Fall hat die spannungsgeladene Romantik seiner Verliebtheit die Form einer Beziehung zu deinem Plüschtier angenommen. Darin besteht das komische Element, mit dem er dich amüsieren möchte. Insofern ist sein Geschenk wiederum ein ganz ernstgemeinter Liebesbeweis. Ein ganz spontaner Einfall natürlich, aber trotzdem genial. Der Mann hat durchaus ein Recht, dich anzuhimmeln.«

»Eine Hymne auf den Rivalen, was?«

»Na klar.«

Er konnte natürlich so großzügig mit Komplimenten um sich schmeißen, weil er davon überzeugt war, daß ihr Herz nicht für andere Männer schlug. In der Hinsicht war er sehr narzißtisch.

Der Hotelpage kam zurück, und Toyosaki entkorkte die Flasche. Ihre kleine Party konnte beginnen. Der Rotwein war ausgezeichnet, die Terrine hingegen gerade so genießbar.

Zuerst erzählte ihm Yumiko von der Abschiedsparty, wie sie

in ihrer Rede vermieden hätte, den Verlag in irgendeiner Form anzugreifen, und daß statt dessen ihre Geschichte über Hund und Ex-Staatsanwalt ein großer Lacherfolg war. Auch Urano hätte einen Riesenapplaus geerntet für seine Beichte und ihr anschließend gesagt, daß er es noch nicht aufgegeben habe.

»Sieh an, seine Leidenschaft ist ja wirklich mustergültig. An diesem Mannsbild sollte man sich ein Beispiel nehmen«, gab Toyosaka anerkennend zu und leerte sein zweites Glas Rotwein. Dann erzählte er, daß die heimliche Talentshow von Generalsekretär Sakakibara gestern in einer Sendaier Lokalzeitung erwähnt worden sei. Seine Frau habe den Artikel entdeckt, bei dem es sich zwar lediglich um eine Randnotiz handelte, die dafür jedoch mit einer überraschenden Pointe aufwartete:

Der Philosophieprofessor Toyosaki Yōkichi, der ebenfalls der Vorstellung beiwohnte, tat seine Begeisterung dadurch kund, daß er dem Herrn Generalsekretär sogleich eine Studie zum Thema ›Körper und Tanz‹ zukommen ließ.

Toyosaki hatte Ende des Jahres von Sakakibaras Sekretärin ein Schreiben erhalten, in dem man ihm mitteilte, daß das Konzept zur Abschaffung der Verfassung für kaum realisierbar befunden wurde etc.pp., worauf er ihm als Alternative einen Auszug aus besagter Abhandlung zuschickte. Der Philosoph fand es höchst amüsant, wie man sich praktisch alles für den eigenen Personenkult zunutze machen konnte.

»Aber so was kann man doch nicht als Tanz bezeichnen«, sagte Yumiko, ihr Weinglas in der Hand.

»Von der Wertschätzung her natürlich nicht, aber kategorisch durchaus.«

»Erklär mir die beiden Begriffe bitte etwas genauer, vielleicht kann ich das mal anbringen.«

»Nun, bei einem kaltblütigen Verbrecher«, dozierte Toyosaki, ganz in seinem Element, »pflegen die Leute zu sagen: ›Diese Kreatur ist doch kein Mensch!‹ – ein Urteil, das auf der Vorstellung beruht, nur sittlich untadligen Menschen gebühre diese Zuordnung, insofern also wertend. Doch auch die übelsten Kriminellen zählen trotz allem zur Gattung Homo sapiens. Sie sind weder Löwen noch Küchenschaben. Und das ist eine kategorische Feststellung.«

»Wieder so eine von deinen einleuchtenden Erklärungen.«

»Ganz schön frech!«

»Diese Abhandlung habe ich nie bekommen.«

»Oh, ich habe sie aber dabei.«

Toyosaki holte den Sonderdruck aus seiner Tasche und schrieb *Für Minami Yumiko . . . von Toyosaki Yōkichi* auf das Deckblatt. Seine Schrift wirkte sehr bizarr, gelassen und nervös zugleich. Wertend gesagt, konnte man es gar nicht so recht als Schrift bezeichnen . . .

Während sie das Gulasch verspeisten, berichtete Yumiko von ihrer Tante, die letzte Woche eine Rolle in dem neuen Werk eines namhaften Filmemachers angeboten bekommen hatte. Es war ihr vorhin beim Stichwort Tanz eingefallen. Der Regisseur versuchte, sie mit allerlei Schmeicheleien (er habe schon früher als Regieassistent davon geträumt, mit Yanagi Aeka einen Film zu drehen) dafür zu gewinnen. Und sie sprang begeistert darauf an, allein schon, weil es sich diesmal nicht um eine popelige TV-Produktion, sondern um einen echten Kino-Film handelte. Sie sollte darin die Rolle der Witwe eines ehemaligen Premierministers spielen. Seitdem redete sie nur noch davon:

»Was für Streiche einem das Schicksal mitunter spielt!« – »Der weiß ja bestens über mich Bescheid.« Und so weiter.

Yumiko spielte zuerst mit dem Gedanken, ihr das Benehmen von Tamarus Frau zu schildern, aber diese Information hätte sich dann vermutlich wie ein Lauffeuer ausgebreitet, und so beschloß sie, doch lieber den Mund zu halten. Toyosaki, der sich gerade etwas Reis zum Gulasch nahm und einen Schluck Rotwein dazu trank, sagte:

»Na, deine Tante und deine Mutter haben ja jetzt wohl allen Grund, gut gelaunt zu sein. Und wie steht's mit deiner Tochter?«

»Die ist ebenfalls guter Dinge.«

Sie wollte ihm von den beiden Männerbekanntschaften ihrer Tochter berichten, doch Toyosaki kam ihr zuvor.

»Du hast neulich mal von deiner Tante erzählt, wie ihr bei einem Straßenfest durch den Kopf gegangen wäre, was wohl die Götter angesichts der Opfergaben empfinden, und daß sie dann für sich die Erklärung fand, die Götter würden gleichmütig über all die Geschmacklosigkeiten hinwegsehen. Das hat mich schwer beeindruckt. Was sagte ich doch gleich . . .?«

»Du würdest sie dafür bewundern, daß sie aus ureigenster Erfahrung sprach und sich alles ganz allein ausgedacht hatte.«

»Was mich hinterher noch beschäftigte, war ihre Überlegung zu der Reaktionsweise der Götter, in der sich, wie mir scheint, zwei Hauptmerkmale der japanischen Kultur manifestieren, nämlich Toleranz und Geschmack. Der Shintō-Glaube beruht genau auf diesen beiden Prinzipien. Kritisch betrachtet, könnte man Toleranz natürlich auch als Gleichgültigkeit auslegen. Man nimmt die Dinge nicht so streng unter die Lupe und versucht, den Standpunkt des anderen zu akzeptieren. Es gilt, Konflikte zu vermeiden, zumindest innerhalb der eigenen Gemeinschaft. Und was den Geschmack anbelangt, so ist hier die ästhetische Dimension gemeint. Die Bedeutung der Reinheit im Shintō hat nichts mit Sittlichkeit oder Hygiene zu tun, sondern mit Ästhetik. Man favorisiert das Schöne, weil es einem mehr behagt. Die ästhetische Empfindung besitzt natürlich auch eine sinnlich-erotische Komponente.«

»Erotisch?«

»Ja, was Motoori Norinaga als die Vergänglichkeit der Dinge bezeichnete, die er als Essenz japanischen Denkens verstand, bringt der Ethnologe Orikuchi Shinobu noch deutlicher zum Ausdruck, wenn er die Erotik als grundlegend betrachtet. In der Heian-Periode bestimmte der ästhetische Geschmack, der sich vornehmlich um sinnlich-erotische Elemente drehte, das höfische Leben, was sich vor allem in der Biographie des ›Leuchtenden Prinzen‹ Genji widerspiegelt. Diese hochgeschätzte Lebensart zieht sich wie ein roter Faden durch die japanische Kulturgeschichte. Negativ ausgedrückt: Nichts anderes zählt.«

»Nichts anderes?«

»Na ja, ganz so kraß kann man es auch nicht sagen, aber inhaltlich ist der Shintō-Glaube eben schwer faßbar. Es gibt da ganz feine Nuancen, die nicht mit Worten zu beschreiben sind. Unsere Vorfahren waren in der Lage, ohne große Worte miteinander zu kommunizieren. Salopp ausgedrückt, sie haben nicht herumgequasselt. Um dem Shintō-Glauben eine begreifbare

Form und mehr Ansehen zu verleihen, wurde er schließlich mit dem Konfuzianismus und Buddhismus vermählt. Die konfuzianische Variante nennt sich ›Suika-Shintō‹, benannt nach ihrem geistigen Vater alias Yamazaki Ansai, während man das Pendant im ›Shinbutsushūgō‹, das heißt in der Verschmelzung von Shintō und Buddhismus findet. Da Toleranz zu unseren Kardinaltugenden gehört, konnte man sich bedenkenlos mit diesem Kompromiß anfreunden. Aber um den Preis, daß der religiöse Charakter sehr nebulös . . . oder halt! – sagen wir besser, allumfassend ist.«

Die Journalistin sah das Problem aus einem etwas anderen Blickwinkel.

»Der christliche Gott repräsentiert ganz klare Ideen wie Gerechtigkeit und Liebe, was wir von unseren Göttern nicht gerade behaupten können.«

»Doch, das tun unsere auch, aber eben in einer sehr verwässerten Form.«

»Deshalb sind es auch so wohlgefällige Erscheinungen.«

»Wohlgefällige Erscheinungen . . .« Der Philosoph dachte nach. »Stimmt. Unsere verwässerten, wohlgefälligen Götter rümpfen zwar ihre feine Nase über die geschmacklosen Opfergaben ihrer Gläubigen, aber sie nehmen es ihnen nicht weiter krumm.«

»Sie sind eben tolerant.«

»Das auch, aber vor allem weil sie die gute Absicht hinter all diesen häßlichen, aufdringlichen Dingen erkennen. Sie wissen, daß ihre Schäfchen ihnen damit eine Freude bereiten wollen.«

»Du meinst, sie sind gerührt?«

»Ja, sie sind gerührt. Schließlich steckt in diesen profanen Gaben *manna*, die Wundernahrung mit ihrer magischen Kraft.«

»Aah«, raunte Yumiko. »Aber damit ist doch nicht gesagt, daß die Götter unsere Wünsche erhören, oder?«

»Nein, meistens leider nicht. Das menschliche Leben ist nach wie vor voller Unwägbarkeiten.«

»Das will ich meinen.«

Yumiko seufzte aus tiefstem Herzen und war selbst ganz erstaunt darüber. Sollte sie ihm davon erzählen? Doch bedrükkende Geschichten paßten nicht so recht zu einem Dinner. Also behielt sie die Sache zunächst für sich, zumal sie jetzt zum japanischen Teil ihres Menüs übergingen: Seetang mit frittiertem Tōfu, Grünkohl in Senf-Marinade und dazu Reis. Doch um ihren Seufzer nicht so im Raum hängenzulassen, tischte sie ihm eine andere Erklärung auf.

»Letzte Woche bin ich mitten in der Nacht aufgewacht . . . «, begann sie, während sie ihm Tee einschenkte. »Und mir ging ein merkwürdiger Gedanke durch den Kopf.«

Sie warf ihm einen schelmischen Blick zu.

»Ich dachte plötzlich, wie dumm ich doch war. Ich hätte weniger bescheiden sein und die Haarnadel ruhig annehmen sollen. Ganz schön habgierig, was?«

»Wieso habgierig?« lächelte Toyosaki. »Eine natürliche Reaktion der Psyche. Ein harmloses Spiel deiner Einbildungskraft: Du wolltest dir selbst ein wenig Spaß bereiten. Außerdem hast du dabei sicher auch an Chies Haar gedacht, oder?«

»Eigentlich mehr an meins.«

»Wie, du mit einer altmodischen Haartracht?«

»Glaubst du etwa, das würde mir nicht stehen?«

Das führte zu einer Diskussion über Perücken und Leihgebühren für dieselben, bis Yumiko mit einem echten Geständnis herausrückte.

»Es gibt da noch etwas, was ich bisher verschwiegen habe.«

»Du meinst von damals?«

»Ja, als ich beim Premierminister war.«

»Aber das liegt doch nun schon sechs Monate zurück.«

»Es war eben eine sehr intensive Erfahrung. So als wäre es erst gestern gewesen.«

»Tja, das kenne ich. Die Senf-Marinade schmeckt übrigens ausgezeichnet.«

Yumiko ging nicht darauf ein, sondern erzählte weiter:

»Als ich das Schlafzimmer verließ und wieder an dem Gärtchen vorbeiging, überkam mich eine ganz seltsame Empfindung. Wie soll ich dir das nur beschreiben? Ich hatte das Gefühl, als würde das Universum ganz klein und kompakt zu diesem Fleckchen Erde zusammengeschrumpft sein.«

»Was?«

»Mein Kopf surrte und meine Glieder fühlten sich ganz taub an. Ich hatte die Hände an die Scheibe gepreßt und stand wie angewurzelt.«

Toyosakis Miene veränderte sich. Er legte die Stäbchen beiseite. »Beschreib das mal genauer!«

Sie versuchte es, aber die Worte kamen nur stockend aus ihr heraus. Bruchstückhaft erzählte sie ihm, was sie dort vor einem halben Jahr erlebt hatte. Toyosaki schwieg eine Weile.

»Ob es ein Traum war?«

»Nein, das war kein Traum.«

»Vielleicht eine vorübergehende geistige Störung?«

»Glaube ich nicht.«

»Ja, aber was dann?«

»In gewissem Sinne eine religiöse Erfahrung, ein mystisches Erlebnis sozusagen.«

»Wie, ich und religiös?«

»Du hast natürlich nicht Gott geschaut. Es war eher eine Art übersinnlicher Wahrnehmung des Universums oder der Welt, also eine pseudo-religiöse Erfahrung, wenn du so willst. Anders läßt sich das nicht erklären. Die religiöse Ekstase einer Atheistin.«

»Ekstatisch war mir aber nicht zumute. Es war ein noch intensiveres Kribbeln, irgendwie unheimlich, obwohl es auch nicht richtig unangenehm war ...«

»Da haben wir's! Genau das ist eine religiöse Ekstase. So wird es nämlich meistens geschildert. Ich selbst kann da natürlich nicht mitreden.«

»Aha!«

»Also nichts Pathologisches. Gärten bilden die Welt im Kleinen ab, und sie werden geschaffen, um die Sehnsucht des Menschen nach einer solchen Miniaturwelt zu stillen. Das kann dann leicht diesen Bewußtseinszustand auslösen.«

»Aber hinterher kam mir die Idee, daß es nicht dieser unbedeutende Garten an sich gewesen sein konnte, sondern die Tatsache, daß er sich im Machtbereich des Regierungschefs befand. In dieser ehrfurchtgebietenden Aura bin ich wohl etwas übergeschnappt. Hinterher habe ich mich dafür geschämt.«

»Das haut nicht so ganz hin. Ich halte das für ideologische Überfrachtung.«

»Deshalb war es mir ja auch peinlich, und ich habe nichts davon erzählt. Aber das war nicht der einzige Grund.«

»Politik spielt dabei keine Rolle. Das hätte dir in jedem Garten passieren können. Ich denke eher ...«

»Was?«

»Es war mitten in der Nacht, und ihr beide – du und die alte Frau, die zu einem Kind regrediert ist – habt Dinge getauscht. Puder, Lippenstift, eine kostbare Haarnadel. Ein Ereignis, das die alltägliche Wirklichkeit übersteigt und ins Metaphysische verweist. Du hast eine mythische Erfahrung gemacht.«

»Meinst du?«

»Na ja, beschwören kann ich es nicht«, sagte er und schaute, als sei ihm die ganze Sache nicht geheuer.

Als sie mit dem Essen fertig waren, sagte Yumiko, sie wolle über Nacht dableiben und bat ihn, mal kurz rauszugehen, damit sie ungestört ihre Mutter anrufen könne. Sie genierte sich ein bißchen deswegen. Chie meldete sich und erzählte ihr, bevor Etsuko an den Apparat kam, daß sie gerade Reiskuchen im Kirschblatt, ein Geschenk von den Nachbarn, essen würden. Etsuko sprach über den Hund. Nach dem Telefonat nahm Yumiko ein Bad.

Später am Abend mischte sich Toyosaki einen Whisky-Soda, während Yumiko ihm mit einem Glas Bier Gesellschaft leistete. Nach einer Weile änderte sich ihr Tonfall, für ihn ein Signal, daß sie jetzt etwas Ernsthaftes zur Sprache bringen würde.

»Letzte Woche kamen ein Paket und ein Brief aus Hokkaidō, von Chies Vater.«

Das war die übliche Einleitung, wenn Yumiko über ihren Ex-Mann Nakahara Ken'ichi – seinerzeit Abteilungsleiter der Bank of Japan und heute Direktor einer Bank in Hokkaidō – sprach, sofern sie das überhaupt tat. In der ganzen Zeit war das höchstens drei- bis viermal der Fall gewesen.

»Er hat Krebs. Seinen Rücktritt hat er schon beantragt. Er drückt sich etwas verschwommen aus in seinem Brief, so daß ich den Wortlaut nicht genau wiedergeben kann, aber nach der Prognose des Arztes macht er es wohl nicht mehr lange.«

»Wie alt ist er jetzt?«

»Siebenundfünfzig.«

»Nur zwei Jahre älter als ich. Zu jung, um zu sterben.«

»Anfang April wird er operiert und muß für einige Zeit ins Krankenhaus.«

»Was für Krebs ist es denn?«

»Lungenkrebs.«

Im Laufe des weiteren Gesprächs sagte Yumiko:

»In dem Brief sprach er davon, mir mit anderer Post etwas zu schicken, was er schon vorher im Sinn gehabt hätte. In dem Päckchen befand sich dann ein Bündel Briefe, die ich ihm während unserer Verlobungszeit geschrieben hatte.«

Ihr Ex-Mann erwähnte, daß er die Briefe in einem alten Koffer im Speicher seines Elternhauses aufbewahrt hatte. Sie glaubte, sich an diesen düsteren Abstellraum erinnern zu können, vollgepfercht mit Bilderrahmen, Kartons voller Schriftrollen und anderem Kram. Als er sich wiederverheiratete, hatte er vermutlich nicht gewußt, wohin mit den Briefen. Weder traute er sich, sie Yumiko zurückzugeben noch sie zu verbrennen. Also hatte er sie zu seinen Eltern geschickt.

Sie wunderte sich über ihre damalige Schrift, die völlig anders aussah als ihre heutige. Doch es bestand kein Zweifel, diese Art Liebesbriefe stammten einwandfrei von ihrer Hand. Als Yumiko darin las, zeigten sie ihr, wie sie damals zu dem ungemein begabten, zwölf Jahre älteren Mann aufgeschaut hatte und wie glücklich sie über ihre Verlobung war, zumal sie bis dahin keine einzige Männerbekanntschaft gehabt hatte. Gleichzeitig kam jedoch eine gewisse Unzufriedenheit zum Ausdruck (wenn auch nur unterschwellig), demnächst einen Mann zu heiraten, mit dem sie keine Liebe verband. Es war ein seltsames Kuddelmuddel gemischter Gefühle. Was hatte sie nur für pubertäres Zeug geschrieben! Haarsträubender Kitsch. Und welche Frechheiten sie sich mitunter herausnahm. Vermutlich war dies altersbedingte Renitenz. Oder sie wollte ihn einfach provozieren, damit er Gefühle zeigte. Zum Beispiel schrieb sie ihm, er solle gefälligst seine Krawatten in Zukunft nicht mehr alleine aussuchen. Oder sie verbesserte seine Rechtschreibfehler. Jetzt schämte sie sich dafür und bedauerte es zutiefst. Sie war ihm überaus dankbar für sein Taktgefühl, ihr diese peinlichen Briefe zurückzugeben. Es war wohl ihrem Gemütszustand zuzuschreiben, daß sich langsam ein höchst tollkühner Plan in ihr zu regen begann, den sie Toyosaki nun mit feierlicher Stimme eröffnete.

»Ich habe mir überlegt, ihn für eine Weile zu pflegen.«

»Oh!«

»Das heißt, ich werde nach Hokkaidō fahren.«

»Hm.«

»Das paßt ohnehin ganz gut, da ich ja jetzt nicht mehr arbeite.«

»Aha!«

»Es ist natürlich nicht für lange, höchstens zwei Monate. Seine Familie wäre dadurch etwas entlastet. Ist doch eine gute Idee, nicht wahr?«

»Hm.«

Sein erster Gedanke war, wie sich der Mann dabei vor seiner jetzigen Frau fühlen mußte. Zusätzlich zu seiner Krankheit wäre er dann auch noch damit belastet. Wie sollte er sich unter derartigen Bedingungen schonen können? Doch Yumiko wirkte so engagiert, daß er sich seine Bedenken nicht direkt anmerken anließ.

»Nun, was wird seine Frau denn dazu sagen?«

»Oh, sie ist ausgesprochen froh darüber.«

Mit dieser Antwort hatte er nun überhaupt nicht gerechnet.

»Ach, du hast also schon mit ihr Kontakt aufgenommen?«

»Ja, man muß das Eisen schmieden, solange es heiß ist.«

»Ziemlich voreilig.«

Toyosaki lächelte, um Gelassenheit vorzutäuschen.

»Als ich sie gestern anrief, sagte sie, es wäre eine große Hilfe, ich solle unbedingt kommen. Du siehst, ich bin dort gern gesehen.«

Nach weiteren Nachfragen stellte sich heraus, daß Chie vor drei Jahren ihre Herbstferien dort verbracht (übrigens eine Idee seiner Frau) und sich mit ihren Halbschwestern sehr gut verstanden hatte. Yumiko war natürlich nicht eingeladen gewesen, hatte aber seine Frau am Telefon grüßen lassen, was die jetzige

Kontaktaufnahme erheblich erleichterte. Toyosaki fand es ziemlich blauäugig, wie Yumiko die Situation einschätzte, aber er hütete sich, ihr das zu sagen.

»Und was ist mit ihm ... äh ... wie heißt er eigentlich?«

»Nakahara.«

»Ja, wie denkt denn dieser Nakahara über die Sache?«

»Er hat mich später angerufen und zeigte sich sehr erfreut. Wirklich, sehr erfreut.«

»Hat er dich selbst angerufen?«

»Ja, erst klang er ganz munter, aber dann bekam er einen Hustenanfall. Es hörte sich erbärmlich an. Er sagte, er habe nicht im Traum damit gerechnet, daß ich ihm in seiner letzten Stunde beistehen würde.«

»Hhhm.«

Toyosaki stöhnte. Das klang ja alles sehr rührend: Ex-Frau betreut ihren Geschiedenen. Aber irgendwie erschien ihm der Gedanke auch etwas abwegig, zumal Nakahara doch offensichtlich recht glücklich mit seiner jetzigen Frau war. Kam da nicht auch Yumikos typisch journalistischer Eifer zum Vorschein, eine originelle Idee unbedingt in die Tat umsetzen zu wollen? Er selbst war von der Sache zwar nicht sonderlich begeistert, hatte im Prinzip aber auch nichts dagegen. Diese aufgeteilte Krankenpflege könnte durchaus allerhand Komplikationen mit sich bringen, so daß Frau Nakahara es am Ende gar bereute, sich darauf eingelassen zu haben, ganz zu schweigen von dem Mann zwischen den beiden Frauen. Dieses Hickhack würde ihn doch total entkräften, so daß er unter diesen Bedingungen vielleicht lieber alleine sterben wollte, wozu der Mensch ja ohnehin verdammt war. Aber, besann sich Toyosaki, es war schließlich nicht sein Bier, wozu sich also aufregen? Und Yumiko hatte sich bereits völlig darauf versteift. Damit war der Fall für ihn erledigt.

Toyosaki öffnete ein zweites Mini-Fläschchen Whisky und mixte sich einen neuen Drink. Als er Yumikos Bierflasche sah, erinnerte er sich an eine Diskussion, die er letzten Sommer mit einem Philosophieprofessor aus Kyōto geführt hatte, ob Bier nun aus der Flasche oder aus der Dose besser schmecken würde (er hatte jedoch vergessen, wofür er plädiert hatte).

JAPANISCHE BIBLIOTHEK

ŌOKA SHŌHEI
FEUER IM GRASLAND
Roman

SANTŌ KYŌDEN
DIE GESCHICHTE DER SCHÖNEN SAKURAHIME

SHIMAZAKI TŌSON
AUSGESTOSSEN
Roman

TANIKAWA SHUNTARŌ
PICKNICK AUF DER ERDKUGEL
Gedichte

TANIZAKI JUNICHIRŌ
DIE GEHEIME GESCHICHTE DES FÜRSTEN
VON MUSASHI
Eine historische Novelle

UEDA AKINARI
ERZÄHLUNGEN BEIM FRÜHLINGSREGEN

UNO CHIYO
DIE GESCHICHTE EINER GEWISSEN FRAU
Autobiographische Erzählung

DIE VERTAUSCHTEN GESCHWISTER
Ein höfischer Roman des
12. Jahrhunderts

JAPANISCHE BIBLIOTHEK

MENSCH AUF DER BRÜCKE
Zeitgenössische Lyrik

MORI ŌGAI
IM UMBAU
Erzählungen

MURAKAMI HARUKI
HARD-BOILED WONDERLAND
UND DAS ENDE DER WELT
Roman

NAGAI KAFŪ
ROMANZE ÖSTLICH DES SUMIDAGAWA

NATSUME SŌSEKI
ICH DER KATER
Roman

NISHIDA KITARŌ
ÜBER DAS GUTE
Eine Philosophie der Reinen Erfahrung

ŌE KENZABURŌ
STILLE TAGE
Roman

ŌBA MINAKO
TANZE, SCHNECK, TANZ
Erinnerungen

JAPANISCHE BIBLIOTHEK

Bereits erschienen:

ENCHI FUMIKO
FRAUEN, MASKEN
Roman

FURUI YOSHIKICHI
DER HEILIGE
Roman

ISHIKAWA TAKUBOKU
TRAURIGES SPIELZEUG
Lyrik und Prosa

IBUSE MASUJI
PFLAUMENBLÜTEN IN DER NACHT
Erzählung

ISHIMURE MICHIKO
PARADIES IM MEER DER QUALEN
Unsere Minamata-Krankheit

KATŌ SHŪICHI
SCHAFSGESÄNGE
Begegnungen mit Europa

KŌNO TAEKO
RISKANTE BEGIERDEN
Roman

MARUYA SAIICHI
DIE JOURNALISTIN
Roman

Auch als Essayist hat sich der 1925 geborene Maruya, Anglist und Übersetzer von James Joyce, Graham Greene und Jerome K. Jerome, einen Namen gemacht. Seine Themen reichen von den Eigenheiten der japanischen Sprache bis zu den populären Mythen der japanischen Geschichte und Gegenwart.

Die Qualität eines Romans mißt Maruya an seinem Facettenreichtum. Das Stew namens Roman müsse möglichst viele Fleischsorten und Gewürze enthalten, meint der Autor. Das vorliegende, 1993 erschienene und 1994 bereits verfilmte Werk dürfte diesem Anspruch in der Tat genügen. Die einen werden es als Satire auf den Feminismus, die anderen als humoristische Variation auf das Thema »Männer und Frauen« und wieder andere als fundamentale Kritik der gesellschaftlichen Verhältnisse lesen. Doch alle dürften gut unterhalten sein.

Irmela Hijiya-Kirschnereit

Ein besonderer Reiz des Romans liegt übrigens in der Vielfalt der sehr authentisch dargebotenen Kommunikationsstile: Die Journalistenkollegen, die Chefs, die theoretisierenden Intellektuellen und die bisweilen realitätsfernen Akademiker, sie verfügen ebenso über eine unverwechselbare Sprache wie die selbstbewußte, gewitzte Tochter oder die fetzigen Enkelinnen des Kalligraphie-Meisters, die spöttisch mit ihm und über ihn reden, aber brav ihre Aufgaben wie das Reiben des Tuschsteins oder das Siegelsetzen ausführen. Die schnoddrige, aber bildlich-präzise Erzählweise bewirkt, daß manche Szenen – man denke etwa an die Begegnung im Amtssitz des Premierministers – geradezu filmische Qualität entfalten.

Der zugrundeliegende Mechanismus ist den japanischen Lesern zutiefst vertraut – jenes unentrinnbare Netz an vielschichtigen gegenseitigen Verpflichtungen. Die Regeln sind, bis hin zu ihrer Feinabstimmung, bekannt und besitzen einen hohen Grad an Verbindlichkeit. Doch erst wenn Sand ins Getriebe gerät, wenn jemand sich querstellt wie Minami Yumiko, die ihre Versetzung nicht akzeptieren und deren Gründe in Erfahrung bringen will, ergibt sich Gelegenheit, die Mechanismen zu durchschauen. Regelverletzungen legen das Regelwerk offen. Besonders plastisch wird dies in der Beschreibung der Einladung zu dem Essen, bei dem man sich um Yumikos Einwilligung bemüht, doch alle Register, die gezogen werden, versagen.

Der Autor Maruya Saiichi ist bekannt für seine satirische Ader. Schon die Titel seiner erfolgreichsten Romane setzen eindeutige Signale: *Tatta hitori no hanran* – »Einer gegen alle«, erschienen 1972, und *Uragoe de utae Kimigayo* – »Sing sie mit Kopfstimme, die Nationalhymne«, ein Bestseller des Jahres 1982. Und in all diesen Werken verbindet er eine turbulente Geschichte voller überraschender Wendungen mit scharfsinnigen Betrachtungen sozialer Konventionen, ist Romancier und Ethnograph in einem. Munter mixt er Thesen- und Schlüsselroman, pfeffert das Ganze mit kriminalistischen und burlesken Zügen und einer Prise Melodram und serviert einen unterhaltsamen Cocktail, der für Kurzweil sorgt und Einsichten obendrein gibt.

»Nun, früher wäre so etwas in unserer Gesellschaft undenkbar gewesen. Es ist schon sehr ergreifend, sich vorzustellen, daß das Leben eines Mannes so endet.«

Yumiko wertete seine abstrakten Bemerkungen als indirekte Befürwortung ihres Vorhabens und knüpfte daran an.

»Wenn die Scheidungen weiter so zunehmen, dann werden sich solche Fälle in Zukunft wohl ebenso häufen. Chie will übrigens auch ab und zu vorbeikommen.«

Da Toyosaki es ausdrücklich guthieß, daß die Tochter ihren Vater am Krankenbett besuchte, bestätigte sich doch offensichtlich, daß er die ganze Aktion billigte. Sie schilderte ihm nun ihr zweimonatiges Projekt im einzelnen. Es war zu erwarten, daß sie etliche Stunden im Krankenhaus zubringen würde. Deshalb brauchte sie natürlich einen Rückzugsort und wollte sich zu diesem Zweck in einem Business-Hotel einquartieren. Zwischendurch würde sie ein-, zweimal nach Hause fahren und dann unterwegs in Sendai haltmachen, um ihn zu treffen. Und falls es sich einrichten ließ, könnte er ja vielleicht auch nach Hokkaidō kommen.

»Tja, wir müssen uns wohl damit abfinden, daß wir uns nicht jede Woche sehen.«

Dann schilderte er seine Erfahrungen mit Business-Hotels in verschiedensten Regionen, wo er gewöhnlich abstieg, wenn irgendwo ein Kongreß stattfand. Als er mit seiner belanglosen Abschweifung zum Ende kam, sagte Yumiko, während sie ihr Bierglas in den Händen drehte:

»Ich würde übrigens für dich dasselbe tun.«

Sie hatte ganz zärtlich gesprochen und lächelte ihm liebevoll zu. Um so mehr traf ihn ihre Bemerkung wie ein Blitz aus heiterem Himmel. Er begriff überhaupts nichts mehr und starrte sie entgeistert an.

»Ich würde dich pflegen, meine ich.«

»Wenn ich Krebs habe?«

Ein schweigendes Nicken. An der Stelle hätte er doch ganz einfach sagen – oder besser, ein wenig bedrückt murmeln können, daß er ihr Angebot zu schätzen wisse. Oder er hätte ihr sanft – vielleicht mit einem Händedruck, mit einem Kuß – zu verstehen geben sollen, daß er solche deprimierenden Unter-

haltungen lieber nicht führen möchte. Eine andere Möglichkeit wäre gewesen, sich einen Spaß daraus zu machen: ›Ach, ich habe eigentlich gar nicht vor abzutreten.‹ Doch statt dessen ging seine Phantasie mit ihm durch, und er stellte sich vor, wie seine Frau einen Rückfall erleiden und damit bettlägerig werden würde, wenn sie von Yumikos Existenz erfuhr. Er müßte dann wieder kochen, Geschirr spülen, putzen, zum Supermarkt latschen und sich unterwegs Speisepläne austüfteln. Und falls eventuell ein Päuschen blieb, würde er sich vielleicht etwas anspruchsvolleren Problemen zuwenden. Zum Beispiel der Frage, weshalb seine Zunft so gerne darüber diskutierte, daß bei der räumlichen Wahrnehmung eines Kubus nicht notwendigerweise alle sechs Seiten zugleich sichtbar sein müssen. Dieses Interesse war seiner Ansicht nach schlicht damit zu erklären (unphilosophisch, versteht sich!), daß seine Herren Kollegen einen Spielwürfel assoziierten. Nach solchen intellektuellen Kapriolen galt es dann wieder, sich dem zermürbenden Entscheidungskonflikt zu stellen, ob er nun den billigen Lachs hier kaufen sollte, da er viel appetitlicher aussah als der teure in dem anderen Supermarkt. Die Vision, daß diese düsteren Zeiten erneut anbrechen würden, jagten ihm eiskalte Schauer über den Rücken (Krebs kam schon gar nicht mehr vor in seiner Wahnvorstellung.) Er war so verstört, daß nun die denkbar falscheste Antwort aus ihm herausplatzte:

»Nein, darauf möchte ich lieber verzichten.«

Ihre Miene änderte sich augenblicklich.

»Wieso?« fragte sie giftig. »Weshalb lehnst du das ab?«

»Nun, weil meine Situation eine ganz andere ist als die bei deinem Ex-Mann.«

»Stimmt doch gar nicht.«

»O doch!«

»Inwiefern?«

»In vielerlei Hinsicht.«

Er bemühte sich, ruhig zu bleiben, als er ihr die Unterschiede darlegte. Erstens sei sie mit diesem Nakahara verheiratet gewesen, was bei ihnen beiden nicht der Fall war. Natürlich erwähne er das nur unter dem juristischen Aspekt, er wolle keineswegs ihre Gefühle füreinander dadurch in Frage stellen. Und der

zweite Punkt sei, daß Nakaharas Frau von Yumikos Existenz wußte, was seine Frau eben nicht täte. Diese beiden Argumente seien doch eigentlich plausibel genug.

»Das heißt ...«, platzte sie los, »daß du deiner Frau nie von uns erzählen würdest, auch nicht wenn du Krebs hättest?«

Toyosaki zögerte einen Moment.

»Ich denke, nein.«

»Das ist ja geradezu lächerlich. Völlig idiotisch. Und so was nennt sich Philosoph.«

»Wieso?«

»Kapierst du denn gar nichts? Na, dann sperr mal deine Ohren auf! Die ganzen Jahre haben wir immer darauf geachtet, daß uns bloß niemand zusammen sehen würde. Ins Kino hat man sich gerade noch getraut, da ist es ja dunkel, aber an einen Theaterbesuch war nicht zu denken. Und wenn ich mich beschwert habe, das sei mir aber zu öde, was hast du dann geantwortet? ›Wenn das rauskommt, können wir uns nicht mehr sehen. Wir müssen vernünftig sein, wenn unser Verhältnis weiterlaufen soll.‹«

»Nicht so laut!«

Doch Yumiko scherte sich nicht darum.

»Aber mein Lieber, wenn du Krebst hättest, dann würde es nur einen Ort geben, an dem wir uns sehen könnten. Und das ist dein Krankenzimmer!«

»Hm, das entbehrt nicht einer gewissen Logik.«

Er versuchte, mit einem Lächeln die Wogen zu glätten, doch sie starrte ihn weiter böse an.

»Du warst doch immer damit einverstanden, daß wir uns diskret verhalten. Ich erinnere dich an deine Worte: Es hätte doch allerhand Vorteile, wenn niemand genau weiß, wer dein Liebhaber sei. Das hast du selbst gesagt. Bestes Beispiel, diese kleine Aufmerksamkeit hier ...«

Dabei wies er auf Shirobēs Halsband.

»Der Mann, der dir das hier geschenkt hat, steigert sich doch nur deshalb in seinen Liebeswahn, weil er von meiner Existenz nichts weiß.«

»Glaubst du etwa, er würde sich von einem Nebenbuhler wie dir abschrecken lassen?«

Er überging ihre höhnische Bemerkung.

»Und nur deshalb hat er dir so eifrig bei deinen Nachforschungen geholfen.«

»Du verdrehst hier die Logik, mein Lieber!« schrie Yumiko ihn an, worauf nebenan gegen die Wand geklopft wurde, offenbar um für Ruhe zu sorgen.

Toyosaki zuckte mit den Achseln und rang sich ein Lächeln ab. Mit einer lässigen Handbewegung versuchte er sie zu beruhigen, doch Yumiko war sauer. Ihm kam der Gedanke, wie vergnüglich es statt dessen gewesen wäre, wenn der Gast im Nebenzimmer sich über Schreie der Lust entrüstet hätte.

»Du redest von Liebe«, sagte sie jetzt etwas beherrschter. »Aber du triffst dich immer nur mit mir, wenn es dir in den Kram paßt.«

»Wie du das Fossil anschaust, so blickt es zurück. Du siehst es nur von deiner Warte, aber die Wirklichkeit ist weitaus schillernder. Sie hat viele Facetten.«

»So?«

»Aber ja. Das menschliche Leben besteht nicht nur aus einer reinen Farbe, es ist weder ganz schwarz noch ganz weiß und auch nicht grau, wie oft behauptet wird. Denn selbst da gibt es viele Abstufungen. Aber sogar das wäre noch zu vereinfachend gedacht. Die Realität ist nicht grau, sondern schillert – je nachdem, wie man sie beleuchtet – in allen nur erdenklichen Farben: himmelblau, rosa ...«

»Das ist doch auch nur graue Theorie.«

»Nun, aus deiner Sicht treffe ich dich nur, wenn es mir paßt. Aber man kann es doch auch so betrachten, daß ich mein Leben auf die Liebe abstelle. Glaube mir, alles ist dahingehend arrangiert, mit dir zusammenzusein.«

»Überleg mal, wie oft es vorkommt, daß wir nicht mal gemeinsam essen.«

»Mitunter aber auch deswegen, weil du es nicht einrichten kannst.«

»Wir sind fast nie ausgegangen. Immer gleich ins Bett. So was kann man doch nicht Liebe nennen. Waren wir jemals zusammen in der Oper? Oder im Kabuki-Theater?«

»Ich gebe zu, nein.«

»Nicht ein einziges Mal in all den zehn Jahren.«

»Doch, einmal haben wir ein Nō-Stück ...«

Yumiko platzte der Kragen.

»Ja, als wir noch nicht zusammen waren!« brüllte sie ihn an und sprang empört vom Stuhl auf. Toyosaki kam gar nicht dazu, etwas zu sagen, denn prompt ertönte aus dem Nebenzimmer – quasi als Antwort – ein heftiges Klopfen.

»Ich bitte dich, etwas leiser!« flehte er sie an. Sie nickte verdrossen und hüllte sich in Schweigen, so daß ihm nichts anderes übrigblieb, als ebenfalls stumm dazusitzen und an seinem Whisky zu nippen. Schließlich fing sie wieder an, diesmal allerdings in moderater Lautstärke.

»Ist dir vielleicht jemals in den Sinn gekommen, mit mir zusammen zu verreisen?«

»Wir waren doch in New York.«

»War das etwa deine Idee?«

»Häh?«

»Nun, als du mir erzähltest, es gäbe eine Konferenz in New York, habe *ich* vorgeschlagen, daß wir uns dort treffen könnten, und zwar – wohlgemerkt! – unter dem Vorwand, daß ich beruflich in Amerika zu tun hätte.«

»Wie, das stimmte gar nicht?«

»Nein, natürlich nicht!«

»Du meine Güte! Heißt das etwa, du hast den Flug und alles andere aus eigener Tasche bezahlt?«

»Selbstverständlich!«

»O je!«

»Es war immer mein innigster Wunsch gewesen, mit dir irgendwo hinzufahren.«

»Verstehe.«

»Über die USA habe ich kaum eine Zeile geschrieben. Hast du etwa geglaubt, der Verlag betreibt solch einen Aufwand?«

»Hm ...«

»Und das alles für läppische vierzehn Tage.«

»Das konnte ich ja nicht ahnen.«

»Nein, aber von einer Erfahrung läßt sich meistens auf alle anderen schließen.«

»Na gut, ich geb mich geschlagen«, murmelte er hilflos,

doch sie gab keine Ruhe und kam wieder auf das leidige Thema zurück.

»Während des letzten Jahres, waren wir da jemals in einer Ausstellung? Wieviel Konzerte haben wir uns angehört? Kein einziges! Wenn man gemeinsam solche Veranstaltungen besucht, kann man sich über seine Eindrücke unterhalten, sich vergnügen. Immer nur Sex ist wirklich phantasielos.«

»Jetzt mach aber mal einen Punkt . . .«

»Es mag ja Leute geben, die so ein Kulturprogramm lächerlich finden. Ich aber nicht! Es macht Spaß, sich gemeinsam etwas anzuschauen. Und außerdem . . .«

»Ja, du hast natürlich recht. Es war mein Fehler. Andererseits habe ich dir doch immer interessanten Gesprächsstoff geboten.«

Das brachte sie erneut auf die Palme. Sie schrie jetzt wie am Spieß.

»Meinst du etwa deine philosophischen Ergüsse? Meister Husserl? ›Die Krisis der europäischen Wissenschaften und die transzendentale Phänomenologie‹ im Schnelldurchlauf? Du hast sie wohl nicht alle! Glaubst du allen Ernstes, daß ich nach unseren wollüstigen Höhenflügen dafür einen Sinn hatte?«

Toyosakis Reaktion auf ihren Ausbruch war hochgradig komplex. Zunächst war er schockiert über das, was sie ihm alles vorwarf. Andererseits hatte er sich – zugegeben – ziemlich ungeschickt verteidigt. Wahrscheinlich war es der reinste Schwachsinn gewesen, eine Frau mit Husserl vollzulabern. Zugleich fand er wieder Ausflüchte, um die Kritik nicht an sich heranzulassen: daß er doch nicht prompt danach angefangen hätte zu reden, sondern mindestens eine Dreiviertelstunde hatte verstreichen lassen; und wenn sie ihm dann Fragen stellte, antwortete er selbstverständlich darauf. Manchmal habe er eben sehr enthusiastisch und vielleicht zu lange gesprochen, aber doch nur, weil sie Interesse zeigte. Doch trotz aller Rechtfertigungsversuche fühlte er sich beschämt. Er gab also tatsächlich diese traurige Figur ab – ein Mann ohne Feingefühl, dessen geistiger Horizont ziemlich beschränkt wirkte. Ein solches Image zu haben, behagte ihm natürlich überhaupt nicht. Außerdem versetzte ihn ihr lautstarkes Gekeife in Panik, denn es hatte jetzt

einen so bedrohlichen Pegel erreicht, daß er fürchtete, der Hotelgast von nebenan würde nun völlig außer sich geraten und nicht mehr bloß mit den Fäusten trommeln, sondern diesmal mit einem Schuh oder Pantoffel und sogar mit einem Stuhl gegen die Wand donnern. Doch das erwartete Signal blieb aus, und es wurde plötzlich mucksmäuschenstill im Zimmer. Sogar Yumiko – verblüfft über ihr eigenes Stimmvolumen – saß ganz perplex in dieser gespenstischen Ruhe. Toyosaki faßte sich ein Herz und wollte gerade etwas sagen, als plötzlich der Türsummer ertönte. Jemand klingelte draußen Sturm. Toyosaki erhob sich und überprüfte seinen Aufzug, das heißt, er zog lediglich den Ausschnitt seines Bademantels zurecht und machte sich auf das Schlimmste gefaßt.

Doch als er die Tür öffnete, stand niemand davor. Er lugte in den Korridor hinaus und erblickte etwa zehn Meter weiter eine schwarzgekleidete Männergestalt, die nicht im geringsten Anstalten machte, sich umzudrehen, sondern sich gemächlichen Schrittes entfernte. Toyosaki wunderte sich, was das Ganze sollte, als er vor sich am Boden einen weißen Umschlag entdeckte. Er hob ihn auf und zog einen Zettel heraus, auf dem in gestochener Handschrift folgendes stand:

Schreckliches Theater, was?
Ich werde mir mal ein Stündchen
die Beine vertreten.
Und wenn ich zurückkehre,
ist hoffentlich die Welt wieder in Ordnung.

Toyosaki mußte sich erst einmal setzen, dann las er die Zeilen noch einmal und brummte:

»Aha!«

»Was ist das? Zeig mal her!« rief Yumiko und griff nach dem Zettel.

»Wie elegant!«

»Kann man wohl sagen. Der Mann scheint Klasse zu haben.«

»Klingt wie ein Gedicht.«

»Gedicht? Ach so, du meinst wegen der Versform.«

Daraufhin schilderte er ihr, wie der Mann den Korridor entlanggegangen war.

»Irgendwie ist das alles sehr bedeutsam. Symbolisch sozusagen«, lautete sein Resümee.

Yumiko schloß die Augen und blieb eine Weile reglos sitzen. Dann öffnete sie die Augen wieder und sagte ganz ruhig:

»Ich kann mir den Mann genau vorstellen, wie er davongeschlendert ist. So, ich gehe mir jetzt die Haare waschen.«

Ihre letzte Bemerkung war eher ein Murmeln.

»Hm, gute Idee!« erwiderte Toyosaki.

»Der Brief hat mich wieder auf den Teppich gebracht«, sagte sie, während sie sich erhob. »Aber mein Ärger ist noch nicht verflogen.«

Er schaute ihr nach, wie sie im Badezimmer verschwand, und öffnete ein weiteres Whisky-Fläschchen. Ihm war, als hörte er das Wasserrauschen beim Haarespülen, was natürlich bei der geschlossenen schalldichten Tür nicht möglich war, und er ließ sich die ganze Situation noch mal ruhig durch den Kopf gehen: die letzten zehn Jahre, der Krach heute nacht, sie, er, Liebe, Tod.

Währenddessen wurde ihm bewußt, daß Yumiko seit letztem Juni kein einziges Mal die Beherrschung verloren hatte. Vermutlich kam jetzt erst alles zum Ausbruch. Ihr Wutanfall war demnach eine Reaktion auf den Streß der vergangenen zehn Monate, der sich mehr und mehr in ihr angestaut hatte. Hinzu kamen noch die Sorgen über ihre Zukunft. Kein Wunder, daß sie ausflippte. Er fand es eher bemerkenswert, wie sie das ganze Jahr über die Contenance bewahren konnte. Aber daß sie ihren Frust nun ausgerechnet an ihm ausließ, war natürlich unfair.

Bei dieser Gelegenheit führte er sich Yumikos Pluspunkte vor Augen: hübsches Gesicht, gute Figur, erlesener Geschmack und obendrein auch noch intelligent. Ihr Gekeife eben war natürlich weniger vornehm, aber mein Gott, bei solchen Kabbeleien vergreift man sich schnell mal im Ton. Und daß sie molliger wurde, war eben eine unvermeidliche Begleiterscheinung des Alterns.

Während er sich also ihre Vorzüge klar machte, wurde ihm schlagartig bewußt, wie schmerzlich es doch wäre, dieses

Prachtweib zu verlieren. Und nicht zu vergessen, ihr mystisches Erlebnis, das sie ihm vor ein paar Stunden anvertraut hatte: wie sie damals das zu einem ordinären Gärtchen geschrumpfte Universum sinnlich erfahren konnte. Die unglaubliche Intensität dieses Erlebnisses berührte ihn zutiefst. Es enthüllte ihm (und der Betroffenen vermutlich nicht minder) eine bislang unbekannte Seite an ihr, so daß sie ihm nun als geheimnisumwitterte Frau mit tiefen Abgründen in der Seele erschien, was ihre Anziehungskraft erheblich verstärkte.

Inmitten all dieser Überlegungen überkam Toyosaki plötzlich der Gedanke, daß sie diesen abenteuerlichen Plan, bei ihrem Ex-Mann Krankenschwester zu spielen, vermutlich nur aus wachsender Unzufriedenheit gefaßt hatte, weil er zuwenig Zeit für sie erübrigte. Die wahnhafte Vorstellung nahm ihn immer mehr gefangen, so daß er nicht klar einschätzen konnte, was nun wirklich an der Befürchtung dran war: Mal hielt er es für absurd und dann wieder für durchaus möglich. Doch trotz seiner Unschlüssigkeit sonnte er sich in der Gewißheit, daß sie wahnsinnig in ihn verliebt war. Er gab sich dieser süßen Stimmung hin und dachte erneut, wie töricht es doch wäre, sich eine Frau wie diese durch die Lappen gehen zu lassen.

Er mußte sich also ranhalten, sonst kam vielleicht ein anderer (womöglich der neue Chef der Inlandsredaktion bei den ›Neuen Nachrichten‹) und schnappte sie ihm weg. Bisher war er von solchen Ängsten zwar noch nicht heimgesucht worden, doch plötzlich schien dieser ihm völlig unbekannte Journalist ein ernstzunehmender Nebenbuhler zu sein: mysteriös, gewitzt, mit weltmännischer Noblesse – ganz so wie die schwarzgekleidete Gestalt, die vorhin den Korridor entlangstolziert war.

Es war nicht allein seine wachsende Befürchtung, sondern vor allem das Gefühl starker Hingezogenheit zu ihr, was ihn zu folgendem Entschluß trieb: Er wollte ihr hoch und heilig versprechen, sich als Krebspatient von ihr pflegen zu lassen. Damit würde er seinen Schnitzer vorhin ausbügeln und sie versöhnlich stimmen, so daß ihre Beziehung weiterlaufen konnte wie gehabt. Allerdings mußte er den richtigen Ton treffen. Klar, ungezwungen, humorvoll mußte es klingen. Wenn er es geschickt anstellte, mußte sie doch einsehen, wie närrisch ihr

Vorschlag, der so gar nicht zu einer reifen Beziehung paßte, eigentlich war, und sie würde dann bestimmt ebenso spaßhaft reagieren, womit dem Versöhnungsritual nichts mehr im Wege stehen dürfte. Hm, diese Taktik versprach Erfolg.

Doch angenommen, sie nahm ihn statt dessen beim Wort, was dann? Wenn sie ihm das ernsthaft abnahm und er tatsächlich in einigen Jahren – o Schreck, vielleicht schon nächsten Monat! – an Krebs erkrankte, müßte er zwischen Operationen, Chemotherapien und Infusionen die beiden Streithennen an seinem Krankenbett besänftigen und sich dazu allerhand Entschuldigungen und Ausflüchte einfallen lassen. Welch häßliche Szenen standen ihm da bevor ...

Just in dem Moment, als sein Alptraum den Höhepunkt erreichte, rauschte Yumiko aus dem Bad und setzte sich auf den Stuhl neben ihn. Er machte ihr sofort ein Kompliment wegen ihres Haars.

»Ach, jetzt kommt die Schmeicheltour, ja?« erwiderte sie pampig, doch er blieb gelassen.

»Ja, und ich habe noch mehr auf Lager. Verzeih mir wegen vorhin. Es war blöd von mir. Ich nehme alles zurück. Wenn ich Krebs bekomme, möchte ich, daß du an meiner Seite bist.«

Er lächelte und schaute ihr fest in die Augen. Yumiko lachte bloß und sagte nichts dazu. Ihr Gesicht glich jenem Universum beziehungsweise Gärtchen in der Villa des Premierministers (obwohl er es nie gesehen hatte): obskur, bedeutungsschwanger, unergründlich, rätselhaft. Er versuchte, ihre Miene zu deuten, was ihm jedoch nicht gelang. In diesem Augenblick überkam ihn der Wunsch, doch an einer anderen Krankheit als an Krebs zu sterben. Dann müßte er sich nicht mehr an sein Gelöbnis halten und das tragische Schauspiel an seinem Krankenbett bliebe ihm erspart. Das war natürlich ein Kurzschluß. Doch Toyosaki träumte von anderen tödlichen Krankheiten wie Herzinfarkt, Subarachnoidalblutung, Hirnschlag, amytrophische Lateralsklerose, Sklerodermie und ähnlichem, die sowohl ein schnelles Ende als auch Siechtum, auf jeden Fall aber eine rosige Zukunft verhießen.

Er schenkte ihr Bier nach, und sie leerte das halbe Glas in einem Zug.

»Ah, köstlich!« stöhnte sie, worauf auch er einen Schluck Whisky nahm, und während er weiter in ihrem unergründlichen Gesicht forschte, kam ihm der Gedanke, daß seine Geste, ihr nachzuschenken, Bestandteil eines Tauschrituals war. Ebenso wie ihr Versprechen, ihn später zu pflegen. Sie hatte es zweifellos ernst gemeint, und er führte sich wie ein Gott auf, der das schmähliche Angebot über sich ergehen lassen muß. Er versuchte sich in seine neue Rolle hineinzudenken, was ihn zu weiteren Reflexionen über die Verflechtungen zwischen Göttern und Menschen veranlaßte.

Zu einer Zeit, als die Menschen den Göttern in ihrer Ausdrucksweise nacheiferten, näherten sie sich einer sakralen Sprache, die in Abgrenzung zum gewöhnlichen Jargon die Gestalt von Poesie annahm. Genauso wie die Götter ihre Botschaften in lyrischer Form offenbarten, taten es die Menschen, wenn sie die Allmächtigen anriefen. Spuren dieses Rituals findet man bei den Dichtern. Wenn sie ihre Verse schmieden, werden sie dadurch gewissermaßen zu Amateurgottheiten. Sogar jener schwarzgekleidete Mann im Korridor hatte nichtsahnend diese Rolle angenommen, als er seinen poetisch anmutenden Brief verfaßte. Seine Worte mochten zwar Prosa sein, aber das unbewußte Verlangen nach göttlicher Lyrik hatte sie in diese Versform transformiert. Gedichte sind also menschliche Werke, um die himmlischen Mächte zu imitieren, während Prosa dem Profanen verhaftet bleibt. Die ersteren repräsentieren die alte Zeit, die letzteren die Moderne.

Genauso verhält es sich mit dem kommerziellen Warenaustausch, der in seiner rein pragmatischen, menschlichen Dimension eine moderne Handlung darstellt, während das Ritual des Schenkens altertümlich, magisch ist, bei dem die Menschen es den Göttern gleichtun. Auch wenn es offenkundig ist, sollte noch einmal der Aspekt hervorgehoben werden, daß Geschenke materielle Korrelate gegenseitiger Ehrerbietung sind. Bei der Darbringung von Votivgaben nimmt die opfernde Person die Würde der höheren Macht an und wird damit zur Pseudo-Gottheit. Im Mittelalter, wenn ein Samurai seinem Befehlshaber den Treueschwur leistete, setzten sich gewissermaßen beide – also Herr und Knecht – an die Stelle von Göttern,

und durch das Ritual des Schenkens wurde der ursprüngliche Vertrag geheiligt, erneuert und bekräftigt.

In der Beziehung der Geschlechter tritt dieser Mechanismus besonders deutlich zutage. Die beiden Liebenden, die sich in den höheren Gefilden der Leidenschaft bewegen, nehmen den Part einer männlichen und weiblichen Gottheit ein. Das Blumenbouquet, das der Mann beim Floristen ersteht, ist natürlich zunächst ein kommerzieller Artikel, doch als Liebesgruß an die Frau verwandelt er sich in eine Votivgabe. In der frühen japanischen Geschichte bis hin zum Mittelalter pflegten Männer ihre Angebeteten mit Waka-Gedichten zu umwerben, und die Frauen antworteten ihnen in der gleichen Form. Der lyrische Ausdruck erfüllt hierbei eine Doppelfunktion: Zum einen imitiert er die Sprache der Götter, zum anderen ist er ein Geschenk.

Doch Menschen sind nun einmal keine Götter, allenfalls Amateurgötter. Und unter diesen Laiendarstellern gibt es Virtuosen und Dilettanten, wobei auch die ersteren mitunter stümpern. Er selbst hatte sich vorhin wie ein Rüpel aufgeführt, als er das Geschenk seiner Göttin, ihn auf seinem Sterbelager pflegen zu wollen, so brüsk zurückgewiesen hatte. Aber die Gnädige hätte ja auch etwas mehr Rücksicht auf seine besonderen Lebensumstände nehmen können, statt einfach mir nichts, dir nichts ihre aktuelle Situation auf ihn zu projizieren . . .

An diesem Punkt seiner Reflexionen angelangt, stellte er sich eine Cartoon-Zeichnung in den ›Neuen Nachrichten‹ vor, auf der er und Yumiko als Götterpaar aus der japanischen Mythologie karikiert waren. Yumiko (mit langem Haar) trug eine weiße Robe mit Schleppe, und von ihren Schultern wehte ein hauchdünner weißer Schleier herab. Die hübsch geschwungenen Augenbrauen waren zornig hochgezogen. Er selbst war ebenfalls in weißer Tracht – Tunika und Pluderhose, die Enden der Schärpe baumelten lose herunter. Er stand da wie ein Schluck Wasser. Es war wirklich ein Bild zum Schießen, und Toyosaki mußte unwillkürlich grinsen.

»He, was ist denn so komisch?« fragte Yumiko.

»Ach, ich habe gerade über das Schenken nachgedacht, aus philosophischer Sicht.«

Er nahm an, daß sie gleich wieder fuchsig reagierte, wenn er ihr den Inhalt seiner gedanklichen Höhenflüge mitteilte, doch Yumiko quietschte vergnügt auf, dämpfte jedoch sofort ihre Stimme:

»Das würde doch ein tolles Buch abgeben. Schreib doch mal was über das Schenken.«

Ihre Augen funkelten vor Begeisterung.

»Meinst du?«

»In Paperback, leicht verdaulich.«

»Aha«, rief er erfreut. Er war ganz glücklich, daß sich ihre Stimmung wieder gebessert hatte.

»Das verkauft sich besser.«

»Ja, wenn es ein Bestseller wird, führe ich dich in ein feines Restaurant aus.«

»Au ja, am liebsten in ein französisches.«

»Hm.«

Während ihrer angeregten Plauderei fand er die Idee zunehmend reizvoller.

»Ich werde es ›Unseriöse Reflexionen über das Schenken‹ nennen, wie findest du den Titel?«

»Ach, ich denke, ›Philosophie des Geschenks‹ würde besser klingen. Das Wort ›Geschenk‹ läßt nämlich Frauenherzen sofort höher schlagen.«

»Hm, ist das so?«

»Bei euch Männern doch auch, oder?«

»Kann schon sein.«

»Da bin ich mir ganz sicher.«

»Na dann«, sprach der Philosoph, »werde ich mal darüber schreiben.«

Nachwort

»Eine Frau in den (aller)besten Jahren« – so lautet die wörtliche Übersetzung des Romantitels, und dieser klingt im Japanischen nicht weniger ironisch als auf deutsch, bezieht sich der Ausdruck doch in beiden Sprachen herkömmlicherweise auf Personen männlichen Geschlechts, deren »beste Jahre« womöglich erst beginnen, wenn – wiederum nach traditionellem Verständnis – ein typischer weiblicher Lebenslauf nicht mehr viele Höhepunkte erwarten läßt. Hier aber liegen die Dinge deutlich anders, denn Minami Yumiko, die Heldin, eine Frau Mitte Vierzig mit einer erwachsenen Tochter, scheint im Blick auf Karriere, Attraktivität und Freiheit ihres Handlungsspielraums ein perfektes feminines Gegenstück jenes männlichen Musterbilds zu verkörpern. Eine Frau, sichtlich kompetenter als die männlichen Kollegen in ihrem Umfeld, die es als Journalistin zu etwas gebracht hat und der die Türen zum weiteren beruflichen Erfolg offenstehen. Zwar ist sie in ihrer Stellung innerhalb der Redaktionshierarchie immer noch eine seltene Erscheinung, doch von Diskriminierung kann an ihrem Arbeitsplatz keine Rede mehr sein. Im Gegenteil, sie ist für manche Themen im journalistischen Geschäft aus Gründen der *political correctness* geradezu unentbehrlich.

Der satirischen Absicht entsprechend, ist Yumiko ein Superweib, denn ihr gelingt es anscheinend ohne große Mühe, ihre berufliche Karriere, das Familienleben in ihrem Drei-Generationen-Frauenhaushalt und ein langjähriges, wohlorganisiertes Liebesverhältnis miteinander in Einklang zu bringen. Die Frauen in diesem Roman sind erstaunlich friedfertig und solidarisch. Anscheinend sind sie schon so selbstsicher, daß sie nicht mehr intrigieren müssen. So findet Yumiko stets den nötigen Rückhalt, um sich in ihrem Beruf zu behaupten.

Um so verblüffender ist jedoch der Schluß, denn obwohl sie sich in einer Situation durchsetzt, in der man ihr zunächst kaum Chancen eingeräumt hätte, kündigt sie nun von sich aus und will erst einmal ihren an Krebs erkrankten geschiedenen Ehemann pflegen. Man traut ihr zu, daß sie auch freiberuflich sehr erfolgreich wäre, wenn sie ihre Erfahrungen und ihr journalistisches Insider-Wissen einsetzen würde. Doch will sie das? Die Frage bleibt offen.

Schwenkt Yumiko am Schluß gar in eine typisch weibliche Pflegekarriere und Opferrolle ein? Ihr Liebhaber ist mehr als irritiert, als sie auch ihm die Pflege anbietet für den Fall, daß er von schwerer Krankheit heimgesucht würde. Der Roman psychologisiert nicht, und so bleibt es den Lesern freigestellt, ob sie Yumikos Entschluß als Rückfall in traditionelle Rollenmuster oder als Ergebnis eines persönlichen Reifungsprozesses deuten möchten.

Doch dies ist nur eine von zahlreichen paradoxen Wendungen, mit denen der Roman aufwartet. So ist es am Schluß der Mann, der ein Buch plant, obwohl die Frau über den Stoff zum Schlüsselroman und Enthüllungsbuch verfügt und dafür von der Politikwelt gefürchtet wird.

Satirische Überzeichnungen sind an der Tagesordnung: Da ist der Spitzenjournalist, der nicht schreiben kann, oder der Historiker, der die sinojapanische Dokumentensprache nicht beherrscht. Beziehungen, das berühmte Vitamin B, sind alles, und Yumiko besitzt sie über alle Maßen. Sie kennt Gott und die Welt, und wenn nicht sie selbst, dann ihre Tante ...

Die Geschichte der Journalistin Minami Yumiko verschafft uns durchaus wirklichkeitsnahe Einblicke hinter die Kulissen der Politik, der Presse und der Zeitungswelt im Japan der achtziger und neunziger Jahre. Ein immer wiederkehrendes Thema sind Geschenke, Korruption und Bestechlichkeit. Doch für das, was man mittlerweile aus Korrespondentenberichten über Japan zu lesen gewohnt ist, nehmen sich die hier beschriebenen Verwicklungen noch relativ unspektakulär, dafür aber um so glaubhafter aus. Bekannt sind hierzulande auch die berühmt-berüchtigten »Versprecher« japanischer Politiker. Auch hier hat die Realität die Satire längst eingeholt. Sehr japanisch mutet auch die Erblichkeit von Wahlkreisen, der Mechanismus der gegenseitigen Verpflichtungshaltung und das Funktionieren von Ehen und außerehelichen Beziehungen an.

Was für japanische Leser der Wiedererkennungseffekt bei der

Lektüre dieses witzig-essayistischen Buchs, ist für Nichtjapaner die Aha-Reaktion: Hier wird auf unmittelbare Weise plastisch, was man aus Zeitungsberichten und Pressemeldungen über die Verfilzung von Politik und Wirtschaft, über arrangierte Ehen oder den Umgang mit Zweitfrauen, über die Diskussion um Japans koloniale Vergangenheit und den Zweiten Weltkrieg, den Verfassungsstreit und die Rolle des Golfspiels in der Politik schon einmal gehört haben mag. Wer näher mit der Politikerszene vertraut ist, wird darüber hinaus auch einzelne reale Figuren wie Premierminister Miyazawa Kiichi oder Ozawa Ichirō, den früheren Generalsekretär der Regierungspartei und jetzigen Königsmacher, identifizieren können.

Ungewöhnlich angesichts der bewegten Geschichte ist sicherlich, daß der Roman auch noch so etwas wie eine zentrale These verfolgt: Es geht um den mit archaischen Zügen versehenen Brauch des Schenkens, womit auch auf den Dorfgemeinschafts-Charakter des heutigen Japans verwiesen wird. Das Schenken erweist sich auch heute noch als wichtiger sozialer Mechanismus, der die Gesellschaft im Innersten zusammenhält. Die komplexe japanische Schenk-»Kultur« – vor Reisen, bei Hochzeiten, Beerdigungen und jeglichen sonstigen Ereignissen im individuellen Leben, bei Wahlen, vor allem aber regelmäßig in der Mitte und am Ende jedes Jahres – ist Ausdruck der gegenseitigen Obligation in fein abgestufter Hierarchie, ein ausgeklügeltes Regelwerk, nach dem beispielsweise Geschenke, auch in Form von Bargeld, in erster Linie an sozial Höherstehende gerichtet sind. So bedankt man sich bei regelmäßigen, jährlich wiederkehrenden wie auch bei individuellen Anlässen für Dienste und Gefälligkeiten in der Vergangenheit, oder man stimmt den Beschenkten auf erwartete künftige Zugeständnisse und Vergünstigungen ein. Geschenke ölen nicht nur die Beziehungen zu Kunden und Geschäftspartnern, sondern auch zu Lehrern und Professoren, zu Ärzten und zu Politikern, kurz, zu allen, deren Gunst und Gewogenheit einem jetzt oder in Zukunft wichtig sein könnte. Geschenke sind stets verpackt. Das gilt auch und zumal für die im Roman erwähnten Geldgaben an das Wählervolk, deretwegen die braunen Umschläge im Bürofachhandel regelmäßig knapp werden. Da man ein Geschenk,

das, wie das Ritual es will, von dem Geber auch noch stets als »winzige Kleinigkeit« herabgesetzt wird, jedoch weder zurückweisen noch an Ort und Stelle öffnen oder gar zurückgeben darf, ist der Übergang zur Bestechung fließend, zumal der Druck, das Geschenk zu erwidern – sei es in Form einer erwarteten Gefälligkeit oder eines annähernd gleich teuren Gegengeschenks – beträchtlich ist.

Es mag auf den ersten Blick überraschen, wenn ausgerechnet einem japanischen Leserpublikum in diesem Roman, das doch mit dem »Imperium des Schenkens« und seinen Riten am innigsten vertraut ist, diese Tauschbräuche – Vergnügungsfahrten zu heißen Quellen gegen Wählerstimmen, Agrarpolitik als Aufkauf von billigem Reis zu Höchstpreisen usw. – eigens erläutert und als archaische Relikte im modernen Leben vorgeführt werden. Hier zeigt sich offenbar ein pädagogischer Impuls des Autors, der sich im Rahmen einer unterhaltsamen Story anschickt, soziale Mechanismen freizulegen und Komponenten eines japanischen Nationalcharakters, nicht unähnlich den beliebten »Japanertheorien«, zu veranschaulichen. Im Unterschied zu jenem populären Genre feiert Maruya jedoch nicht die kulturelle Einzigartigkeit Japans, sondern er läßt seine Figuren auch die Schwächen und die negativen Seiten jener Bräuche und Mentalitäten diskutieren, ganz im Sinne eines kritisch-konstruktiven Kommentars zur Gegenwart. Ein solcher Dialog, auch wenn er nicht wie hier zuweilen ins Dozierend-Essayistische abgleitet, findet in einem japanischen Roman nur selten statt, doch auch damit setzt sich unser Autor auseinander. Schon in einer frühen Szene bringt er eine junge Frau, die »gemäß der japanischen Gesprächskultur« nur belanglose Unterhaltungen gewöhnt ist, in die Lage, einem intellektuellen Schlagabtausch beizuwohnen, und der sich anschließende Erzählerkommentar enthält mit Sicherheit auch einen augenzwinkernden Seitenblick auf den Leser, wenn es heißt: »Nie zuvor hatte sie erlebt, wie zwei gebildete Männer eine ernsthafte Meinungsverschiedenheit austrugen, und wahrscheinlich würde sie auch in Zukunft nicht allzu oft Gelegenheit dazu haben.« Immerhin aber ist auch dies, im Roman wie im realen Leben in Japan, möglich.